親愛的夏吉・班恩

Douglas Stuart 道格拉斯・史都華 —— 著 章晉唯 —— 譯

Shuggie Bain

目次

導讀

底層的珍珠

謝凱特（作家）

我們可能看過影集描繪八〇年代宮闈內英國皇室與首相柴契爾的政治角力，也可能在教科書上得知當時經濟衰退、通膨和失業率攀升的問題，政治與財政策略上的急速轉彎，加劇沒落礦區的貧困，然而實際情形不比書面資料昭昭幾行字可盡數。於是在《親愛的夏吉．班恩》之中，遂能讀到領著救助金卻拿去喝酒、賭博的母親樣貌；以及一個因性別氣質而自顧不暇的兒子，一邊將母親拉回正軌，一邊抵禦霸凌，如此艱困地成長的生命史。

這樣的時空看似很遠，其實很近。

雖是母子互相扶持也相愛相殺的故事，但我更認為作品是借孩子之眼來觀看母親的一生：愛格妮絲帶孩子改嫁，為追尋愛情與自我遷居。然而所謂的新生活卻不如料想的光潔亮麗，迎接她的不只是貧困，還有伴隨而來的墜落。當發現自己所託非人，為愛走天涯的浪漫劇本頓時改寫，成了淪落異鄉的棄婦悲歌。幾近一切被剝奪的人生，她酗酒澆愁，客觀看來更像心理意義上的退行：只要陷入無能狀態，變得像孩子一樣，就能假裝不必面對成人世界裡的種種難題，也因此她的三個孩子不得不早熟。然而說「早熟」，也不過是角色顛倒的「假成長」，畢竟母親之於他們是一面哈哈鏡，照出了生命那份既可笑又殘酷的真實。於是女兒凱薩琳趕緊遠嫁他鄉迎接新生，大兒子里克也趁早切割家庭追尋自己的夢想，唯獨小兒子夏吉擔負起照顧母親的責任，成了他們幼時「你最後碰」的遊戲的輸家，靜待母親的時間歸零。

本書時空背景是經濟政治劇烈轉型的年代，而敘述鏡頭視角聚焦腳步無法跟隨的底層人民生活，更正確來說，底層還有更底層：收入、工作、信仰，甚至是性別，都能成為人類彼此間互相比較傾軋的條件。說是貼近我們，實則是因為作品不僅呈現他時他方，在我們一代人的記憶裡，也曾出現如主角小夏吉那般，因為自身生理性別與性別氣質不符單一標準而被當成異類般對待，或者因社經地位、家庭狀況而被另眼相看的情景。

然而時至今日，這樣傾軋相殘的情狀消失了嗎？想來這個答案再明顯不過，我們也別自我蒙騙。《親愛的夏吉．班恩》敘事時間軸從小夏吉獨立生活伊始，倒敘家族歷史，母親與同性戀兒這樣在父權體系底下的性別弱勢母子組合讀來特別令人感到殘忍，宛如小說反覆描述的天候總是寒雨紛飛、溼地泥濘，欲振乏力的不知到底是天氣，還是所有人物的心。救助金買來的啤酒或許暫暖身子，但無法使人與自己發光發熱。或許讀者會責難愛格妮絲身為母親卻拉著三個孩子沉淪，一如我們總責難家庭與童年帶給自己的負累，但不如說是整個時代就像小說裡的陰霾天氣無法散卻，淹沒所有人。閱讀時最觸動我的一段是愛格妮絲也曾振作，認真戒酒、工作、生活，想從自己曾受過的家庭暴力陰影脫身。小說寫「從灰燼中走出」的日子裡，她不必大費周章，只要自我保持清醒，孩子就感受得到母親這個人（實際層面或抽象意義上）的回來。但她面對的不僅是自己、自己的酒癮，以及在愛情上寄託一切的未熟心態，有時更是面對著整個時代給人的囹圄。最後她是否走出這個性別與時代的牢籠？主角夏吉送走了母親，自己是否也展開新生？還是留給讀者，跟著敘述，一起走過這場母子攜手成長的艱難。

最後容筆者再贅述一點。雖然《親愛的夏吉．班恩》是道格拉斯．史都華第一部作品，讀來卻熟極而流，毫不生澀。我反覆注意到的是，作品很常描繪人物的牙齒，讀來隱然有弦外之音：愛格妮絲長得極美卻遺傳了家族的一口亂齒，拔除後換上美麗的陶瓷假牙，好讓自己擁有堪比明星的笑容。這一小部分無法掌控的醜陋的自我，在將來終究會轉換形式顯露。唯獨小兒子貼心，在愛格妮絲臨終時記得幫她打理儀容，並把如珍珠般潔白的假牙洗淨放回嘴裡，彷彿在說：母親，妳終身冀望而不可得的美麗與尊嚴，最後我幫妳安置了。

這也是作品給讀者，給時代的一句話：生命給我們的總不夠多，但希望你能漂亮完整地走。

獻給我母親A.E.D

第一部

一九九二

南區

1

這是沉悶的一天。那天早上他的腦袋拋下他，徒留身體在世上遊蕩。他如行屍走肉般站在日光燈管下，臉色蒼白，眼神空洞，照常工作和生活，他的靈魂飄浮在走道上方，腦中全是明天的事。明天值得期待。

小夏吉當班時，做事很有條理。他的盤子從頭到尾都是乾淨的，不論倒上什麼蘸醬或配料，他馬上會將盤緣擦拭乾淨，絕不容許醬汁飛濺，留下黃漬，破壞清新的假象。他會將火腿切片，擺放整齊，在上頭放一小段假歐芹，並將橄欖轉一圈，讓濃稠的醬汁如黏液般滑下橄欖綠色的外皮。

安．瑪姬早上又不要臉地打電話來請病假，留他一人獨守熱食和烤肉區。這是項吃力不討好的工作，當你一早起來就要面對七十二隻生雞，那天絕不可能多好過。今天尤其誇張，他連要做個白日夢都沒辦法。

他用肉叉將一隻隻冰冷的死雞串起，井然有序排成一排。一隻隻雞排列其上，胖嘟嘟的翅膀交叉在小肥胸前，像無數無頭的嬰兒。他曾為自己有條不紊感到自豪，但實際上，刺穿不平整的粉紅色肉塊並不難，難的是要忍住，不能拿肉叉把客人也刺穿。那些客人老是透著熱玻璃探頭，仔細端詳雞的每一寸，就想挑出那最好的一隻，他們都沒想過，這是層架式養殖雞，每隻雞根本一模一樣。小夏吉會站在那，咬著臉頰內側，擠出笑容，讓客人盡情挑選。「給我三塊雞胸、五隻腿、然後一隻翅膀，孩子。」

他乞求神賜給他力量。這年頭為何沒人買全雞了？他會用長夾小心夾起雞，不讓手套碰到雞肉，接著用料理剪刀，俐落地將雞（連皮）肢解。他站在保溫燈下，覺得自己十足像個傻瓜。髮網下的頭皮滲著汗水，手上的力氣還不足，無法用鈍剪一刀剪斷雞背，只好稍稍弓起背，用背肌的力量輔助手腕。而且從頭到尾，臉上都帶著笑容。

倒楣的話，雞肉會從夾子中滑落，碰一聲落地，溜過油膩的地板。他會假裝道歉，重新拿一隻，但他從不會浪費落地的那隻雞。女人轉身時，他會將雞再次放到溫熱的黃色燈光下，回到牠姊妹的身邊。他很講究衛生，但這點小勾當能讓他不至於抓狂。來店裡買東西的家庭主婦都活該，她們不僅長得像男人，還挑三揀四。她們瞧不起他的樣子，總讓他氣到後頸發紅。心情特別糟的時候，他會把自己身上的各種排泄物拌入希臘紅魚子泥沙拉。他莫名賣了不少那中產階級的鬼玩意兒。

他在奇菲洛超市工作超過一年了。原本不打算待那麼久，但他每週還是要過活和付租金，而超市是他唯一找得到的工作。奇菲洛先生是個吝嗇的王八蛋。他特別愛雇用兼差的人。而這工作能排短班，時間自由，正好配合小夏吉零散的課表。在夢想中，他是打算離開的。他很愛整理頭髮，這是唯一讓他感到時光飛逝的事。十六歲時，他允諾自己要去念克萊德河南岸的美髮學院。他照著小森林服飾郵購型錄，畫下幾張圖，也從《週日雜誌》撕下不少圖片，蒐集好所有設計靈感。他也去了一趟卡登納德，看過夜校是怎麼回事。在大學外頭的公車站，他和六個十八歲的年輕人一起下車。他們穿著最新、最時尚的服飾，說話時充滿自信，掩飾了他們的緊張。小夏吉放慢腳步，看他們走進正門，自己則越過街，搭上反方向的公車。隔一週，他便開始在奇菲洛超市上班。

小夏吉早上休息時間都在折價箱裡挑福利品罐頭。他找到三個幾乎如新品的蘇格蘭鮭魚罐頭，都只是標籤磨損和刮傷，但錫罐本身完好。他用所剩的薪水買下，將魚罐頭塞到老舊書包中，再把書包鎖回置物櫃裡。他上樓到員工餐廳，幾個大學生坐在桌子前。他們夏天會來這輕鬆打個工，每到休息時間，他們總是看起來自以為是，桌上放一堆厚重的文件夾，裡面都是筆記和講義。經過他們桌旁時，他會裝作不在意，目光茫然地望著不遠處，然後坐到角落。他沒有直接坐到收銀台的女生旁邊，但也不會距離太遠。

說是女生，但她們其實是格拉斯哥的中年婦女。埃娜是三人中的老大，她骨瘦如柴，頭髮油膩，有一副撲克臉，雖然沒有眉毛，卻有淡淡的八字鬍，這讓小夏吉心裡覺得很不平衡。即使是在格拉斯哥這一區，埃娜的行為舉止仍算格外野蠻，但她心地善良，慷慨大方，吃過苦的人通常都如此。諾拉是年紀最輕的，她頭髮緊緊向後梳，並用條橡皮筋綁起。她那雙小眼睛和埃娜一樣銳利，三十三歲的她已是五個孩子的媽。最後一個是賈姬。她和另外兩人不同，徹底像個女人。賈姬是個八卦女王，身材就像蓬鬆柔軟的大沙發。小夏吉最喜歡的就是她。

他坐到附近，偷聽到賈姬分享和最後一個男人的發展。女人之間總是少不了開心的閒話家常。她們已經邀他參加賓果夜兩次，她們喝酒聊天，開懷大笑時，他會坐在她們之中，像家長不放心單獨在家的青少年。他喜歡大家放鬆坐在一塊的感覺。她們巨大的身軀圍著他，柔軟的肉體貼著他身側。雖然他會回嘴，但他喜歡她們鬧他，他喜歡她們撥開他眼前的頭髮，舔舔大拇指，擦拭他的嘴角。對女人來說，儘管小夏吉才十六歲又三個月，他還是能給予她們某種男性的關注。在斯卡拉賓果遊樂場賭桌下，她們每個都至少偷摸過一次他的老二，手停在那裡太久，摸得太刻意，絕不可能是意外。對埃娜來說，這幾乎是一場征戰。她喝得愈茫愈厚顏無恥，每次左手摸過他老二時，她的牙齒都會咬著自己肥厚的舌頭，雙眼緊盯著他側臉。最後小夏吉惱羞成怒，她則會嘖嘖作聲，然後賈姬會從桌上將兩鎊紙鈔推到桌子另一頭，交給眉開眼笑、賭贏的諾拉。當然，掃興歸掃興，她們三杯下肚之後，會覺得那不算真的拒絕。這男孩子莫名不對勁，至少這點她們深感同情。

●

小夏吉坐在黑暗中，租房的牆壁另一頭傳來不規則的鼾聲。他原本想忽略這些獨居的寂寞男人，卻根本辦不到。早晨氣溫冰冷，赤裸的大腿都凍得快結冰，他用條薄巾裹住自己，並緊張地咬著毛巾一角，毛巾在牙齒間發出吱呀聲，讓他鎮靜不少。他將超市薪水剩下的錢放在桌邊，先照幣值排列，接著照鏽化程度。

咿呀一聲，隔壁房面色紅潤的男人醒了，躺在他的窄床上，大聲地抓了抓身子，嘴裡唉一聲，試著站起來。他雙腳像屠夫的肉袋，碰一聲落在地上，聽起來他連越過小房間走到門口都費了九牛二虎之力。他摸索著熟悉的門鎖，走到總是漆黑的走廊，盲目向前。他的手滑過牆面，碰到小夏吉的房門，並摸過門上的雕紋，小夏吉不禁屏住呼吸，等聽到浴室燈管叮噹響起，他才敢動。老人咳了咳，喚醒自己的肺。小夏吉努力不去聽他尿尿同時朝馬桶吐痰的聲音。

晨光呈現過於混濁的茶色，像狡猾的鬼魂悄悄溜進租房，越過地毯，一寸寸爬上雙腿。小夏吉閉上雙眼，試圖感受腳上的陽光，但它的觸碰沒有任何溫度。他等了又等，等到覺得陽光照到全身，才再次睜開眼。

那一百雙上了色的眼睛全都回望著他，一如過往，眼神透露著心碎和寂寞。陶製芭蕾舞者帶著一隻隻小狗，西班牙女孩有個跳舞的水手相伴，雙頰發紅的農場男孩拉著懶惰的夏爾馬。小夏吉將陶瓷擺飾沿著凸窗窗台排列。他曾花好幾個小時，編造他們的故事。例如，手臂粗壯的鐵匠和一群天使面孔的唱詩班男孩生活，而他最喜歡的是七、八隻巨大的幼貓，一邊微笑，一邊逼近懶惰的牧羊人。

至少它們讓這地方氣氛活潑一點。小房間不寬敞，但天花板很高，他的單人床放在房中，彷彿將房間分成兩半。一邊有張老式的雙人座木製沙發，座墊薄得能感覺到木板。另一邊則有台小冰箱和貝靈牌小型全座式雙爐頭櫃爐。除了床上一片凌亂，房中都整齊乾淨，沒有灰塵，沒有昨天的髒衣服，也沒有各種蚊蟲。小夏吉用手將不相稱的床單撫平，試著冷靜下來。他覺得母親一定會討厭這裡的床單，古怪的顏色和花紋交疊，好像他不在意別人的目光一樣。家裡亂七八糟有損她的自尊。有天等他存夠錢，他要買自己的新床單，一定要柔軟又溫暖，而且顏色一致。

要不是前一個租房的老先生喝酒喝到入獄，他也實在沒這運氣，能在巴克契太太的出租公寓租到這房間。凸窗昂然突出，立在艾爾博大道上方，小夏吉覺得，這裡以前一定是三房公寓豪華漂亮的客廳。他曾看過這房子其他房間。巴克契太太把一間小廚房也改成臥房，那間房還留有原本的油氈地板，另外三間比較方正的房間，也還留有原本破舊的地毯。面色紅潤的男人的房間原本應該是嬰兒房，牆上仍貼著黃花壁紙，簷口邊緣都是大笑的兔子圖案。那人的床、沙發和爐子都緊緊相鄰，排在同一面牆邊。小夏吉透過半開的門看過一次，他很滿意自己房間有大面的凸窗。

能找到這位巴基斯坦房東很幸運。沒有房東會想租房給裝作自己剛過十六歲生日，但其實只有十五歲的男孩。其他房東沒明說，但內心都懷有無數疑問。他們露出狐疑的目光，上下打量他的制服和擦亮的皮鞋，並用眼神表示：這不對吧？從他們的嘴角，他都能看出他們覺得這年紀的孩子沒有媽媽和家人是件丟臉的事。

巴克契太太根本不在乎。她瞧一眼他的後背書包及他預付的一個月租金，便繼續去煩惱養孩子的事。他拿了藍色圓珠筆，特別在第一份租金的信封上畫下飾紋。小夏吉想讓她知道，他生活用心上進，願意額外付出這點努力。於是他從地理筆記本撕下一張紙，在她名字旁畫上渦紋花飾，並在線條間上色，讓孔雀形狀在鈷藍色筆跡中浮出。

房東太太就住在同棟樓梯對面一模一樣的公寓裡，不過那裡裝潢豪華，有中央空調，房中溫暖舒適。而另一頭，她把五間房分別租給五個男人，租金每週十八鎊五十便士，每週用現金結帳。其中兩個男人租金不是直接由社會局支付，所以他們拿到第一筆補助，就會在星期五晚上將錢塞到她門下，再拿剩下的錢去喝酒。他們跪在她家門墊上時，會稍作停留，感受裡面散發出來的幸福。鍋爐湯汁翻滾，雞肉香氣四溢，孩子快樂吵鬧，爭看不同的電視頻道，餐桌四周胖嘟嘟的女人用異國語言聊天大笑。

房東從來不管小夏吉。除非房租晚交，不然不會進到他房間。房租晚交的話，她會跟另一個手臂粗壯的巴基斯坦女人一起來訪，用力敲響房客的門。平常她只會來無窗的走廊用吸塵器打掃，然後擦乾淨浴缸。她每月一次會在馬桶倒入漂白水，偶爾會換上另一條碎布地毯來吸灑出來的尿。

小夏吉臉靠著門，偷聽面色紅潤的男人沐浴。寧靜之中，他聽到他拉開浴室門的拉栓，再次來到走廊上。

男孩套上舊的校鞋，內褲之上，他直接穿上一件附有毛皮披帽的尼龍派克大衣。他窸窸窣窣將拉鍊完全拉起，並在軍風大口袋裡塞了一個奇菲洛超市的塑膠袋，還有兩條薄毛巾。

門下的縫他之前用制服毛衣堵住了。一把毛衣拿開，就能聞到其他人帶進來的寒氣。有人又在晚上抽菸，有人晚餐吃魚。小夏吉打開門，溜進黑暗之中。

巴克契太太把天花板上的燈泡拆了，她說大家燈都開整天，浪費不少錢。現在走廊上昏暗又不通風，男人的味道像鬼一樣陰魂不散。多年來，大家在此抽菸睡覺，在凱勒牌暖爐前吃炸物，夏天也都關著窗。屋子裡充滿汗水和精液的酸臭味，混合著黑白電視沉滯的熱氣，以及琥珀色的鬍後水刺鼻氣味。

小夏吉漸漸能分辨出每個男人。在黑暗中，他能感覺到面色紅潤的男子起床、刮鬍並用百利髮乳梳頭；他能聞到黃牙男子大衣的霉味，而用聞的就能知道，對方只吃奶油爆米花或奶油煎魚之類的食物。不久，接近酒吧關門時間，小夏吉也能分辨出誰又安全回到家。

共用的浴室中，有個滿是汙漬的玻璃門。他拉上門栓，拉了拉門把，確認門有鎖緊。接著他脫下厚重的防風外套，放到角落，轉開熱水水龍頭，用手感覺水溫，水一開始仍微溫，後來噴了兩下，變得跟克萊德河一樣冰冷。感到那突如其來的冰冷，他趕緊收手，將手放到嘴裡。他拿出五十便士，依依不捨來回看了看，最後將錢塞入瓦斯電熱器裡，看著裡頭一小團火燃起。

他再次轉開水龍頭，水依舊冰冷，但水管噴一次氣後，熱水便汩汩流出來。他沾溼毛巾，擦拭冰冷的胸口和蒼白的脖子，享受著毛巾散發的蒸騰熱氣。他頭和臉埋入難得的溫暖之中，停在當下，幻想將浴缸注滿熱水。他想像自己躺在熱水中，遠離其他房客的臭氣。他已經好久沒讓全身像融化一般，每一寸都感到溫暖。

他抬起手臂，用毛巾洗淨手腕到肩膀。他繃緊手臂肌肉，手握著二頭肌的地方——如果使點勁，他幾乎能用手環繞自己的二頭肌，再用力的話，甚至能感覺到骨頭。他腋下有一團絨毛，像是幼鴨的羽毛。他鼻子湊近去聞，氣味甜美乾淨，沒有別的氣息。他捏了捏皮膚，搓揉柔軟的肌膚，直到肌膚充血泛紅。他又聞了聞手指，還是沒味道。他更用力搓洗自己，並低聲重複背誦：「蘇格蘭足球超級聯賽結果，流浪者隊二十二勝、八負、十四和，總積分五十八分。亞伯丁隊十七勝、六負、二十一和，總積分五十五分。馬瑟韋爾隊十四勝、十負、十二和。」

鏡子中，他溼淋淋的頭髮如煤炭一樣黑。他將頭髮梳下，驚喜的發現頭髮長得快到下巴了。他望著自己，試著找出一丁點男子氣概。黑鬈髮、白皙的皮膚、高大的顴骨。他在鏡中看著自己的雙眼。感覺不對勁。真正的男孩子不是這樣。他再次用力擦洗自己。「流浪者隊二十二勝、八負、十四和，總積分五十八分。亞伯丁隊十七勝、六負……」

這時走廊傳來腳步聲，沉重的皮鞋發出熟悉的咿啞聲，然後一切都靜下來。輕薄的門正緊緊地抵住鎖扣。小夏吉伸手拿起軍裝派克大衣，將全溼的身體蓋住。

他剛搬到巴克契太太的租房時，只有一個房客注意到他。面色紅潤的男人和黃牙男子根本不理他，他們不是盲目過日子，就是喝得昏天黑地。但第一天晚上，小夏吉坐在床上，吃著塗奶油的白吐司時，門口傳來敲門聲。男孩沉默半晌，最後才決定打開門。門外的男人身材高大壯碩，身體散發松焦油皂的氣味。他手中拿著個塑膠袋，裡面有兩手拉格啤酒，酒罐碰撞發出的聲音像沉悶的教堂鐘聲。男人生硬地揮手，說自己叫喬瑟夫．達令，他露出笑容，將袋子拿向前。小夏吉原本想不失禮地回絕他說：「不用，謝謝你。」但這人令他莫名害怕，他不敢拒絕，於是小夏吉讓他進門。

小夏吉和客人一起坐在整潔的單人床邊，望向矗立著一棟棟公寓的街道。新教徒家庭在電視前吃著晚餐，住對面的女傭在摺疊桌前獨自吃飯。兩人默默喝酒，看著其他鄰居的生活。達令先生仍穿著他厚重的毛呢大衣。床因為他的體重而凹陷，讓小夏吉不由自主靠向他寬大的身側。小夏吉從眼角發現，那人泛黃的粗手指緊張地互敲。出於禮貌，小夏吉喝了一口啤酒，因而男人對他說話時，他腦中只有啤酒又酸又難下嚥的錫罐味。這令他想起寧可忘記的一切。

達令先生彷彿沉浸在自己的思緒裡，半自言自語地說話。小夏吉維持禮貌，聽這人描述他以前是如何在新教徒學校當工友，後來學校關門，議會為了節省預算，將學校整併入另一間天主教學校。聽達令先生的語氣，比起丟了飯碗，他更驚訝新教徒孩子居然能和天主教孩子相安無事。

「我簡直不敢置信！」他喃喃說著：「我那年代，信仰或多或少就代表了你是什麼樣的人。從小到大，要是你上學途中，必須跟吃捲心菜的天主教混蛋擠同一台公車，並從中殺出一條血路，那會是值得驕傲的事。現在的女孩子隨便跟阿貓阿狗都能睡覺。」

小夏吉假裝喝一小口啤酒，但他其實只讓啤酒湧到牙齒前，便讓酒流回酒罐。達令先生的目光在牆上梭巡，彷彿在尋找某種預兆，然後他偷瞄幾眼身旁的男孩，突然朝空氣中拋出個莫名問題：「所以你以前是上哪間學校？」

小夏吉知道他想問什麼。「我其實兩邊都不算，而且我還在讀書。」這是真話，他沒有上天主教或新教的學校，況且他真的還在上學。至少在他不需要去超市上班的時候。

「是嗎？你最擅長的科目是什麼？」

男孩聳聳肩。這不是在謙虛，他其實什麼都不在行。他斷斷續續地出席課堂，很難跟上進度。他通常都靜靜坐在教室後面，以免教委會因為曠課來找他麻煩。如果學校知道他的生活方式，他們會不得不出手介入。

男人喝完他第二罐酒，馬上開第三罐。達令的手指碰到他的腿側，小夏吉感到腿側的皮膚發燙。男人手放在床墊上，戴著徽章金戒的小指若有似無碰觸著他。他的手不動也不晃，只靜靜放在床上。這讓他皮膚感覺更燙了。

回到現在，小夏吉站在潮溼的浴室中，拉緊派克大衣。達令先生手碰了一下毛呢扁帽的邊緣，用老派的方式打招呼。「我只是來問看看你今天有沒有空？」

「今天？我不知道。我有些事情。」

達林先生的臉上掠過一抹失望，「今天一點也不適合安排任何事。」

「我知道。但我說過今天要見一個朋友。」

達令齜牙吸口氣，露出巨大的白牙。那人真的好高，身子都還沒打直，就讓人感到壓迫。小夏吉能想像，學校中一屆屆新教徒孩子排成一排，站在他長長的影子下恐懼的模樣。男人醉得滿臉通紅，眉毛邊緣已流下汗水。他剛才一定彎身從鑰匙孔偷看，小夏吉敢打包票。

「真可惜。我正要去領失業補助，可能會去釀臂酒吧一趟，然後賭個小馬。在那之後，我原本想說我們可以喝個小酒。也許在電視上看個足球？我可以跟你介紹英格蘭足球超級聯盟的事？」那人俯視著男孩，舌頭舔著後排臼齒。

要是沒出亂子，他總能從那人身上拿到幾鎊。但等他太耗時間了，達令先生要先去領失業補助，接著晃去郵局、下注站、酒行，最後才要回家，而且前提是他要找得到路回家。小夏吉不可能等這麼久。

男孩這時放開派克大衣，大衣微微敞開一條縫，達令先生假裝沒注意。但他實在忍不住了，小夏吉看著他綠色眼珠漸漸失焦，目光不由自主向下飄，火辣辣掃過他蒼白的胸膛，落到他鬆垮的內褲，再到他赤裸又平凡的雙腿。他雙腿上沒有腿毛，像是黑色外套下兩條沒剪掉的脫線。

這時，達令先生終於露出笑容。

第二部

一九八一

塞特丘

2

愛格妮絲．班恩踮在地毯上，身體盡可能向黑夜前傾而去。潮溼的夜風親吻她發紅的頸子，吹入她的洋裝。那感覺就像陌生人的手，是活著的證明，能讓人重新感受生命。她手一彈，望著菸蒂落下。菸頭的餘燼發著光，彷彿在空中舞動，從十六樓墜落到黑暗的前院。她想讓這座城市欣賞身上這件酒紅色的天鵝絨洋裝。她想感受一些路人的羨慕，想和一個以她為傲的男人貼身共舞。但她其實真正想要的是大喝一場，稍微體會活著的感覺。

她小腿伸長，髖骨抵著窗框，腳趾離開地面；身體傾向琥珀色的城市霓光，雙頰緋紅；雙臂伸向燈光，那一瞬間，她彷彿在飛翔。

沒人注意到這飛翔的女子。

她考慮將重心前移，挑戰自己的膽量。她只想鬧著玩，假裝自己在飛，但只要一不小心，她就會從高處墜落，摔在下方的水泥地上。她和父母同住在這棟高聳的公寓中，而今公寓困住了她的身體。她感覺身後的一切都好狹小，天花板低矮，氣氛令人窒息，從發薪日到禮拜日，天天都被帳單追著跑，感覺屋中無一物名正言順地屬於自己。

她已三十九歲，如今仍和丈夫及三個小孩擠在母親的公寓，兩個孩子都快成年了，她覺得自己好失敗。她的男人現在和她睡在一起時，似乎都躲在床邊，原本的美好諾言彷彿早已作廢，她好生氣，想將一切一腳踢穿，或將一切當作壞掉的壁紙一樣刮掉。也許將指甲插到壁紙下，全撕下來。

愛格妮絲慨慨地回到悶熱的房間，讓雙腳再次回到母親那充滿安全感的地毯上。其他女人頭也不抬。她氣惱地將唱針放到黑膠唱片上，手抓著髮際，將音量調大。

「來嘛，拜託，就跳一支舞？」

「嘖，還不行。」南・佛蘭尼根啐道。她無比興奮，桌上的銀幣和銅幣整齊疊成堆。「我要贏到讓妳們都去賣。」

瑞妮・絲維妮翻白眼，將牌拿近。「妳那什麼邪惡想法！」

「別說我沒警告妳們。」南咬一口炸魚條，吸吮嘴唇上的油脂。「我在牌桌上把妳們的家用錢都贏來之後，妳們就必須回家，跟妳們的賤骨頭老公上床拿錢。」

「才不會！」瑞妮懶懶在胸前畫個十字。「我從四旬期[1]就一直在推託，在下個耶誕節之前，我不會讓他嘗到甜頭。」她拿起肥滋滋的金色魚條塞進嘴中。「我有次也拖那麼久，結果房間就多了一台全新的彩色電視。」

女人咯咯尖笑的同時，手上牌局也不曾中斷。客廳狹小又悶熱。愛格妮絲看著她母親麗茲，她正仔細盯著手上的牌，她左右分別坐著南・佛蘭尼根和瑞妮・絲維妮。她們大腿相貼，分食最後的炸魚條，用油膩的手指扔錢和打牌。安瑪麗・伊斯頓是四人中最年輕的一個，她專心在她裙子上，拿鬆散的菸草捲著歪曲的香菸。她們拿家用金，五便士、十便士地賭牌，在低矮的茶几上把錢推來推去。

愛格妮絲覺得好無聊。好久以前，在只穿邋遢毛衣和嫁給乾巴巴的男人之前，她曾帶她們去跳舞。這群女孩子手勾著手，像一串珍珠，走在薩切霍街大聲唱歌。她們當年還未成年，但十五歲的愛

1　四旬期指的是復活節前四十天，在這段時間守齋祈禱，紀念耶穌和救恩，準備迎接復活佳節。

格妮絲已經充滿自信，知道自己能設法讓大家溜進酒吧。她會先排在隊伍後頭，當門口保鏢看到光彩奪目的她，總會招手要她向前，這時她們便會像鎖在一起的囚犯，隨她一起往前。儘管口中抱怨她們抓著她大衣衣帶，但對保鏢，愛格妮絲只會露出最甜美的笑容。這笑容她平時只留給男人，從不曾對母親展露。那時候，她很愛展現自己的笑容。她的牙齒遺傳自父親坎貝爾家族，雖然家族有張英俊貌美的臉蛋，但他們的牙齒總是歪七扭八，令人羞愧。她小時候牙齒又小又歪，即便是新牙，也因為抽菸和媽媽泡的濃茶發黃。十五歲時，她央求麗茲讓她把牙全拔了。假牙是不舒服，但那根本不算什麼，因為假牙給了她堪比電影明星的笑容。現在她每顆牙齒都寬大整齊，和伊莉莎白．泰勒一樣。

愛格妮絲吸著口中的陶瓷假牙。如今這群女人每週五晚上都在母親的客廳打牌。她們沒人臉上帶妝，也不再有人想唱歌了。

她看這群女人為了幾鎊銅板爭得你死我活，無奈地嘆口氣。週五的撲克牌日是她們一週最期待的事。平時她們都在電視機前燙衣服，或為不知感激的孩子熱豆子罐頭，而打牌就是為了喘口氣。南通常會宰殺這群兔崽子，不過麗茲有時會走運，連贏好幾把，害得自己被揍。南總是忍不住，她對錢特別敏感，不喜歡輸錢。愛格妮絲曾看過母親因為十鎊多了個黑眼圈。

「嘿，妳啊！」南對愛格妮絲大喊，愛格妮絲怔怔看著自己窗中的倒影。「妳他媽作弊！」

愛格妮絲翻白眼，喝下一大口沒氣的黑啤酒。現在搭公車去她想去的地方也太遲了。所以她將黑啤酒吞下肚，暗自希望這是伏特加。

「別理她。」麗茲說。那迷茫的眼神她已司空見慣。

南目光回到牌上。「早知道妳倆是一夥的。妳們這兩個作賊的王八蛋！」

「我這輩子從沒偷過東西！」麗茲說。

「騙人！我看過妳快下班的時候，腳步沉重得像在攪拌一碗燕麥粥！長圍裙裡塞滿好幾捲醫院的捲筒衛生紙，還有好幾瓶洗碗精。」

「妳知道那玩意價格多扯嗎？」麗茲氣急敗壞地問。

「我當然知道。」南鼻子吐著大氣。「因為我都自己買。」

愛格妮絲在客廳踱步，顯得坐立不安。現在她手上拿一堆塑膠購物袋，差點把牌桌掀了。「我買了小禮物給妳們。」她說。

南通常不容人打斷牌局，但免費的禮物當然不會拒絕。她把牌小心塞進乳溝，將塑膠袋傳過去，每個人從袋裡拿出一個小盒子。她們坐在椅子上，端詳正面的圖片好一會，不發一語。麗茲先開口了，語氣有點不高興。「胸罩？我要胸罩幹麼？」

「這不是尋常的胸罩。這是『誓心』胸罩。胸形會變很美。」

「穿穿看，麗茲！」瑞妮說：「就像格拉斯哥市集節[2]，伍立馬上會來求愛。」

安瑪麗從盒子拿出她的胸罩，顯然太小了。「這胸罩不是我的尺寸！」

「我盡力猜了。有一些多的，妳去看有沒有適合的。」愛格妮絲已拉開洋裝背後的拉鍊。襯著酒紅色天鵝絨洋裝，她肩膀白得嚇人，如石膏一般。她脫下舊胸罩，白瓷般的乳房滑出。她迅速穿上

2　蘇格蘭最古老的假期佳節。源頭是一百年前，格拉斯哥主教准許在七月舉辦為期八日的市集活動，四面八方的人會聚集至此，買賣貨物，現代則轉變為度假和娛樂為主的節日。

新胸罩，胸部挺出好幾公分。愛格妮絲在大家面前蹲身轉圈。「派迪市場買的，有人停了台小貨車在賣，要價一百鎊。很神奇，對吧？」

安瑪麗翻了一會，找到她的尺寸。她比愛格妮絲害羞，所以她背對大家脫下毛衣和舊胸罩。安瑪麗胸部很重，肩帶常在肩膀勒出紅痕。不久之後，除了麗茲之外，所有女生都褪下洋裝，解開連身工作服，穿著新胸罩坐在座位上。麗茲只雙手環胸待在原位，其他人上身幾乎赤裸，雙手摸過緞帶，盯著自己的胸部，輕聲讚嘆。

「這可能是我穿過最舒服的內衣。」南承認。胸罩背帶太鬆了，但依然盡責地托著她巨大的胸部，避開鼓起的肚子。

「這才是我印象中大家的胸部嘛。」愛格妮絲讚美。

「天啊，早知如此，我們還矜持什麼，對不對？」瑞妮說：「哪個王八蛋想摸一把，我一定馬上讓他玩一下這對寶貝。」

南的舌頭淫蕩地舔著嘴唇。「狗屁！妳以前根本沒在客氣。」她迫不及待想繼續打牌，再次把錢幣在桌上推了推。「好了啦，我們能不能別再像一群傻妞一直看著自己身體。」她把牌收成一疊，開始洗牌。女人還沒穿上她們的上衣。

麗茲默默拆起新香菸的塑膠包膜。其他女人虎視眈眈，她們不想再抽劣質的手捲菸，然後挑去舌上的菸草。麗茲嗤一聲說道：「我以為我們都是各抽各的？」但那就像在流浪狗面前吃豬腳，她們不會放過她。她生著悶氣，把新的菸傳過去，大家一一點燃，享受奢華的香菸。南穿著胸罩，向後靠著椅背，深吸一口，讓煙在肺中徘徊，並閉上雙眼。煙霧隨著渦紋壁紙盤旋飛舞，客廳的空氣再次變得悶熱沉滯。

新鮮的空氣偶爾會吹進十六樓的窗戶，逼人的風會吹得她們猛眨眼。麗茲喝著她冷掉的紅茶，看著眼前這群女人心情漸漸變得憂鬱。喝醉的人吹到風就是這樣。輕鬆八卦的氣氛蕩然無存，取而代之，是某種更渾濁黏稠的氣息。

有個新聲音出現：「媽咪，他不睡覺！」

凱薩琳表情惱怒站在客廳門口。她將弟弟抱在腰邊。他其實已經長大到不適合這樣抱，但小夏吉緊緊抱著她，顯然很愛她骨瘦如柴的身體。

凱薩琳愁眉苦臉尋求大家的同情，她抓住他手腕，把他放下來。「拜託。我管不住他了。」

小男孩跑向母親，愛格妮絲把小夏吉抱到懷中。她抱起他旋轉時，尼龍睡衣發出靜電聲響，她好開心終於有人能一起跳舞了。

凱薩琳忽略女人都半裸穿著新胸罩坐在位子上，走去吃剩下的炸魚條。她喜歡表面泛著棕色、最小的炸魚條，表皮在火燙油鍋放太久，變得彎曲酥脆。

麗茲的手摸過凱薩琳的屁股。孫女的身材乾癟，莫名地沒女人味。凱薩琳十七歲，四肢修長，直長髮及腰，像男孩子一樣毫無曲線可言。再合身的裙子穿在她身上也令人失望。麗茲習慣無意識撫摸孫女的屁股，彷彿揉久了就能突然提升女人味一樣。一如往常，凱薩琳推開麗茲煩人的手。

「來！」麗茲說：「告訴她們妳在城裡找到的好工作。」她嘴裡如連珠炮，也不讓孫女說，直接轉向其他人。「我好驕傲。是董事長助理！地位差不多就像個領班了，對不對？」

「外婆！」

麗茲指向愛格妮絲。「哼！那傢伙以為自己要靠外表過日子。幹你媽的，幸好還有人有腦。」麗茲馬上畫個十字。「我承認我亂吹噓，我先懺悔。」

「也順便懺悔一下自己罵髒話。」凱薩琳說。

南．佛蘭尼根看著牌，頭也不抬。「娃娃，妳現在要去工作了。首先要做的事是去銀行開兩個戶頭，一個用來存錢嫁人，另一個戶頭留給自己。第二個戶頭他媽的絕對不要告訴男人。」

南說完，眾人都喃喃同意。

「那妳不上學了，寶貝？」瑞妮問。

凱薩琳偷瞄了母親一眼。「不用。不上學了。我們家需要錢。」

「也是。照現在這世界，妳不管嫁給誰，都要能支持家計。」這群女人的男人全都在家蹲。他們都缺一份好工作，成天在沙發上腐爛。

南又不耐煩了。她搓了搓龜裂的雙手。「聽著，凱薩琳，我很愛妳，寶貝。」她聽起來一點都不真心。「妳當上蘇格蘭第一個太空人時，我一定會替妳包個三明治在路上吃。在那之前……」她比了一下牌，然後指向門口，「滾蛋。」

凱薩琳不吭一聲走向母親，心不甘情不願從愛格妮絲懷中抱起小夏吉。她弟弟正為母親胸罩肩帶上的塑膠日形環所吸引。

「我們的里克今晚會在家嗎？」愛格妮絲問。

「嗯哼。我想是吧。」

「『我想是吧』是什麼意思？里克在臥室嗎？」他們的臥室非常狹小，十五歲男孩再瘦小，也絕對沒其他地方好藏，光放凱薩琳和里克的雙層床和小夏吉的單人床，房間就差不多滿了。不過話說回來，里克很安靜，他通常會躲在角落偷看人，即使有人在對他說話，他也能瞬間消失。

「媽咪，妳了解里克。他可能在吧。」她只能這麼說。凱薩琳轉身，栗色的長髮如扇子旋開，她抱著小夏吉走出客廳，指甲深深掐入他柔軟的大腿。

她們又玩了幾把，家用錢又輸了不少。雖然沒人在聽，但愛格妮絲一直播放著歌曲。不出所料，南面前的錢愈疊愈高，其他人的錢愈來愈少。愛格妮絲一手拿著酒，開始獨自在鋪著地毯的地上旋轉。「喔、喔、喔，這是我的歌，各位。起來！站起來！」她雙手飛舞旋轉，懇求她們起身。

女人一個個站起，南看來贏了不少，輸錢的女人巴不得遠離牌桌。她們穿著新胸罩和舊毛衣，快樂起舞。地板在她們腳下震動。南讓安瑪麗不斷旋轉尖叫，最後兩人撞到茶几。她們恣意舞動，拿舊茶杯大口喝著拉格啤酒。她們扭腰擺臀，動作都集中在肩膀和屁股，動感又淫蕩，像是她們在電視上看到的年輕女孩。那天晚上，她們家裡貧窮乾瘦的丈夫肯定會被榨乾。女人會穿著新胸罩，帶著渾身酸臭的酒氣回家，爬到丈夫身上，一邊咯咯笑著，一邊流著汗，在那一瞬間，重新體驗回到十五歲的感覺。她們會脫下破洞的絲襪，解開胸罩，讓胸部搖晃，張開滿是酒味的嘴巴，伸出火紅的舌頭，扭動沉重笨拙的肉體，享受週五夜晚純粹的快樂。

麗茲不跳舞。她總說自己已戒酒，因為她和伍立想以身作則。若她平時會喝一、兩罐啤酒，卻罵愛格妮絲喝酒，那她就是個偽善的天主教徒。所以她下定決心和甜心黑啤酒及威士忌道別，講歸講……愛格妮絲望著拿杯冷茶的母親，完全不相信她的話。麗茲抬頭挺胸坐在那，年老的眼睛濡溼混濁，臉頰粉潤，卻顯得茫然無神。

愛格妮絲知道伍立和麗茲經常趁沒人注意時溜出客廳。他們週日聚餐時常離席，或不斷去上廁所。他們會偷偷溜進房間，關上門，坐在寬大的雙人床邊，從床底抽出一個塑膠袋。他們會像做壞事的青少年，把酒倒到舊杯子裡，在黑暗中迅速吞下肚。接著他們會回到餐桌，清清喉嚨，眼神更愉快、更茫然，而大家會假裝沒聞到威士忌的味道。其實只需觀察她父親週日喝熱湯的樣子，就能看出他有沒有喝酒。

錄音帶第一面播完，發出嘶嘶聲。麗茲起身，搖搖晃晃走進廁所。南以為沒人注意，趁機瞄了麗茲的牌。她眼角看到一道閃光，發現伍立的單人沙發後面有罐沒開的黑啤酒。「挖到寶了！」她大叫。「那老糊塗在椅子後面偷偷塞了一罐酒！」她大汗淋漓，不停地喘氣，一屁股坐下把酒打開。南來這是為了贏錢，比起其他人，她沒沾多少酒。她一整晚都專心在牌桌上，心裡只念著她星期日煮湯能買什麼樣的火腿、下週小孩去學校需要多少錢。如今牌局告一段落，南找到藏起的啤酒，終於大口暢飲。

「麗茲．坎貝爾。那老騙子。她根本沒戒酒。」瑞妮說。

「她戒酒就跟我戒派一樣。」南說著把毛衣扣起，緊緊蓋住她的新胸罩。她朝黑暗的走廊大喊給麗茲聽。「我不知道我幹麼跟妳們這群偷雞摸狗的天主教混蛋當朋友！」南拿起黑啤酒，倒進桌上的杯子和玻璃杯，畢竟大家愈醉愈好。突然之間，她又進入生意人的模式。「好啦。我們現在要繼續打牌，還是看型錄？我不想再看妳們一群老女人像潘神之人[3]的舞者跳舞。」她從腳邊的黑皮手提包拿出一本翻到捲邊的厚重郵購型錄，封面大字寫著「自由人」[4]，底下的照片有個身穿蕾絲洋裝、頭戴草帽的女人。她站在金黃色的田野中，洋溢著幸福，頭髮彷彿散發青蘋果的香氣。

南在牌堆上打開型錄，翻了幾頁。紙頁上了膠膜，翻動時發出沙沙聲，就像賽蓮海妖[5]的歌聲，女人聽到了都不再舞動，全聚到書旁，用油膩的手指著皮涼鞋和聚酯纖維睡裙。當她們翻到一張跨頁圖片，上頭女人穿著美麗的連身裙，騎著腳踏車，不禁異口同聲驚嘆。這時候，南手又伸進皮包，拿出一疊《聖經》大小的付款簿。女人一見全發出哀嚎。她們當然是朋友，但這是她的工作，她有小孩要養。

「唉唷，南，我這週真的沒有錢。」年輕的安瑪麗說著向後彈開。

南露齒微笑，從齒縫間盡可能給出禮貌的回答。「有，妳他媽明明就有。如果我抓住妳的胖腳踝，把妳拎到窗外搖，妳今晚就會付我錢了。」

愛格妮絲會心一笑，覺得安瑪麗剛才賭博應該見好就收。但年輕的安瑪麗繼續求她。「其實那件泳衣不合身。」

「屁啦！妳拿到的時候是合的。」南在好幾本灰色的簿子中翻找。她找到用黑筆寫著「安瑪麗・伊斯頓」的簿子，扔到桌上。

「而且我男朋友說他假日不能再帶我出去玩了。」安瑪麗睜大眼睛，向大家尋求同情。但這群女

---

3 「潘神之人」是英國女舞團，一九六〇至七〇年代是流行音樂電視節目固定班底，家喻戶曉。

4 自由人商店成立於一九〇五年，為英國老牌服飾和家具雜貨零售商，專門向全國發送《自由人》型錄販售衣飾品，大多數商品都能用信用卡購買。

5 賽蓮海妖為傳說中人首鳥身的怪物，他們會用歌聲迷惑水手，讓水手將船駛去觸礁。

人才不在乎。她們上次放假是在史達布丘的產房。

「他媽好慘喔。但老話一句，選對男人，穿好衣服。」一如過往，南對大家施壓收錢，並登記在簿子上。不過是替孩子買條制服褲，或買一組浴室毛巾，感覺好像要付一輩子。一個月五鎊加上利息之後，要好幾年才能付清，這感覺彷彿是在出租自己的人生。但型錄翻開新的一頁時，女人又開始爭著誰想買什麼。

愛格妮絲抬起頭，她是第一個感到房中氣氛改變的人。夏格站在門口，手中拿著沉甸甸的貼身腰包。潮溼的風吹過客廳，愛格妮絲知道這代表前門沒關，他不打算久留。愛格妮絲站起身，走向丈夫，她的洋裝仍折在腰間。雖然為時已晚，但她試著拉平裙襬，雙手交握，擠出她最清醒的笑容。夏格沒回應她的笑容，反之，他滿臉厭惡，直接忽略她，並突然冒出一句：「好啦，誰要搭便車？」

這個不請自來的男人就像學校的鐘聲。女人開始收拾東西。南順手摸走兩罐麗茲偷藏的啤酒，塞到包裡。「就這樣，各位小姐！下週我家見。」她大喊，接著又補了一句給夏格聽：「要是有男人敢破壞我的型錄之夜，那他就倒大楣了。」

「妳真是如常美麗，佛蘭尼根。」夏格說著用拇指甲摳著計程車鑰匙。如果天下的女人給他選，他也絕對不會幹她。他有他的底線。

「謝謝你的稱讚。」南淡淡一笑回答。「你不如把手臂塞到屁眼，替我好好擁抱一下你的內臟。」

愛格妮絲再次將天鵝絨洋裝肩帶拉上。她站得直挺挺的，手掌平放在裙子上。大家穿上厚重的大衣，有禮地朝她點頭，不自在地擠過門口的夏格身旁。她們走出門時，全都垂下目光，夏格留著八字鬍的嘴角朝每個女人露出微笑，愛格妮絲在一旁看著。

夏格變得不那麼帥了，但仍然充滿威嚴和魅力。他直率的目光總讓愛格妮絲神魂蕩漾。她有次跟母親說，夏格眼中散發著某種光芒，只要他開口要求，你就會情不自禁乖乖脫下衣服。然後她坦白說，他的要求確實非常直接。她向她解釋，關鍵就是自信，畢竟他人不帥，那自大的態度要是在沒魅力的男人身上，一定令人作噁。但夏格擅長灌迷湯，他能說得像你渴望一切。他懂得善用格拉斯哥男人的三寸不爛之舌。

他站在那，穿著平整的西裝和窄領帶，手上拿著計程車皮腰包，冷冷望著離去的女人，像是牛隻拍賣會的牲口販子。她一直都明白，高矮胖瘦，夏格都能欣賞，多數女人在他眼中都是一種冒險。不知何故，他不會受女人的美貌震懾，所以他能將美麗的女人拉下凡間，逗得她們大笑，滿臉羞紅，並珍惜在他身邊的時光。他頗具耐心，還有種魅力，能讓平凡的女人感到自信，彷彿世上眾多穿平底鞋的女人中，自己是最美的那位。

她現在明白了，他是隻自私的野獸，骯髒又性感，總讓她違背善良的天性，並感到無比興奮。看他的吃相就能明白，他會將食物塞進嘴裡，舔著指節之間的肉汁，不顧他人想法。撲克牌派對的女人離開時，他那色迷迷的眼神也能印證。最近這種跡象愈來愈頻繁。

為了和夏格在一起，她和前夫離婚。第一任丈夫是耶誕節才會上教堂的天主教徒，虔誠程度剛好能通過教會建築補助方案，又能全心將自己奉獻給她。愛格妮絲長得比丈夫好看，陌生男人看到時會覺得自己也有望抱得美人歸，女人則會瞇眼盯著他胯下，心想她們是否錯過了布蘭登．麥高文。但其實沒什麼好錯過的。他只是個直腸子，工作苦幹實幹，腦中沒什麼願景，他知道自己娶到愛格妮絲有多幸運，因此把她捧在手心。其他男人去酒吧時，他每週都乖乖回家，毫無怨言將密封完整的棕色薪水袋交給她。她不曾為此動容，也不曾滿足於信封中的薪水。

夏格．班恩跟前夫比起來，外表光鮮亮麗太多了。只有新教徒才會打扮得如此虛華，而引人疑心的是，他口袋也沒多少錢，卻總是脹紅著臉，大口喝酒吃肉，揮霍無度。

麗茲一直都知道他的本性。愛格妮絲帶著兩個年紀較大的孩子和這位新教徒計程車司機出現在門口時，麗茲馬上想關門，但伍立阻止了她。伍立總能樂觀看待愛格妮絲的一切，但麗茲覺得只是盲目。夏格和愛格妮絲登記結婚時，伍立和麗茲都沒去戶政事務所。他們說這樣不對，兩個不同信仰的人不該結婚，不該在教堂外結婚。但說到底，她就是討厭夏格．班恩。麗茲從頭到尾都知道。

安瑪麗是最後幾個離開的，雖然她東西都放在原位，沒人亂動，但她以異常緩慢的速度穿上毛衣和收拾菸草。她原本想對夏格說些什麼，但一和他四目相交，她便舌頭打結，說不出話來。愛格妮絲看著他們的眼神交流。

「瑞妮，妳好嗎，親愛的？」夏格像貓一般咧嘴微笑。

愛格妮絲目光離開安瑪麗的影子，望向她的老朋友，再次感到胸中一陣抽痛。

「嘿，還可以，謝啦，夏格。」瑞妮尷尬回答，一直都看著愛格妮絲。

夏格說：「穿上大衣，妳這樣回家太危險。我載妳過街。」

「不用，那樣太麻煩了。」

「哪會。」他又露出微笑。「愛格妮絲的朋友就是我的朋友。」

「夏格，我會替你做點東西吃，別太久。」愛格妮絲說，聽起來就像管太多的潑婦。

「我不餓。」他們走出門之後，他默默關上門。窗簾再次變得毫無生氣。

瑞妮．絲維妮住在平克斯頓大道九號的高樓建築區，就在十六號的隔壁。黑色的計程車只消俐落轉個彎，瑞妮不到一分鐘就到家了。愛格妮絲坐下，點了根菸，知道夏格下次再出現，會是好幾個小時後。

她的母親麗茲盯著她側臉，不發一語，只望著她。愛格妮絲受不了了，她困在母親的客廳，受她無聲批判，而每段婚姻起伏，她都是第一線的目擊者。愛格妮絲拿起菸，沿著短短的走廊向前，去看她的孩子。房間除了露營燈集中的光束，四周一片漆黑。里克表情平靜，下巴卡著露營燈，拿著黑色筆記本畫圖。他沒抬頭，柔軟的劉海垂在他面前，她看不到他灰色的眼睛。弟弟和姊姊都在睡覺，三人的呼吸讓房間無比悶熱。

愛格妮絲撿起地上亂扔的衣服，細心摺好。她從他手中拿走筆，合上筆記本。「親愛的，這樣眼睛會壞掉。」

他快成為男人了，已不適合親吻他道晚安，但她還是親了。即使他聞到她口中濃厚的啤酒味，身子向後縮，她也不管。接著里克替她照亮單人床。愛格妮絲查看了她最年輕的孩子，並替小夏吉把被子拉到下巴塞緊。她想叫醒他，想帶他回她床上，因為她此刻突然好需要人陪，需要有人再次緊緊抱住她。但小夏吉的嘴巴微微張開，眼皮輕輕翻動，已沉沉進入夢鄉。

愛格妮絲靜靜關上門，走到自己的房間。她手摸進床墊間，拿出熟悉的伏特加酒瓶。她搖了搖瓶子，倒進廉價的茶杯中，然後吸吮滑下空瓶頸的液體，望向下方城市燈光。

夏格輪夜班，第一次不見人影時，愛格妮絲凌晨心焦如焚，擔心他是否進了醫院，也問了她在計程車候車處認識的所有司機。她拿起通訊錄，打給所有女性朋友，故作輕鬆關心她們的生活，但她無法接受夏格在外遊蕩的事實，也無法相信他終究出軌了。

女人嘰哩呱啦聊起生活瑣事時，她只專注聽著背景的聲音，並在話筒另一端，尋找著任何可能是他的聲音。如今她好想告訴其他女人，她全都明白。她知道那是什麼情況。計程車窗凝結著水珠，他貪婪的雙手上下遊移，而他老二插入她們身體時，她們會嬌喘連連，求夏格帶她們遠離生活的一切。這讓她感覺自己好老，又無比寂寞。她想告訴她們她都明白。她明白箇中刺激，因為曾幾何時，那個女人就是她。

●

曾幾何時，海風吹得愛格妮絲大腿發冷，但她沒有感覺，因為她心裡好快樂。人行步道閃爍的燈光灑在她身上，她微啟朱唇，走向光芒。她為眼前美景震撼，幾乎忘了呼吸。她新洋裝上的黑色亮片將光反射到格拉斯哥市聚集的群眾身上，她光彩動人，彷彿自己化為一盞照明燈。

夏格將她舉起，讓她站到無人的長椅上。她看向遠方，燈火照明下，海水波光粼粼，一望無垠。每一棟建築物彷彿都在和彼此競爭，展現自己上千盞最華麗的燈光。有的招牌是西部酒館風格，上面有奔馳的馬匹和眨眼的牛仔，有的招牌上則像賭城拉斯維加斯，上頭繪著舞女。她低頭望向夏格，他對她露出燦爛的笑容。他穿著窄版筆挺的黑色西裝，顯得分外俐落，看起來就像個有頭有臉的人物。

「我不記得你上次帶我去跳舞是什麼時候了。」她說。

「我舞還是跳得很好。」他輕輕扶著她，讓她回到人行步道上，手依依不捨摸著她柔軟的腰部。夏格能在她眼中看到水岸區，看到俱樂部和遊樂場設施五光十色的霓虹閃爍。他好奇這一切未來在她眼中是否也會失去光彩。他脫下西裝外套，披在她的肩上。「是啊，看過這裡之後，塞特丘的燈光就沒得比了。」

愛格妮絲打個寒顫。「我們不要談家裡的事，就假裝我們私奔了。」

他們沿著波光粼粼的水岸漫步，不去想所有日常瑣事，就是那些事害兩人漸行漸遠，害兩人住在高聳的公寓，忍受父母隔牆鼾聲。愛格妮絲看著燈光閃閃爍爍。夏格看著男人貪婪的目光瞄向她，胸中燃起一股病態的驕傲。

那天早晨，透過灰色的晨光，她初次見到黑潭的海岸。無聲無息之間，她的心充滿了失望之情。簡陋的建築面對波濤洶湧的黑色海洋，皮膚蒼白的小孩穿著內衣褲在冰冷的沙灘上奔跑，一旁插著桶子和小鏟，而領養老金的長輩穿著塑膠雨衣……四周不是從利物浦出門來晃晃的家庭，就是從格拉斯哥搭乘遊覽車而來的遊客。他覺得這是兩人獨處的機會。但她只是緊咬著臉頰內側，忍受面前平庸的景致。

但到了晚上，她看出它吸引人之處。真正的魔力在於燈光。她一眼望去，無一處不在發光。老舊的輕軌電車從街中駛過，沐浴著光芒，破舊的木建碼頭如今掛滿了燈光，伸入黑色海洋，變得像伸展台一般。就連庸俗的「快親我」帽子，在閃爍之中，彷彿都散發著肉欲。夏格牽起她的手腕，帶她穿過人群，沿著絢麗多彩的人行步道向前。碼頭遊樂場的旋轉咖啡杯中傳來孩子的尖叫，轟轟作響的碰碰車發出閃光，吃角子老虎機也在一旁叮鈴作響。夏格拉著她擠過人群，走向黑潭塔，照計程車司機的直覺不斷左扭右閃。

「親愛的，走慢一點。」她哀求。燈光從她身邊飛逝，她根本沒辦法好好欣賞。她將手腕從他手中扯開，他抓住她的地方出現一圈紅痕。

夏格眨眨眼，站在假日的人群中，面紅耳赤。他心裡一方面生氣，一方面羞惱。陌生人紛紛轉頭來看，彷彿他們覺得自己更懂得如何善待這位美麗的女人。「妳又要鬧，是不是？」

愛格妮絲揉揉手腕。她努力舒展深鎖的眉頭，用小指勾起他的小指，他共濟會圖案的金戒碰到她的手，感覺冰冷死寂。「你走太快了，就這樣而已。讓我好好享受一會。我感覺好像自己沒出過屋子一樣。」她背對他，轉向燈光，但魔力消失了。它們確實很廉價。

愛格妮絲嘆口氣說道：「我們去喝杯酒，驅驅寒氣，也許待會能再開心起來。」

夏格瞇起眼，一手握在八字鬍前，好像在把想罵她的話全收進拳頭裡。「愛格妮絲，我求求妳。拜託今晚少喝點行嗎？」但她已經越過電車軌道，走向眨眼的牛仔招牌。

「妳好。」酒吧女服務生有一口濃重的蘭開夏口音，「妳的洋裝真美。」

愛格妮絲坐上塑膠旋轉吧台凳，腳踝優雅交叉。「一杯白蘭地亞歷山大，謝謝。」

夏格像轉陀螺一樣轉動她旁邊的吧台凳，把凳子調得比她還高。他一屁股坐上凳子，兩人面對面相視。「一杯冰牛奶，謝謝。」他從菸盒中抽出兩根菸，愛格妮絲請他替自己點一根。女服務生將飲料放到他們面前。牛奶裝在孩子用的塑膠杯中，夏格把杯子推回去，叫她換另一個杯子。

他將點燃的菸輕輕放入愛格妮絲雙唇間，並撫摸她的後頸，她後頸垂著幾縷鬆落的柔軟髮絲。她手伸入手提包，一手將頭髮撩起，咻一聲噴一下散發香甜氣味的髮膠。愛格妮絲大口喝下甘甜的酒，咂了咂嘴。「伊莉莎白・泰勒曾來過黑潭。不知道她喜不喜歡吃海螺？」

夏格用戴了戒指的小指挖鼻孔，並用大拇指和食指搓著黏液。「誰會不喜歡？」

她轉身面對他。「也許我們應該搬來這裡。每天都可以像這樣過日子。」

他大笑，對她搖搖頭，好像她是個孩子。「每天住在這裡，對妳來說又不一樣了。我要跟上妳的想法實在太累。」他手指沿著她閃亮的裙襬摸去，她望著酒吧外來來往往的夏日人群。當地居民都已穿上冬天的大衣。

「你知道我想做什麼嗎？我想去玩賓果。」她喝酒之後，身子已暖起。她雙臂環抱自己，身心感到滿足。「看到這些燈光。我覺得自己運氣很好。」

「是吧？我請他們為妳打開的。」

新的一杯酒來了。愛格妮絲伸手把吸管、攪拌棒和兩顆大冰塊拿出。「我這次說真的。我要大贏一把。我要開始生活。我要讓塞特丘好看。我感覺得到。」她一口吞下白蘭地。

●

他們租的房間在一間維多利亞式公寓頂樓，距離海岸人行步道三條街。即使以黑潭民宿的標準來看，這間民宿都顯得簡單樸素，氣味聞起來不像租給度假的旅客，反倒像是給短期房客的租屋。每層樓都鋪著地毯，瀰漫一著股難以袪除的麝香芳香劑味。那地方充滿烤吐司和電視靜電味，彷彿屋主從不開窗。

早晨很寧靜。愛格妮絲癱倒在鋪著地毯的樓梯下方平台，隨意喃喃地唱著：「我只是人類。我只是個女人[6]。」

房門後有人走動，頭頂上老舊的木地板發出咿呀聲。夏格手輕輕放到她嘴上。「噓。安靜點好不好。妳會吵醒這裡所有人。」

愛格妮絲推開他的手，雙臂張開，更大聲地唱道：「讓我看我要爬的樓梯，讓我看我要爬的樓梯。」

夏格從薄門底下看到其中一個房間的燈光亮起。他雙手伸到她手臂下，試著架起她，拖她走上樓梯。他愈拉，她愈從他手中滑下，像是一袋沒骨頭的肉。每次他找到施力點，她就會全身癱軟到不成形，再次從他手中滑開。愛格妮絲咯咯笑著倒回樓梯，繼續唱歌。

一個英國人隔著門，在租屋房門後噓了一聲。「小聲一點。不然我叫警察了！有人要睡覺。」對夏格來說，從這人嘶嘶說話的方式來看，應該是個矮小柔弱的男子。夏格好想請他開門，在他臉上留下戒指的圖案。

愛格妮絲故作惱怒，「好啊，打給警察啊，你這神經病。我在度假——」

夏格手緊緊摀住她沾滿口水的嘴。她只咯咯咯一直笑，露出一副鬼靈精的樣子，伸出肥舌舔著他手掌。她舌頭感覺像一片溫熱溼濡的羊腩肉。他暗自作噁，於是手抓得更緊，左手手指掐入她雙頰，擠掉了她的假牙。她眼中的笑意消失。他臉湊到她臉前，嘶聲輕語：「我只說一次。自己站起來。走上樓梯。」

他慢慢鬆開她臉上的手，露出在她下巴留下的紅痕。她眼中充滿恐懼，看起來幾乎醉意盡消。但正當他收回手，她眼中的恐懼隨即消失，醉態再次湧現。她從陶瓷牙齒間朝他噴唾沫。「你以為你他媽是誰——」

她沒來得及說完，夏格一個箭步上前，跨到她上方，他伸手抓住她頭髮，因為噴了髮膠，僵硬的髮絲彷彿要跟雞骨頭一樣粉碎。他用力向前扯，力量足夠抓起一把頭髮，並開始拖著她爬上樓梯。愛格妮絲雙腳笨拙地外張，胡亂踢動，像隻笨手笨腳的蜘蛛努力想站起。她頭皮感到撕裂的痛楚，只能雙手抓住他的手臂，尋找施力點。她指甲掐入夏格皮膚，但他似乎沒感覺，一逕拉著她走上樓梯，骯髒的地毯摩擦她的背和脖子，勾掉她閃亮洋裝上的亮片。接著他粗壯的手臂勾住她的下巴，拖著她走過另一段鋪著地毯的路，最後一個動作把她摔倒在地，掏出鑰匙，打開房中的燈，把她拖進門。

愛格妮絲狼狽地倒在門前，像是一條破爛的擋風條。她鑲著飾珠的洋裝捲起，露出白皙的雙腿。她的伸出手，摸著頭髮被扯的地方。夏格走過房間，把她手從頭上拉開，突然對自己所作所為感到難堪。「不要再摸了。我沒弄傷妳。」

她手指摸到了頭皮上的血，耳朵則因為「砰！砰！砰！」撞著樓梯，現在不斷耳鳴。酒精麻痺的作用漸漸消退。「你為什麼要那樣？」

「妳在丟我的臉。」

夏格脫下黑西裝外套，放在一張單人木椅上。他解開黑色領帶，整齊捲好。他整張臉脹得通紅，

---

6 《順其自然》（One Day At a Time）是葛羅利亞（Gloria Smyth）一九七七年八月發行的單曲。這首歌名也是戒酒無名會常會用來勉勵戒酒的名言，意思是眼光放近，按部就班，不要心急，好好度過每一天就好。

讓他眼睛顯得更小、更黑。他將她拖上樓之後，頭髮變得凌亂，之前努力遮住的禿頭盡皆暴露，稀疏的髮絲像老鼠毛一樣垂在左耳。這時他喉嚨深處發出咔一聲，好像有個火氣的開關，他雙手又按到她手上。她感到他一手掐住自己的脖子，一手握住大腿。他的手指扣住她柔軟的肌膚，確認自己有將她抓牢。骨肉幾乎分家時，她痛得大叫，這時他又用戴金戒的手甩了她兩巴掌。

她終於安靜下來，夏格彎身抓起她，指甲刺著她的肩膀和大腿，像拎破垃圾袋一樣，把她扔到租屋床上。他爬到她身上，臉蒙上一層紅光，軟髮垂在他腫脹的臉旁。他身上的血彷彿都在沸騰，用手肘將全身的重量壓在她的手臂上，使其深陷到床墊中，感覺快要應聲而斷。他抬起開車久坐養成的肥胖身軀，一股腦全壓到她身上。

他右手伸向她的裙襬，找到她柔軟白皙的雙腿。她雙腿交叉，腳踝相扣，他發現之後就用另一隻手抓住她的大腿，試圖掰開。但她腳踝扣得很緊，文風不動。他的指甲掐入她柔軟的雙腿，刺破皮膚，直到她鬆腳。

她啜泣的同時，他插入她的身體。她此時不再有醉意，也不再掙扎。他完事之時，把臉湊到她脖子旁，告訴她，明天會再帶她去燈光下跳舞。

3

不來則已，一來驚人，夏天來得悶熱又潮溼。對一個夜行性的人來說，白天感覺太漫長了。長晝像是不體貼的客人，北方的薄暮也遲遲不願離去。夏格總覺得夏天最難入睡。陽光會透過窗簾化為紫色的光線，而孩子在這最快樂的時節通常最吵，整棟公寓的門不斷開開關關，青少年會嘰哩呱啦聊著天，女人會成天穿著綁帶涼鞋，在鋪著地毯的走廊上晃悠，粉嫩的腳在路上啪嗒啪嗒地響，粉色的口香糖也咂巴咂巴地嚼。

夜晚終於降臨時，夏格會開著黑色計程車，像追著自己尾巴的胖狗回轉，然後駛出塞特丘。他這一整天都縮著頭、聳著肩膀，如今看到格拉斯哥的燈光，肩膀才終於放鬆，全身向後靠到座位上。接下來八個小時，城市屬於他，他有自己的計畫。

他擦了車窗，用後視鏡整理儀容，然後朝自己微笑，覺得自己帥氣十足。他穿著白襯衫、黑西裝，配上一條黑領帶。愛格妮絲曾抱怨他上班打扮太帥，但話說回來，她最近意見太多了。他的笑容逐漸擴散全身，這令他好奇，他身上是不是注定流著計程車司機的血液。他和弟弟瑞斯考都幹這行，這簡直就是家族事業。要不是造船害死他父親，他父親應該也會喜歡這份工作。

夏格停在格拉斯哥皇家醫院旁的路燈下，看著護理師嘰嘰喳喳抽著手捲菸。他望著她們在寒夜中搓著粉紅色的手臂，奶子靠在緊緊交抱的雙臂上。她們菸都叼在嘴上，就怕多失去一點體溫。他緩緩露出微笑，看著鏡中的自己。晚班絕對最適合他。

他喜歡在黑暗中獨自漫遊，觀察底層民眾。看看被灰色的城市、多年酗酒或雨水擊垮的小人物，並看他們盡力維持生活。他賺的是大家的通勤錢，但他最喜歡的是觀察大家。

他搖下薄薄的車窗，點了根香菸，車窗發出尖銳的摩擦聲。風竄進來，他稀薄的長髮像是風中的濱草飛舞。他恨透禿頭，也恨透變老，老了什麼都變得辛苦。他把後視鏡調低，避開自己的禿頭。他看到濃密的八字鬍，就像摸最愛的寵物一般，隨意伸手摸了摸。再往下，他的雙下巴搖晃。他又把鏡子調高一些。

格拉斯哥的街道溼漉漉的，在街燈下閃閃發光。醫院護理師沒多停留，她們把抽一半的菸彈到水窪中，搖搖晃晃走回醫院內。夏格嘆口氣，計程車轉個彎，開過唐黑區，駛向市中心。他開車喜歡從塞特丘出發，感覺像是一路向下，深入維多利亞時代的黑暗中。愈接近河川，就愈接近城市底層，格拉斯哥的真面目也就出現在你面前。陰暗的鐵路拱橋下，藏有隱祕的夜店和無燈無窗的酒吧，天氣晴朗時，老頭子和女人汗流浹背坐在裡頭，就像在刺鼻的煉獄之中。而正是在河川附近，才會看到身材苗條、表情緊張的女子，坐上光鮮亮麗的旅行車，出賣自己的肉體。有時也是在這裡，警察會發現裝著她們屍塊的黑色垃圾袋。城市的停屍間就坐落在克萊德河北岸，合情合理，因為蒙主恩召時，為了不造成麻煩，所有迷失的靈魂都會飄向北岸。

開過車站，夏格開心看到滿滿的計程車，卻沒半個賭馬迷。車站的遊客大都無聊、愛聊天，又他媽的小氣。他們會拖著巨大的行李箱坐在後座，穿著窸窣作響的輕量風雨衣，弄溼整台計程車。那群醜陋的吝嗇鬼，去他們的十便士小費。他朝其他司機按喇叭，嘲諷一下他們，便繼續朝河川駛去。

格拉斯哥不下雨才是奇事。雨水讓野草嫩翠，讓民眾臉色蒼白，呼吸道過敏。對計程車業來說，下雨幾乎不影響生意。這其實是個問題，因為溼氣無縫不鑽，無人幸免，所以乘客會覺得同樣是溼，與其花大錢坐計程車後座，不如坐公車。但換個角度想，下雨就代表去跳舞的年輕小姐全都想搭計程車回家，畢竟她們想維持硬邦邦的髮型，不想弄髒乾淨的鞋子。想通這點，夏格便支持雨下個不停。

他開到霍普街，排到計程車隊伍中。看來應該不會等太久。等乘客的只有兩、三個老司機。女孩出了薩切霍街舞廳快步過來不算遠，妓女從布萊斯伍廣場被趕出來之後，冒著寒風走來也算近。不論乘客從哪來，今晚肯定很有趣。

夏格坐在寒冷的雨中抽菸，聽著公民波段無線電沙沙的聲音。計程車的女派遣員宣布波西爾那帶有些客人，特隆門一帶也有生意。瓊安妮．米可懷特是無線電中唯一會出現的聲音，每天晚上他都聽著她用一再重複的台詞，尋求司機協助，等待回應，給出指令，並反嗆出言不遜的司機。無線電傳出的總是一半的對話而已，彷彿她在對自己說話，或彷彿只對他說話。他喜歡她平靜的聲音，並從中得到撫慰。

他抽完菸，望著年輕情侶看完午夜場電影，在路上卿卿我我。前面的司機開始載客，轟轟駛入黑夜，剩他獨自排在隊伍第一個，看到一群年輕小姐拉拉扯扯，薯條掉了一地，吵著要怎麼回家。看來她們會搭計程車，但沒有，其中那個務實的胖子想等夜間公車。他心想，讓她去吧，讓她淋雨。最後最醉、最美的女生仍搖搖晃晃走向他。夏格在昏暗的燈光下練習自己的笑容。

他腦中才浮現骯髒的念頭，幾根乾瘦的指節就出現在窗邊，敲打著車窗玻璃，將他拉回現實。

「載人嗎，司機？」一個男人說。

「沒有！」夏格大喊，並指向喝醉的女孩子。

「那好。」那老人完全不理會他的回答。夏格來不及按下自動鎖，老人便伸手打開門，將乾瘦的身軀和寬大的大衣塞進車裡。「你知道杜克街的流浪者隊酒吧嗎？」

夏格嘆口氣，「知道。」漂亮的女孩沿著隊伍向前，走向他後面的車。他淡淡朝她微笑，但她沒注意他。

老人沒坐寬敞的黑皮座位，他拉下摺疊椅，直接坐在夏格身後。這代表他是愛聊天的傢伙。夏格心想，他媽的上路吧。

外頭陰雨連綿，但計程車內只有溼氣和臭酸的牛奶味。老人身穿黃色襯衫和發皺的灰色西裝，上頭再罩一件輕薄的羊毛大衣，最後再加上一件過大的大衣。他骨架窄小，埋沒在一層層雪特蘭羊毛和軋別丁布料之中，看起來就像難民。他頭上戴著一頂哈里斯毛料製的軟帽，帽子讓他的臉都藏在黑影下，只露出紅通通的鼻子。他話匣子馬上就打開，「你今天看球賽了嗎，老弟？」醉醺醺的乘客問。

「沒有。」夏格回答，他已經知道這話題會往哪去了。

「噢，你錯過一場好球賽，媽的超級精采的球賽。」那人嘖嘖讚嘆。「你支持哪一隊？」

「塞爾提克隊。」他說謊。他根本不是天主教徒，但此話一出，對話就結束了。

老人的臉瞬間垮下，像一條落地的毛巾。「喔，幹他媽的，怎麼會搭到天主教徒的車。」夏格從後視鏡看他，八字鬍下哼一聲。他不支持塞爾提克隊，也不支持流浪者隊，但他以身為新教徒為傲。他原本要把共濟會戒指給他看，但老人只像在水中掙扎一樣，不理他。

夏格感到困惑，他看著那人情緒慢慢改變，一開始是茫然和絕望，後來轉變成傷春悲秋，最後想拿他出氣。他雙手伸到面前，彷彿在乞求神。接著他手臂靠著椅背，臉湊到夏格耳旁，兩人之間只剩一塊玻璃區隔。他滿嘴酒氣，口沫橫飛，隨機吐出一連串謾罵，表情扭曲，像是牙牙學語的嬰兒。一條條口水噴上玻璃。夏格故意踩幾次煞車，讓老人的額頭咚一聲撞到玻璃上。老人帽子掉了，卻毫不動搖，依舊東拉西扯。夏格皺了皺眉頭。他晚點必須好好把玻璃擦乾淨。

格拉斯哥老醉漢已瀕臨滅絕。一般而言，老醉漢有著良善的靈魂，但新一代已漸漸取而代之，而因為都市毒品氾濫，年輕人可謂凶神惡煞。夏格望向鏡子，看老人演著酒醉的獨腳戲，他聲音低沉，內容破碎，夏格只能聽出隻字片語，像是柴契爾、公會和王八蛋。夏格內心不帶一絲同情，望著那人時而大笑，時而痛哭。

勞登酒館陰暗無窗，正門完美地融入低矮建築的磚面。從設計上來看，酒館防石頭、防酒瓶，也防炸彈。帕克黑德區就是格拉斯哥塞爾提克隊的主場，也就是天主教徒運動界的麥加，而酒館門面漆上了代表格拉斯哥流浪者隊的紅白藍三色，顯得格外桀驁不馴。

夏格告訴那人車錢是一鎊七十便士，並看他掏著一個個口袋。所有格拉斯哥醉漢都是如此。星期五，他們的薪水會在酒吧中散盡，最後變成五便士、十便士零錢塞在口袋裡，沉重的小錢幣重量不斷增加，會壓得他們彎腰駝背，步履蹣跚。他們接下來這一週會用那些錢幣過日子，時時掏口袋碰運氣。即使熟睡也絕不會脫下褲子和大衣，因為他們擔心妻小會先下手為強，拿零錢去買麵包和牛奶。

那人往每個口袋掏了好久。夏格聽著無線電傳來的溫柔聲音，試著保持冷靜。等醉漢付了錢，走進酒館黑色大嘴中，夏格沿著杜克街加速回去招呼站，想把握舞廳散場的客人。在斯卡拉賓果遊樂場外，一個老婦人伸出手，像隻小鳥一樣揮舞。夏格只好緊急煞車，不然會撞到她。

他看她爬上計程車後座，直直坐到寬敞的黑色皮椅中間，心裡鬆了口氣。「亞歷山卓大道，謝謝。」她聞了一下車內空氣，皺起眉頭瞪著夏格，滿臉責備之意。車裡面聞起來一定像有人在一碗酸臭的粥裡尿尿。

計程車爬上丹尼斯頓的住宅區山坡。夏格從鏡子看著那女人，她也正望著他。格拉斯哥的家庭主婦總會坐在正中間，從來不會側望窗外，或像那孤獨的老人坐到摺疊椅上，渴望有人陪伴。她坐得跟她們所有人一樣，抬頭挺胸，全身僵硬，像長老會的女王，雙膝靠攏，背打直，雙手交疊放在大腿上。她大衣緊緊包裹自己，頭髮梳理整齊，高高盤起，就算在後座，整張臉也綳得像一張面具。

「今晚這天氣真難受，真的。」她終於開口。

「是啊，電台說雨會下一整週。」那女人不知何故讓他想起過世的母親。她粗糙的手和嬌小的骨架底下肯定蘊藏著堅韌的力量。他想起父親朝母親揮拳的那些夜晚。她愈抵擋，他愈不肯罷手，打得她身體發紅、發紫，最後發黑。夏格想著母親在鏡子前的模樣，她會把頭髮梳到臉前，把眼妝畫得誇張，掩飾瘀青。

「我只是要說，我平常不會搭計程車。」她在鏡中尋找他的眼睛。

「喔，是嗎？」夏格回答，很高興自己思緒被打斷。

「對，但我今晚贏了點錢。小贏而已，不算多，總之還是很不錯。」她搓著拇指指甲。「這點錢來得剛好，畢竟我家喬治沒工作。」她嘆口氣。「整整二十五年了。他原本有在達爾馬諾克鐵工廠工作，最後只拿到三週的工資。三週！我親自去一趟，敲開領班紅色的大門，然後我問他拿三週的工資能做什麼。」她打開硬皮小皮包的扣鎖，看了看裡頭。「你知道那大混蛋跟我說什麼嗎？『布朗迪太太，妳丈夫能拿到三週工資很幸運了。我手下幾個年輕人，明明有大好前程，卻只能輪班完才拿得到錢。』我聽了火冒三丈。我對他說：『我家裡有兩個孩子要養，他們現在也不能找工作，你要我怎麼辦？』他望著我，眼睛甚至眨都不眨，直接說：『去南非啊！』」

她關上皮包，「別說南非了，他們甚至連南拉奈克郡都沒去過！」她一直搓著發紅的拇指。「這樣下去不對。政府應該做點什麼。就這樣關閉鐵工廠和造船廠。下一個倒楣的就是礦工。你等著看！南非！我永遠不去！大老遠跑去南非，讓他們造更多便宜的船賣到家鄉，害我們更多工人失業？一群臭慣老闆。」

「其實是鑽石。」夏格說：「一般是去南非挖鑽石。」

那女人瞪他，彷彿他忤逆她。「哼，我不管他們在挖什麼，他們從黑人屁股拔出甘草我也沒差。但他們應該要在家鄉格拉斯哥工作，吃媽媽煮的菜。」

夏格腳踩油門。城市變了，從人們臉上看得出來。透著玻璃，他清楚看到格拉斯哥失去了目標。他從掙來的錢也感覺得到。他聽他們說，柴契爾再也不想要老實的工人。她的未來全放在科技、核武和私人醫療服務。工業時代已經結束，克萊德造船業和斯普林伯恩鐵路工程的遺骨遍布城市，像是腐爛的恐龍。住宅區的年輕人原本有望繼承父輩的勞工職，如今都失去未來。男人失去了男性尊嚴。

夏格眼睜睜看著貧窮社區中勞工階級的人日漸消瘦。接著中產階級的公職人員和都市計畫人員自以為神來一筆，打算在城市邊緣造新鎮，建造廉價住宅。他們以為只要鋪塊青草，配上天空景致，城市的病痛就會消失。

婦人僵坐在後座。她大拇指的皮膚都快被磨破了，嘴角散發著憂慮。要不是她剛好伸手拍拍後面的頭髮，夏格還以為她死了。計程車開到她家巷口，她塞了一鎊小費到夏格手裡。

「嘿，這幹麼呢？」他想還回去，「我不需要。」

「拿去吧！」她說：「這只是我贏的一點小錢。我要跟大家分享我的運氣。只有運氣能讓我們逃出這堆爛事。」

夏格勉強收下小費。去他媽的英國旅客和狗屁柯達相機。夏格之前就見識過這種事：擁有愈少的人，願意付出愈多。

等夏格回到市中心，最後一場電影已散場，城市漸漸安靜下來，迎向幾個小時寒冷的睡眠。幾家深夜夜店音樂仍轟隆作響，但停在店外等客人根本是找死，因為至少要到午夜之後，才會有第一批醉鬼走出來。夏格嘆口氣，考慮要不要空等。也許他會接到夜店裡的孤鳥，當朋友都去跟男生跳舞，孤鳥只能在旁邊看顧仙鹿氣泡酒。最醜的小鳥通常最早離開。他曾載過她們回家，甚至會停錶，讓她們去街角雜貨店買些薯片和巧克力餅乾，尋求安慰。如果你親切對待她們，她們也會還以同樣的熱情。

他拉鬆領帶，準備面對漫長等待，這時無線電傳來溫柔的聲音。「三十一號車，三十一號車回報。」他心一沉。愛格妮絲找他，一定是。

他拿起黑色對講機，按下側面的按鈕。「三十一號車收到，請說。」安靜半晌，他等著對方的消息。

「史達布丘有人指定你，目的地是伊斯頓。」瓊安妮．米可懷特說。

「我現在有客人，我要載他們去機場。妳附近沒有其他車嗎？」

「抱歉，親愛的！有人特別指定你。」他從聲音就聽得出她的微笑，「客人說不急，時間配合你。」

他沒想到是這樣。他原先猜測，可能是愛格妮絲，甚至可能是第一任老婆來討四個孩子的贍養費，但他不曾想過是這樣。他們關係還沒到那邊吧？

晚上這時間開車去醫院不會花多少時間。足球員遇刺或因失業衍生的家庭暴力事件通常會送皇家醫院。而身為格拉斯哥人，生在史達布丘醫院，死也在史達布丘醫院。門廳燈光投出的光線下站著一個鼠頭鼠腦的女孩，她穿著清潔工專用的藍色圍裙，盡力將鬆垮的絲襪拉平拉緊。在冷風和淚水洗禮下，她的妝都花了。從她腳邊的菸蒂來看，她整段休息時間應該都在寒風中等他。夏格露出微笑。她才二十四歲，卻已是他的受氣包。

「我以為你不來了。」她說著爬進計程車後座。

「妳打電話叫我來這裡幹麼？」

「沒什麼，我想你。」她說：「我好幾週沒見到你了。」她粗胖的雙腿張開，又風騷地合起。「你沒生氣吧，嗯？」她嫣然一笑。

夏格從座位轉身。「妳他媽以為妳哪根蔥，安瑪麗？我正在工作，妳一通電話就要我越過城市，好像我是隻在妳地毯尿尿的狗。」他拳頭搥一下玻璃板。「我們一定要小心。低調。如果愛格妮絲發現，妳他媽以為會發生什麼事？我告訴妳會發生什麼事。首先，她會抓住妳脖子，把妳浸到克萊德河拖著走，接著，她會把妳的名聲一起拖下水。妳父母每晚上床睡覺時，她都會打給他們。她會叫醒他們，說他們的寶貝天主教女孩跟有婦之夫有染。」他頓了頓，看著她對這段話的反應。「這真的是妳想要的嗎？」

淚水從她臉龐流下，落在圍裙上，「但我愛你。」

夏格的計程車一個急轉彎，停進了一個空蕩蕩停車場的黑暗角落。他看一眼錶，然後在鏡中再次和她四目相交。「好，把妳他媽內衣脫了。我只有五分鐘。」

夏格駛向城市時，感覺自己餓了。他確定安瑪麗暫時不會打電話給車隊了。她是個好女孩，奶大又飢渴，但她束縛了他。年輕女人總有這問題，她們總認為沒道理不期待更好的待遇。她絕對出局了。

他正想到無線電的聲音，無線電就再次對他說：「三十一號車，三十一號車回報。」

他拿起對講機，屏息以對。他運氣用完了。「瓊安妮，怎麼了？」

「現在、打電話、回家。」簡單扼要的回答傳來。

他把計程車停在高登街口，從零錢盒拿了幾枚錢幣，冒雨衝到老式的紅色電話亭。電話亭裡頭無比潮溼，飄散著尿騷味。他以前從不管愛格妮絲的命令，但那只會讓事情更糟。她會鍥而不捨，隨著夜愈深，變得愈來愈激動。最佳的處理方式就是現在、打電話、回家。

電話第一聲還沒響完就接起了。她一定坐在走廊上鋪著人造皮革的電話桌前，邊喝酒邊等電話。

「喂。」她的聲音傳來。

「愛格妮絲，怎麼了？」

「哼，是什麼風把管妓女的大老闆吹來了？」

「愛格妮絲。」夏格嘆口氣，「又怎麼了？」

「我都知道了。」爛醉的她啐道。

「知道什麼？」

「全都知道了。」

「沒頭沒腦的……」他站在狹窄的電話亭，心虛地動了動。

「我知道了。」話筒中的聲音嗡嗡作響，她濡溼的雙唇靠話筒太近。

「妳是在胡言亂語，我要回去上班了。」

話筒另一端傳來哀戚的哭泣聲。

「愛格妮絲，妳不能再打給車隊了。我會被解雇。我再幾個小時就回家了，我們到時候聊。好不好？」但他沒得到回應。「那妳知道我知道什麼嗎？我知道我愛妳。」他說謊。哭聲變得更大聲。夏格掛上電話。

雨水和尿液浸溼他飾有流蘇的雕花皮鞋。他再次拿起黑色話筒，用力敲向紅色電話亭側邊，敲破三塊玻璃之後，話筒才斷掉，他心情也好了點。回到計程車上，他靜坐十分鐘，抓著方向盤的指節慢慢鬆開。

也許他吃點東西心情會好一些。他手伸到座位底下拿他的塑膠盒，裡面就像婚姻和擁擠的公寓，聞起來有人造奶油和白麵包的氣味。愛格妮絲準備的鹹牛肉令他反胃。他把食物全倒進水溝裡，開車鑽了好幾條小街，最後停在迪洛羅小吃店，那裡餐點普通，二十四小時營業。迪洛羅小吃店很受計程車司機和妓女歡迎，因為營業時間正好，老闆也不會多管閒事。招牌上畫著一隻巨大的紅色龍蝦，但店裡餐點沒什麼特別之處。

一如往常，喬．迪洛羅站在吧台後頭，晚上的日光燈讓他看起來像個死人。他身材嬌小，一頭薄髮後梳，不知是抹油或髮乳，也許兩者都有。他就像一座油膩的冰山，吧台後頭只看得到他腫脹的頭和肩膀。他蠟黃的身體緊靠著吧台下的彎刀，總是點點肥大的頭，用帶痰的嗓子向每個人打招呼。

「你好嗎，喬？」夏格問，心裡其實毫不在意。

「嘿，不算糟。」

「忙著招待今晚的女孩？」夏格大拇指比向憔悴的女客，她閉著眼，雙腿擺盪。

「嘿，她們一會『到了到了』，一會『去了去了』，你知道的？」他說完自己大笑。「這樣搞對生意來說不好。她們都只吃半份薯條，喝杯薑茶，就這樣！然後她們居然還要用廁所。我自家的廁所！但我可是老喬啊，大好人老喬，所以我都會說好，但她們一待就一小時。只吃半份薯條，卻在我廁所洗髒屄。」

夏格看了看保溫台裡的炸魚。「嗑藥吧？我都不敢跟她們胡搞了。」

「對啊，她們像蒼蠅一樣死一堆。不是被藥害死，就是被哪個混帳王八蛋掐死。」

「你幫我上個醃海螺當小菜。」夏格正色說：「然後一份炸魚餐，幫我多加點鹽和醋，好嗎？」

喬抽起一張白紙，裝進一堆粗大的薯條，上頭再放一大條金黃色的炸魚。他將熱呼呼的餐點撒上鹽，淋上醋，夏格手在空中劃圈。「再來，喬。再多點。」喬淋到炸物都溼透了。

他將包好的餐點遞給夏格。「對了，你後來都沒給我答覆。你到底要不要租房？」

喬．迪洛羅除了經營小吃店，也專門利用格拉斯哥市議會斂財。喬有許多女兒，他用其中一個女兒的名義，申請了公寓補助，跟市議會低價租房，再把房間租出去，每週從中多賺十鎊差額。

「我會再跟你說。」夏格慢慢退向門口說：「還不是班恩太太，唉，她很難搞。」

「你一開始說想搬家，我嚇一跳。我以為你在塞特丘雲端過著國王般的生活。」

「國王是國王，但想砍人家頭的是王后大人。你那空房再幫我留一會。我還有很多事要處理。希望一切都完美。」他露出笑容，咬一口薯條。

等夏格吃完最後的海螺，只剩一個鐘頭左右。他搖下車窗，太陽已經破曉，照亮喬治廣場上方，城市沐浴在溫暖的橙色光芒中，羅伯特・伯恩斯雕像彷彿著了火。那是一天中最好的時刻，城市一片祥和，在這之後，就會被日出而作的人群給毀了。他望著時鐘，心裡湧起一股期待，早早往北區駛去。

他仍開著窗，用食指輕彈綠色的吊掛式香氛包，一路緩緩開向瓊安妮・米可懷特。她不久便會下班，他們會聊各種無法在無線電上聊的事。他將車靠邊，加入四、五輛計程車之中，等待她下班。他身體向前傾，笑得像個傻男孩，雙眼盯著前門，彷彿今天是耶誕節似的。

4

傍晚的街燈亮起時，他們坐在床邊，身體仍溼淋淋的。愛格妮絲放了一缸洗澡水，好好幫小夏吉洗澡，然後她因為寂寞，便爬進浴缸，和孩子共浴。麗茲要是看到一定會大發雷霆。不能再這樣了，他精明到不像是個五歲孩子。這是他第一次像在玩「大家來找碴」遊戲一樣，意識到她的私處和他不一樣。

他們玩有趣的遊戲，把洗髮精瓶子裝水，然後朝彼此噴射泡沫。玩了一會，水漸漸變冷。接著她讓他刮下她腳趾舊的指甲油，他對她的貼心和關注，像是及時投入計費碼錶的一便士。

男孩低頭沉浸在自己的世界時，她在床邊替男孩梳理散發光澤的黑髮。他推著嘰嘰作響的火柴盒小汽車，穿梭床單的渦紋迷宮。車爬過她赤裸的腿，像爬上坎普西山一樣輕鬆。小夏吉不知道自己看到的是什麼，車子沿著夏格指甲留下的白色疤痕，從她大腿內側向前。然後車又彎回床單上。輪胎大聲嘰呀作響，男孩抬頭望向她，露出笑容，那張得意的臉和父親如出一轍。

愛格妮絲從藏酒處拿出一罐拉格啤酒，輕輕拉起拉環。她手指小心地把噴散的啤酒沾起，放入嘴中。她把坦南特啤酒的空罐給男孩。他一直很喜歡酒罐側邊半裸的美女照。小夏吉看得目不轉睛，因為他之前沒看過。而且他喜歡她名字的唸法，他照著祖父伍立教的，緩緩用英文字母拼出她名字。

小夏吉會從屋子四處蒐集空罐，在浴缸邊將女人排成一排。他會撫摸她們的頭髮，想像她們彼此交談，談天說地，多半是關於訂購型錄上的新鞋子或抱怨丈夫亂搞。夏格有一次抓到小夏吉這麼做。他驕傲看著小夏吉將女人排成一排，一個個唸出每人的名字。他後來在計程車隊伍中吹噓此事。「五歲而已呢！」他說：「有其父必有其子。」愛格妮絲會難過地在一旁看著，她知道箇中真相。

那週後來有一天，她帶小夏吉去BHS百貨公司，買個嬰兒娃娃給他，名字叫黛芬妮，是個胖嘟嘟的小嬰兒，有著五〇年代家庭主婦的髮型。小夏吉好愛那個娃娃。在那之後，他便把所有拉格女郎都丟到垃圾桶。

小夏吉在浴缸裡靜靜望著母親。他一直在觀察她。她用同一套方法養大三個孩子，每個孩子都像典獄長一樣觀察力非常敏銳。

「來點輕鬆的表演奴何？」他學電視上無聊的台詞。

愛格妮絲聽到他的口音，身體縮了一下。她伸出上了指甲油的手，捧住他的臉，輕輕擠壓他的酒窩，壓得男孩的下唇噘起。「如。」她糾正他，「ㄖㄨˊ。」

他喜歡她手放在他臉上的感覺，於是他稍稍歪頭，故意逗她，「ㄋㄨˊ。」

愛格妮絲皺眉。她食指伸到他嘴裡，推住他舌頭，並輕輕讓他維持著嘟嘴。「別學他們發音那麼沒水準，小夏吉。再試一次。」

在她手的幫助下，即使不清不楚，小夏吉這次發音確實正確了，好好發出了圓潤、令她滿意的音。愛格妮絲點點頭，放開他的嘴。

「所以是紅你魚與綠你魚與驢？」他還沒耍完嘴皮子，便咯咯笑了起來。愛格妮絲蹲下身子去抓他，他大聲尖叫，繞著床跑，既開心又害怕。

收音機旁邊放著一堆卡帶。他翻找著，卡帶散落一地，最後終於找到他想要的。收音機是夏格買給她的。他省下一大疊加油優惠券，用橡皮筋綁起，像金塊一樣交給她。按下塑膠按鈕打開卡帶插槽，小夏吉把卡帶放進去，再按下倒帶，錄音帶發出尖鳴，倒帶到底。收音機音響聲音微弱又空洞，但她不在乎。音樂讓房間感覺不再空虛。小夏吉站在床上，雙臂放在她肩膀。他們就這樣搖擺一會。她親吻他的鼻子，他也親吻她的鼻子。

換了首歌，小夏吉看他母親將啤酒罐抓在胸前，在房中旋轉。愛格妮絲閉上雙眼，回到讓她感到年輕、充滿希望、備受渴望的地方。她回到了巴羅蘭舞廳，陌生男子飢渴地在舞廳中跟著她，女人嫉妒地垂下雙眼。她手指像美麗的扇葉朝外伸開，雙手順著身體遊走。她手摸到腰間，感覺到生下三個孩子之後再也揮之不去的肥肉。突然之間，她睜開雙眼，從過去回到現在，感覺自己人老珠黃，豐腴膩脂，簡直愚不可及。

「我討厭這壁紙。我討厭那窗簾、那張床，還有那他媽的鬼檯燈。」

小夏吉穿著襪子的雙腳打直，站在柔軟的床單上，用雙臂抱住她的肩膀，試著再次靠向她，但這次她把他推開。

狹小的公寓牆壁太薄，不曾真正安靜下來。夏格的大電視總開得太大聲，嗡嗡作響。小夏吉的姊姊凱薩琳會將電話拿進臥室，嘰嘰喳喳抱怨各種十七歲的瑣事，電話線隨著她來回踱步，刮著下方門板。十六樓每一面都住著鄰居。還有那風，長年吹拂的風，不斷搖動尺寸不合的窗戶。

愛格妮絲頭埋入雙手中，聽著父母被某個柔弱的英國喜劇演員逗得哈哈大笑。她兩個年紀較大的孩子都不在，天曉得跑哪去了。他們現在似乎經常不在家，總是躲開她的吻，不論她說什麼，他們都會翻白眼。她沒注意到小夏吉輕微的呼吸聲，在那一瞬間，她彷彿不再是生了三個孩子、年近四十的已婚婦女。她再次成為愛格妮絲・坎貝爾，待在臥室，透過牆，聽著父母對談。

「為我跳舞。」她突然說：「我們舉辦一場小派對。」她按一下收音機，卡帶嘰嘰轉動，緩慢悲傷的音樂加速，換成更歡樂的曲調。

小夏吉拿起她的啤酒罐，湊上雙唇，彷彿那是魔力靈藥。苦澀的麥味讓他身體一縮，臉皺成一團，啤酒的味道嘗起來像充滿泡沫的薑汁，同時又像牛奶和濃粥。他向側邊踏步，彈著手指，為她跳舞，卻完全落了拍。她大笑時，他跳得更起勁了。不論如何，只要能讓她大笑，他都願意再做十次，直到她嘴角僵硬，這時他會再尋找下一個能逗她開心的動作。他跳上跳下，雙臂揮舞，她則在一旁大笑鼓掌。她看起來愈快樂，他就扭得愈起勁。壁紙重疊的線條讓他頭暈目眩，但他雙手仍繼續在空中揮舞，屁股扭動。愛格妮絲頭向後仰，朗聲大笑，她眼中的悲傷一掃而空。小夏吉像個大漢彈著手指，探著頭，依舊錯過每個拍子，但那不重要。

兩人笑到喘不過氣，這時卻聽見一個聲音。

走廊傳來前門打開又關上的聲音。那感覺不像日常的雜音，反倒像風將空氣吸走，空間霎時壓縮。沉重的腳步沿著地毯走向臥室門口。愛格妮絲收拾起啤酒空罐，藏到床的另一端。她將手指上的戒指轉正，身子轉向門口，露出她最無憂無慮的笑容，心中充滿期待。沉重的腳步停在門外。愛格妮絲和小夏吉聽著零錢在褲子口袋中叮鈴作響。然後是低沉的嘆息，腳步沿著走廊繼續進到客廳。現在是他第一段休息時間，他回家來吃點東西。這應該是兩人能一起度過的時光。她聽著夏格向父母打招呼，語氣平淡，不帶溫度。愛格妮絲知道她父親會抬起頭，眼鏡映著電視的光，面露微笑。接下來，伍立會站起，把那張舒服的扶手椅讓給夏格。兩個男人會繞著椅子，像是在玩一場尷尬的大風吹，最後夏格的手會放到伍立肩膀上，讓伍立坐回椅子。麗茲會面無表情，起身燒開水，也許身體會發抖，彷彿來到家裡的不是夏格，而是坎普西山吹來的寒風。

愛格妮絲透過牆，聽著這一切。她手一掃，把化妝檯上的乳液和香水瓶全掃到房間另一頭。檯燈歪七扭八倒在地上。赤裸的燈泡由下而上照耀，完全改變了她的神情，小夏吉看了好害怕。眨眼間，一切天翻地覆。

愛格妮絲一屁股坐到床邊。小夏吉感到她的啤酒弄溼床墊，滲進他的襪子。她臉埋在他頭髮裡，眼淚已流乾，卻仍難過地失聲痛哭，溼溼黏黏的氣息吹在他脖子。她倒到床上，並將他拉在身旁。她抓住他時，他看得出來她表情扭曲，眼妝全花成一團。拉格啤酒瓶上的女郎有時看起來也是如此，也許是印刷失誤，也許是罐子歪了，讓圖案變得不再完整，只剩一堆亂七八糟的塗層。

愛格妮絲手伸到床墊另一邊拿菸。她點燃一根，大抽一口。她望著燈光半晌，顧影自憐，接著便隨卡帶用沙啞的嗓音唱出歌曲。她優雅地伸出右臂，將點亮的香菸抵到窗簾上。小夏吉看窗簾開始變黑，並飄出一縷灰煙。咻一聲，灰煙化為橘色火焰，他開始不安地扭動。

愛格妮絲用另一隻手將他拉到身邊。「噓。為了媽咪，勇敢一點。」她目光冷靜，眼中一片死寂。房間化為金色，火焰沿著化纖窗簾竄開，開始燒上天花板。黑煙衝出，彷彿終於從貪婪的火焰中逃出。他原本應該會害怕，但母親鎮定自若，而且房間不曾如此美麗，火光投射出飛舞的陰影，渦紋形的壁紙彷彿活過來，化為上千隻冒煙的魚。愛格妮絲抱著他，兩人無聲望著這新生的美麗畫面。

窗簾燒完，像冰淇淋般滴落地毯。窗邊因溼氣捲起的壁紙此時也著了火，塑膠窗簾的軌道融化成兩截，像斷橋般垂下。一團窗簾火球落在床角，灰煙慢慢包圍他們。小夏吉又開始扭動，忍不住咳嗽起來。咳嗽來自喉嚨深處，黏稠苦澀，就像麗茲賓果筆的墨水噴入他口中的感覺。愛格妮絲動也不動，她閉上雙眼，唱著悲傷的歌。

夏格出現在漆黑的門口。清新的氧氣進到房中，火焰沿著天花板朝他燒去。他馬上越過床，打開窗戶。他赤手將燃燒中的窗簾推出窗外，撿起地上融化的大片塑膠化纖，也順勢丟出去。突然之間，他又走了，小夏吉哭喊著父親，以為他拋下他們自生自滅。

夏格回來時，揮舞著一條溼浴巾。每次甩向火苗，浴巾都會甩出酸臭的水滴，而浴巾所到之處，火焰便應聲熄滅。夏格轉向床鋪，用溼浴巾甩向相擁的兩人。浴巾鞭到小夏吉皮膚時，他努力忍住不叫。愛格妮絲閉著眼，全身僵硬躺在床上。

撲滅最後的火焰之後，夏格背對妻子和兒子站著。小夏吉睜開刺痛的雙眼，發現父親氣得肩膀顫抖，他轉過身時，小夏吉看到他臉頰脹紅發燙，手握成拳，燙傷的皮膚紅腫灼痛。

麗茲和伍立站在走廊暗處。夏格將兒子從愛格妮絲懷中奪過來，將他推入麗茲的懷抱。愛格妮絲仍無聲無息地躺著，彷彿失去了生命，夏格用手捧住她的臉，她雙唇張開，露出如魚一般的奇怪表情。他彎下身，用力搖著她，一次次喚她的名字，叫到嘴角都是唾沫。

沒有用。

他望向緊抱著男孩的麗茲。伍立粗糙的手伸到眼鏡下，淚水已流下他的雙頰。夏格低頭望向妻子和她死屍般的身體。房間一片死寂。沒人知道該說什麼。

愛格妮絲不甘寧靜。

她睜開雙眼，瞳孔發黑放大，但焦點明確，眼神清晰。她將扭曲的香菸塞回雙唇間，「你他媽去哪了？」

5

市中心滿滿都是奧蘭治兄弟會[7]的人。他們演奏著長笛、橫笛和鼓，從喬治廣場紀念碑出發，穿越城市走到格拉斯哥綠色公園。凱薩琳從辦公室窗戶向外看著一面面布條和掛著不同分會肩帶的人

7　奧蘭治兄弟會（Orange Order）是個國際新教兄弟會組織。

走過。起初新教徒歌頌比利王[8]，後來酒吧開張，他們便跟著某首歌大罵：「去你媽的，芬尼亞[9]王八蛋。」那首歌凱薩琳沒聽過，她懷疑他們也是如此。

一整天，穿著反光夾克的警察都坐在緊張的馬匹上。現在遊行結束，年輕人唱著各宗派排外的歌曲，像是一群討人厭的唱詩班。他們朝路上年輕女孩叫囂，追逐任何沒穿正確顏色的男人。

凱薩琳盡可能晚一點離開辦公室，希望能避開麻煩。她站在砂岩建築外，深深後悔自己穿著全新的翡翠綠大衣和高跟麂皮靴。烏雲擋住七月的陽光，她暗自咒罵自己居然必須在奧蘭治週六遊行時工作。她其實對數字不那麼在行，但卡麥隆先生堅持他如果在辦公室，她也得在辦公室，接那從來不響的電話，泡他從來不喝的茶。

她的繼父夏格說，以第一個工作來說，這不算糟，尤其她只是個剛畢業的傻女孩，腦袋裡只有男孩子和衣服。處理信用借款是個無聊的差事，但她確實喜歡一切循規蹈矩，安排妥當。她喜歡看著每本帳簿底下整齊的紅筆字，筆筆精準計算，無可爭議，真實正確。某方面而言，這是她遺傳自愛格妮絲的一點，偏執抓住自己的所有物，計算自己能花多少。

這不是個爛工作，何況卡麥隆先生有個英俊高大的兒子。凱薩琳偷偷摸摸回家時，腦中想起那個男孩子。在電影院中，坎伯．卡麥隆像隻骯髒的章魚，雙手一點也不安分，對她毛手毛腳。就連他最溫柔的吻感覺也強勢霸道。

她外婆有次曾把她拉到一旁，說她很傻，勸她應該嫁給謝默斯．凱利。麗茲解釋，自己是如何嫁給善良的天主教男孩，而他不離不棄和她相伴四十年，一同面對各式各樣的問題。當然，外婆的建議她沒放在心上。畢竟凱薩琳印象中麗茲只買過兩次全新雙人沙發，而且她覺得婚姻不該只換來粗糙的手掌和浮腫的膝蓋。反正麗茲根本不用擔心年輕的卡麥隆。凱薩琳的繼父才真心想把她和姪子小唐諾湊作堆。

她第一次見到她這堂哥，看到他在小巧的客廳裡，舉止無比自信，毫不拘束，心裡便暗自驚喜。小唐諾雙腿自信地打開，占據超出身體的空間，驕傲談論著自己的一切。她喜歡他隱約透露出，他比她更重要。新教狗總是這樣子，好像他們受人寵愛，成天吃飽喝足，自以為是生活的中心。即使他們丟了臉，或有任何缺點，他們仍是母親的驕傲。小唐諾似乎完全不受良心束縛，毫無負擔。他散發金色光芒，不過在現實中，他皮膚潤澤，呈現粉紅色。

凱薩琳喜歡看他吃飯。他有兩點令凱薩琳無比震驚，一是他不愛喝捲心菜湯，愛喝羊肉汁；二是他吃蘇格蘭式燉肉時，總理所當然覺得自己盤中要有三條香腸。她看過他把盤子遞還給麗茲，要她裝更多。所以她要怎麼告訴外婆，能遇到他是天賜良緣？想也知道，他已吻過數十個女孩，而她這輩子都和兩個弟弟共住一間寢室。小唐諾不用付租金給母親。他不需對任何事心懷感激，也不需感到愧疚。

他們幾乎一見面，他就千方百計想讓她脫離處女之身。凱薩琳在他第一次聖餐禮時就義正辭嚴訓

8　威廉三世（William III, 1650-1702），蘇格蘭及愛爾蘭人會稱為「比利王」（King Billy），他一生為忠誠的新教徒，參與不少對抗法國天主教霸權的戰役，因此被新教徒認為是新教英雄。

9　芬尼亞（Fenian）最早是指愛爾蘭民族主義分子，後來在北愛成為對天主教徒的貶稱。蘇格蘭地區宗教歧視十分嚴重，尤其是格拉斯哥，因此芬尼亞便成為侮辱天主教徒的歧視用語。

他一頓，當她真誠地說自己要守貞到結婚，他放聲大笑。真不愧是夏格的外甥。她最後用指甲刺傷手掌，謹守貞潔拒絕了他。她默默喜歡兩人難得權力失衡的一刻，但她內心一角也認為，他肯定會因此甩了她。然而不知何故，小唐諾不曾放棄，反而向夏格叔叔表明心意，她十七歲時，這位堂哥便在特隆門雙層巴士頂層，戲劇化地向她求婚，與其說是重視她，不如說是為了自我實現。

雨下得更大了，凱薩琳踩著高跟靴開始小跑步。晚報頭版常用紅黑色的字體配上用快照機拍的大頭照，刊登各式各樣駭人聽聞的報導，例如哪個年輕女子在城市暗處遭人姦殺。報紙說她們是妓女，並刊登立場偏頗的文章暗示她們用藥過量的問題。有個年輕妓女被勒死，丟在高速公路邊的一條淺溪裡。殺人犯將她飽受摧殘的屍體摺起，裝入黑色垃圾袋。她就在那裡好幾個月，後來有人亂丟垃圾時弄破袋子，她紫色的手滑出才被人發現。這麼長一段時間，也沒人報失蹤。伍立看了新聞，那張裝著假牙的嘴不禁抽著氣，覺得好可憐，麗茲也忍不住問起教會怎麼沒提供幫助。

凱薩琳盯著報紙上過世的那些女孩，心中駭然。在淡橘色背景的快拍大頭照中，她們空洞的雙頰和凹陷的眼窩更是明顯。年輕的女孩被殺，她家人能找到最好的一張照片，卻是她申辦每月交通卡的大頭照。

她來到高樓前的水泥地廣場時，天都還沒黑。薄暮之下，好幾個小孩站成一圈，用棍子戳著某個東西。那群孩子年紀太小，這時間不該在外頭，而且在七月的雨中，有的沒穿大衣，有的沒穿鞋。那團溼答答的東西引起她的注意，那是她很熟悉的東西，但不該出現在這裡。凱薩琳走過廣場，希望不是另一隻死狗。之前有人投老鼠藥，撲殺全塞特丘的流浪狗，他們覺得與其看狗在熱浪中扭動，不如毒死牠們還比較仁慈。

結果在地上的是一團潮溼烏黑的窗簾，顏色是紫色，上頭有著渦紋花飾，窗簾已被燒破，仍冒著煙，她認出那和母親房中的一模一樣。她兩層、兩層地數著，算到十六樓。所有的燈都亮著，時間這麼晚了，窗戶卻全部打開。這不是個好跡象。她弟弟里克可能不在家。如果今晚如她所料，他可能晚餐時就嗅出端倪，溜去躲起來了。他很擅長躲藏，安安靜靜，沒人會想起他。

但她必須找到他。她無法一個人面對母親。

●

暗巷右側是聖斯德望教堂的鐵欄杆，左側是斯普林伯恩棧板工廠的鐵絲網。這條路是出了名的危險。你一走上這條路，就要走到底，不然沒地方回頭。幫派很愛這條路。走到一半時，有一對喝得爛醉的老夫妻，搖搖晃晃走過漫天飛舞的垃圾。凱薩琳聽到女人輕聲對那老人保證，自己會幹哪些骯髒的事。她加快腳步，彎身爬過鐵絲網的破洞。鐵絲網勾住她頭髮，她心一驚，以為他們逮到她了。凱薩琳用力一扯，頭髮應聲而斷，卻在脫身時，不由自主向後倒到泥濘之中。身體弄溼，頭髮也被扯斷了，鐵絲網上的頭髮像是獸毛一樣，她看著頭髮，想著自己待會要怎麼報復里克。

棧板工廠中，有成千上萬個由藍色棧板疊成的方塊。每個方塊高約九公尺，面積跟高樓的基地一樣大。領班把箱子排列得像住宅區一樣，寬和深各是十堆，中間留有走道，讓小型拖板車能在其中移動。她照著從里克口中逼問出的路線，數著一條條路。白天就很容易在棧板堆間迷失方向，更別說是晚上。倉庫兩側設有探照燈，微弱的光燈能照亮南北向的棧板堆，但一轉彎，就彷彿馬上踏入漆黑的夜。

等她看到黑暗中飛舞的橘色火光，一切都已太遲。她試著轉身逃跑，但溼掉的麂皮鞋太滑了，她又跌入黑暗中。一隻隻手用力抓住她手臂，將她拖向流螢般的橘紅火點。她想尖叫，但有隻手摀住她的嘴。她嘗得到手上殘留的尼古丁和殘膠味。許多隻手放上她身體，任意遊移摸索。她後方出現沙沙的聲響，一個穿著燈芯絨褲的人走近，用腿抵住她，透過他輕薄緊繃的褲子，她能感受到那人的身體。他血液集中的下體脹大，興奮不已。

其中一個燃燒中的光點靠近，在她的臉前，散發不祥的光芒。「妳他媽的來這裡幹什麼？」它問。

「她胸部好大。」她左邊的光點說，眾人大笑，四周橘色的光點跟著舞動。

「你摸。」她感到一隻小手，幾乎像女生的手，拉著她的工作衫。

一道銀光切穿黑夜，凱薩琳感到一陣冰涼，有個金屬物貼到臉上。原本在她臉上的那隻髒手移動到喉嚨。銀色的釣魚刀碰到她嘴邊，並向內壓。刀像一支髒湯匙，嘗起來有金屬的味道。「支持塞爾提克還是流浪者？」

凱薩琳口中發出哀鳴。這是個無法回答的問題，如果她答錯了，那把刀會在她臉上劃出一道格拉斯哥的微笑，從一邊耳朵到另一邊耳朵，跟著她一輩子。如果她答對了，仍可能被強暴。

凱薩琳好幾個夜晚都曾坐在床上，梳著長髮，看里克問小夏吉同樣的狗屁問題。里克會運用瘦長的四肢，跨坐在他小弟身上，將他壓制在地板上。他握緊的雙拳舉在小夏吉臉前幾公分處，問他：「想去墓園？還是醫院？」這問題毫無意義。每個答案都會招致同樣的下場。無論怎麼回答，你只能任你身上那邪惡的王八蛋擺布。

「我不會再問一次。」

用來處理魚內臟的刀抵著她牙齒咔啦咔啦晃了晃，好像準備從她臉頰裡開刀。她左眼流出一滴淚。凱薩琳想到有殘膠的手指，擠出自己的猜測。「塞爾提克？」

那人哼一聲，失望不已。「真幸運。」他把刀緩緩從她嘴間收回，仍享受著她驚恐的表情。凱薩琳手指伸進嘴裡，她嘗到溫暖的血鹹味，但幸好臉皮沒被劃破。

一道亮光直接照到她臉上，她向後縮，但只撞到他身後的男人身上。「幹他媽的！」那人說：「這是里克的姊姊。」雙眼花了點時間才適應手電筒的光，她手伸向手電筒，將燈光壓到地上。她四周的男生都只是孩子，比她還小，可能比里克還小。他們剛才在抽菸，在黑暗中伺機而動。這裡人人家中都一團亂，不如出門騷擾人，或找機會刺夜班警衛。

她手使勁揮出，打了拿銀刀的傢伙一拳。但她一口鬱氣還沒消，所以又出了好幾拳，打在他脖子、頭和肩膀上。那男孩擋住頭，一邊大笑，一邊左支右絀溜開。

凱薩琳厭惡地推開那群男孩，跑向棧板堆的最後一區，聽到身後沉悶快速的腳步聲。她抓住粗糙的藍色棧板牆，盡快將自己拉上棧板。有隻手抓住她新靴子，並快速一拉，她的腳從木板縫中滑出，用盡全身力量才抓住刺手的棧板，接著靴子向後一踢，沉沉踢到某人的頭骨。她抬起膝蓋，找到支撐點，繼續向上爬到頂。

手電筒的光照向她的裙子，接著想照亮她的內褲。他們一面羞辱她，一面尖聲呼嘯，叫到都快破音了，這是危險的聲音，代表小男孩漸漸掌握令人陶醉的男性權力。她爬上最後三公尺，來到棧板堆頂。她好想躺下來喘口氣，但仍然逼自己站起來，從棧板邊挑釁地瞪他們。他們總共五個人，臉上都有青春痘和鬍子。他們抬頭朝她咧嘴笑著，年紀最大的男孩一手成圈，一手食指作勢在圈中抽插。凱薩琳朝他們吐口水。白色的飛沫噴下，那群男生尖叫，彷彿回到本來該有的孩童模樣，像老鼠一般，大笑四竄而去。

她站在平坦的棧板堆，望向整齊劃一的亮藍色木板。那群男生害她不知數到哪了，她希望自己爬到正確的棧板堆上。棧板堆和棧板堆距離約兩公尺多，里克輕易就能跳過，但她一直辦不到。靴子溼了，一定會滑倒墜落，摔斷脖子。一想到這群屁孩會怎麼亂搞自己的屍體，她不禁打個哆嗦。

凱薩琳算了一下，從鐵絲網算過來是第四堆，從轉彎處算來是第五堆。沒錯，她沒算錯。她在棧板堆上搜索，從東南方角落，鎖定了一個約四公尺乘四公尺的棧板。她照里克吩咐，先轉頭看有沒有人，接著彎身掀開棧板。裡頭有個閃爍的光源。

凱薩琳頭伸進開口，朝微弱的燈光輕聲喚著弟弟的名字，「里克！里克！」沒人答腔。她又用氣音叫一次，閃爍的光線突然消失，洞中變成一片漆黑。她把頭伸得更進去，仔細望向黑暗，雨水從鼻尖滴下。突然，一張有著小巧粉嫩耳朵的白色臉龐從黑暗中湊到她面前。「喂！」

凱薩琳嚇得向後倒。她如果靠近棧板堆的邊緣，此時一定會掉下去。她朝里克蒼白的臉吐口水。

「噢，搞屁啊！」

「哼，幹你媽的，你幹麼嚇我？」凱薩琳縮起膝蓋，看她發紅的手掌有沒有插到藍色的木屑。恐懼和羞恥這時湧上她心頭，氣惱的淚水從她臉上嘩啦啦流下。

里克用毛衣袖子擦了擦嘴。他誤會她為何而哭。「嚇一下哭屁啊。妳到底要不要進來？雨都飄進來了。」

凱薩琳氣呼呼來到洞口，爬進弟弟的巢穴。里克將棧板蓋住他們頭頂。裡面像墓穴一樣滿是霉味，跟封起的棺材一樣黑。凱薩琳不久開始低聲呼氣，接著便發出呻吟，里克馬上警告她：「閉嘴。」他在一片漆黑中四處移動。最遠的角落，一聲叮鈴聲傳來，接著出現飄著煙的微弱光芒。

露營燈在這洞窟般的空間中投射出長長的影子。中空的棧板只約二米高。里克把地面和牆面鋪上了作廢的破地毯和壓平的紙箱，並從上方狹窄的洞口拖了舊家具和壞掉的餐椅進來。他將一些棧板當作柱子，其餘則設好角度，蓋上舊地毯，化為硬邦邦的長沙發。鋪了地毯的牆貼著《太陽報》三版女郎的裸照。有人也貼了一張柴契爾夫人演說的照片，後來另一人在她張開的嘴中畫了根布滿青筋的老二。

凱薩琳看她弟弟來回整理，讓她坐得舒服。這洞是幾年前，幾個年紀比較大的塞特丘男生挖的，其中幾個人凱薩琳也認識。後來裡頭最瘋的男孩刺傷愛管閒事的夜班警衛之後，這裡就沒人管了。這裡很適合喝酒和吸強力膠。大多數男孩子喜歡來，純粹是因為這裡沒有對他們拳腳相向的父親。有的男孩子會帶女生來這，並用借來的大衣和毛衣當床。久而久之，棧板小窩名聲愈來愈臭，塞特丘的女生也都不來了。男生青春期之後，聲音破音，荷爾蒙分泌，多數人精蟲衝腦，變得熱愛在外頭打獵。最後棧板小窩變得空空蕩蕩，安安靜靜。現在里克經常一人在此度過週末。

如果愛格妮絲星期四喝酒，里克會從外婆廚房拿些豆子罐頭和卡士達粉，躲到這裡。他星期天晚上會回家，大家會一起看電視。愛格妮絲那時會百般溫柔，內心愧疚，邪惡的酒精已離開了她。她會坐在長沙發，身邊空個位子讓人依偎，他會坐到那位子，享受她溫暖的體溫，和她洗完澡的香氣。麗茲會望向他，露出淡淡的笑容，問他週末是不是都待在床上。當個安靜的人很不賴。

但他身材可不小。他十五歲時，已經超過一八〇公分。他總是瘦瘦的，而他長大之後，體格更顯精瘦。他頭髮和體格一樣，都遺傳自他早已忘記的親生父親。他的頭髮纖細柔順，顏色呈鼠毛棕，柔軟的髮絲垂在耳際和眼前。他灰色的雙眼清澈，但不大透露出情感。他早已學會放空目光，離開當前的對話，跟隨白日夢，朝對方身後飄走，從任何一扇窗向外神遊。

里克除了體格精瘦，情感也格外內斂。他繼承了親生父親溫柔的個性，天生沉默寡言，為人孤僻疏離。他唯一和母親相像的地方是鼻子，他的鼻子隆正端莊，有稜有角，但又不算鷹鉤鼻。他的鼻子踞立在他乾瘦的臉上，打破了柔軟害羞的劉海線條，像一尊愛爾蘭天主教祖先驕傲的紀念碑——愛格妮絲遺傳自伍立，伍立遺傳自他父親，他父親是多尼哥郡人。坎貝爾家族無一幸免。無一男女能僥倖逃過這鼻子。

小窩是座地毯城堡，男孩子的玩意兒。滿室都是啤酒、強力膠和精液的氣味，凱薩琳個人看不出這裡的吸引力。她在裡頭走動，四周髒亂，還有吃一半的罐頭，她看了都不禁縮著身子，覺得無比噁心。她擦掉眼淚，抽了抽鼻子。「你今天待在這多久了？」

「不知道。」他說著從角落發霉的衣物堆拉出一件廢大衣。「她中餐就喝了成年禮的威士忌。」他把乾燥的大衣遞給她。凱薩琳脫下綠色大衣，蓋上男人的哈里斯毛料大衣。衣服有股羊脂和汗臭味，但乾燥的粗羊毛感覺很舒服。里克從放有女孩照片的架子上拿了個老舊的餅乾罐下來給她。他們一起坐在手工做的沙發上。他手臂輕輕環住她，爬到大衣裡，一人分一邊袖子。

凱薩琳從罐子裡拿一小把甜餅乾。她嘗得出來上面是外婆愛的琥珀糖糖漿。她感覺好多了。「我今天什麼都沒吃。沒人顧電話，卡麥隆先生說，他買午餐時會順便替我買個三明治，但他後來沒買。

唉，我也不想讓他知道我心裡感覺不大好。」

「弱者才在意感覺。」他用她討厭的達立克斯[10]聲音說。

凱薩琳從領子中鑽出來，冷冷望著他。「哼，懦夫才躲藏。」他害羞的長睫毛垂下，雙頰泛紅。里克自小就容易難過。她的手臂鑽回破爛的大衣，裹住他的背。透過制服毛衣，她感覺得到他細瘦的肋骨。「對不起，里克。來這裡找你的路上很可怕。我全身溼透，心裡好害怕，而且新靴子都弄髒了。」

「在這裡好東西都會壞掉。」

她將他拉近。他比她小兩歲，卻已比她高三十公分。她溼溼的頭靠到他下巴和胸口之間，靜靜哭泣，發洩她對屁孩、釣魚刀和流血傷口的怒火。「你在這裡躲一整天嗎？」

「對。」他的嘆息彷彿貫穿她。「我跟妳說了。她醒來之後，我雖然在看卡通，但有預感要出事。她手抖個不停，叫我顧小鬼頭，說她要去店裡……」他話音漸弱。

她知道他此時目光茫然。「她去酒吧喝酒了嗎？」

他雙眼又變得呆滯。「沒有。我……覺得沒有。她喝了威士忌，然後我想她外帶了幾瓶啤酒，搭電梯上樓就開喝了。」

「哼，大概住太高，真的非常乾燥吧。」凱薩琳舔著手指上黏呼呼的糖，把餅乾罐放下。

「是啊，她感覺超渴。」他難過地說。兩人沉默半晌。里克拿起上排陶瓷假牙，揉揉臉頰，好像

10 達立克斯（Dalek）是電視劇《超時空奇俠》中的反派外星人角色。

隱隱作疼。他老是跑牙醫，牙齒用鋁質填充物東補西補，愛格妮絲快被他煩死了，於是說服他在十五歲生日時，把一口爛牙全拔了。

「還會痛嗎？」凱薩琳問，心裡暗自慶幸仍保有自己的牙齒。

「會。」他把假牙上的唾液甩開，放回嘴裡。

「對不起，里克。對不起今天留你一個人在家。」她溫柔親吻他臉頰。

安慰過頭了。他手放到她臉上，把她推開。「走開，噁心死了。而且不要可憐我。我已經不會為這種鳥事心情不好了。」里克解開大衣鈕釦，踏入寒冷之中。他將黑色制服毛衣向下拉，蓋住指節，擦了擦姊姊在他臉上的吻。

凱薩琳看著他，覺得要不是坎貝爾家族的大鼻子，里克看起來會像十二歲的孩子。她看他像鐘匠一樣舉起修長漂亮的手指，對鼻子又摸又撥又弄，彷彿在確認長寬高，最後又後悔這麼做。他手從鼻子放下。「別盯著我看。」他走到燈光之外，隱身到小窩黑暗處。

凱薩琳拿起黑色筆記本。里克剛才都在畫畫。她翻過頁面，上頭圖畫細緻，畫著穿著比基尼的美女，坐在充滿男子氣概的法拉利跑車上，或跨坐在展翅的飛龍上。里克的畫不亞於任何搖滾專輯封面，他生性害羞，但他的作品美麗又夢幻。筆記本前幾頁是美麗的肌肉和胴體線條，後面則出現用尺精準畫好的圖案，像未來建築的工程、木工等專業設計圖，也有如唱盤組件和手工畫架等等更完整詳盡的小工藝品設計圖。在她記憶裡，他手中隨時都拿著鉛筆。

她驕傲地露出笑容，這時里克從黑暗中走出，從她手中奪過筆記本。「上頭寫的可不是妳的名字。」他拉起毛衣，將書塞到牛仔褲的腰帶裡。

「里克，我覺得你非常有才華。」

他發出嘖嘖聲，嗤之以鼻，又消失在黑暗之中。

「我說真的。你以後會是很厲害的藝術家，我會結婚，我們兩個都會逃出這鬼地方，擺脫這垃圾場。」

黑暗中傳出嘶啞的聲音，「去妳的。我知道妳會丟下我。我看過妳朝那橘髮混蛋拋媚眼。我知道妳會丟下我，讓我獨自面對她。」

「里克，你能不能站在燈光下，讓我看到你？」

「不要。我喜歡這裡。」

凱薩琳用大衣袖子擦乾頭髮，思考一會。她將屁孩在她心中留下的恐懼推開，說道：「可惜，我來這裡是想把衣服脫了，為你跟一隻長翅膀的巨蛇纏鬥。」

他從黑暗中走出，搖搖頭。「別麻煩了。我只想畫胸部大的人。」

凱薩琳聽了身子一顫，但她說：「用你的想像力啊。」

「我鉛筆不夠細，畫不出精緻的『微型迷你世界』。」

他們露出嚴肅的表情，互相瞪視。凱薩琳先作勢乾嘔，假裝要吐在大衣上。里克學她，最後兩人在想像的嘔吐物中巡遊。凱薩琳看到弟弟害羞的笑容回來了，暗自覺得他不常笑真的好可惜。里克發覺她目光停留在他臉上。「妳乾脆幫我照張相，回去慢慢看？」

凱薩琳試著讓眼神變得溫柔，怕自己會讓他回到陰影中。「所以你離開時，媽媽看起來是想大鬧一場，還是多愁善感？」

他聳聳肩。「她大半時間都在打電話找夏格。我看得出來，事情最後會一發不可收拾。」

「怎麼會？」

「她喝得像想逃到別的地方。」

「她大吵大鬧嗎？」

他搖搖頭。「與其說大吵大鬧，不如說格外悲傷。」

凱薩琳嘆氣。「幹。我們最好回家。我覺得一定會出問題。」

「不要。我偷的食物夠在這裡待一晚。」他身子已經一半回到黑暗中。

「你會冷死。」

「好。」

「拜託，里克。你年紀太大了，不適合在兒童遊戲室玩耍。」這句話很賤，她知道酸言酸語只會適得其反。她弟弟天生固執到了家。他會直接忽視你，心神飄遊，空留下軀殼任你批評。凱薩琳不想獨自面對母親，她不想一人穿越黑暗走回家。「拜託。我是來找你的。可不能讓你吸膠的朋友白看我裙底。」她咬著嘴唇，一副楚楚可憐的模樣。「他們有把釣魚刀，里克。他們還抓我胸部。」

里克聽了勃然大怒。他突如其來的脾氣總讓她害怕又暗自高興。他的脾氣每次都來得安靜又凶猛，再微不足道的事，也能讓他從嬉鬧變火爆。「拜託。」她雙臂無力垂在身側，像在演一齣噁心的默劇，顯得格外無助。她天生就不適合裝可憐。

里克走回洞中黑暗的角落，除了拿連帽防風外套之外，還拿了一把把手斷了的園藝用鏟。他在雙手間轉動鏟子，散發殺氣。他熄滅了飄著煙的露營燈，兩人默默爬出洞口，站到棧板上。里克拉上滑門，他們俯瞰下方閃閃發亮的城市。景色美不勝收。凱薩琳舉起右手，指向橘色城市燈光後方的黑暗。「里克。你看得到再過去的那裡嗎？」她問。

地平線上一片空無，像是虛無的黑色疆界。他順著她手指向前看。「看不到。」

「那裡！」她指得更用力，彷彿這樣就能看得清楚，「斯普林伯恩和丹尼斯頓再後面。最後一塊公宅的後面。」

「凱薩琳！妳指得再用力，我也看不清楚。那裡黑成一團，什麼都沒有。」

「就是這樣！」她想了想才放下手指，轉向高樓住宅區。「我偷聽夏格說，我們要搬去那裡。」

6

愛格妮絲躺在原處，一整晚不斷咳嗽。晨光從無簾的窗戶照入，她無法睡好，再也無法忽略飄進房間、吹上她溼黏身體的溼氣。她睜開眼，無力地望向四周，想解決這個問題。沒想到看見一條條如黑色手指般的煤煙痕。她馬上嚇得坐起身，後來才認出，這間焦黑的臥室是她的房間。鏡中的她像一張昨夜驚魂的明信片，與自己對視，她全身穿著外出服，臉上的妝全花了。她望向身後的枕頭，上面還有她留下的溼冷痕跡。她目光移向夏格睡的地方，那裡沒有睡過的痕跡。

愛格妮絲再次垂下頭，下巴靠著胸，試圖搞清楚發生什麼事。但正確的畫面還是沒出現在她腦中。她手指摸著黑色的鬈髮，感覺噴了太多髮膠，有著酥脆的觸感。她按照慣例，將臉埋入雙手中，指甲刺著髮線，濁血湧向她的頭皮。感覺好多了。腦殼中的大教堂鐘聲總算響起，昨晚的記憶開始浮現。

咚，小兒子在床上跳舞。

咚，窗簾著火。

咚，夏格來了，他擰著婚戒，臉上再次充滿失望。

愛格妮絲躺回床上。她大聲哭嚎，但沒有流淚，純粹是自怨自艾。火焰竄上窗簾時，她曾考慮將小兒子放下。她不願再回憶，並逼迫自己不再去想那畫面，但她愈想逃避，回憶愈湧現在她面前，像是一朵綻放的惡花。罪惡感如溼氣滲入她的骨頭，羞恥腐蝕著她身體。她尋找香菸，想舒緩喉嚨痛。她感覺自己的喉嚨又黑又黏，像是七月的柏油。房中沒有半根菸，也沒有火柴。這代表是有人把她放在這裡。知道這點，她心情至少好了一些。

屋子走廊上一片寧靜。現在時間應該不早了，因為她父母的臥室門已敞開，床已整齊鋪好。她走進無窗的浴室，關上門，坐在馬桶上。她動念想洗個澡，沉到浴缸底，等待神的恩召。但浴缸中有兩條溼毛巾，已被火燒得焦黑。她不敢把毛巾拿開。

愛格妮絲把嘴湊到冰冷的金屬龍頭邊，喝著含氟的水，像隻口渴的狗邊喘邊噎著氣。她擦去花了的妝。一擦過，棉球都變得烏漆墨黑，全是煤灰。她打開醫藥箱，在塑膠層架中找伍立的藥，想舒緩緊繃，但止痛藥不見了。她拿起一瓶濃稠的咳嗽糖漿，喝了一口，然後又喝一口。

她終於踏入黑暗的走廊上時，花了點時間做好準備。她在黑暗中試了幾種笑容，垂下雙眼，顫抖的雙唇緊閉，並抬起沉重的眉毛向前瞄，擺出不好意思的樣子。她也試著擺出輕描淡寫的笑容，好像她剛才只是出門去買個東西。後來她又試著露出燦爛笑容，露出一排牙齒，頭大膽點著，彷彿在說：「怎樣？幹你娘。」如果夏格在家，她可能會擺出這表情。

伍立和小夏吉坐在圓形的餐桌，吃著半熟水煮蛋配吐司條。兩人相差六十歲，卻緊依著彼此，坐在遠處的角落，像是一對老酒友。里克頭下腳上躺在長沙發上，赤裸的雙腿高舉，放在椅背上，手上拿著素描本。他看到母親，迅速起身，走過她身邊，像是街上的陌生人，有禮地點個頭。

每一面窗都打開了，房子已經用漂白水刷洗過。空氣瀰漫苦澀刺鼻的氣味。伍立看到她，頭又轉回水煮蛋上。他早上一定去了彌撒，他那套上好的西裝整齊掛在餐椅上。他身上穿著背心，粗壯的手臂如一面織錦，從手腕到肩膀都有著褪色的藍色墨印，寫著戰時自己永遠必須記得的名字和地點，例如多尼哥郡一名愛笑的黑髮女孩，而愛格妮絲的名字和生日也在上頭，字跡優雅，散發驕傲之情。

「妳錯過彌撒了。」

愛格妮絲猶豫了一會，最後決定露出內疚的表情。小廚房傳來抽鼻子的聲響，「夏格在嗎？」她緊張地問，並趕緊擠出專屬他的笑容。

伍立搖搖頭。昨晚的一切對他來說都太醜陋，包括兩人的爭鬥、大火和孩子的哭泣。他將眼鏡推上鼻梁，注視著水煮蛋，「拜託妳，愛格妮絲，不要笑得那麼開。不要對我露出那種賊笑。」

感謝老天，打從她進來時，小兒子就露出開心的表情，像是照亮黑潭的燈光一般。小夏吉沾著蛋汁的雙手伸向她，他頭上綁著一條浴巾，像戴著特本頭巾一樣。「媽媽，凱薩琳今早對我很壞。她罵我膽小鬼。」愛格妮絲抱起男孩，他也緊抱住她痠痛的骨頭，為她注入生命。「外公說我今天可以吃三片夾心蛋糕。」

「小夏吉，來這裡吃完早餐，不然就沒蛋糕。」伍立粗壯的手朝男孩揮了揮，小夏吉嘖一聲，悶悶不樂地從母親懷中滑下。她感覺自己骨頭再次開始發抖。她父親拿湯匙塞了口食物到小夏吉嘟起的嘴中，這才又開口。他語氣平緩，但目光不敢和她相交。「我知道是我的錯，愛格妮絲。我知道妳會這樣都是我的緣故。」

愛格妮絲心下惱火，移了移身子。又來了。她喉嚨發癢，好想抽菸。

「聽我說。我知道以前就該拿皮帶抽妳，最後卻下不了手，我把妳寵壞了。我知道自己心軟，狠不下心。但妳不明白。妳不了解那感受。」伍立用拳頭抹過嘴唇。他望向小廚房的門，好像有人在側台提詞一樣。「我們家當時總共十四個孩子。我老媽可沒讓任何人吃白食。甚至是法蘭西斯那可憐的小寶貝，他天生腿就瘸了，卻也必須跟我們一樣，天天為生存奮鬥。所以妳媽跟我說她懷了妳時，我便向上天祈禱，不讓妳受同樣的苦。我向天發誓，妳永遠不用像我一樣體會什麼叫餓肚子。」

「爸，拜託，你不用……」幹你媽的香菸呢？

伍立粗糙的雙手一合，搦得手指咔咔作響，像是一陣響雷。「連在自己家裡，我也要當個懦夫嗎？」伍立不是個會提高音量的人。愛格妮絲緊閉雙唇不語，就連小廚房中的麗茲都停下手。伍立．坎貝爾體格壯碩，天生就是在克萊德河搬貨上駁船的料。她曾見他單槍匹馬將六個沒禮貌的利物浦人攆出酒吧。

「每天五點十五分，妳總會穿著整齊跑到路上來接我。我特別請妳媽注意，一定要幫妳打扮乾淨。她以前常問我：『伍立，這點雞毛蒜皮的事真的重要嗎？』但這其實是我唯一要求過她的事。男人要為自己的家庭感到驕傲。但現代人不在意這種事了，對不對？」伍立刺青的指頭緊握，充滿憤怒。「光是看到妳，為妳驕傲，我以前就好快樂。我看得出來大家都在嫉妒我，他們會繃著臉，徘徊在窗邊。男男女女都羨慕我，生命中有像妳一樣閃亮的事物。大家總說妳有一天會變壞，我以前都一笑置之。」

「你沒做錯，爸。我以前很快樂。」

「是嗎？那妳現在到底在不爽什麼？」他用齒縫吸氣，大手按到男孩的頭上，重量彷彿會把小夏吉的脖子壓斷。伍立眼中噙著熱淚，卻冷冷望著她，彷彿是第一次好好看清了她。「跟我說，愛格妮絲。我該拿皮帶抽妳一頓嗎？」

愛格妮絲手伸向喉嚨，差點笑出聲來，「爸！我三十九歲了！」

「我該抽妳一頓，趕跑妳心中自私的魔鬼嗎？」他緩緩從桌前起身，手臂垂在身側，雙掌如機械手臂上的巨鐽。「我不想再把妳寵過頭，愛格妮絲。我不想再看妳自毀前程，然後在心底懊悔，這全是我的錯。」

愛格妮絲退一步，不再微笑，「不是你的錯。」

伍立靜靜關上客廳門。他從羊毛褲上抽起厚重的工作皮帶，皮帶上壓印著梅朵塞工會的標誌，沉沉在地毯上拖行。「對，也許這樣最好。」

愛格妮絲雙手擋在身前，緩緩退向門。她臉上調皮的笑容蕩然無存。她父親一步步向前，她一步步後退，最後她背靠到了客廳玻璃櫃，聽到櫃中陶瓷娃娃叮噹晃動。男孩現在來到她腳邊，人躲在她牛仔褲後，頭探出一半。伍立用皮帶纏著手，一圈又一圈，緊緊抓牢。「叫小孩走開。」

她把男孩拉得更近。伍立一手抓住她柔軟的上臂，另一手溫柔但堅定地將男孩從她腳邊拉開。他帶愛格妮絲到他椅子旁，他坐下來，把她拉到膝上。

她沒有掙扎，也不再求饒。

「耶穌基督，我求祢賜我原諒的力量。」工會皮帶啪嗒一聲落下，打在她柔軟的屁股上。愛格妮絲沒有喊叫。伍立再次舉起手，「感謝主，我的重擔不曾超出我所能承受。」啪嗒。「讓愛格妮絲對人生知福惜福。」啪嗒。「賜她滿足。」啪嗒。「賜她平靜。」

她身邊傳來一陣輕柔的動靜，愛格妮絲感到有人牽起她。有雙冰冷的手，正撫摸著她滿是汗水的後頸。那是她母親輕柔的撫摸。麗茲跪到她身邊，開口和伍立一同祈禱。「主啊，唯有祢的原諒，才能讓我們原諒自己。」啪嗒。

●

撲滅火之後，夏格出門輪晚班。這是本週第二次，他沒在早上回家。除了他弟弟瑞斯考・貝恩，還有車隊幾個男生，他沒有多少男性朋友。不過，愛格妮絲知道，他還有無數地方可以落腳。

她小心坐在床邊，雙腿因為伍立的鞭笞而發紅。她收著夏格乾淨的襪子，她會照他的喜好，將襪子依照褪色的程度配對好，將其中一隻塞進另一隻，但她現在無法專心。他現在會躺在誰懷中呢？她感覺自己內心的戰意再次湧現。他會不會就在隔壁住宅區，跟瑞妮在一起？

她一定要出門，一定要露面。

她從壁櫥挑了一張他們會帶到格拉斯哥狂歡節的躺椅出來。她脫下假牙，在水龍頭下用溫水清洗，接著穿一件緊身牛仔褲，搭配新的黑色胸罩當比基尼，走到外頭走廊，等待滿是尿漬的電梯。她從十六樓下到一樓，廣場上焦黑的窗簾已不見蹤影，她暗自鬆了口氣。

除了乾硬的狗屎和淡淡的焦痕，樓前廣場空蕩蕩的。愛格妮絲望一眼住宅區後方，看夏格的計程車有沒有停在那裡。她之前有一次就這樣逮到他。他那天原本說要輪早班，結果卻在某層樓幹著別人家的妻子。他臭汗淋漓的豔事，和家人竟然只隔著幾塊水泥磚。那天愛格妮絲花一整個下午，不斷搭著塞特丘公寓的電梯，手上拿著水桶，裡面裝著冷茶渣和尿。每一層樓門打開時，她都做好會看到他的心理準備。後來有群年輕貌美的女孩要出門去玩，電梯門打開之後，她們都嚇到不敢跟十六樓的瘋女人搭電梯，愛格妮絲才作罷。

起初她覺得夏格怎麼那麼笨，這麼簡單就露餡。後來她和他對質時，才發現笨的是自己。他才不是露餡，他希望她知情。這麼精采的韻事不容錯過。

熾白的豔陽高掛，早晨的水泥地熱氣蒸騰。麗茲在空地鋪塊舊毯子，靠在建築基礎上做日光浴。她穿著一件花洋裝，衣襟敞開到胸骨，趁難得的陽光，好好享受個夠。她頭髮用淡藍色的髮捲器緊緊捲起，並用方格毛巾包住。她讀著那天的報紙，和一群三姑六婆在草皮上聊八卦。其他女人坐在餐椅上，削著大顆棕色的馬鈴薯，將皮丟到一個舊塑膠袋裡。

愛格妮絲在離母親和三姑六婆一段距離的地方，放好自己的躺椅。麗茲只埋頭讀著報紙，愛格妮絲知道她在懲罰她。她想自在沐浴溫暖的陽光，但又情不自禁瞄著麗茲，希望能得到她的一絲友好回應，安撫心中那股寂寞。

麗茲頭上的牆面有新的塗鴉。像是從她鬈髮冒出的骯髒想法：別害羞……讓我看看你的嫩派。對麗茲來說，這塗鴉可能是鼓勵害羞烘焙師傅的一句話。但愛格妮絲懂得「嫩派」的真正意思，不禁大笑出聲。

麗茲瞪她，「妳笑什麼？」

這是那天早上在客廳見面之後，她第一次對愛格妮絲開口，愛格妮絲猶豫一會，考慮她該接話，還是要嗆回去，「沒事。我的小兒子呢？」

麗茲盡力克制怒火，回答道：「在麵包店，去選他的蛋糕。」她繼續讀報紙。

愛格妮絲熟悉這行程。星期六和星期日下午，伍立會帶孫子散步，走大約半英里的路到商店街。那裡十分陰暗，彷彿永遠不見天日，只有一排零落的商店，半數的店面都被砸了。店街的規畫是為了吸引格拉斯哥的老住戶出門，原本是要打造出截然不同的未來感，大大活化地區生活。但在現實中，整個規畫都過於草率野蠻，蓋得寒酸簡陋，對這個地區毫無幫助。

小夏吉會乖乖站在巴基斯坦人伊姆蘭開的店裡，等外公買一手甜心黑啤酒和半瓶威士忌，讓他們度過週六夜晚，並節省地度過安息日。成長中的男孩給了伍立和伊姆蘭一個話題，同時伊姆蘭會邊將酒放到袋子裡。兩人心照不宣絕口不提面前的酒，彷彿會打破默契。祖孫兩人穿過陰影進到麵包店之後，伍立會和漂亮的女孩閒聊，小夏吉則流著口水，看著蛋糕。小夏吉總是會選顯眼的粉紅色海綿蛋糕。蛋糕會撒上紅色和白色的乾椰絲，上頭再放一圈糖果。他會站在伍立身旁，拖著緩慢的腳步回家，一路享受他的點心。

愛格妮絲望向商店街的方向，但沒看到他們。她起身站到空地邊。她穿著黑胸罩，頭向後仰，雙手伸開，讓蒼白的皮膚好好享受熱辣的陽光。她看到麗茲偷瞄她一眼。她下背有個淡淡的紫褐色瘀痕。她母親注意到了。愛格妮絲伸出左手，摸一下皮帶留下的鞭痕，故意誇張地抽搐。

麗茲故作驕傲地挺起胸膛，卻用氣音說：「我的老天爺啊。妳快穿上衣服。」

剝著馬鈴薯的女人交換同情的目光，代表她們心裡有數，結婚之後，得到的擁抱不多，瘀青倒是不少，而且不只女人受害。愛格妮絲才不想理她。她現在怒氣沖天，一屁股坐回躺椅上，然後像坐跳跳球一樣，粗魯地上下彈動，移動到母親旁邊。

愛格妮絲恣意展開身體，皮膚已出現一層淡淡的紅霞。她伸出腳，像小孩一樣，撥弄著麗茲黃色的花洋裝。麗茲放下報紙，推開愛格妮絲的腳。「不要煩我。」她說：「妳今天早上還真有臉來找我。」麗茲解開髮捲上的毛巾，打開身旁的塑膠袋，鬆開頭髮。

愛格妮絲拿了母親的挑梳，再次倒到溼黏的躺椅上，「我的頭一直抽痛。」

麗茲抽起髮捲，用雙唇夾著柯比髮夾。「喔，好可憐，妳該不會期待有人同情妳吧？」

「妳應該阻止他。」

麗茲此刻從眼角瞪著愛格妮絲。「大小姐，我跟妳說，我和妳父親結婚四十年，從沒見過他氣到動手。」她轉向那群削著馬鈴薯皮的女人。「瑪格麗特，妳知道他有多軟弱，我以為他參戰一週，屍體就會送回來了。」

「是啊，他的確是個好男人。」削馬鈴薯皮的女人紛紛點頭。

麗茲轉回她女兒。「我不希望妳拖累他的好名聲。」

愛格妮絲梳過染髮的糾結處。「我就那麼低賤嗎？」

「低賤？」麗茲嗤之以鼻。「妳知道我原本好端端一人坐在這曬太陽，結果根本不得清閒。有的女人本來連自己出門辦事都懶，卻紛紛越過草坪特地來問我，最近好不好？」

「她們都愛多管閒事。」

「珍妮斯・麥克拉斯基剛才還拖著她兒子越過草坪來找我。她說：『我聽說愛格妮絲狀況不大好。問題解決了嗎？』」麗茲手扭著一個髮夾，指節都泛白了。「我坐在這裡，解開衣服，享受大好時光，那兩個蠢蛋竟敢用那種眼神盯著我瞧。」

「別理他們，媽。」

「王八蛋！她們竟然說我狀況不大好？幹他媽的狀況不大好！」她雙手抓著面前想像中的王八蛋。麗茲大聲呼出一口怒氣，神情變得無奈，垂頭喪氣。「愛格妮絲，我不該受她們憐憫。我這輩子日夜努力，辛勤工作，到底為了什麼？」

愛格妮絲太熟悉下一句話，但她仍搖搖頭。

「為了能讓妳擁有妳想要的一切。」

麗茲感覺好疏離。雖然愛格妮絲心中沒有一絲懊悔，但她好想抱住母親，乞求她的原諒。「我們不能和好嗎？」

「不行。事情沒那麼簡單了。」麗茲嘴角向下拉，嘲諷道：「親一下和好？不，我覺得不行。」她又解開另一個髮捲。「我還要被多少女人看笑話，愛格妮絲？」

愛格妮絲怒氣又上來了。「我需要抽根菸。」

「妳需要很多東西。」她說完又補了句：「妳當初就應該嫁給那個天主教徒。」

愛格妮絲在母親的髮捲袋裡翻了一會，拿出大使館香菸，放兩根在嘴裡。她吸一大口，將煙留在肺裡許久。「耶穌付不起我的型錄。」

麗茲假笑一聲。「對。但地獄會好好修理妳。」

愛格妮絲聽了起身，坐到母親身旁的毛毯上。點燃的香菸算不上求和禮，但麗茲還是接過來，「幫我脫髮捲。我看起來一定像個瘋子。」愛格妮絲雙手捧著母親的頭，手指在稀梳的頭髮間穿梭。麗茲稍微軟化了。「妳知道，妳父親以前總是在週五晚上六點半回家。街上其他男人都會消失得無影無蹤。整個傑米斯頓，一直到週日下午，街上才會出現男人的聲音。我記得只要待在窗邊，就能看到所有人週日下午茶時間溜回家。每個人都喝得醉醺醺的。」

削馬鈴薯的女人又全點著頭。麗茲說：「我不是在批評男人。那只是他們那時會做的事。如果想留點家用金，就必須在週五下午茶時間，把男人從酒吧裡挖出來。但妳父親週五晚上會喜孜孜回家，手中拿著薪水，手臂夾著新的包裹。那小傻瓜從梅朵塞回來時會去市場一趟，替妳買件洋裝和新大衣。我從來不認識哪個男人知道孩子的尺寸，更別說去買東西了。我以前都叫他不要買，因為會把妳寵壞。但他會說：『有什麼關係？』」

「媽，我不想再聊這個。」

「老實說，妳嫁給布蘭登．麥高文時，我真心為妳感到高興。他感覺能給出妳父親給我的一切。但看看妳，妳就偏偏不滿足，非得要更好的。」

「為什麼不行？」

「追求更好的？」麗茲咬著舌尖，「看那讓妳淪落到什麼下場。自私鬼。」

愛格妮絲解開母親最後一綹鬈髮。她差點忍不住故意扯她頭髮。「好啦，既然妳覺得我自私，我想拜託妳一件事。」

麗茲鼻子抽氣，「我還沒原諒妳，妳要拜託我還太早。」

她溫柔揉著麗茲的耳垂，討好道：「我希望妳幫我跟他說。跟他說我們要搬家了。可以嗎？」

「妳父親會被妳氣死。」

「不會。」她搖搖頭，「但我知道如果我留在這，我一定會失去他。」

麗茲轉身，仔細望著女兒。麗茲冷冷凝視愛格妮絲眼中希望的光芒。「妳就這麼天真地相信他，是不是。」這句話不是個疑問。

「我們只是需要重新開始。夏格說也許一切會更好。房子不大，但有自己的花園、大門什麼的。」

麗茲香菸在空中揮了揮。「喔，說得真好聽！你們自己的大門。跟我說，這大門要上多少道鎖，才能讓這亂跑的王八蛋乖乖待在家？」

愛格妮絲抓著婚戒旁的皮膚，「我從來不曾擁有自家的大門。」

那群女人聽到之後，全沉默一會。麗茲先開口了：「所以在哪裡？妳說的大門。」

「我不確定。東路再過去的那邊。以前是一個義大利炸魚店老闆在租，好像是夏格認識的人。他說那裡綠地多，非常寧靜。我就不會神經兮兮的。」

「妳會有自己的晾衣繩嗎？」

「我想會吧。」愛格妮絲翻起身，跪坐在地上。她知道要怎麼哀求，才能達成目的。「聽著，我們和好了，對吧？我希望妳能幫我跟爸爸說。」

「妳真會挑時候。今天早上鬧成那樣，現在就說？」麗茲垂頭，嘴角垮下，露出愁眉苦臉的樣子。「如果妳走的話，他到死都會怪罪自己。」

「他不會。」

麗茲開始扣上她夏天的洋裝。釦子不大整齊，考驗著她的耐心。「聽我說，夏格．班恩只在乎自己。他要帶妳到荒郊野外，徹底甩了妳。」

「他不會。」

伍立和小夏吉這時越過空地，緩緩走來。麗茲先看到他們。「看他們那樣子，簡直是肥皂粉的行動廣告。」

等愛格妮絲抬頭，男孩已舔掉胖嘟嘟手中最後一口粗糙的傳統蛋糕。她不禁朝父親微笑，他襯衫沒塞進褲子裡，像是制服不整的學生。他們步伐緩慢，小夏吉最愛的黛芬妮娃娃在兩人之間晃呀晃的。

「妳沒辦法讓夏格走上正軌，至少叫他讓那男孩走上正軌。」麗茲瞇起眼，望著孫子和金髮娃娃。「那要趁早改掉。那不正常。」

7

愛格妮絲隨著夏格的紅色皮製行李箱，在公寓各處繞圈圈。前幾天，行李箱憑空出現，上頭沒有標價牌，每個行李箱都有用過的痕跡。夏格將每件衣服整齊摺好，襪子塞入鞋中，內褲捲成像蛋糕卷一樣，有條不紊地放到行李箱裡。那一週，他常打開其中一個紅色行李箱，打量裡面的東西，彷彿在清點存貨，然後再重新關上鎖起。愛格妮絲發現他的行李箱都才半滿，裡面還有許多珍貴的空間。她內心充滿嫉妒，因為她有好幾次，故意留了幾堆孩子的衣服在行李箱旁，卻眼睜睜發現東西仍在原位，行李箱則被移到房間另一頭。

搬家那天，他把紅色行李箱都拿到臥室門口。愛格妮絲用指甲焦慮地撥著行李箱鎖。她不懂為何自己還沒見到新房子。夏格有天輪晚班，在市中心跟一個經營炸魚店的共濟會老闆聊天之後，便起了這主意。那是棟公宅，兩層樓，上下兩戶各兩間房，而且他說會有自己的大門。夏格當場便簽了合約，輕描淡寫地，好像是在買彩券。

愛格妮絲把最後的玻璃飾品用報紙包好，並將她老舊的綠色錦緞行李箱放到夏格的行李箱旁邊，交叉擺好，重新排列，但不論她怎麼做，都覺得兩人形同陌路。行李箱吊牌上的筆跡她現在幾乎認不得了。那屬於更年輕的她，當時的她自信又快樂，為了一句承諾，正要逃離第一任丈夫，奔向更值得一活的人生。她的手指撫摸過那早已忘記的名字：愛格妮絲・麥高文，格拉斯哥貝爾菲爾德街。

愛格妮絲私奔時，里克仍在襁褓。

她下定決心離開的夜晚，三個綠色行李箱全裝滿新衣服，那都是她用布蘭登・麥高文剩下信用額度買的不切實際的華麗東西，過去這幾年，她都不曾拿出來。她逃跑前最後一次打掃了他們住的經濟公寓。她知道鄰居聽到消息一定都會過來，睜著水汪汪的大眼睛，對丈夫表達哀悼之意，並咬牙切齒罵她目中無人。她不想讓他們竊以為她私下也不懂潔身自愛。

她站在廳廊豪華地毯上，用腳踩平翹起來的角落，聽到地毯釘咿呀再次刺入木板時，她感到好難過。那天稍早，她才在想辦法拔起釘子。她弄到手指流血，還弄斷兩根婚禮湯匙，最後沮喪地坐倒在地流下淚來。她的睫毛膏流下雙頰時，她考慮著也許自己應該留下來，就多待一陣子，好好享受這塊新的阿克明斯特地毯。她也沒有要奪走一切，但這塊地毯是新的，同棟住對面的太太每次看到地毯，臉色都會慘白，讓愛格妮絲好滿足。這就是一塊值得將前門敞開的地毯，又厚實又美觀，你會希望所有鄰居都看到。她向丈夫念個不停，最後才把整片地板都鋪上譚普頓雙層阿克明斯特地毯，但這次那種酥麻的優越感沒有持續多久，甚至不到她所預期的一半。

和天主教徒住在一樓公寓，她唯一能看到的，就是對街布滿煤灰的屋牆。愛格妮絲私奔那天晚上，她看到燈一盞盞關上，辛勤工作的好男人早早上床睡覺，準備明天一早上工。雨中傳來計程車引擎嗡嗡的低吟聲。她不禁感到興奮，而在她猶豫之下，內心深處湧起一股刺激感。

沙發後面躺著兩個娃娃。他們一身整齊的麥爾登羊毛粗呢、柔軟的天鵝絨，並穿著飾有俗氣銀釦、很不舒適的漆皮鞋。她叫醒沉睡的孩子。凱薩琳看起來像酒醉的老頭，眼皮沉重，雙眼像嘴一樣不開心地開合。愛格妮絲用吻叫醒他們時，有人小聲抓著門。她悄悄走到門廊。門低吟一聲打開，公寓明亮的燈光中，男人圓潤黝黑的臉出現在門口，表情扭曲焦慮。夏格很不耐煩，重心不斷移動，彷佛隨時都準備開溜。

「你遲到了！」愛格妮絲用氣音說。

他聞到她口中飄出的酸啤酒味，臉上僅存的微笑馬上垮下。「幹他媽的我不敢相信。」

「不然你以為呢？」她用氣音回答：「我等你等到快崩潰了。」愛格妮絲拉開門，把沉重的行李箱遞給夏格。行李箱拉鍊都已撐到最開，裡面東西叮叮噹噹的，彷佛裝滿了耶誕節的裝飾。

「就這樣？」

愛格妮絲望向螺旋紋路的厚織地毯，嘆口氣，「對。就這樣。」

夏格拿著行李箱拖著腳步走到街上。愛格妮絲轉身，回望公寓。她來到走廊上的鏡前，手梳過頭髮。黑色的鬈髮彈動，並又緊緊捲起。她嘴上塗著新的紅色口紅。她心想，以二十六歲來說還算不錯。二十六年沉睡的日子。

她將孩子房中的床鋪好，又將髒睡衣放入貂皮大衣口袋。她不准兩人跟她討價還價，要他們各選一個玩具帶走，然後牽著他們到走廊。他們在臥室巨大的門前停下來，她轉向他們，望一眼美麗的地毯，低聲叮嚀：「好，無論如何，都不哭，好嗎？」兩人點頭。「我們進去時，可以給我一個大大快樂的笑容嗎？」

她循習慣找到臥室燈的開關，啪一聲，燈閃爍亮起，明亮的光芒將黑暗掃去。房間狹窄擁擠，放了一張過大的洛可可風格的床。男孩開心大叫：「爸爸！」富麗堂皇的大床上，零亂的人形翻動。布蘭登・麥高文驚訝坐起，眨眼望著像維多利亞時代頌詩班的三人站在床腳。嘴吧大大張開。

愛格妮絲大張旗鼓把貂皮大衣的領子立起。這件大衣是他刷卡買給她的，他買這毫無必要的奢侈品，為的是討她開心，並暫時平息她的欲望。「好了。那就謝謝你所做的一切。」這句話說出口時，語氣不大對。「我走了。」她說著，有點尷尬，有點輕描淡寫，感覺像做完家事的女僕，今天要離開了。

睡眼惺忪的男人只能眨著眼，望著家人揮手，一一走出房間。他聽到前門輕輕關上，還有柴油引擎的嗡鳴。然後他們就走了。

他們當晚離去時，黑色的計程車聽起來堅若磐石，無比沉重，像坦克一般。愛格妮絲坐在後座長皮椅上，兩邊坐著她溫暖的孩子。四人沉默坐著，穿過潮溼明亮的格拉斯哥街道。夏格目光不斷瞄向鏡子，掃過兩個熟睡的孩子，有點緊繃。「我們要去哪？」他一會之後問。

沉默一陣子。「你為什麼遲到？」愛格妮絲問，大衣領子仍立著。

夏格不答腔。

「你猶豫了嗎？」

他目光從鏡子飄開。「我當然會猶豫。」

愛格妮絲戴著皮手套的手掩住臉。「我的天啊。」

「妳就沒猶豫嗎？」

「我看起來像猶豫了嗎？」她回答，聲音出乎意料來得尖銳。

東區的街道空無一人。最後幾家酒吧都關了，正常家庭都躲避寒風，窩在溫暖的家中。計程車經過加洛蓋特區，穿過市場。愛格妮絲從來沒見過空蕩蕩的市場。這裡通常人聲鼎沸，大家都會來買雜貨、新窗簾、上好的紅肉，或在週五買條鮮魚。現在市場像是空桌和水果箱的墓園。「我們要去哪裡？」

「我的孩子都留在家裡。」他從鏡子瞪著她，「我們說好的。我們說要重新開始。」

愛格妮絲感到孩子的頭靠在她身側發熱。「對，唉，沒那麼容易。」

「對，但妳之前說好的。」

「對啦，唉。」愛格妮絲目光望向窗外。她感到他仍透過鏡子盯著她。她希望他看路。「我做不到。」

夏格看著孩子，他們穿著上教堂最好的老氣衣服，這是他們第一次穿，也是專門為了半夜逃家買的。他想到行李箱中，他們的衣服都摺得無比整齊。「對，但妳甚至心裡都沒有掙扎，對不對？」

她目光盯著他頭後方。「我們不是每個人都跟你一樣冷血，夏格。」

憤怒竄過全身，他用力踩煞車。他們四人都向前晃，孩子開始嘟囔。「然後妳他媽問我為什麼遲到？」幾滴口水落在後視鏡上，映著光。「我他媽為什麼遲到是因為我必須跟我四個小孩道別。」他手伸起，擦過都是口沫的雙唇。「更別提還有一個威脅要放瓦斯把小孩全毒死的老婆。她告訴我，如果我離開她，她會打開爐子，但不會點火。」

計程車引擎再次咆哮。他們沉默地乘車，望著無乘客的夜間公車駛過，嵌在房子上冰冷的窗戶一片漆黑。他再次開口，語氣平靜多了。「妳可曾體會過，天殺的家人像魚鉤一樣勾著妳，而妳卻奮力走向前門，有嗎？要把四個尖叫的小孩從腿邊拉開，把他們踢回走廊，不理他們伸出的小手，關上門，妳知道這要花多久時間嗎？」他鏡中的雙眼冰冷。「不，妳不懂那種感受。妳只是叫個蠢蛋來這裡接妳。妳拿著行李箱出發，好像要去米爾波特度假一樣。」

她漸漸酒醒了，無聲凝視車窗外，不想去思考失去父親的孩子和失去孩子的父親該如何找出一條道路，面對一團糟的人生。在她腦中，那條路像是黑色計程車後方壓出的一條淚痕，又黏又鹹。此時的她已感覺不到任何興奮之情。

他們第三次經過特隆門鐵軌橋下時，太陽漸漸升起，市場上工人將新鮮的魚貨搬上廂型車。愛格妮絲看著聚集在公車站的女人，她們是早班清潔婦，準備去市中心打掃偌大的辦公室。「我們可以去我媽的新公寓。」她最後含糊說：「待到我們找到自己的房子。」

這麼多年之後，愛格妮絲一直不願回想那夜的事，因為她覺得自己像個傻瓜。現在她又打包好天主教徒的行李箱。當初她帶著這些錦緞行李箱來到母親家落腳，如今她又帶著同樣的行李箱要遠走高飛。她低頭望著綠色的行李箱，把舊的麥高文標籤撕成兩半。

愛格妮絲離開天主教徒布蘭登．麥高文之後，他還一心念著她，想做出正確的事。就算她半夜偷跑，他仍追到她母親家，做出各種願意改變的承諾，希望能挽回她。愛格妮絲站在大樓旁，雙臂交叉，聽她丈夫說自己會照她意思，徹底改頭換面，連他母親都認不出他來。他確定自己無法說服她之後，改請神父、伍立和麗茲對她曉以大義，希望她心生愧疚，回到他身邊。愛格妮絲才不聽勸。她不想回到她早已看出局限的生活。

接下來三年，布蘭登．麥高文每週四都會寄錢過來，隔週星期六會帶孩子出門。凱薩琳記憶中，關於親生父親的最後一件事是她坐在卡斯托蘭尼咖啡廳，看著他擦拭里克臉上的香草冰淇淋。愛格妮絲故意讓他們兩人穿上最好的衣服。一個耳朵和脖子都戴珍珠的老婦人走來和布蘭登攀談，稱讚孩子打扮整潔，舉止得體。婦人彎身到凱薩琳的高度，問漂亮的女孩叫什麼名字。小女孩聲音像教堂鐘聲一般嘹亮，回答說：「凱薩琳．班恩。」

布蘭登．麥高文這時欠身離開了桌旁。他穿梭在一桌桌快樂的家庭之間，走向廁所，後來直接轉身，走到街上。凱薩琳不知道他們獨自坐在咖啡廳多久，但里克不僅吃完了兩人的冰淇淋，還開始用手沾起貝殼玻璃杯底融化的冰淇淋來吃。

那位善良的天主教徒已盡全力，想挽回不安分的妻子。當她從他身邊逃開，他放下自尊，哀求她回頭。當她和他離婚，他再次放下自尊，認分盡責，毫不踰矩，並付出時間和孩子相伴。但是當她讓孩子跟著新教徒姓，就像是在田野漫步的小羊身上，噴上另一道家族難以洗刷的紅印。愛格妮絲終於找到了他的底線。如今十三年過後，里克和凱薩琳即使在人群中遇到他，也認不出他來了。

愛格妮絲要全力約束自己，才能不去撥錦緞行李箱的手把。她把疑問和不確定感再次全裝進天主教徒的行李箱，毫無喜悅地搬向計程車。現在看來，黑色的計程車感覺就像一部靈車。伍立搭乘生鏽的電梯，幫忙搬孩子的衣服下樓時，都不肯和她說話。麗茲站在廚房大湯鍋旁，一雙龜裂的手在圍裙上擰著。愛格妮絲發現媽媽攪拌時，瓦斯根本沒有點燃。

里克和凱薩琳晚上坐在床上，聊著新生活不祥的預兆。愛格妮絲透過牆，聽到他們喃喃低語。麗茲這週之前來找過她，說孩子曾開口希望能和她待在一起。她求愛格妮絲讓里克上完學，讓凱薩琳留在保險公司工作。搬家那天，愛格妮絲發現里克整個早上都不在家，他拿著鉛筆和祕密筆記本偷溜去某個洞窟躲了起來。凱薩琳顫抖的雙唇已吐不出半個字，只認分地幫忙母親收拾行李。整個早上，麗茲緊抱小夏吉，朝他蒼白的脖子輕聲祈禱里克平安歸來。愛格妮絲看到里克自以為沒人發現，又去求外婆。她聽到他說，他會乖乖的，他會聽話。愛格妮絲很高興麗茲只溫柔拒絕說：「不，里克，你要跟媽媽一起才是個家。」

大雨落下，最後要搬上車的是夏格的兩只紅色皮製行李箱。等這兩個行李箱都上了車，愛格妮絲才總算確定，該出發了。麗茲和伍立站在雨中，看起來就像後方的住宅大樓一樣死灰又僵硬。他們的道別顯得輕鬆又疏離。麗茲不希望他們在大庭廣眾下鬧笑話。家庭的表面若出現縫隙，恐怕會造成巨大的裂口，愛格妮絲不確定從中會湧出什麼樣的暴洪。於是他們故作忙碌，互相提醒著要帶水壺和乾淨的毛巾等小事。

愛格妮絲坐在計程車後座，小夏吉坐在她雙膝之間。里克和凱薩琳坐在她兩側，擠在箱子之間，大腿和她緊貼。她把所有人的衣服都熨燙平整，花時間替凱薩琳的工作衫上漿，替小夏吉從郵購型錄上選好正裝外套。她漂白自己的假牙，重新染好頭髮，上了比黑色更暗的層次，接近憂鬱的深藍色。那天早上，她低下頭，問凱薩琳覺得她的新睫毛膏如何。她的睫毛膏看來太厚重，彷彿快要睡著。如今計程車開上主幹道，愛格妮絲戲劇化地回頭，難過地透過後窗揮手，沉重緩慢地眨了眨眼。她覺得這一幕很有電影感，好像她是日場戲的大明星。

計程車軋軋爬上斯普林伯恩路，經過空蕩蕩的聖羅拉斯鐵路時，她才從座位轉身，重新拿出各種空洞的理由，確認自己為何同意夏格的計畫，儘管她一再為自己打強心針，一切卻仍像一場愚蠢的幻夢，大概只有年紀比她小一半、為愛沖昏頭的女生才會相信。愛格妮絲搓揉著指尖，在心中大聲列出各種爛理由：她能擁有屬於自己的家，並能自己布置。孩子能有花園。他們的婚姻能獲得平靜。她又更深入思考，只要讓他遠離外頭那群女人，事情可能就會有所轉變。

窗子起了霧，小夏吉在霧上畫個哭臉。里克拇指一揮，馬上把哭臉變成腫大的老二，然後一屁股坐回座位。愛格妮絲用左手抹掉圖，透過乾淨的玻璃，看到他們經過普羅旺米爾後方的藍色巨大天然氣儲槽，它們像是格拉斯哥東北大門的守衛。

接下來很長的一段路，他們都一片沉默。計程車後來終於遇到紅綠燈停下，夏格打開玻璃窗，宣布他們快到了。接著他又關上玻璃窗，愛格妮絲不知道這是習慣，還是發自內心的動作。她記得他在追求她時，總會開著玻璃窗，用三寸不爛之舌逗她開心。他會向後仰，用共濟會戒指敲著與後座的分隔板，左手上還有婚戒留下的淡淡痕跡，車中則瀰漫著撲鼻的松香鬍後水和髮膠的氣味。平日下午，他們會在計程車上做愛，車上充斥汗水的味道，玻璃滿布著霧氣。她想起停在安德森高架橋下的快樂時光，那是兩人真正了解彼此之前的事。

愛格妮絲望著一棟棟低矮平房前雜草叢生的花園，試著讓心情再次興奮起來，但感覺就像想用溼木點火一般。不知不覺，越過某條線之後，房屋便從公共住宅變成私有住宅。夏格刷一聲拉開玻璃窗。「看那些花園，哈！」房屋很美，雙層窗後有著玫瑰、康乃馨和露著笑容的裝飾。車子又向前開，每條無尾小路向上開去，都有著一圈房子，高高坐落在小丘上，草坡修剪整齊，遠離嘈雜的道路。每棟私人住宅都有花園和車道，並停放著車子，有些甚至兩輛。愛格妮絲透過鏡子望向夏格的雙眼。他一直在看她。目光感覺接近她印象中的愛。「如果喜歡這種房子，等等你們就知道了。喬說那裡像個快樂的小村莊，真的很適合家庭生活，每個人都認識彼此。那種大家心目中最想住的地方。」

里克和凱薩琳偷偷交換眼神。愛格妮絲雙手各放上兩人膝蓋，按了一下警告他們。夏格在柴油引擎聲中，回頭伸長脖子大喊：「就在大礦坑旁邊，所有的男人都在煤礦坑工作。工資很不錯，女人甚至都不用出門工作。喬說他們所有孩子都讀同一所學校。對我們的小夏吉是好事，能讓他出去曬曬太陽，有同年齡的男孩子一起玩耍。」在鏡中，他眼神充滿快樂，十分滿意自己的計畫。愛格妮絲看到他摸著八字鬍。「後來我才知道，這裡沒有酒吧。什麼鳥都沒得喝，只有一間礦工俱樂部。」

「什麼？一間都沒有？」愛格妮絲向前坐。

「沒有。礦工或礦工的妻子才能進到俱樂部裡。」

愛格妮絲後背滲出冷汗。「那平常要去哪裡玩？」

但夏格沒在聽。「就這裡！」他大叫，興奮指著一條彎路。計程車順著彎轉過去，愛格妮絲和孩子傾身，看著這條會帶他們邁入新生活的彎路。街角有家空無一人的加油站。空地寬敞，但只有兩個燃油泵，一個加汽油，一個加柴油。夏格車速放慢，轉入加油站旁的那條街。

愛格妮絲翻了翻皮包。賓果筆和薄荷糖罐叮鈴噹啷一陣，她從包中拿出口紅，重新在嘴上畫了一圈血紅。而因為她手已在嘴邊，順勢偷塞了一顆藍色藥丸到牙齒間，咔一聲咬成兩半，直接吞入口中。只有凱薩琳發現。凱薩琳看她噘著嘴，小心翼翼搽著嘴角的口紅。接著愛格妮絲伸手，調整黑色高跟鞋的扣環。她用她彩繪的長指甲，撥平羊毛裙襬，並挑掉從安哥拉羊毛衣正面飄下的粉色羊毛團。

凱薩琳瞇起雙眼，「妳為什麼沒有穿方便搬家的衣服？」

「搬家可以親自動手搬，也可以站一旁看就好。」愛格妮絲朝梳子吐口水，梳過小夏吉的頭髮。他扭動身子，她按住他的肩膀，將頭髮梳得整齊豎立，看得到粉紅色的頭皮。

「我看起來怎麼樣？」里克問，把頭髮弄亂、撥到臉前。他的腳拇指已撐破白色運動鞋的縫線，骯髒的襪子都露出來了。

愛格妮絲嘆口氣。「有人問的話，你就說你跟搬運工來的。」

他們把車窗全打開，外頭微風灌入計程車，送來新割草坪和野藍莓的香氣。清新的綠意之下，有著棕黑色無人整理的平野，上頭有一堆堆牛糞，一叢叢溼木下藏著陰暗的角落。愛格妮絲鑲鑽的毛衣袖子在風中飛舞。她閃閃發亮，就像一隻浸泡在水鑽中的兔子。小夏吉伸手摸著水鑽飾珠。他母親露出潔白的笑容，牙齒沒有相觸，像是有人在拍照一樣。要不是她雙眼一直焦慮地瞄向夏格在後照鏡中的雙眼，她看起來會很快樂。小夏吉玩著她袖子，看她後臼齒咬在一起，開始慢慢磨動。

路又變得更窄，經過最後一塊修剪整齊的花園。先是有幾棵枯死的紫杉木，接著道路兩邊出現一大片開闊的沼澤地，荒蕪之中，有一座座棕色的小丘，還有一叢叢矮樹和荊豆花。平野四處交織著骯髒的銅色小溪，棕色野草直接長在柵欄兩側，想掩蓋這條名叫礦坑路的泥路。道路上覆蓋著陳年的煤炭灰，計程車駛過，拖出兩條黑線，彷彿是一排初雪做成的底片。

計程車上下顛動開過平緩的彎路。遠方有一座座巨大的黑色煤渣山，彷彿已燒盡所有生命。煤渣山一路延伸到地平線，再過去便是一片空無，儼然是世界的邊境。陽光照射下，焦黑的煤渣山閃閃發光，風吹起頂端纖細的黑沙，彷彿那是一座座暴露在外的巨大沙丘。不久，棕色和綠色的田野空氣便飄起了刺鼻的氣味，那氣味濃烈，有種金屬的感覺，像是在舔廢電池的一端。他們轉過另一個轉角，破爛的柵欄尾端是一座大型停車場。停車場後方是一面高大的磚牆，並有一個巨大的鐵柵門，用沉重的大鎖和鐵鍊緊緊拴起。旁邊的守衛亭已傾斜，呈現莫名的角度，屋頂上還長了一層厚厚的雜草。礦坑已封閉。有人在封條木板上漆了「幹你娘的托利黨」。看起來這裡已永遠荒廢。

鐵門對面有棟低矮的水泥建築。十幾個男人從無窗的建物中走出，化為一團團黑影站在礦坑路上。起初，他們看起來像剛走出教堂，但柴油引擎轟然靠近時，他們不約而同轉身，不再說話，全瞇著眼想好好看清楚。他們全穿著一樣的黑色工作夾克，手上拿著琥珀色的啤酒，抽著短菸。礦工的臉都很乾淨，雙手皮膚粉嫩，看起來都沒在工作。感覺不大對勁，這些男人是好幾公里內唯一乾淨的東西。礦工拖著腳步，勉強讓道給計程車過。他們看著里克，里克也看著他們。他的心一沉——那些男人全都有著和他母親一樣的迷濛目光。

他們面前突然出現一片住宅。再往前，狹窄的泥土路到了盡頭，旁邊出現一座棕色小山坡。從正前方的主幹道向前，有三、四條小巷向兩邊平行岔出，通往一片住宅區。一棟棟方形、低矮的屋子整齊排成一排。每棟房子都有相同大小的花園，每座花園中都有同樣縱橫的白色晾衣線和灰色晾衣桿。住宅區四周都是泥煤沼澤，東邊土地因為以前在尋找煤礦，所以被挖得亂七八糟，烏漆墨黑。

「就這樣？」她問。

夏格答不出來。他肩膀下垂，她看得出來他心也一沉。愛格妮絲後牙緊咬。他們開上小山坡，經過一座樸素的天主教堂，一群女人聚集在那裡，身上仍穿著家居服。夏格看了看街道上的標誌，轉了個右急彎。這條街整齊劃一，排列著一棟棟不起眼的兩層樓房屋，每一棟住四個家庭。那是愛格妮絲這一生見過最簡樸、最不快樂的屋子。窗戶很大，但看來很輕薄，意思就是熱氣容易散出，寒氣容易進門。整條街道上，黑色的煤煙從煙囪冒出，即使是在盛夏之時，屋子都冷得無可救藥。

開過幾棟房子之後，夏格停下車子。他彎身靠到方向盤上，仔細看了一下。街上幾乎沒停什麼車，就算有，看起來也報廢了。

趁夏格專心找路，愛格妮絲翻了翻黑皮包。她用氣音說：「你們三個嘴巴給我閉好。」她低下頭，望著空洞的皮包，將包包稍微朝自己的方向傾斜。孩子看著她喉嚨的肌肉抽動，從藏在包裡的啤酒罐中喝好幾大口酒。愛格妮絲再次抬起頭，啤酒沖掉了她上唇的口紅，她雙眼扛著徒然的睫毛膏，非常緩慢地眨了一下。

「什麼鳥地方。」她含糊說：「我還為這特別打扮？」

第三部

一九八二

礦坑口

8

等亞比安牌的廂型車停好，後門打開，已經有人站在路中央，直直盯著他們看。他們都忘了放下手邊東西，拿著溼毛巾和燙到一半的衣物，一心想來看熱鬧。幾戶人家從低矮的房子走出來，坐在前門台階上，彷彿電視播了什麼好節目。一群身上都是煤灰的孩子由一個沒穿褲子的孩子帶頭，越過塵土飛揚的街道，呈半圓圍在愛格妮絲旁邊。她有禮地向他們打招呼，他們盯著她，嘴邊仍掛著一圈紅色的醬料。

礦工房子十分密集，家家戶戶前門都相對，每棟屋子只隔著一個低矮的欄杆和一小塊草坪。愛格妮絲對面每棟屋子的前門全都打開，女人都站在那瞧，身邊有好幾個孩子在亂跑，他們全都長得一樣。伍立曾拿一張坎貝爾奶奶和她那些兄弟姊妹的合照給她看，那畫面如出一轍。愛格妮絲站在門階上，微笑朝欄杆另一端揮手，她那像鑲鑽兔子的袖子在日光下閃爍。

「你們好。」她有禮地向大家問好。

「妳剛搬來？」隔壁門口的女人開口。那女的一頭金鬈髮向後梳，髮根卻是深棕色，看起來像戴著小孩的假髮。

「對。」

「妳家全部搬來？」女人講話聽起來水準不高。

「對。『我和我家人』都會搬來。」愛格妮絲糾正她。她自我介紹，並伸出手。

女人搔搔頭皮。愛格妮絲正懷疑這女人是不是只會發問時，她終於回答了。「我是布麗迪・丹諾利。我住在樓上二十九年了。這段時間，我樓下換了十五個鄰居。」

愛格妮絲感覺到丹諾利一家子全盯著她。有個掛著黑眼圈的瘦女孩穿過門，拿一托盤不成組的茶杯出來。每人都拿了一杯。他們喝著茶，目光都沒離開愛格妮絲。

布麗迪朝欄杆另一頭點頭。「那是諾琳．丹諾利，我姊妹。但跟我不同家族，妳懂吧？」一個灰髮女人捲著舌頭，俐落點個頭。布麗迪．丹諾利繼續說：「那小妞是金媞．麥克林契。也是我姊妹。她就跟我同家族。」諾琳隔壁，有個身材像小孩一樣嬌小的女人，她舉起手中一根短菸，長長吸了一口。白煙之中，她雙眼瞇起，沒錯，她看起來就像布麗迪，只是戴著頭巾。她們看起來都像布麗迪，甚至男人也是，只是他們看起來比她更沒男子氣概。

愛格妮絲眼角看到另一個女人越過滿是塵土的街道。那女人停下來，向那些衣著破爛的孩子說話。她點點頭，彷彿聽到什麼嚴肅的消息，最後大步穿過前門，來到新房子前。愛格妮絲無處可逃。她身後，里克繃著臉走出屋子，準備搬另一箱東西。

「那妳丈夫嗎？」新來的女人沒自我介紹，劈頭便問。她臉上的皮膚緊緻，頭骨的形狀清晰可見。她眼窩深深凹陷，有一頭狂亂的深棕色頭髮，髮量稀疏，像是沒梳理的貓皮大衣。她穿著變得鬆垮的踩腳伸縮褲，腳上則套著男版的室內拖。

愛格妮絲覺得這問題荒謬至極。她和里克差了二十歲。「不是，這是我二兒子。春天就滿十六歲了。」

「喔！春天是吧。」女人聽了沉吟半晌，然後尖細的手指指向搬運貨車。「那是妳丈夫嗎？」

愛格妮絲望向搬家工人，他正辛苦地搬著老舊電視，她之前小心翼翼用床單將之打包好。「不是，他是朋友的朋友，來幫忙的。」

女人思考一下。她頭好像骷髏，嘴吸著憔悴的雙頰。愛格妮絲半揮手，半轉身。「妳袖子上是什麼？」那瘦女人問。

愛格妮絲低頭，將毛茸茸的手臂放到懷中，像是保護小貓一樣。水鑽抖動，好像很緊張似的。「只是些小珠子。」

端茶來的女孩夏娜．丹諾利緩緩呼口氣，「喔！小姐，我覺得那些小珠子很漂亮——」

瘦女人打斷她：「那妳到底有丈夫沒有？」

前門又打開，小夏吉走到門階上。他雙手扠腰，沒跟女人打招呼，直接轉向母親。他一腳踏向前，愛格妮絲第一次聽他說話如此清楚嘹亮：「我真的要好好跟妳說一下。我覺得我住不了這裡。屋子聞起來像捲心菜和電池一樣。我真的沒辦法。」

一旁的觀眾面面相覷，彷彿十幾張臉轉來轉去在照鏡子。「快來看啊。列勃拉斯[11]搬來啦！」其中一個女人尖聲大叫。

女人和小孩齊聲大笑，笑聲又高又尖，大家笑到一直咳嗽，嗓音沙啞。「喔！真希望客廳放得下鋼琴。」

「呃，很高興認識你們。」愛格妮絲擠出淡淡的笑容說。她把小夏吉拉到腰邊，轉身離去。

「喔，不要這樣嘛。我們也很高興認識妳，親愛的。」布麗迪喘著氣說，她原本神情嚴肅，大笑一陣之後，目光變得柔和不少。「我們這兒全像個大家庭。我們只是很少看到新面孔。」

像骷髏頭的女人朝愛格妮絲踏一步。「對啊，我們一定能相處得很好。」她咬牙抽氣，彷彿有塊肉卡在牙縫。「只要妳那漂亮的袖子他媽離男人遠一點就好。」

●

那天下午，小夏吉在新社區的邊緣閒逛，男人從貨車將物品搬下來。穿著緊身褲的女人把廚椅拉到窗邊，面無表情看著一箱箱東西被搬下來。他們不斷裝模作樣地朝小夏吉揮手，脫下想像的帽子，然後自顧自大笑。

小夏吉穿著新衣，走到街道的另一端。那裡空無一物。路到中途就斷了，變成一片泥淖，彷彿街道延伸到那裡突然放棄了似的。一池池泥濘的水窪平靜無波，幽深不見底，看起來格外令人害怕。棕色蘆葦林從雜草叢中冒出，緩緩朝社區蔓延，彷彿想向礦工討回土地。

小夏吉看見沒穿鞋的小孩在塵土中玩耍。他蹲在邊緣一叢裝飾用灌木旁，假裝觀察幾朵紅色小花，仔細看每朵花大小，等那群小孩問他要不要加入。他們騎著腳踏車兜圈，沒人理他。他用手指壓碎白色的果實，裝出毫無興趣的模樣，然後試著用黏稠的汁液塗髒光亮的漂亮鞋子。

礦工的釘靴在柏油路上擦出火星。男人一個個沿著空蕩蕩的道路緩緩走來。現在沒有礦場的汽笛，但男人仍跟隨過往例行的肌肉記憶，即使一無所成，也在下班時間回家，徒留一肚子啤酒和焦慮。他們的工作夾克乾淨如洗，拖在路上的靴子光潔明亮。小夏吉退開，讓他們經過，他們都低著

---

11 列勃拉斯（Władziu Valentino Liberace, 1919-1987）是美國知名鋼琴家，是一九五〇年代至七〇年代全世界薪水最高的表演者。

頭，像是疲倦的黑驢。男人不發一語，一一帶回自己的孩子，孩子順從地跟著父親，像是虔誠的影子。

●

愛格妮絲站在前門後方，關上面前擋風的大面玻璃門。她無法思考，站在兩道門中間，喝完偷藏在袋底的啤酒，然後將臉貼著冰冷的牆，覺得格外舒服。石磚厚實潮溼，不會輕易變熱。

她躲在那好一會才到走廊上，經過兩間小臥房。凱薩琳站在第一間房間中央，動也不動。礦工的野小孩手將肘靠在窗台，望著臥室，像在動物園一樣看著她。她嚇傻了，只能望回去。窗上的油灰剝落，代表牆壁潮溼，夜裡房間會很冷。外頭的孩子聊天，愛格妮絲聽得一清二楚，彷彿他們就在屋內一樣。

里克在另一間房。他打開裝著他繪畫工具的行李袋，光腳趴在地上，用黑筆畫著黑色煤渣山的素描。他拿著蠟筆尖，畫了他們剛到時，穿黑夾克看著他們的男人。他們和煤渣山並排而立，像是一棵棵無葉的枯樹。她望著兒子，嫉妒他能消失、神遊並拋下一切的天賦。

後面沒有房間了。第三個空間顯然是客廳，她回頭走兩、三步，發現孩子還是必須全都擠在同一間臥房。

夏格站在走廊盡頭，茫然望著她。他梳平的頭髮在風中飛舞。他摸到一綹髮束，舔一下手，試著把頭髮再次壓回頭上。他退到敞開的小廚房，並要她跟上。廚房天花板有個巨大的晾衣滑輪，看起來就像刑求台，另一端則掛著幾件礦工的工作服，整齊晾在半空，包括襪子、白內衣褲和藍色聚酯纖維工作服，衣服又乾又硬，看來年代久遠。這些衣物的主人可曾從礦場回來？也許他們終究來錯房子了。

合成木板櫥櫃好幾處都已剝落，夏格站在原地，小指挑著一片層板。他身後角落的爐具上方爬滿樹枝般的黑黴。他沒看她，只說了一句：「我不能留在這。」

起初她連頭也沒抬，以為他的意思是要去排班賺錢。他常這麼做，排班回到家沒多久，便又起身說他要再出去一趟。他從來不是習慣待在家的人。

「你幾點要吃飯？」她已經擔心起炸魚鍋和麵包刀的事。

「我再也不要吃妳的飯了。妳不懂嗎？」他搖搖頭，「就這樣。我再也不要留在這了。我不能跟妳在一起，縱容妳的欲望，縱容妳酗酒。」

這時她才發現，錦緞行李箱放在打包的紙箱之間，但紅色行李箱不在其中。她一定露出了疑惑的表情，因為夏格和她四目相交時，像是看著小孩吃藥，緩緩點頭，在一旁督促，等待她把苦藥吞下肚子。愛格妮絲別開頭。她不想理解。她不想要他的藥。她不再找炸魚鍋，開始調整毛衣的珠子，用閃亮的側面朝著他，並維持整齊，拖延時間，不確定該如何是好。

「就這樣了。」他又說一次。

房中有一張椅背壞掉的廚椅，上面濺著油漆痕，看來是用來拿放在櫥櫃高處的東西。愛格妮絲靜靜關上廚房門。走廊上孩子發覺臥室不夠，已開始出聲抱怨。她把廚椅放到關上的門前，坐下來。

「為什麼我對你來說總不夠好？」

夏格眨眨眼，好像不可置信。他搖搖頭，開口時，他戳著自己的胸膛。「不，小姐。不夠好的是我。」

「我不曾看其他男人一眼。」

「我不是這個意思。」他揉揉眼睛，累了似的，「妳為什麼沒辦法因為愛我而戒酒，嗯？我為妳買最好的東西，上帝給我的時間，我都拿來認真工作了。」他盯著牆，但目光空洞，「我甚至以為，也許我們生個自己的孩子就行了，結果沒有。就連生了孩子也不足以讓妳安分。」

他粗魯地抓住她的手肘，試著拉她起來。愛格妮絲掙脫，坐回椅子上，好像在參加和平抗議。她狀態不上不下，非常危險——喝到有勇氣反抗，但不夠讓她失去理智。再多喝幾口，她就會變得嘴賤、刻薄並能傷人。他瞪著她，彷彿預測著峽谷中的天氣。他趁她心中濃厚的烏雲炸開之前，又抓住她，試著將她拉起，

她從他手中掙脫，再次坐下，身體挺直，冷冷望著他好一會，仍不敢相信眼前發生的一切。「對。不夠好。這種事不該發生在我這樣的女人身上。我是說，你看看我，然後看看你自己。」

「妳在自取其辱。」他抓住她胸前的毛衣。

夏格用力拉起她。他抓住她的頭髮，把她拽到地上，她沒有哭喊。愛格妮絲倒在廚房門邊，好像要將他永遠留住。他用力拉開門，撞到她的頭，好像那只是一塊角落翹起的地毯。他跨過她，右腳的布洛克鞋踢到她下巴，她纖白如珍珠的皮膚應聲綻開。

「求求你，我愛你。真的。」她說。

「對，我知道。」

等計程車開上礦坑路，她的孩子都來到走廊，愛格妮絲依舊耀眼，毛衣蓬鬆，卻頹倒在地，像一襲被扔在地上的晚禮服。

●

紅色皮製行李箱始終不曾進到礦工的家。夏格好幾天沒回來見她，後來他來了，也沒帶行李箱。他把行李箱拿到瓊安妮．米可懷特家，塞到她為他在床下空出的位子。愛格妮絲一開始並不知道。夏格只是某天晚上再次出現，親吻她下巴上的傷痕，將她放倒在客廳摺疊沙發床上。

夏格開始在輪夜班時來家裡，以此方式利用她。他等到凌晨一、兩點，孩子都已就寢，便穿著筆挺的襯衫，吹著口哨，大剌剌出現在走廊上。她褪去他的衣服，看得出來他的內衣褲已由別的女人高溫洗淨。他們完事之後，他會躺在原地一會，最後愛格妮絲會情不自禁環抱住他，這時他才會起身離去。她為他煮了東西時，他也許會待久一點。一旦她開始有些疑問或抱怨，他便會離開，並連續好幾天晚上不回來，作為報復。

他走了之後，愛格妮絲會躺在摺疊沙發床上，因為少了他，她無法一人睡在床上。她望著天花板，徹夜難眠，孩子們在隔壁臥室中睡覺。第一年秋天，凱薩琳每晚都會爬到坐墊上陪伴母親，她們會一起躺在那，感受著溼氣，望著擴張的霉斑。

「我們為何不直接回塞特丘？」凱薩琳輕聲問。但愛格妮絲心痛之下無法解釋。她知道如果她回到母親家裡，他就永遠不會回來了。

她要待在她被扔下的地方。

她要接受他施捨的任何一點善意。

●

終於，蓋伊・福克斯[12]之夜到了，空氣瀰漫著濃濃的篝火和燃燒輪胎的氣味。里克和凱薩琳站在窗邊，看著無數手工搭建的柴堆在霧茫茫的黑夜中燃燒。孩子拿著沖天炮，像射飛彈一樣朝彼此攻擊。這地方難得變得特別好玩。

電視仍被一塊布半罩著，放在角落地上，不算完全拆封。凱薩琳一屁股坐到沙發上，溼髮裹在毛巾裡。電視播報著夜間新聞，接下來又會是另一個聽母親在黑暗中哭泣的夜。

愛格妮絲在後方廚房等待。燈光全關上之後，那裡是最適合凝望礦坑路的地方。每天晚上，她都等待著計程車，當引擎聲轟轟傳來，她便引頸期盼。她整天都在喝酒，但沒什麼幫助。酒都放在廚房水槽下方，她日日在窗戶和水槽之間來回。從拉栓的聲音，孩子都能算出她打開櫃門偷喝酒的次數。

「媽，要吃什麼？」里克從沙發大喊。

愛格妮絲停下摸著下巴結痂的手，望向電子爐上的鍋子說：「我可以幫你熱一下這個湯。」

「加豆子的那個湯嗎？」里克問。

「對。」

「哼，有豆子就算了。」里克說，他沒想到這十五年來，他和綠色蔬菜的戰爭居然被忽視了。

「呃，哈囉，那叫豆子湯，你這白痴！」凱薩琳笑他。

里克腳伸到她旁邊，扯下她頭上的毛巾，順勢還扯了一下她的頭髮。他故意把毛巾扔到最遠的角落，用嘴形無聲說去撿起來。雖然兩人不曾明說，但他們有這種默契：在母親身旁時，盡可能保持安靜。

凱薩琳起身去撿房間另一端的毛巾。她聽了麗茲的警告，仍保有處女之身，所以再過不久，她就會嫁給小唐諾，之後就不需要在冰冷潮溼之中，和弟弟或和母親分享一間臥室。她到現在還沒離開就是因為有這想法，反正早已半跨出門。

凱薩琳重新包好頭髮，朝弟弟比了中指。她穿過走廊去看母親。愛格妮絲像一列玩具火車，心不在焉地在廚房繞圈，不時停下腳步，打開水槽下的櫥櫃，拿起放在塑膠袋中的瓶子，往茶杯裡倒酒，咕嚕咕嚕喝下肚。凱薩琳用腳趾推開櫥櫃門察看，鬆了口氣，幸好愛格妮絲倒進茶杯中的不是漂白水。

凱薩琳皺著眉頭，看著凝固的湯說：「媽，不如我們打電話叫中國菜？」

「好主意！」里克從另一個房間附和。

凱薩琳只說中國菜，愛格妮絲卻好像聽到夏格的名字。她這陣子有種特殊能力，能將所有事情連到他身上。她眼神突然聚焦，「我可以打電話到計程車隊，看夏格今晚要不要過來？」她開心提議

---

12 蓋伊・福克斯之夜（Guy Fawkes Night）是英國每年十一月五日的慶祝活動，傳統慶祝方式中，人民會築起篝火，燃燒火藥陰謀的主謀蓋伊・福克斯假人。

道：「也許他能順道帶中國菜來？」

凱薩琳呻吟。夏格警告過愛格妮絲，不准再打電話給車隊。夏格有一長串警告清單，上面列著如果希望他回家就必須停止哪些行為。這就是他的情緒勒索。不過如果他知道孩子挨餓，也許就會來一趟，這幾個小時會很順利也說不一定。她會好好打扮，也許他會在摺疊沙發床上陪她一整晚。愛格妮絲從杯中喝一口酒，在腦中自顧自地盤算劇本。這聽起來很正常、很清醒，也不是多嚴重的事，講電話時記得語氣要充滿笑意，保持輕鬆。她之前夜夜邀請都莫名失敗，但她好想再試一次。

愛格妮絲坐在人造皮革製的小電話桌旁，點了根菸，舒緩緊張感。她撥完號碼，把訂婚戒戴上，好像電話另一端的人看得到似的。她金黃色的婚戒已褪成髒兮兮的黃色。

電話在惱人的劈啪聲中接通，一個女人的聲音響起：「北區計程車你好！」這是瓊安妮·米可懷特。愛格妮絲和她只是點頭之交。

「喂，瓊安妮，是妳嗎？我是班恩太太。」

「喔，哈囉，親愛的。我能為妳做些什麼？」瓊安妮語氣平淡，像是在轉角遇到某個你這輩子都不想再見到的人。

「妳能幫我跟夏格轉達一聲，請他打電話回家嗎？」愛格妮絲說。她這時才想到，瓊安妮知道夏格離開她了嗎？計程車隊有誰知道他不再和她睡在同一張床上？

「我試試看。親愛的，請稍候一下？」話筒變得一片寂靜，瓊安妮將電話保留，試著用大台無線電和夏格聯絡。她都等到海枯石爛了，瓊安妮才又把電話接回來。「喂，妳還在嗎？」

愛格妮絲剛好在抽菸，她吐出煙。「還在！妳有聯絡到他嗎？」

瓊安妮稍稍頓一下，愛格妮絲全身繃緊，等待被拒絕。「有。他說他晚點會打給妳。」

愛格妮絲笑顏大開，胸中燃起類似希望的心情，全心期待看到自己的丈夫。她想像自己為他穿上那件天鵝絨洋裝，不知道自己有沒有時間刮腿毛。

然後瓊安妮又開了口：「愛格妮絲，我知道他沒有跟妳坦白，親愛的。」她結結巴巴繼續說：「我……妳知道真相時，我只是希望妳知道，我從來不是故意要讓事情如此。我自己有七個小孩。還有，唉，我很抱歉。」

●

夏格到的時候，最後一堆篝火已經熄滅。孩子雖然不開心，又餓著肚子，但也都上床了。愛格妮絲吃不下任何中國菜，她看著他的髮絲從禿頭滑下，而夏格則將一大口食物送到嘴裡。她好難過發生這麼多事，他的胃口卻絲毫不受影響。愛格妮絲揉揉太陽穴，坐在未拆封的行李之中。其中仍不見紅色行李箱。「她的房子乾淨嗎？」

「還好。」他頭也不抬回答。

愛格妮絲喝一大口拉格啤酒，一直喝，喝到難以呼吸為止。她喝完之後問：「所以她漂亮嗎？」

「我在電話中說過了。我他媽不想談論她的事。」他把白麵包撕成兩半，「讓我安靜吃我的晚餐。我大老遠開到這不是來吵架的。」

愛格妮絲不吭聲好一會，仔細思考接下來要說什麼。她左手摸著刀，猶豫不決。一方面想跟他大吵一架、捅他一刀，一方面又希望他能多待一會。她再次開口時，試著讓自己的聲音平穩冷靜。她覺得不看他比較容易辦到。「我們不可能重新開始，對不對？」

夏格嘴巴不再咀嚼，只是聳聳肩說：「這就是重新開始，愛格妮絲。我受不了了。」她雙手捧著她的臉。她美甲顏色鮮明，彷彿仍未晾乾，「那你他媽的到底幹麼把我帶來這裡？」

夏格將盤子一推，他的八字鬍沾滿了凝結的粉紅色醬料。「我必須親眼看看。」

「看什麼？」她問，口氣冒出一絲怒火。「我以為這是你想要的。」

「我必須親眼看看妳是不是真的會來。」

愛格妮絲這時拉住他毛衣的領口。夏格拿起貼身腰包，並親吻她，他使勁伸出舌頭，並一一掰開她雙手所有細小的骨頭，才讓她鬆手。她愛過他，而他必須完全將她擊碎，才能永遠離開她。愛格妮絲・班恩是個罕見的女子，不能讓別人愛她。絕不能在她碎成一地之後，讓另一個男人將她拾起修復。

9

愛格妮絲喝了整整三罐拉格啤酒，才走出前門。欄杆旁站了一群女人，手臂都像是保險桿一樣交叉胸前，彷彿她們從她四個月前搬來便等到今日，都不怕冷似的。她們扔了一地菸蒂，欄杆柱子上放著髒茶杯。她從前門走出時，她們全都不講話，轉過身來。愛格妮絲抬高頭，踏著黑色高跟鞋，確保自己在人行道上的每一步都明亮而尖銳。她高傲地朝穿著緊身褲和拖鞋的女人微笑，走過她們身旁，沿著路走向礦工俱樂部，走向遺忘。

那群女人默默看著一切。她快走到聽不見的地方時，有人開口了。「我們該不會已經鬧翻了吧？不是吧？」布麗迪說。她分色的頭髮依舊蓬亂，厚實的身體穿著男人的慢跑褲和家居袍。

愛格妮絲沒轉身，「妳怎麼會這麼想？」

「妳沒邀請我們參加派對。我們不是朋友嗎？」

「什麼派對？」愛格妮絲半轉過身。

「不然妳穿那麼美是要去哪？」

「礦工俱樂部。我想看看你們平常娛樂都在幹麼。」

她們用手緊張地轉動掛在胸前聖克里斯多福像。「別去了。」布麗迪說：「男人不喜歡我們去俱樂部。留下來陪我們，我們可以一起喝個酒，歡迎妳來。」布麗迪從欄杆柱子後面拿起清透的大酒瓶，把茶杯中的飲料倒到街上，搖了一下伏特加酒瓶。「妳過來吧，跟我們介紹一下妳自己？」

愛格妮絲靠近，看苦澀的酒淹過杯中的茶漬。伏特加快倒滿杯子時，她伸起手表示夠了，端莊輕笑一下。布麗迪朝她兩邊看了看，斟滿茶杯。「別在那邊客氣。我可不能讓妳覺得我們小氣。」

愛格妮絲接下了茶杯，有禮地道謝。女人紛紛上下打量她們的新鄰居，她腳上踩著綁帶高跟鞋，穿著美麗的毛皮大衣，頭髮整理定型。愛格妮絲望向空蕩蕩的道路，讓她們好好看個夠。夜晚再次緩緩降臨。街燈已點起，一群沒有項圈的狗臭氣薰天、四處徘徊，嗅聞散發著腐臭的排水溝。一隻狗撒尿，其他狗便輪流在同個地方做記號。她轉向其他女人，她們都朝她露出期盼的笑容。「好，那就乾杯。」她拿茶杯和她們的茶杯輕敲。

有人拿了一小包捲菸出來，傳給大家。金媞舔了菸紙，輕柔放了一條金色的菸草到上頭。「收起來！」愛格妮絲說，她想起自己能回報伏特加酒，伸手到貂皮大衣口袋，拿出一包肯西塔牌香菸。

布麗迪看著霧金色的包裝，還有鍍金的打火機。「媽呀。原來是英國女王搬過來了。」

「不用從牙齒挑起菸草就是好事。」金媞附和。

每個女人都拿了一根菸點燃。她們津津有味吸一大口，沉默享用。她們用拇指和食指拿著菸，像拿著射豆吹管一樣。她們打量愛格妮絲，她的美甲在面前揮舞，像是無數紅色的瓢蟲。她不像她們吸菸會吸到臉頰內凹，而是用纖細的手指夾著菸，只輕淺小口地抽著，然後舉起另一隻手上的茶杯，貪婪地深深吞入一大口酒。

「所以妳從哪來？」金媞問，伸手去碰她的翡翠耳環。

「出身嗎？傑米斯頓。但我想妳可以說我來自東區。我搬家搬了不少地方。」

「都在東區一帶是吧？」布麗迪重述，點點頭，好像很懂。「所以是善良的天主教女人。是什麼風把妳帶來我們這小社區？」

愛格妮絲支吾回答：「我丈夫聽說這裡住起來不錯，對孩子來說很安全。」她頓了頓，「鄰居都很好。」

「對。」布麗迪笑著說：「這裡不是布特林度假村，你丈夫說的是以前的好日子。礦坑荒廢好幾年了。這裡幾乎沒有工作。每年都有更多男人蹲在家裡，成天打手槍。」

「有幾個人還有工作。但主要也是把洞填一填，以免小孩掉進去。」諾琳補充，「不希望再發生更多意外。」

「意外？」愛格妮絲問。

「對，以前礦坑有條氣縫。他們會把沼氣抽送出來利用。那場意外可不是有人不小心，每個男人都知道那工作面對著什麼，所以盡可能謹慎從事，但有一天，氣縫垮了，壓到底下的礦工身上。本來是崩塌，後來發生爆炸，把他們全燒了。有的孩子從小就沒了父親。」金媞仍盯著愛格妮絲的耳環。「也讓許多女人寂寞。」

她們轉身，望著骷髏臉女人的房子。布麗迪嘆口氣，「別擔心柯琳・麥蓋文尼，她說話不好聽，但人不壞。」

「她也是妳姊妹嗎？」

「喔，對，但沒血緣關係。她只是很保護自己的詹姆西。詹姆西從前是個帥哥，以前是礦坑的監工，身材壯碩，在礦井帶大家坐籠梯上下。後來他在礦坑被燒傷，肩膀和脖子側邊的皮膚都受傷了，像七月曬傷一樣紅。」女人紛紛垂頭，像在表示尊敬。「但長相還是好看的。」

「總之，妳丈夫帶那些漂亮的紅色行李箱去哪？」金媞突然問。

「他是個計程車司機。他有時需要帶行李。」她說謊。理由有點薄弱。「他值夜班。」

金媞透過齒縫抽氣。她手伸向愛格妮絲，深感同情。「親愛的，我們不是昨天才出生。他看起來不在家的時間比夜班更久。」

布麗迪朝金媞揮揮香菸。「噢，別理她。不要隨她起舞。我們只是在說，我們都有過男人，也全都有男人的問題。」

女人們感同身受地抽著菸。諾琳露出擔心的神情說：「如果他不回來，妳怎麼過活？」

錢是愛格妮絲一直煩惱的事，焦慮不斷齧咬著她的心。「我不知道。」

女人面面相覷。布麗迪先開口道：「我們會帶妳去申請補助。妳可以星期一早上去辦公室一趟。跟他們說妳需要辦理失能補助，不然他們就會把妳歸在每週四的失業補助。」

「別擔心，親愛的。他們看一眼妳的地址，隨便就幫妳審核了。看看這個地方。」布麗迪手朝空蕩蕩的街道一揮。「又沒有新的工作機會。我們唯一的俱樂部就叫『失能』，星期一就是我們的狂歡日。」

愛格妮絲又舉起伏特加，並低頭看著杯中雲霧般的淡淡茶跡。之前杯中的茶一定非常混濁。

布麗迪笑著斟滿酒。「對，我就知道妳愛喝酒。」她抽口菸，「第一眼我就看出來了。她們以為妳是自以為是的傢伙，一身穿得閃閃發亮，像那種大城市來的漂亮寶貝。但我可以看透那層表面。我看出妳的悲傷，而且我知道妳一定非常愛喝酒。」

女人點點頭，紛紛嘰哩呱啦，像一群烏鴉附和：「對呀對呀。」愛格妮絲杯子僵在嘴邊。

「妳只要是酒都喝嗎？」布麗迪問。

「什麼？」愛格妮絲放下杯子說。

「妳酗酒的問題非常嚴重嗎？」布麗迪重新問。

「我沒有酗酒問題。」

「聽著，親愛的。妳現在是站在大街中間喝伏特加啊。瞧妳這樣子，失能補助申請根本不成問題。」

「妳們杯子裡也有伏特加。」愛格妮絲回嘴。

她們嘴角毫不客氣一沉，在澄黃的街燈下，將手中杯子都朝她斜。每人杯中都是濃白的奶茶。

「不，親愛的，我們喝的是冷掉的茶。」布麗迪斥責她。「妳是這裡唯一把伏特加當水喝的人。」

愛格妮絲脹紅了臉。女人緊抿的嘴露出一絲微笑，表達著憐憫。眼皮下的瞳孔在澄黃的街燈下顯得一片烏黑。愛格妮絲看著茶杯，把剩下的伏特加吞下喉嚨。

布麗迪舉起她的手，「聽著。反正老話一句：按部就班，順其自然。我自己也有些小問題。丈夫和六個孩子都沒工作，我不喝酒才怪。」她把菸扔在沙地上，用涼鞋尖踩熄了菸蒂。「我是斷片太多次才痛改前非。我受不了每天早上醒來，前五分鐘都要搞清楚，誰對誰罵了什麼，或我昨天又跟哪個王八蛋打架。走進廚房倒杯茶，發現每個人都在斜眼瞄妳。然後妳看了看大家，發現其中一人眼睛瘀青，後來妳走到鏡子前，才發現自己也是。」女人全感同身受點頭。沒人在笑。

金媞補充：「我曾經前一晚跟一群女的在街上打架，隔天完全忘了，在多倫商店又上前跟她們聊《家族風雲》的劇情[13]。」她把雙手握成拳，瘦小的身子因為提到此事而激動。然後她指著路對面骷髏臉女人的房子。「妳記得有次柯琳感覺伊莎在對詹姆西擠眉弄眼的事嗎？」

布麗迪嘖了嘖。「那根本鬼扯。他們有血緣關係。大家每次都忘記。」

「哼，跟柯琳講也沒用。」金媞轉向愛格妮絲。「我們的柯琳不喝酒。她就在耶穌寶貝的旁邊，心裡永遠都有祂。但某個星期一早上，她不但喝酒，還發了狠地喝。她那天去郵局拿了星期一的補助金，把他媽每一毛錢都喝下肚。小孩餓肚子哭鬧她也不管，把每一滴酒都喝個精光。她拿一個塑膠

13《家族風雲》（Dallas），舊譯「朱門恩怨」，是美國一九七八年CBS電視台所製作的熱門電視劇。

袋，在路上徘徊，鏟著狗屎。白的、黑的、軟的、硬的，把那袋子裝滿。然後她拿著裝滿狗屎的塑膠袋，拖著腳步到路那一邊。」金媞指向煤渣山。「她戴上黃色菊花牌手套，開始扔狗屎，朝伊莎屋子正面扔。她一邊扔狗屎，一邊尖叫要詹姆西像男人一樣出來面對。」

「然後呢？」愛格妮絲問。

「對，我正要說。」金媞回頭，偷朝柯琳家大門瞄了一眼，「她把那房子扔滿狗屎，距離好幾公里都聞得到。黏得窗子都是，粗灰泥上也都是。房子像泡在屎裡一樣。老天在上，我也不喜歡伊莎。她男人很早就接受資遣，後來她拿那筆錢去玩賓果，贏了一大把。但是！我絕不接受像野蠻人一樣，在大街上扔屎。」

布麗迪接著繼續講：「總之，最後發現詹姆西根本沒跟伊莎亂搞。他在工作。工作！偏偏就是在工作。他在外頭找到一個回收廢料的打工，卻誰都不敢講，因為怕有人告密，害他拿不到補助。」

金媞親吻胸前的克里斯多福徽章，「柯琳以為他偷吃，結果男人卻辛苦在外，設法多賺點錢。」

「感謝上帝讓我斷片到怕。」布麗迪在胸前嚴肅地畫十字，「聽著。我知道妳為何酗酒，親愛的。有時這一切真的很難面對。我現在滴酒不沾了，但每天仍需要一些這個。」她從口袋拿出低劑量的阿司匹靈罐。「這是布麗迪的隨身好朋友。」

「阿司匹靈？」愛格妮絲問。

「不是。」布麗迪舔一下上唇，靠近了些。「這是煩寧。如果妳想試幾顆，單純嘗嘗看，那無妨。如果妳還想要，我會替妳搞到。給妳特價。」布麗迪帶著微笑，把蓋子下壓，轉開了小塑膠罐。她像倒糖果一樣，倒了兩顆到愛格妮絲手裡。「來，試試看，歡迎來到礦坑口。」

10

他母親不見人影。他捧著自己的白牙，小巧潔白的門牙浮在鮮血和唾液之中。他相信自己要死了。七歲的他命運就是如此了嗎？他不敢用舌頭去碰其他牙齒，擔心它們全都會鬆落。他必須找到母親，並問她這是什麼。但母親不見了。

小夏吉把臉靠在生鏽的鐵門上，看一群比特犬漫步而過。五隻公狗騷擾著一隻黑色母狗。牠們經過時發出尖細的興奮叫聲，小夏吉的嘴靠在欄杆木板條之間，和牠們一起歡呼——汪！汪！汪。他聽著狗吠，彷彿牠們在叫他出去。他沒告知母親，不能自己走出前門，但話說回來，她又不在。

他將帆布鞋留在門內，頭探到外頭，望向左右。接著像玩遊戲一樣，屏住呼吸，一口氣跑出去又跑回來，趁著人在外頭，同時瞄向窄短道路的兩邊，看會不會看到她。

不在。

那群狗像是在叫喚著他出大門。小夏吉拿起自己髒髒的金髮玩偶，扔到外頭人行道上。黛芬妮啪一聲刺耳地落地，大字型躺在塵土中，像在做雪天使。他跳出門一把抓起她，像是一隻硬骨魚竄回屋內，噹一聲關上大門。他回頭看，沒有人來到窗前，沒有人出現在布麗迪・丹諾利家窗邊。沒有人看到他。她不在。

小夏吉再次打開大門，跟著狗向前走。街角有一群女人穿著男人的涼鞋站在那。她們激動交談，但他發現自己靠近時，她們都壓低聲音。其中一人轉身，朝他行個屈膝禮。他假裝不在乎，裝模作樣地跳著舞，沿著塵土飛揚的路經過教堂。他不斷舞動，朝空中踢出陣陣飛土，離家愈來愈遠。他經過天主教學校，看孩子在早晨的下課時間玩耍。他站在七葉樹樹蔭下，突然疑惑起自己為何沒上學。那天早上沒有卡通，所以今天不是星期六，這他知道，但她沒有像偶爾會做的那樣，幫他把衣服拿出來，所以他沒上學，她也沒說什麼。

一群男孩無情踢著遊樂場角落的一顆皮球，在小夏吉發覺之前，他們看到了他。「你手上拿著什麼？」棕色皮膚的兄弟身材比較瘦小的一個大喊，他們是骷髏臉女人柯琳．麥蓋文尼的兒子。小夏吉直覺把黛芬妮藏到背後。

「哈囉。」小夏吉有禮揮手說。他學礦工妻子的屈膝禮，優雅地將左腳放到身後。

他們張著嘴，透過掉漆的欄杆，上下打量著他。「你為什麼沒上學？」較年輕的哥比歐一邊問，一邊剝著鐵條上的綠漆碎片。

「我不知道。」小夏吉聳聳肩，實話實說。那群男孩子只比他大幾歲，但身材都已變得厚實，夏日時分，他們會到灌木間探險，把貓扔進採石場，皮膚都曬到呈棕色。他們的父親載一卡車廢料回家時，他看過他們輕而易舉將貨物搬下車。

法蘭西斯．麥蓋文尼黑色的眼睛瞇起說：「因為你媽是個老酒鬼。」他從小夏吉的表情看出這句話多刺耳。

哥比歐．麥蓋文尼把剝下的鐵漆放到雙唇間。「你怎麼沒有爸爸？」他聲音已變低沉，簡直像個男人了。

「我……我有。」小夏吉結巴。

哥比歐微笑。「那他在哪？」

小夏吉不知道。他曾聽說他是個皮條客，養著另一個女人的小孩，同時又會幹所有坐上他計程車的賤貨。但明講感覺不大好，所以他說：「他值夜班。為我們賺錢好去渡假。」

上課鐘響，貝瑞神父走出來要玩耍的孩子排隊。哥比歐的手穿過欄杆，修長手指抓向小夏吉的玩偶。法蘭西斯像個快樂的嬰兒，咯咯笑著，從一旁加入，兩人瘋狂向前抓。小夏吉退到了七葉樹樹蔭下。「我要告訴貝瑞神父！你應該要上學。」他們大叫。

小夏吉將黛芬妮緊握在胸前，轉身飛也似地跑了。他經過礦工俱樂部時已上氣不接下氣，但仍聽得到麥蓋文尼兄弟喊貝瑞神父的聲音。

酒吧殘破不堪，看來空無一人。小夏吉站直身子，掛到窗前的鐵欄上。然後他在店前面徘徊，空啤酒桶流出一池池啤酒。骯髒的酒混到汽油，浮現著亮麗的虹彩光澤。小夏吉跪下來，將黛芬妮的金髮放到七彩的水窪中。他將她拿起時，光鮮的黃頭髮化為黑夜的顏色，他嘖了嘖。美麗的彩虹顏色呢？他又將她浸到水裡，這次讓她在表面停留久一點。她雙眼自動閉上，像是在睡覺一般，但她仍帶著笑容，所以他知道她沒事。他把玩偶從水窪拿起，黑色的液體流下她臉龐，滴到她白色的羊毛洋裝。她廉價的黃色頭髮變成了霧黑色。他盯著它，突然發現，自己這一分鐘全忘了母親的事。黛芬妮的味道變得怪怪的。

他在啤酒水窪附近來回好一陣子。他偷偷望向路口，確定貝瑞神父沒來抓他，便奔向路的另一邊，鑽進一條他沒見過的樹林小巷。那條小巷面對著一排礦工的舊農舍，舊農舍後面有一塊共通的花園。靠近花園邊緣有一個巨大磚造的方正垃圾桶棚。磚棚低矮，呈長方形，沒有窗，只有個黑漆漆的開口，開口旁垂著一道破爛的綠漆門。棚子旁放一台洗衣機，就是醫院或政府機構用的那種，巨大堅固得像衣櫃一樣。洗衣機太重，清潔工人搬不走，所以就留在磚棚旁，任其生鏽。懶洋洋的肥大蒼蠅在它附近來回飛舞。

洗衣機中坐著一個男孩，他頭下腳上，蜷臥在滾筒裡，像是斷了背的貓。「想玩我的遊樂設施嗎？」

小夏吉發現他在裡頭，大吃一驚。

男孩在滾筒裡晃動，來回半圈擺盪，前一秒，他頭下腳上，下一秒他又變頭上腳下。「你看，超好玩！」他對他說。

小夏吉把黛芬妮遞向男孩，想讓他先玩。男孩從滾筒裡爬出來，伸直修長棕色的雙腿，像是從鑰匙孔爬出的蜘蛛。他向後弓身出來，然後站直，他快跟洗衣機一樣高了。他比小夏吉大一歲，至少八、九歲，已經開始發育。

「嗨。我的名字是強尼。我媽叫我瘦子強尼。」他擠出笑容。「她說是摔角手的名字，但我覺得純粹是狗屁。」他學電視上上場前的摔角手，先拍擊前臂，再朝空中劈了幾下。「你叫什麼名字，小傢伙？」

「夏吉・班恩。」他害羞地說：「叫我小夏吉就好。」

那男孩看著他，雙眼半瞇，就跟他在班上舉起手時，礦工的孩子看他的方式一樣，帶有不信任和輕蔑。他常看到外婆這樣看父親。小夏吉左膝朝內轉，準備跑走。

這時強尼笑了。他的表情變得好快，嚇得小夏吉後退一步。彷彿按下電燈開關，而他的表情就像空房中的燈泡，瞬間亮起。

「那是娃娃玩偶嗎，小夏吉？」男孩親切叫他名字，好像認識他很久一樣。他沒等他答腔，便繼續說：「你是小女生嗎？」他走到長草中，草被他踩平。

小夏吉又搖搖頭。

「如果你不是小女生，那你一定是小同性戀。」他笑容變得更僵硬，聲音又低又甜，像在和小狗說話一樣。「你不是小同性戀，是不是？」

小夏吉不知道同性戀是什麼意思，但他知道那不好。凱薩琳想對里克講傷人的話時會用到這個字。

「你不知道同性戀是什麼意思嗎，小傢伙？同性戀就是會跟其他男生幹骯髒事的男生。」強尼走到了小夏吉正前方，他身高比他快高一倍。「同性戀就是想變成小女生的男生。」

瘦子強尼全身髒兮兮的，好像剛泡到茶裡一樣。他膚色其實是棕褐色，有著蜂蜜色的頭髮，雙眼像琥珀色的艾爾啤酒。強尼笑的時候會露出他已經長好的牙齒。小夏吉用舌頭舔了舔自己缺牙的地方。強尼將他的玩偶一把抓來，扔到滾筒裡。「看！她想玩。」

強尼身體擠著小夏吉的背，手臂環著他的腰，將他舉起，放到機器口。小夏吉正要爬進滾筒，便感到撐著他的手用力一推，他跌了進去。小夏吉緊抓黛芬妮，望向滾筒外頭，他赤裸的雙腿碰到金屬，感覺冰冰涼涼的。

強尼抓住滾筒內高起的邊緣，緩緩左右轉動，像在搖搖籃一樣輕柔搖晃。小夏吉跌到一邊，手胡亂抓著，想固定好身體，他全身肌肉繃緊，咬緊牙關，像隻受驚的貓。黛芬妮從他手中滑出，在滾筒中哐啷作響。

強尼繼續輕輕搖晃。「看吧，沒那麼糟，對不對？」

那晃動讓小夏吉想起，外公最喜歡的麵包店外那張海盜船遊樂設施的照片。他不由自主咯咯咯笑了笑。

「抓緊。」強尼說。他把金屬圈握更緊，雙腳站穩，更用力搖晃。小夏吉的頭和膝蓋晃到半圈，黛芬妮撞上滾筒頂端。強尼用盡全力拉著滾筒時，脖子的肌肉繃緊。小夏吉瞬間頭下腳上。他一圈圈旋轉，頭撞著金屬的洗衣槳，人仰馬翻，連腳都不斷踢到自己的背。

滾筒突然變慢，小夏吉整個人顛倒，摔成一團。一隻粗壯的臂膀抓住金屬桿，止住離心力。小夏吉的頭撞了，膝蓋破皮了，小腿也瘀青了，痛楚此刻襲來，他不禁放聲大哭。淚眼汪汪中，他看到一隻大手不斷落在強尼頭上，男孩一面躲，一面護住自己的臉。那人身材高大，小夏吉看不到他的臉，只看到那隻有刺青的手，滿腔怒火向下揮動，狠狠打在男孩的脖子和肩膀。

「我是怎麼他媽跟你說玩洗衣機的事？」看不到頭的那人罵道。他伸出肥大的拇指，指向滾筒。「給我滾你媽的蛋。不然我讓你哭死。」

人影來得快，去得也快，那人馬上又消失了。強尼站在空地，看起來像隻狼狽的狗，笑容消失了，垂頭喪氣的。他伸手把小夏吉從滾筒拉出來。「不要哭了，小心我修理你。」

爬出了滾筒，白晝的光格外刺眼。他頭好痛，眼前一片黑白。

強尼上下檢查小夏吉。他的腿上有血，金屬槳磨破他的皮膚，手臂和雙腿布滿瘀青。強尼推著他拐個彎，穿過飛舞的黑蠅，進到涼爽的磚棚中。裡面聞起來和變質的優酪乳一樣酸。

黑暗中，強尼吐一口唾沫到手上，擦拭男孩溼潤的臉龐，然後再擦拭滿是血的腿。結果一切變得更糟。唾液和鮮血混在一起，不但沒擦掉，還愈抹愈多。男孩愈來愈驚慌，雙眼睜大，恐懼無比。他從泥土地扯起一把大片的綠色酸模葉子，上下擦著小夏吉的腿，直到血跡消失，只剩下一層厚厚的植物糊狀汁液。葉綠素刺激著傷口，小夏吉又開始哭叫。

「臭小鬼，閉上你的同性戀嘴。」他方才友善親切的語氣不見了。小夏吉看到強尼棕黑色的皮膚浮現他父親的紅手印。

除了肥大的青蠅嗡嗡作響，磚棚非常安靜。強尼一直擦拭小夏吉的腿，後來呼吸也漸漸平靜。小夏吉的皮膚被他從白的擦成紅的，紅的又擦成綠的。強尼的目光不再驚恐，虛假的笑容又慢慢回到他黝黑的臉上。磚棚中，那笑容顯得非常黑暗。

瘦子強尼又站起來，背著白晝的光，化成一道扭曲的剪影。他把稀巴爛的綠葉拿給小夏吉，然後脫下運動短褲。「別哭叫了。」他露出他大男孩的牙齒說：「換你擦我了。」

●

等到小夏吉蹣跚回到礦工俱樂部，太陽已快把五彩的水窪曬乾。他把黛芬妮留在洗衣機裡，再也不想回去了。

他爬上樓梯，來到走廊，聽到母親在講電話。「幹你娘，瓊安妮．米可懷特。妳跟那個他媽新教王八皮條客講，他不可能兩面討好，吃盡好處！」每個罵人的髒字都以標準英文清晰念出，格外驚心。「妳他媽吸爛屌的臭雞掰。妳的屁股跟條白吐司一樣平庸無味。」話筒鏘一聲掛上，話機受到撞擊叮噹作響。

小夏吉來到走廊尾端，轉個彎。母親雙腿交叉，翹腳坐在小電話桌前，膝上放著茶杯。她望向他，好像他從地毯冒出來似的。她沒注意到他少了顆牙，也沒發現他腿上都是血、唾液和酸模葉。

她一臉茫然，皺著眉頭，顯然剛從廚房水槽底下坐起身。她摘下耳環，扔到廚房另一邊，接著又拿起電話。「現在我有心情跟你外婆說我他媽在哪了。」

●

房子離公車站不過幾步路，但里克回家的步伐非常緩慢。他在青年職訓計畫辛苦工作一天，雙腿無比沉重，內心也很沉重，害怕面對家裡的情況。他只希望能有平靜的一小時讓他畫畫，但自從他們搬到礦坑口，他已經一年不得安寧。

他知道今晚凱薩琳又不會回家了。她已經習慣在崩潰的愛格妮絲眼皮底下，偷偷和小唐諾過日子。凱薩琳都拿她老闆當藉口，說他多壓榨員工，並告訴愛格妮絲，會在辦公室待到很晚，要去住外婆家。里克看得出來，他母親很缺錢，目前全仰賴凱薩琳每週的施捨，所以她沒意見。里克知道凱薩琳其實是在小唐諾的家，躺在小唐諾母親空房的充氣睡墊上，努力維持貞潔，等待小唐諾娶她。里克已經訓練自己消失多年，他很氣凱薩琳居然比他技高一籌。

天仍明亮，但家裡每間房都已亮燈，窗簾全敞開，毫不遮掩。這不是什麼好兆頭。小夏吉在客廳的紗簾和玻璃之間玩。他的手掌和鼻子都壓扁在玻璃上，頭前後輕輕搖晃，屋裡沒人叫他別玩了。他看到哥哥回來，用嘴形叫里克，在玻璃上留下油膩的汙痕。

紗簾翩翩飄起。一道黑影掠過窗邊，愛格妮絲出現在小兒子後面。里克輕輕揮手，另一手放在鐵柵門上，表示他要回家了。愛格妮絲朝他微笑，那笑容露出太多牙齒，傳遞無數訊息：眼神茫然呆滯，他馬上知道，她早已失神。

她再次消失，回到電話桌旁，回到酒精之中。

里克拿起工具袋，轉身離開屋子。玻璃窗傳來迫切的叮噹聲響。小夏吉雙唇張開，誇張用唇語說著：「你、要、去、哪、裡？」

里克無聲用唇語說：「外婆家。」

小夏吉努力讓嘴唇不發抖：「我、可、以、去、嗎？」

不行。太遠了。我不能帶你去。

有件事，他不曾跟小夏吉說，他已經找到了親生父親的地址：布蘭登．麥高文。地址就在愛格妮絲的電話簿裡，用許多不同顏色和粗細的筆圈起，彷彿她多年來一次次拿筆圈了又圈。里克前一年冬天曾走到這地址，坐在那棟維多利亞式分租公寓對面的牆邊。他看到一個男人下班返家，他不認得他，但他和他一樣駝著背，感覺十分疲倦。那男人有著同樣淡灰色的雙眼。他將車停在公寓前，經過里克時，只是禮貌地朝他點個頭。

門打開，三個小臉蛋奔下樓梯來迎接他。里克看著那一家人坐在靠近前窗的餐桌旁，熱鬧快樂地吃著晚餐。他看他們彼此盡興聊天，孩子調皮地站到餐椅上，那男人受他們興奮感染，放聲大笑。里克看了良久，後來他把地址摺起，扔到排水溝的細縫中。

里克拿起工具袋，離開礦坑口。他背對小夏吉，不敢再回頭去望窗邊那張哀求的臉。快下雨了，步行到塞特丘會是很長的一段路。他累了，已經累好久了。他只希望能好好休息。

11

無色的天光透入紗簾。光照在臉上，她打個了鼾，猛然驚醒過來。愛格妮絲緩緩睜開眼望著天花板，奶白色的亞鐵克斯塗料如冰凍的石筍般垂下。她不斷乾嘔，門牙上多了層黏稠的薄膜，雙唇也無法合起。她摸著扶手沙發滑溜的花緞布，還有香菸燒出的熟悉焦孔，然後抱著無聲的話筒，勉強直起身體。

她頭向後靠著椅子，好一會兒，動也不動，像是打開的腳踏式垃圾桶。她再次閉上雙眼，聽自己腦袋砰砰作響。血液像海水一樣潮起潮落，從頭顱流入流出。潮退時，她知道屋中空無一人。時間很早，但兒子再次自己上學了。他已經曠課太久，好幾天都坐在她腳邊，空等著。後來學校無法坐視。貝瑞神父說，如果他不能固定上學的話，就必須通知社福單位。

有幾天早上，她會嚇醒，發現小夏吉正看著她。他會換好衣服，洗好臉，雙肩背著書包，溼頭髮分好邊，但只有前面梳齊。她穿著前一天的衣服躺在那，試著合上乾燥的雙唇，這時他會說：「早安。」然後靜靜轉身上學。離開前，他希望她知道自己晚點會回家。所以他會勾起她的小指發誓。

房子一片寂靜。她頭埋進雙手之中，血液集中在雙眼後方。小夏吉沒像平常站在那裡。她面前桌上有一杯冷茶，表面已結了一層牛奶膜，旁邊有一片白麵包，切得亂七八糟，塗著過厚的奶油，沒有抹開。她手伸到雙眼上方擋住光，望向低矮的茶几，找東西抑制自己的顫抖。她把另一個茶杯往自己斜，看裡面有沒有剩一口啤酒。杯子是空的。愛格妮絲伸手找菸，她哀叫一聲，把最後一根菸從菸盒中抽出，用顫抖的手指點燃香菸，長抽一口。

感覺沒變好，於是她拖著身子繞過沙發，尋找藏起的酒瓶或喝一半的酒罐。她在房子裡四處走竄，把所有可能放酒的地點都翻遍，像是洗衣籃裡，或外殼設計得像百科全書的影片收納盒後面。她跪在地上，把廚房水槽下全部的空塑膠袋都挖出，最後跪在及腰的一團藍白塑膠袋中。

她內心感到驚恐。她走到一間間房中，門牙間發出尖叫和難受的抽氣聲。她不時必須停下，到水槽邊或拿茶杯嘔吐。她挖出她的黑皮大包，從中翻找錢包，打開金屬扣，往裡面看——聖猶達徽章在錢包底的灰塵和毛球間滾動。那天是週四，週一和週二領的所有補助金已全數花完。

上週一她徹夜未眠，等著收音機鬧鐘跳到八點。她穿著高跟鞋，連眼影都沒塗勻，一路趕到礦坑路，將礦工妻子口中的「週一補助」兌出。愛格妮絲排在補助隊伍之中，頭抬高，雙手在口袋中發抖。她不理會其他穿著輕薄尼龍夾克的女人，她們的外套一直發出窸窣的聲音。她們像老菸槍，沙啞咳嗽，咕噥時喉嚨卡著濃稠的痰。

一週三十八鎊原意是要留存起來，讓所有人買食物。結果一個個母親站在店裡看紙盒牛奶時，就像在看奢侈品一樣。

愛格妮絲散發女王的氣勢，領取了週一補助。她直接經過牛奶，來到店門口，迅速買了十二罐特釀啤酒。她開心地聊起最近的好天氣，但那印度人不發一語。她確定掛在他身後那藍色的大象在朝她拋媚眼。他將冰冷的酒罐放進塑膠袋時，她端莊地扣好錢包。她身後的女人喃喃算著錢，一邊算，嘴一邊蠕動，計算麵包、薯條和香菸的錢，最後垂頭喪氣把麵包默默放回架上。愛格妮絲快步走到街上，躲到砂岩蓋成的低矮店家，蹲在破窗裡，打開第一罐沁涼的啤酒。

週二早上，她帶著酒意又回到店裡。她雙膝優雅邁出，走在雙線道馬路。愛格妮絲領了週二補助，也就是子女撫養費八鎊半。在特釀啤酒的酒意之下，她跟店員說他店裡藍色的大象讓她有點「怕怕」。

但現在是週四。她低頭看著錢包，除了聖猶達徽章和灰塵，裡面沒半毛錢。她好難過，自私又自憐的眼淚在眼眶中打轉。她手指劃過骯髒的菸灰缸，思考接下來該怎麼辦。

●

酒精漸漸從身體退去，她也終於看不下電視，於是洗了個熱水澡。熱水讓身體暖和，不再感到痠痛。她沖去頭髮上的汗水，讓頭髮恢復捲度。她拿起法蘭絨毛巾，擦乾淨牙齒，躺在熱水中，思考自己該怎麼湊點錢。她柔軟的腰上有條紅色的壓痕，可能是不省人事之後，黑色的絲襪陷入並磨傷了皮膚。她手指撫摸壓痕，那條痕跡在她腰間贅肉延伸，像是一條火車軌道，讓她想起格拉斯哥的火車，還有位在火車拱橋下的派迪市場，那裡有一家當鋪。

她身子還沒擦乾，便披了件居家袍，在屋子裡跑來跑去，找東西來當。白天時，每樣東西看起來都很廉價，毫無價值。她將每個卡波堤蒙特瓷製裝飾品拿在手上端詳，甚至試著搬黑白電視，但她絕不可能靠步行把這些東西搬進城裡。她來到臥室，考慮當掉首飾，零散的珠寶都裝在一個舊的銀行布包裡，裡面有母親給她的克拉達戒[14]、祖母的墜子、凱薩琳的洗禮手鐲。她很猶豫，但最後還是把布包放回抽屜。

她經過里克沉重的工具箱時，故意放慢腳步，用腳趾頂一下。箱子是空的。他去青年職訓計畫工作時，把所有工具都帶去了。就算是絕對用不上的工具，也全都帶走。上次她想典當東西時，他已學到教訓。愛格妮絲抓著手掌心，把空工具箱一腳踢開，走到凱薩琳的衣櫃。沒想到裡頭沒多少衣服，感覺凱薩琳像剛搬來的租客。她拿起一雙高筒麂皮靴，但上面早已沾滿雨水和泥巴。

她失去所有希望，只好打開收納日用布料的櫥櫃。櫥櫃中有個垃圾袋，裡頭裝著一件摺好、退流行的貂皮大衣，那是她用布蘭登·麥高文的信用卡買來的。她把塑膠袋從櫥櫃拿出，手放到鬆軟的皮毛中。摸起來就像是真錢一樣。

一小時之後，她弄好頭髮，穿上貂皮大衣，走上主幹道，踏上前往派迪市場的漫長旅途。她和來車走反方向，頭抬得老高，臉上帶著自信的微笑。礦坑的塵土像海灘的沙一樣，滑到她的高跟涼鞋上。她挺直背，彷彿享受著刮面的車風吹起頭髮，又努力忽略磨著腳趾的砂土。車子經過都放慢速度，看著這奇異的畫面。除了飛揚的塵土，她的臉也蒙上一層羞恥，但她繼續將頭抬高，向前直行。她覺得自己一定看起來像個瘋子。

每次靠近公車站，她都會徘徊一陣，好像自己在等公車一樣，還會作勢看一下袖口，查看手腕上不存在的錶。她會等到車子稍微變少，再往下個公車站前進，她的腦袋抽痛，心臟大力跳動。社區出

---

14 克拉達戒是傳統的愛爾蘭戒指。後來克拉達戒成為情侶定情、訂婚和結婚戒指，有時也會由母親和祖母傳承給子女和孫女。

來大概走了六公里多，有台公車慢下來，還真的為她停下。她往另一邊望，一手從貂皮大衣抽出，揮手要公車開走，好像公車配不上她一樣，車上礦工的妻子透過車窗直直盯著她。

她來到城市外郊時，天開始下起毛毛雨。雨一開始不大，落在大衣上，像髮膠一樣閃閃發亮。愛格妮絲穿高跟鞋走得筋疲力盡，但她經過第一段婚姻所居住的狹窄街道時，因為怕遇到認識的人而加快了腳步。細雨漸漸變成大雨，過沒多久，大衣已全溼透，溼淋淋的衣襬像狗尾巴拍打著她赤裸的雙腿。她躲到一棟公寓門口，看公車將一波波髒水推向人行道。在那一瞬間，她懷念起天主教徒的前夫。

黑色的眼線流下雙頰。她找到一團皺巴巴的衛生紙，把酸臭的嘔吐物摺到背面，擦乾淨雙眼下融掉的妝。大衣溼透，積水處，毛皮糾結成一團。她從每個口袋拿出裝飾品，將芭蕾女郎的玻璃表面擦乾。

對面有個長形灰色的建築，左手邊有個計程車修車廠之類的地方，壞掉的黑色計程車和迷你巴士的零件散落一地，像是恐龍的骨頭，後方某處傳出廣播電台的聲響。裡面有間小辦公室，透過骯髒的窗戶，愛格妮絲看到一排排新的風扇皮帶和車輪蓋，還有一瓶瓶潤滑油和機油。那地方是重工修車廠，不是一般自用車車廠。那裡沒有包好的三明治或旅遊地圖。

愛格妮絲走進去時，小鈴鐺響起。雨水從她身上滴下，在地上形成小水窪，一個穿著工作服的男人聽到鈴響走出。他一頭紅髮，身材結實，有著一張扁臉，他的頭直接連結身體，彷彿脖子是不必要的奢侈部位。他原本還看著自己的髒手，抬起頭，驚訝面前出現一個穿著毛皮大衣的美麗女人。

「很抱歉來打擾你。」愛格妮絲用她最標準的沐蓋口音說著：「但我被這場大雨困住了，我在想能不能借用廁所，你知道，稍微打理一下。」她指著溼透的大衣。

「嗯……」他摸著鬍碴，「廁所不供顧客使用。」

愛格妮絲拉一下大衣，大衣落下一大灘水，「喔，好。」她說著垂下頭，望著骯髒的地板。

他打量她一會，搔著粗壯的臂膀開口：「好吧，妳看起來也不像顧客，所以我想大概沒關係吧。」

他帶她走過修車廠。一輛輛待修的計程車停在那裡，滿地都是機油，穿高跟鞋很難行走。她看著大衣的水滴到油膩的水泥地上，水珠像眼淚一樣快速滑開。

「嗯，在這等一下。」那人說。他緊張地鑽入一道薄薄的紅門後。她聽到一罐芬香罐「嘩」一聲打開，一分鐘之後，他手臂夾著雜誌和報紙走出。「廁所很簡陋，但該有的應該都有。」他替她扶著門，有個金髮巨乳的女孩彷彿從他手臂探出頭，朝她眨一隻眼。

愛格妮絲走進髒亂不堪的廁所，緊緊關上門。她站了良久，望著鏡中融化的老婊子。廁所裡沒有自動烘手機，所以她拿一把紙巾，像是清理地毯一樣，抓起一團團溼大衣，將紙巾壓到衣服上。儘管她又抓又擠，大衣仍不斷滲出更多雨水。

她花了好長一段時間，才覺得自己終於打理整齊，能回到修車廠中。那人就在門外，動也不動站在那，手中拿著不成對的茶杯。「妳看起來會想喝杯熱茶。」

「我看起來那麼糟嗎？」

「喔，不會。」

她接過茶杯。杯子不算太油膩。「我看起來一定像隻溺水的老鼠。」她希望他會反駁她。

「其實是像溺水的雪貂。」

男人四顧，找尋乾淨的座位，愛格妮絲仔細打量他。她進來之後，他去洗淨了臉。他脖子和鬢角附近有一圈油沒擦到，他前面的頭髮仍溼溼的，貼著他粉嫩的皮膚。她心想，他很帥，是像雪特蘭矮種馬那種結實的帥。他拉出一個吧台凳，她注意到他左手只有拇指和兩根指頭，其他兩根不見了，彷彿是他緊張時咬掉的。

他和她四目相交，把左手放到背後。「說來話長。」

愛格妮絲身子縮了縮，被發現自己盯著他手瞧，她好尷尬。「我們都一樣。」

「妳也少了手指？」

「沒有。」她大笑，「我是說都有說來話長的事。」

「像是妳要去當那件大衣的事？」

她又笑了，這次笑聲太過尖銳，接著她笑聲停下。他現在收斂了笑容。她又拿出沐蓋口音，象徵著「我跟有錢男人住在豪宅」。她說：「我沒有要去當這件大衣。你怎麼會有這種想法？」

那男人毫不猶豫回答：「喔，我的猜想不只如此。妳不只要去當那件大衣，而且妳還是從貝利斯頓或拉瑟格倫一路走來的。」他臉朝旁一撇，另有所思。「不對！等一下，拉瑟格倫有當鋪。」他沉默一會，「妳從……」他用正常那隻手彈一下手指，「妳從礦坑口走來的！」

愛格妮絲臉色蒼白。

「我猜對了嗎？」

「沒有。」

他頓了頓，手拿裂開的茶杯，盯著她一會。「老天，對不起，小姐。我是說，我真他媽沒禮貌。我誤以為妳要去當那件大衣。妳知道，要換買酒錢之類的。」

愛格妮絲將茶杯從冰冷的雙唇放下。她目光和他相交。「哼，你錯了。」

「是啊，但真是這樣嗎？」

「對。」

「好吧，這樣也好。」

「為什麼？」她情不自禁問。

「因為加洛蓋特的當鋪關門了，換成一家瓦斯店。」她瞪著他，看他是不是在扯謊。他只面露詫異。「聽著，我不是故意要不禮貌，我說實話，只是懂的人一看就懂。」他舉起手像在發誓，並揮動著正常的兩根手指。

愛格妮絲放下茶杯，茶飛濺出來。「謝謝你讓我用廁所，但我真的要走了。我丈夫會很擔心。」

「對，也是。冒雨回家，還有好長一段路。也許還能找回妳弄丟的婚戒。」

愛格妮絲正面回嗆。她頭抬高，將面前黑色的鬈髮撥開。「你講這話是什麼意思？」

他嘴角下彎，露出失望的神情。「沒有。總之，不是妳想的那樣。聽著，小姐，妳來這裡時狀態不好，從妳的樣子，我一眼便看出端倪。」他稍微放慢速度，「我懂，因為我自己曾經歷這一切。妳別放心上。喝完茶吧，好嗎？我還特別拿了新茶包。」

愛格妮絲再次拿起茶，擋住自己的驚愕和沉默，並整理亂成一團的心。

「所以妳去過戒無會了嗎？」

愛格妮絲茫然望著他。

「戒酒無名會？」他開始唱歌：「按部就班，順其自然，親愛的耶穌？」愛格妮絲搖搖頭。

「好吧，那妳可以至少承認妳有酗酒問題嗎？」他歪著頭，像是個心累的老師，「妳來的時候手抖到不行。」

「我……我全身溼透……又冷。」

他大笑。「聽著，妳又溼又冷的話，膝蓋會打顫，牙關會互擊。妳知道，就像這樣。」他誇張演出一個凍僵的瘋子，「可是！當妳四處東翻西找，恨不得把燃油拿來喝時，會抖得像這樣。」他抖得像復活的殭屍。

她內心又感到羞恥。「你怎麼知道？」

「我知道那件大衣只能讓妳買六瓶伏特加，也許再加一頓飽餐。」他挑著牙齒。「哼，至少我以前把我老媽大衣搶去當是這樣。我也知道，六瓶伏特加、一頓飽餐，再加上睡臭水溝三個晚上，妳會得敗血症。」他再次晃了晃他剩一半的手指。

接下來，他們沉默半晌。他打開一盒香菸，用牙齒咬出一根，接著把菸盒給愛格妮絲。愛格妮絲點燃香菸，像是餓壞一樣深吸一口。她落下肩膀，喘口氣，目光望向黑色計程車的墓場。「你該不會剛好認識一個叫夏格·班恩的計程車司機吧？」

「應該沒有。」那人盯著她的臉說。

「他是個矮胖的禿頭臭豬。他以為自己是大情聖卡薩諾瓦[15]。」

「計程車司機都這個樣。」他大笑，「他在哪一家車隊？」

「北區。」

「那沒有，他們車子都停在紅路的修車廠。我可能不曾見過他。」

「好吧，如果你遇到他，可以請你調整一下他的煞車嗎？」

那人露出笑容。「大美女，為了妳，當然可以。」

那人抽完他的菸，繼續打量著愛格妮絲。「妳該不會是因為他才淪落至此的吧？」愛格妮絲沒回答。他壞心大喊：「啊哈，妳這蠢蛋。為了個男人，賠上自己的人生。」

她再次抬頭挺胸，「是的話又怎樣？」

「妳知道如果真心想報仇，該怎麼做嗎？」他頓了頓。

她心想，男人都一個樣，每件事都有自己的意見。「怎樣？」

「很簡單。妳應該他媽的繼續生活。」他雙手一拍，把手攤開，像是在說「噠噠」，然後公布答案。「他媽的好好過日子。享受生活的美好。我保證，要讓那禿子臭豬頭氣死，這是最好的辦法。我拍胸脯保證。」

12

最後是凱薩琳扭著小夏吉的手腕，拖他走上蘭菲爾德街。男孩幾乎在每個街角都會停下腳步，無聲抗議著，表達他有多不想去。他不發一語，用狡猾的目光盯著她的臉，輕輕踩掉自己鞋帶。

「去你的，你是故意的！」凱薩琳激動地說，十分鐘內，這是她第四次彎腰，重綁他的校鞋鞋帶。

「沒有。」小夏吉說著臉上露出滿意的笑容。他從防風外套口袋拿出母親的言情小說，把書放在凱

15　卡薩諾瓦（Giacomo Casanova, 1725-1798），義大利作家，以交往無數女子著稱，也是現代「好色之徒」的代名詞。

薩琳頭上，好像她是走廊上的桌子，讀了起來。凱薩琳怒火中燒，一把將書奪過來，舉起那本厚書，狠狠打了她弟的雙腿後側。她再次抓住他手腕，「我們錯過這班公車的話，下一班要等超久，要是你開始抱怨：『好餓喔、好渴喔、好累喔……』」她模仿他哀聲嘆氣的樣子，「別以為我會可憐你。」

「我才沒有那樣。」小夏吉嗤之以鼻，他雙腿加快，跟上姊姊的步伐。他的手從她手中掙脫。她停頓一下，把弟弟轉向自己，「小夏吉。我以為我們是好朋友。你跟我。」她的表情不大友善。

他哼一聲：「我不想當妳的朋友。」

她捧住他下巴，把他的頭輕輕轉向她。他目光不情願地轉過來。她手指梳過他整齊分邊的頭髮，把黑色的厚髮分得像愛格妮絲喜歡的那樣。過去這兩年，男孩在礦坑口長大不少。很難形容，他雖然長高了，但不知何故，感覺更乾癟了，像是麵包的麵團拉得太細一樣。她看得出來，他已將自我藏得更深，變得更小心，充滿防備。他現在快八歲了，外表看來已更為成熟。

「好，我們到了那邊，我希望你好好表現。」穿著鮮豔的連帽風雨衣的一對年長夫妻經過，凱薩琳朝他們露出有禮的微笑。「拜託，為我做好這件事？我現在手邊在處理個麻煩事，我只需要你幫一點忙就好。」她望著他小小的臉，他噘著嘴，看起來像是個固執的老女人。她雙手放下，垂在身側，被擊敗的樣子。「好吧，你贏了，一如過往。但我警告你，如果你真的跟媽媽說我今天帶你去哪，她一定會死掉。你聽到了嗎？會死！」

他原本還在發脾氣，這時目光移回她的臉。「為什麼？」

「小夏吉，如果你跟她說，她就會喝更多酒，她絕不可能停。」凱薩琳站起身，打開零錢包。那是以前伍立給母親的棕褐色錢包，上頭畫了隻駱駝。她拿出銀色的錢幣，確認兩人的車費。「她會喝一大堆酒，最後把內心僅剩的善良都喝掉。嘖，如果她真的那樣，我覺得里克永遠都不會再跟你說話了。」她咔啦一聲把老皮包合起，突然露出笑容。「喔，看！公車來了。」他們吃著酸梅，鼻子抵著公車上層的前窗往外看。公車駛過河邊，凱薩琳指著克萊德河中如一根根骨骸的荒廢吊臂，告訴他，小唐諾被造船廠解雇了，他想去非洲找工作。

「替我祈禱，小夏吉……」她哀求。

「我名單很長，我會把妳加進去。」他鼓鼓的臉頰中含著酸梅，口齒不清說。

凱薩琳相信弟弟全心全意祈禱著許多事。她剝著拇指邊緣粗糙的皮膚，再次擔心自己做了一項錯誤的決定。夏格離開母親之後，她總告訴自己那不關她的事。雖然說服不了自己，但她心底多少存有一點私心。不公平啊，難道就因為母親失去她的男人，她也得放棄自己的男人？

他們下車時經過一排相同的棕色樓房，正面圍欄中都有一塊花園。但沒有一棟房子有種任何花朵。凱薩琳走上一條狹窄的路，沒敲門就穿過一道厚重的棕色大門。她踏上陌生人家中的走廊地毯，揮手要弟弟跟上。小夏吉以前不曾來過這間屋子，他突然間好害怕，不知道凱薩琳為何如此熟門熟路。

屋子很溫暖，大概電錶錢投得很足，室內瀰漫著濃郁香甜的烤馬鈴薯和肉汁氣味。凱薩琳坐在前往二樓鋪了地毯的樓梯上。她拉開防風外套拉鍊，掛到欄杆上。小夏吉聽到不同的房間傳來不同電視頻道的嗡嗡聲響。足球老字號[16]比賽從前廳傳來，樓上某間房間傳來卡通叮鈴噹啷的音效。凱薩琳整

16　老字號是指蘇格蘭格拉斯哥塞爾提克隊和流浪者隊兩大球隊，兩隊球迷因不同的宗教和民族背景（愛爾蘭裔天主教徒和蘇格蘭本土新教徒），經常發生衝突。

理好他的領結，親吻他冰冷的臉頰，「拿出最好的表現喔，說好的？」

她帶他穿過走廊，來到房子後頭，溫暖的餐廳旁有個出菜口，後頭便是小廚房。他們進門時，六、七個小夏吉不認識的大人轉過來，朝他微笑。凱薩琳放下弟弟的手，走到一個看起來像小唐諾・奧斯蒙的男人旁。她輕輕親吻他的嘴。

「我們才在想你們跑到哪裡去了。」那人說著，用他指背輕拂她冰冷的雙頰。

「你來試試看帶他穿過擁擠的市中心，你就懂了。」她轉向站在門口的弟弟。「小夏吉，別光站在那，過來和瑞斯考叔叔問好。」

小夏吉走進餐廳，蒸騰的熱氣和烤火腿的氣味讓他頭昏。她介紹小夏吉給大家認識，小夏吉一手抱住凱薩琳雙腿，大人則都聚在一道拉門旁，抽著菸，煞有其事、小心翼翼將煙吹到後庭院裡。小夏吉聽完大家的名字，大多數馬上就忘了。她將小夏吉轉向角落的一張扶手椅。「這是你的叔叔瑞斯考。」她輕輕推了一下小夏吉，小夏吉有禮地伸出手，和那男人握了握。

他對父親的印象很模糊，一時間他以為這人就是他。他們有一樣紅潤的雙頰，濃密整齊的半月形八字鬍。小夏吉母親抽屜的內衣褲底下藏有幾張父親的照片，這人就像照片中的那人，但他沒有禿頭，雖然頭髮如肉汁般呈現棕色，但是茂密自然，貨真價實。瑞斯考搖動男孩手臂，令他發疼。「好久不見，小子！這情況真糟。」那人露出笑容，眼中閃爍快樂的光芒。

凱薩琳介紹了剛才親她的小唐諾・奧斯蒙。「這是小唐諾，你記得對吧？我跟唐諾要結婚了。」

小夏吉抬頭望著她。「會有蛋糕吃嗎？」

那人走向前，和小夏吉握手。他棕色的頭髮從下往上梳過，所以頭髮彎得像光滑的蘑菇菇傘。他面色紅潤，身材結實，一臉友善。他也用力搖著男孩的手。「我看得出來。對，我現在看得出像的地方了。」他用宏亮的聲音說。

「你在這沒有大船能造了，我覺得好可惜。」小夏吉發自內心說。

「沒事，小子。」小唐諾說：「我們住非洲你會來看我們嗎？」

凱薩琳瞪著小唐諾，她抱起弟弟，快把他整個人從出菜口推進廚房。小廚房中有好幾個冒著泡的鍋子，角落還有個熱油鍋滋滋作響，裡面放了一堆烤過的馬鈴薯。凱薩琳向小唐諾的母親佩姬阿姨介紹小夏吉。她身上每一寸都小巧尖銳，不管是她眼角快樂的魚尾紋，還是耳朵粉嫩的尖端。凱薩琳對小夏吉耳語，他重述她的話：「謝謝妳……邀請……我來……吃晚餐……佩姬……阿姨。」

「所以他人呢？」凱薩琳把弟弟放下問：「我說了好幾個謊，才為他拖著這孩子穿過市中心。現在要告訴我他還沒來嗎？」

小夏吉感覺後頸被彈了一下，粗扁的指甲刺到他，像是貝瑞神父沒在看時，哥比歐．麥蓋文尼會做的事。「噢！」

「別背對我又擋住你老子的路，孩子。」穿著黑西裝的男人擋住了門口，不是因為高大，而是矮胖。小夏吉害怕地望向他。這男人擁有跟照片中一樣的濃密八字鬍和犀利目光，臉色紅潤，稀疏的棕長髮梳整，蓋在頭皮上，頭髮下頭的皮膚粉嫩，相當乾淨。他鼻子小巧細緻，和坎貝爾家族不同，他的眉毛筆直濃密，彷彿遮掩了不斷游移的清澈眼睛。小夏吉看著他，想摸自己的臉，感覺自己是否有同樣粉嫩的臉頰，嘴上是否有同樣的厚鬍鬚。

男人後面跟了個女人，她雙手端莊交握在身前，等著夏格介紹。夏格轉了轉小指上的戒指。「你不來給爸爸抱一個嗎？」

小夏吉許久不見父親。每次夏格來到礦坑口，他都確定孩子已先就寢。小夏吉依然抱著姊姊的腿。凱薩琳為弟弟開口道：「夏格，他很害羞。誰叫你那樣彈他。」

「那是班恩家的習俗。在他們打你前先下手。」他蹲下來，小夏吉聽到他口袋沉甸甸的錢幣叮噹作響。「我喜歡你的領結，很瀟灑。你曾讓人心碎嗎？像你老爸一樣？」他身後原本在等待的女人走向前。

「我敢說，在老字號比賽這天遠行絕對是個壞主意。」女人說。她一臉倦容，勉強擠出笑容時，眼角也擠出皺紋。她比夏格矮，所以身材是真的非常嬌小。她頭髮夾得緊貼頭皮，小夏吉直接看到灰色的髮根。她穿著簡單的V領毛衣，胸口有隻巨大的蘇格蘭獅，她底下穿著女褲，看起來像是學校的供餐阿姨，她們午餐之後都會聚在垃圾桶旁抽菸。

凱薩琳面無笑容走向前。「很高興見到妳，瓊安妮。」她看起來一點也不真心。她們握了握手，然後笨拙緊張地擁抱。

小夏吉氣到快瘋掉，嘴巴一定張得非常大，因為凱薩琳對他擺了個表情，暗示他「不要鬧」。他爸仍蹲著，目光不曾離開兒子，喜孜孜微笑著。小夏吉拉拉凱薩琳的上衣。她彎下腰，他手摀著嘴，跟她講悄悄話，「凱薩琳，那是壞瓊安妮。妳不應該喜歡她。那是偷走爸爸的婊子。」

「跟你的新媽媽問好。」夏格臉上仍掛著笑容，引導他說：「快啊，抱一下新媽媽。」

「不要。我們總要有人知道自己站哪邊。」小夏吉說，他放開叛徒的腿。他不知道從哪裡聽到這說法，可能是媽媽在電話桌前尖叫時說的。

「呸。你需要一個新媽媽，小夏吉。你舊媽媽該進報廢廠了。」夏格站起來時膝蓋咔啦一聲，眉頭皺了皺。「或收容所之類的。」

瓊安妮朝男孩小小揮了揮手，將一個購物紙袋遞向前。「別理他，孩子。有時候我真覺得他胸膛裡連顆心都沒有，像等領補助的天主教狗週四的櫥櫃一樣，空空蕩蕩。」她拿著購物袋靠過來，袋子感覺非常重。「聽著，你只要叫我瓊安妮就好。」她朝袋子看了看，「我們家史黛芬妮長大了，不需要這些了，但這些看起來都還好新，我捨不得丟掉。你想要嗎？」

他搖搖頭，但嘴巴卻說：「裡面是什麼？」

她靠更近，把購物袋放在兩人之間，像在餵食一隻警戒的野獸。然後婊子瓊安妮退了兩步。「那就要你自己來看囉。」

他父親從廚房走出來，手上拿個玻璃杯，裡面裝著牛奶，鬍子上沾滿白沫。他靠著牆，看男孩縮在安全的角落。小夏吉想離購物袋愈遠愈好，想假裝自己沒興趣，但購物袋吸引著他，他不由自主走過去，用腳趾推著袋底，發現袋子很重。他伸出一根手指，打開袋子，看見八個明亮的黃色輪子。他眼睛睜得像茶碟一樣大，拿出單邊溜冰鞋。

「我還是不懂，我們為什麼不給他安德魯舊的足球。」夏格對瓊安妮說。

那雙鞋有著大黃蜂黃的麂皮、白色條紋和白色鞋帶。鞋帶穿入十二個鞋孔，靴子高得幾乎快到他的膝蓋。他愛這雙鞋。

「你要對瓊安妮說什麼？」凱薩琳提醒他。

他想假裝自己不在意。他想把靴子放回袋中，告訴凱薩琳他們該走了。他覺得自己像個叛徒，其實沒比姊姊好到哪去。

佩姬阿姨尖銳的聲音從廚房出菜口傳來，「夏格，你絕對不會相信我家這敗家子幹了什麼好事。」

夏格朝外甥歪嘴一笑，然後轉向凱薩琳，每次凱薩琳見了那眼神，就想將雙手交叉，蓋住胸口或肚子。

小唐諾先開口了。「不是！不是那個啦。夏格舅父。我得到一個工作機會，是高薪工作，我可以當超過五十人的領班。」

夏格喝完最後一口牛奶，「但我原本期待你加入計程車車隊的。」

「你可能還會在蘭福魯街計程車隊伍中見到他。」凱薩琳邊幫小夏吉穿新靴邊說。她轉過頭，越過他嬌小的肩膀對小唐諾說：「我有自己的工作。我不能直接搬家，像影子一樣跟著你到處跑。」

夏格看她試著控制他的外甥，不禁大笑，「唐諾小子！你本以為大勢底定，結果現在天主教徒造反啦。」

小唐諾轉向舅父。「在鈀金礦坑挖礦是個好工作。在川斯瓦省，我記得是這地名。他們說他們會帶上加文地區所有鉚工，坐飛機過去，替我們找好住宿。甚至會提前給我們一個月工資。爽啦！南非我來了，讚。」

「你要去那邊管黑鬼了！」夏格說，他下唇伸出，真心為他感到驕傲。

「在小孩面前不要用髒字。」凱薩琳說。她扶著弟弟站起，把他轉向門口。「去走廊上玩。出去之後記得把門關上。」他們目送他出門，他雙臂打開，試圖平衡身體，兩隻手向上翹，像是美麗小鳥的一對翅膀。小夏吉想優雅滑出每一步，但兩隻溜冰靴一落地，馬上深陷絨毛地毯之中。他們看他重重踏著腳步，走進走廊，小夏吉臉上的笑容都要咧到耳朵了。

夏格吸著牙齒，嘖嘖作響，有點失望。「我覺得這小鬼不是我生的。」

小夏吉放下雙臂。他不再滑過地毯。突然之間，他感到這雙舊溜冰鞋有多沉重。

夏格轉向凱薩琳問：「她聽說我見到他的話，妳覺得她會說什麼？」

凱薩琳望向小夏吉，她看得出來，他已面紅耳赤。「喔，不行。我們不能提到他來過這裡。」

夏格臉上出現刻薄的笑容。他拿出挑釁的口吻，就像學校惡霸想挑事時會用的語氣開口道：「沒關係啊。讓他跟她說嘛。」

凱薩琳輕輕一推，然後關上兩人之間的門。小夏吉聽到他父親震耳的笑聲。他聽到凱薩琳問：「如果你他媽只想欺負人，你幹麼要我帶他來？」

小夏吉下午都在走廊地毯滑出一條條線，盡可能搞破壞。他聽大人爭論著南非某種他覺得應該是叫「約翰吉士堡」的食物，凱薩琳說她耶誕節會在那落腳。他不知道黑人是什麼樣的人，也不知道他們為何需要小唐諾教他們工作。他不知道姊姊為何要離開他。

13

黑色的煤渣山延伸好幾公里，像是一大片石化的海浪。里克臉上蒙著一層焦灰，加深他憔悴面孔的輪廓，突顯他粗大的鼻骨，稀疏的八字鬍也都變得更黑了。他羽毛般輕柔的劉海不再彈動，灰樸沉重地靠在額上。他看起來宛如石墨做成的男人，像出自他黑白的畫。

爬上煤渣滑落的黑山是很緩慢的過程。煤渣吸吮著他的雙腳，每一步彷彿都大口從他的膝蓋咬下。飛揚的塵土會鑽進每個開口，填滿每個空間。砂土流瀉到樂福鞋上時，鞋上結辮的流蘇像是一頭髒牛的尾巴，甩動時會飄起一團黑煙。下坡時，鬆落的煤渣傾瀉而下，像是飢餓的巨浪朝他撲來。雖然他身輕如燕，仍壓得礦山外殼崩落。煤渣彷彿聳聳肩，將自己向外翻，擺脫他，揭露出底下更黑、更無人碰觸過的黑石。每次礦山將他的蹤跡抹去，他都感覺自己更隱祕，比平常更像看不見的鬼魂。

要穿越這座黑色海洋，最好是挑無風無雨的日子。每當狂風舔舐乾燥的黑山，烏黑的沙塵捲入空中，彷彿爆破開來的玩具畫板，他就如置身於鉛筆屑造成的鉛塵暴。如果吸到嘴中，好幾天都能嘗得到味道。礦場下雨時，黑山遭到雨水蹂躪，感覺會失去精神。黑山會固化，彷彿放棄一切，失去生命。

里克爬到煤渣頂端坐下。他點燃一根菸，望向靜寂的礦場和後方死氣沉沉的社區。面前一切就像立體透視模型，整齊劃一坐落在泥煤沼澤地區，就像模型師放在空蕩棕色地毯上的一系列玩具屋。即使從高處俯視，里克仍覺得這地方十分渺小。

他從防風外套裡拿出素描本，試著用鉛筆畫出地平線時，烏黑的手指留下汙痕。如果礦坑口社區是建築模型，那這個模型師真是個吝嗇鬼。錫製的迷你汽車、農場動物在哪？像刺狀珊瑚的綠色灌木叢又在哪？里克看著一群穿著黑外套的人影徘徊在俱樂部附近，納悶模型師是不是不愛色彩繽紛的小雕像。

他望向遠方的景色，目光越過如棉毛根的樹木以及如地毯的沼澤。格拉斯哥到愛丁堡的火車遠望就像個玩具，加速穿越隔絕礦工和世界的荒地。火車劃出一條看不到的疆界，而且絕不會停下。然而好幾年前，議會奪去這地方唯一的車站，省下大筆的站務員薪水。他們只安排了一輛公車，一天三班，要去哪都得花上一個小時。

傍晚時分，礦場較年長的孩子會站在火鐵軌上，手拿啤酒和一袋強力膠，悲傷又憤恨地看著每三十分鐘一張張快樂的面孔轟然而過。他們會偷摸親戚妹妹寬大亞蘭毛衣下的胸部，然後在火車快速駛來那一瞬間，有驚無險越過軌道，柔軟的頭髮隨風飄揚。他們會朝車窗丟一瓶瓶尿，車長拉響憤怒的汽笛時，他們才感覺世界看到他們，才感覺自己活著。

礦場關閉之後，他們將樹枝擋在鐵軌上，那些棕色的樹枝可不細，他們必須在枯樹跳上跳下才踩得斷。等火車輕易將之撞開，男孩便放上石頭，後來更放了紅磚。有個沒比小夏吉大幾歲的孩子，在石頭冒出火星飛濺出來時，被狠狠擊中，失去一隻眼。後來他們拿起原本要弄來吸膠的燃料罐，點燃蘆葦。里克看著他們將鐵軌兩邊的棕色沼澤化為一片火海。但經過格拉斯哥的火車依舊不停下。

里克的鉛筆後端有咬過的齒痕，他拿起筆，畫下荒寂的景色。他自己都沒發覺，但他獨自坐在頂端畫畫時，縮向耳朵的肩膀才放鬆下來。

早上起床變得愈發困難了，畢竟合上眼皮，他能自由自在地遨遊，但他必須逼自己迎向白天，讓靈魂回到身體之中。他參與學徒訓練愈來愈常遲到。里克看得出來，領班漸漸放棄了。他們兩人形同陌路，各自飄浮在思緒之中。

領班是個強壯務實的男人，起初會講些老套的說教。後來訓練的過程裡，里克不理他時，領班講話變得難聽，口沫橫飛痛罵這一代年輕人如何毀了這國家，里克只像節拍器一樣點頭。最後領班受不了了，他嘴角掛著口沫，用粗糙的手掌撥開里克的劉海。里克的雙眼像無色的大理石一般空洞。領班在建築業幹了三十年，什麼大風大浪沒見過——好幾代小孩被拖進政府訓練計畫中，他們要嘛好吃懶做、意興闌珊，要嘛自以為是、滿口大話。過一段時間，他們會大徹大悟，看清自己的角色，長大成人，娶個嘮叨的老婆，需要穩定的收入——這麼多年來，他從來沒見過像這小子的傢伙。

領班忿忿地從耳朵上抽出鉛筆，繃著臉，將筆朝里克的臉刺去，並停在距離半吋的地方。里克沒有畏縮，愛格妮絲已讓他經歷過這些事了。他闔上雙眼後方那道門，讓心靈默默離開現場，徒留下身體、粉塵、一壺冷茶和氣呼呼的領班。

領班其實可以乾脆叫他走，但這是青年職訓計畫，只要柴契爾補助薪水，領班便容得下他。無論如何，總要有人泡茶。老工匠會叫里克去油漆店買格紋漆，或叫他清點半英寸的釘子，把它們照大小排列。他們大笑時，里克只會聳聳肩，繼續顧好自己的事。他很高興能把肉體浪費在千篇一律、毫無意義的工作上，這樣他的心靈便能自由自在悠遊世界。

現在他默默將素描本翻頁，從後面的書頁抽出兩個信封。第一封信是繽紛輕薄的航空郵件，信紙本身是淡藍色，紙面平整，直接內摺成信封，上頭蓋了一排跳羚印章，那封信是凱薩琳從川斯瓦省寄來的。他雙手將信翻來覆去，看著看著，突然好希望自己內心不要如此悲痛。看到她在信中興奮分享露台的擺設和乾肉腸，他不禁感到自己被割棄，彷彿輕易被拋在腦後。

不過，里克覺得新湧上的悲傷也好過最初的憤怒。悲傷是心靈較好的客人，至少很安靜、可靠和平穩。一開始，凱薩琳嫁給小唐諾，他們全都氣瘋了。灌下伏特加的愛格妮絲把凱薩琳的床墊拖到路邊。她憑一己之力就做到了，兩個弟弟只能站在後頭，目睹姊姊最後的東西被放到黑色垃圾袋之中。

里克拿起第二封信。信現在都髒了，信紙邊緣已皺起，因為他花好幾個小時看了又看。信封是奶白色的厚紙，顏色斑駁，像是昂貴的水彩庫。有人用黑墨水寫上他的正式全名：亞歷山大．班恩先生，名字底下用尺畫了條線，讓字跡感覺更平整。里克拆開信封，打開摺起的印刷信。信紙品質很好，啪一聲展開。他用烏黑的手指摸著信紙上方熟悉的飾章。他閉上眼都讀得出來內容。

親愛的班恩先生：

很榮幸通知您，我們收到您的申請和作品集後，經過審慎評估，我們很樂意讓您就讀藝術學士學位……

里克將信摺起，小心翼翼塞回信封。信上寫著他們會寄來更多資料，而他必須跟藝術課程的註冊人員聯絡，才能接受夢寐以求的機會。他知道信上說課程九月開始。但那已是兩年前九月的事了。他回想當初收到這封信的時候：他看著夏格離開，凱薩琳守著門，並照顧他挨餓受怕的古怪弟弟，母親則坐在廚房，頭塞在瓦斯烤爐裡。

石化之海上寒冷而寧靜，這就是他喜歡這裡的原因。他做著白日夢，起初忽略那聲音，等聲音變得更近、更迫切，他才回頭看向雨靴不斷噗滋噗滋的方向。小夏吉出現了，他滿臉通紅，站在煤渣堆頂端。皮膚白皙的他蒙上一層黑灰，但他雙眼和嘴巴因為濡溼，露出粉紅的肌膚。里克把信藏入素描本，小心塞回防風外套。

「我叫你等我！」小夏吉抱怨。黑灰的塵土下，他的下唇就像一個粉紅色的泡泡。

「如果你跟不上，那就不要來。」這對話一定不只一次了。他感覺他們一直重複相同的對話。里克站起，再次出發。他看起來就像一隻幽靈蜘蛛，長手長腳滑過墨黑的水面，他藍色的尼龍防風外套像是金龜子殼一樣閃亮。他長跳了好幾步，衝下陡坡，試著甩開弟弟。他希望弟弟會停下來，轉身回家。但小夏吉仍鍥而不捨。

里克聽身後的弟弟喘得像氣喘發作，打破他的平靜。他應該跟他說他不能來，但他弟弟大嘴巴是出了名的。小夏吉的確學會了打小報告，卻不大聰明。他總是會說出最要命的事，但自己也沒占到便宜，而且他每次都太過分了。愛格妮絲一被激怒，便會拿厚重的爽健牌拖鞋在屋裡追打里克。橡膠平底在身上留下一圈外紅中紫的腫脹瘀痕，小夏吉見了便露出天真無邪的笑容，好像不干他的事。

里克不知道他去廢棄的礦場到底關母親什麼事。他相信她擔心的不是採礦場的煤渣或深不見底的黑水池。真正令愛格妮絲不爽的是沙塵。她在意的是，他回來時全身都是煤灰和塵土，不知鄰居看了會做何感想。她擔心再也無法假裝她和她們不一樣，因為她出身比較好，只是暫時受人遺忘，淪落悲慘的一隅。她大發雷霆為的不是危險，而是面子。

里克的樂福鞋往後一甩，送出一陣煤塵，聽後方傳來細小的咳嗽聲和哀嚎。小夏吉像隻氣憤的野獾，發出咆吼，里克大笑，決心回家路上要再讓他叫一次。

里克跑下最後一座黑山，在平地等著弟弟。煤渣一波波滑下就像土石流一樣移動。小夏吉手臂劃圓揮舞，大步跳躍。他第二、三步時，煤渣突然變硬。他雙腿動得太快，尖叫一聲，正面栽下，滑落最後一段。他喀啦喀啦停下時，煤渣無聲湧到他身上，像飢餓的墳墓將他吞噬。里克伸出手，抓住他背包背帶，一手將小夏吉從黑炭中拉起。那張烏黑小臉上的兩顆白眼珠眨呀眨地望著他，滿是困惑和恐懼。

里克不禁大笑，「我怎麼跟你說的？你下坡腳步要輕一點，不然整座煤渣山的山側都他媽會滑動。」

「我知道，可是煤渣鬆動我就好怕，我怕被埋起來。」小夏吉把煤渣從黑色頭髮抖落。「我死的話，媽媽會罵死你。」

里克把小夏吉放下。「你非得這麼煩嗎？就這一次，你為什麼不能正常一點？」

小夏吉轉身背對哥哥。「我很正常。」

里克從小夏吉的後頸看得出他又滿臉通紅。他肩膀發抖，眼淚奪眶而出。里克把弟弟轉過來。「我在跟你說話，不要背對我。」里克仔細看他的臉，淚水已經消失。里克非常了解那股突然湧起的羞辱感和挫折，便問他：「學校同學還是會揍你嗎？」

「沒有。」他身體從里克手中掙開。「有時候啦。」

「不要太介意。他們看到比自己稍微特別的人，就會撲上去。」

小夏吉抬起頭說：「我跟貝瑞神父說了。我請他阻止他們。」小夏吉撥平褲子的褶痕，「但他只叫我下課之後留下來，要我讀受迫害聖人的故事。」

里克忍住嘴角的笑意，「沒用的臭老頭。那就是教會的方法：『不要抱怨，情況可能更糟。』」他脫下流蘇樂福鞋，彎下腰，把鞋中的煤渣倒出。「我在學校時，他們曾說有神父欺負一個安靜的男孩。你能想像有這種事？」他抬起雙目，望著小夏吉的臉。「他有碰你嗎，小夏吉？我是說貝瑞神父。」

小夏吉的臉蒙上一層烏雲，里克見了停下手，不再清身上的煤灰。「沒有。」他靜靜說。接著他還來不及想好要如何啟齒，字句便脫口而出，「但他們亂說我有弄他。他們說我和他做了骯髒的事。

但我沒有。我保證。我甚至不知道是什麼事。」

「我相信你，小夏吉。他們只是在鬧你。」里克抱住弟弟，他用足力把男孩的臉緊緊按到肋骨上。「總之，你現在多大了？」

小夏吉沒馬上回答，雖然他快悶死了，但他好高興。後來他用深思熟慮的口吻，好像在髒髒的黑板前背誦課文的方式說：「你是七月十六日下午四點二十分出生。你生產很不順利，里克，非常難生。」

「靠！」

小夏吉臉又深埋入里克身側。「我只是覺得我們應該要知道彼此的這些事。」接著他悶悶不樂說：「我八歲。快八歲半了。」

「靠！你為什麼不能直接說？算了，你夠大了。你應該要試著跟大家混在一起。你要試著變得像其他小混蛋。」

小夏吉轉頭吸氣，「我有努力，里克。我一直在努力。那些孩子襯衫都不紮，都不管體不體面，他們唯一做的就是踢皮球。我甚至看過他們把手伸到褲子後面，然後聞一聞。好……好……」他尋找形容詞，「庸俗。」

里克放開他。「如果你要活下來，你要再更努力一點，小夏吉。」

「怎麼做？」

「好，首先絕對不要再用『庸俗』這個詞。小孩子說話不要像老女人一樣。」里克吐口痰，「而且你要注意自己走路的姿態。不要老是窸窸窣窣的，這樣只會讓自己成為目標。」里克誇張學起小夏吉走路的樣子。他的雙腳筆直朝前，屁股左右搖擺，手臂像是沒有骨頭一樣在身側晃動。「你走路雙腿不要交叉。試著給老二一點空間。」里克抓一下燈芯絨褲前面隆起處，前後緩緩邁了幾步，看似昂首闊步，卻又慵懶。「膝蓋不要彎那麼多。步伐大一點，腳直一點。」

里克輕鬆自然繞圈子走。小夏吉跟在後頭模仿他。他用盡心力，讓自己手臂打直，但看起來很不自然。

他們像兩個牛仔走過以前挖過的平坦土地。礦場裡有一座主要建築。那棟荒廢的建築和格拉斯哥大教堂一樣大，像是坐在月球上孤獨的巨人。偌大高聳的破窗裝在簡單的拱形窗框中，高度無法增加視野，卻捕捉了日光，得以照亮洞穴般的內部。完好的玻璃窗都蒙上一層炭灰。建築另一頭，一根巨大的煙囪伸入天空，霧氣濃厚時，煙囪頂端會消失在白茫之中。地上散落著管線和鐵條，末端有鋼鋸草率鋸斷的痕跡，趁火打劫的人趁礦場正式拆除之前，盡他們所能剝光所有資源。

「你在這裡等我。」里克在土中畫個十字。他手伸向弟弟的頭，抓住背包提把，將他轉半圈。他拉開背包拉鍊，小夏吉站好腳步，讓他翻找背包。「你要幫我把風，好嗎？如果你看到有人，馬上來找我。」里克從背包拿出鋼線剪和撬棍。

小夏吉點點頭，覺得背包輕多了。「可是我們來做什麼？」

「我跟你講過幾百遍了。我必須存錢。我有計畫。我不可能永遠當青年職訓計畫的學徒。」

「我在你的計畫裡嗎？」小夏吉問。

「別他媽亂跑。」他指著礦場建築。「現在愈來愈難找到好東西，因為東西變少了，所以我可能會去一陣子。有聽到嗎？」里克大聲拉上空背包的拉鍊，將小夏吉轉過來。「照子放亮點。」里克溜進黑暗的礦場建築。天光穿過窗，投下一池池昏暗的光線，小夏吉看著他穿梭其中，然後消失在這棟黑炭大教堂的陰暗角落。

小夏吉在土上畫圖，塵土又深又柔軟。他畫了馬，接著又畫了愛格妮絲。他喜歡畫鬈髮，於是把每個東西都畫上鬈髮，看起來很開心。

里克走到建築物最後面，打算折除牆面附近的電線和燈光電源的銅線。礦場關閉不到三年，地主將門封上，想賣給收破爛的。但礦工和他們的兒子早已先下手為強。電線中的銅很值錢，所以他們拆了接線盒、扯下電線，像老鼠一樣把線全咬開。里克看到有人將橡膠製的外皮從牆上拉下，地上的電線都是空的，像無髓的白骨。他循著外露的電線走到電線開始向地下連結到主通風道的地方。從礦場建築過去三十公尺，電線早已穿地而出。最後的拾荒者盡其所能將電線拔起，讓電線像斷裂的血管四分五裂暴露在外。里克彎下腰，用撬棍尖端掘起堅硬的土。

他挖了一個多小時，再度抬起頭時，聞到社區飄來柴火的味道。燒炭的味道提醒了他，時間已近傍晚。在天黑之前穿越黑海比較安全。

他又劈又鋸，心裡希望小夏吉能長大一點，不要像弱雞一樣哀哀叫，這樣他就能搬更多了。銅線很重，但最麻煩的是厚實的橡膠管。在礦場開闊的空地偷電線不怎麼明智。有幾個年輕的礦坑口男孩曾被逮到過，下場很慘。就算他們把整個礦場的電線全剝光，都賠不起罰金。

里克拿起短得可憐的橡膠電線，像攀岩繩一樣在身上纏繞好幾圈。他揮著撬棍，穿過昏暗的光線，走入陰暗的冬天下午。他試著讓自己心情好一點，遙想自己有朝一日會用省下來的銅線錢，在麥金托什藝術學院附近的賈納丘山頂租一間房。錢甚至足夠賄賂他弟弟，這愛告密的小鬼。他走到傍晚的天空下時，臉上幾乎要露出笑容，但四周太安靜了。那愛告密的小鬼不見了。

小夏吉原本很喜歡丟石頭。那很好玩。上次他花一小時，試著丟到最高的窗子，最後好不容易成功了。在寂靜之中，破窗發出震耳巨響。里克嚇得從黑暗中鑽出，並用皮帶抽他一頓。

他現在繞著大圈子走路，不時停下來，抓著褲前的布料。腿張開一點，像牛仔一樣。他努力揣摩像里克一樣的普通人，專注踏著每一步。他們走路一點也不優雅，好像完全沒有關節一樣，突然之間，他看到那男人。等他發現危險，那陌生男子已拔腿奔來，腳後跟揚起一陣煤渣。等小夏吉回神，發現自己也該跑，那人已經跑過巨大的礦井架，差一點就要逮到他。

小夏吉原本應該警告里克。他原本應該幫忙把風，並在警衛出現時跑進礦場。那人追著他，小夏吉望一下陰暗的建築，轉身跑向另一邊。

小夏吉全力衝刺，空背包在他身後左右搖晃。他從側邊跑上第一座黑山，膝蓋以下立刻深陷其中，雨鞋十分不雅地噗滋作響。等他到山頂，他看到那人像里克一樣，大步爬上黑山，每一腳深深踩實，並躍過鬆落的煤渣。小夏吉轉身，沿著黑色沙丘的陵線拚命地跑。他感受到對方逮人的決心，彷彿也能感受到那人雙手抓住他的腳。他飛奔跑下坡，身後的煤渣轟隆作響，接著在碎石嘩啦一聲中，他跌落兩座黑山之間的谷地。那人出現在頂端。小夏吉看見他站在那，背後襯著逐漸昏暗的天空，他肩膀聳起又落下，雙手握拳，又氣又惱。

小夏吉鑽過黑色的山谷，但那人像茶隼抓老鼠一樣窮追不捨。

煤渣山到了終點，再過去的平地上只剩微微起伏的泥煤堆。那人大步滑下煤渣，輕易就能逮到他，所以小夏吉跑得更快，踩過碎石堆和長了雜草的煤渣堆，來到棕色土地邊緣的草叢中。他跌跌撞撞穿過草叢，豎耳聽著身後傳來的腳步聲，但腳步聲消失了。

小夏吉來到一叢濃密的黃色長草堆，整個人撲到草堆中。那人站在最後一座黑山上，肩膀起落，雙手圍住嘴大吼：「我會逮到你，偷東西的王八蛋！」接著他就走了。

小夏吉趴在長草堆中一動也不動，直到確定那人真的離開。他趴了好久，前襟都溼透了，泥煤順勢將上一場雨的溼氣滲入他的衣服，水對死寂的土地毫無用處。他和社區之間隔著一片煤渣海，而那人阻擋在他和家之間。他腦中想著那人會對他做的各種事，像是卡通中的惡鬼，有一連串蒙太奇的暴力畫面。小夏吉不想永遠埋在煤渣海中。他想回家。地面傳來一陣暖意，他嚇得尿褲子了。

冬天午後天黑得很快，太陽下山之後，天空像是一塊扎實的灰色羊毛毯。小夏吉繞著煤渣山走，並保持在黑山周圍的沼澤地邊緣。他走得很慢，深紅色褲子的染料順著雙腿流下。他走到一個寬大的泥坑前，面對一片深灰色的泥淖，遠遠看過去，那片泥淖中央向下塌陷，像個炒菜鍋或沒烤好的蛋糕。繞外面要走好久。如果他能直接從中間穿過去，馬上就到家了。泥坑另一端已看得到社區昏暗的燈光，溫暖的光照亮低雲，像床頭燈。小夏吉簡單祈禱一下，便爬進了坑洞中。

凹陷的大坑和地表高度只相差三公尺左右，但兩旁都很陡。他滑下煤渣時，不知道自己爬不爬得回去。噗滋一聲，腳落到了底部。他扶著落石不斷滑落的陡坡，伸出一腳，碰了碰泥淖的表面。表面一片溼黏，但就像一塊黏糊糊的肥皂，差不多是實心的。他伸出腳，踩一下平滑的泥面又抬起腳，看著雨鞋留下的印子，印子留一會馬上神奇消失。

他大膽朝中間快速走兩步，停下來，又跑回岩石滿布的邊緣。他看著幽靈般的腳印消失。那感覺像是他的影子跟著他，他面前稍縱即逝的腳印就是證明。他冰冷的臉上綻放笑容，一時間忘了大腿的擦傷，張開雙臂，像飛機一樣在灰色溼滑的泥淖中盤旋，和隱形的鬼魅夥伴共舞。他開始輕聲唱歌。

穿著雨鞋全力跑的話，可能不到一分鐘就能到另一邊。他跳一下，開始踏入平滑充滿光澤的泥淖。他快速踏著小步，試圖越過坑洞，雨鞋發出啪答啪答的聲音，像是用一隻肥大的手拍打著胖大腿。腳步的回聲從坑邊傳來，迴盪在礦場中。他最先發現的是聲音變了。

腳步變慢了。坑洞變深了。堅定的啪答聲，變成溼滑的噗噗聲，像是用湯匙背面打著冷麥片粥。跑到一半，他感到好累。泥淖開始緩緩移動，吸著他的雨鞋。他雙膝愈抬愈高，雙腿愈走愈慢。雙腳從雨鞋中滑出，只好用腳趾夾住橡膠筒，像是絕望的小爪。

他內心突然一陣慌亂，趕緊偏離原本的方向。最後在距離碎石邊緣，大約里克身高四倍的距離，他再也無法將腳拔出貪婪的泥濘之中。他放棄了雨鞋，從小紅靴中跳出。他光著腳才發現自己剛才有多愚蠢，泥土感覺像是一池浴缸水。他再往前走兩、三步，便不得不停下來。泥土吸著他的腳，像是吸吮冰棒的貪婪嘴巴。泥淖再次吞噬他。他回不到邊緣了。

就算會死，也要穿著雨鞋死。他腦中想的都是要顧及母親的面子，要是他們發現他時，他沒穿著雨鞋，她一定會拿爽健牌拖鞋在他屍體上留下紅印。他掙扎回到紅雨鞋旁，雙腳伸進去。他手抓住比較高的雨鞋，試著把腳抽起，但一腳往上時，也讓另一隻腳陷得更深。泥淖淹過雨鞋扣環，超過他的小腿，快淹到膝蓋。接著泥淖浸溼他的褲子。他看著泥淖流入雨鞋中，流入他腳趾之間。他終於放手，站直身子，這時因為不知道還能做什麼，他再次開口唱歌。

「我相信孩子是我們的未來。好好教導他們，讓他們帶路。」小夏吉看著泥煤填滿另一隻雨鞋，放棄紅色雨鞋的機會也沒了。「讓他們看看內心擁有的美。」

他揚聲繼續唱，好幾個詞他都不懂，於是便模仿在電台中聽到的聲音。「我好久以前就決定，絕不當任何人的影子。不論我失敗還是成功，至少我會活得像我相信的一樣。不論你們奪走什麼。你們都無法奪走我的尊嚴。」

黑暗中傳來沉悶的聲音，「搞屁啊？哇靠，惠妮．休斯頓怎麼來了？」

小夏吉看不到坑口邊的黑影。現在天空一片漆黑，他完全看不到里克。「你他媽跑到裡面幹麼？」

小夏吉閉上雙眼，「啊，去你媽的臭王八雞蛋，媽的，快點救我！把我拉出去，幹他媽的臭雞掰！」

黑暗中傳來爬下泥土的聲音，沉重的雙腳落在溼滑的泥淖中。

「幹你媽的快點啦。」他聽著腳步落在溼黏的泥淖上，「救我出去，雞掰。」

啪答啪答的腳步聲靠近，他聽到熟悉的嘆息，里克開始低聲咒罵。他抓住弟弟背包，悶哼一聲把他像花園乾巴巴的雜草一樣拔起。小夏吉感覺自己從泥淖中脫身，然後噗一聲落到表面。里克抓住小夏吉的防風外套，像是拉住韁繩一樣，使勁將他拖向乾燥的地面。

「啊，不行！等一下！停！」他們暫時停下來。里克湊到弟弟面前，在日暮之下定睛去看他又有什麼問題。「別管我。別管我了！」

「你是傻了是不是？」里克把他拖向邊緣，重重給他一個耳光。他看來很氣小夏吉，也似乎急著離開。

「我不能回家。」小夏吉雙手誇張揮舞，「沒穿雨鞋不能回家。她會宰了我！她錢都還沒付完。」

「我的老天啊！」小夏吉感到他帽子上的手鬆開，他哥哥又滑下坑，黑暗中傳來一聲悶哼，還有用力的拉扯聲，最後是泥淖再次吸吮並冒出氣的聲音。四周安靜一會，後來他聽到里克靴子啪答啪答走來，再次抓住他的衣領。里克將小夏吉從坑中拖走，後來小夏吉抱怨起尖銳的石頭扎得他腳疼，里克才停下來，讓他弟弟穿上雨鞋。小夏吉穿上雨鞋時，注意到哥哥緊張踱步，雙眼盯著地平線，偷瞄著身後路，並望向已在遠方的礦場。里克看來腎上腺素飆升。

「快點！」里克搖了搖小夏吉肩膀，他修長的手指推著他的背。小夏吉眨眨眼，望向哥哥。他第一次注意到，里克的眉毛中間已連在一起。他覺得那格外讓人分心，正準備跟他說。

但里克聲音有點怪怪的，他舌頭打結，說話含糊不清。他的樣子令小夏吉害怕。里克臉上濺著深色的血，像糖漿一樣黏稠。他左眼邊緣瘀青了，在日暮中像個凹洞，他下唇腫脹，有道傷口。里克揉著下巴，好像非常痛。他手伸進嘴巴，拿出下排假牙，痛得臉皺了一下。有顆牙掉了，另有一顆牙裂開，肉色陶瓷的假牙床已斷成兩半，像有人重重揍了他下巴。

「你還好嗎？」

「幹。」里克呻吟，「我叫你他媽把風。你應該要警告我警衛來了。」他揉著下巴，指結一片瘀黑。他雙眼在黑暗中閃爍著恐懼。「我狠狠揍他一頓，小夏吉。我不得不下手。全都是你的錯。」

里克把斷掉的假牙床放到口袋，小夏吉現在發現，他身上沒有背著銅線，手中也沒有撬棍。里克帶著他慢跑起來，不斷向後望，彷彿有人跟蹤一樣。小夏吉雨鞋沒穿好，他溼透的襪子卡在腳趾之間，磨破他的皮膚，但他不敢要哥哥慢下來。

他們來到社區邊，安全走到暗淡昏黃的街燈下，兩人心裡都感到慶幸。里克沒有下排牙齒，臉一半也已垮下，他開口時，聲音輕柔含糊，小夏吉聽不大懂，但他雙眼透露的恐懼和失望了然可見。

14

里克再也沒去搜括銅線了。礦場警衛進了醫院，他頭顱被里克的撬棍敲破，腦漿濺了一地，像是散落的撲克牌。警方挨家挨戶調查，看是哪一家的年輕人幹的。他們來到愛格妮絲家時，她讓他們在門階等著。她手撥著耳環上俗豔的飾物，不耐煩的模樣表露無遺。她抽著菸，彷彿警方來到家門前就是種羞辱。她輕易就打發他們，里克第一次打從心底感謝母親梳裝整齊，潔淨無瑕。

愛格妮絲不曾問過里克是不是他幹的。她甚至想都沒想過。布麗迪·丹諾利站在欄杆抽菸，看著警察在街道徘徊。她只訝異不是她家兔崽子幹的。布麗迪說這是警衛家庭遇過最棒的一件事。他保全的契約不久將到期，現在他卻能保證永遠失能。她說反正他本來話就不多。

一整個冬天，直到春天解凍，里克的牙齒分分秒秒發疼。國民健保署動作很慢，所以他只有出門才會戴上斷掉的牙床，並把嘴巴緊閉，因為只要一說話，假牙就會滑開。他在家就不戴，像卡通烏龜一樣突著嘴，一看到小夏吉，就壓到他身上，把他皮膚掐到發腫。小夏吉覺得自己活該，盡可能不大叫出聲。

等國民健保署終於替他換好假牙，里克咬合時，新的下排牙齒和上排有點不合，陶瓷牙床會夾到後側，害他牙齦發炎。小夏吉像個信徒，會準備好一片片白麵包跟著他。他會撕小一小團麵包，揉成柔軟的麵團，給里克放到陶瓷牙床下，舒緩水泡帶來的不適。夏天到來前，小夏吉口袋中總為里克帶著麵包。愛格妮絲有好幾次洗制服褲時，會發現一塊他忘記的麵包，通常那時麵包已變得僵硬，長滿青黴。

後來暑假到了，路上全是麥蓋文尼家的孩子、他們的親戚及親戚的親戚。他們盡情享受兩個星期美好的西岸天氣，在路邊踢足球，或一邊騎單車，一邊尖叫，並揚起陣陣像老鼠一樣的灰黑煤塵。

小夏吉縮在一旁，不理他們。

他覺得自己不對勁。他內心某塊拼圖拼不起來，而大家彷彿都看得出來，但他是唯一說不出來的人。因為不一樣，所以就是錯的。

他大步跑過房子旁，從鐵鍊拴起的欄杆下鑽出去，來到社區外圍的泥煤沼澤。他朝公宅反方向走了好一陣。罕見的陽光曬著他穿著厚毛衣的背，皮膚熱得發癢。他從平坦的道路轉彎，踏出一條新路，直接走進長蘆葦叢中。然後他在原地繞圈子，踩出一塊寬敞平坦的橢圓形空間。死去的雜草像一塊棕色的厚地毯。小夏吉脫下沉重的雨鞋，開始練習里克教他的動作。

他站在圓圈一頭，走到另一邊。第一趟他手臂揮舞，步伐又小又急，走得飛快。他心裡好挫折。他用乾淨的指甲刺著手掌心，轉身重新走一次。這次走得比較慢，步伐更沉穩，雙腳向外擺動，為老二空出空間，每一步腳跟都堅定放到柔軟的泥土上。小夏吉脫下羊毛衣，擦掉額頭的汗水。他罵自己一聲，轉過身再走一次。

他整個下午來回折返，每次都逼自己走更慢，阻止自己誇張揮舞手臂，讓自己更像里克、更像真正的男孩子。對其他男孩來說，這件事很自然，不需思考，也不需道歉。

愛格妮絲挺直身子，坐在窗邊，看向街道。一群孩子在街上玩耍，但小夏吉不在其中。十點半她已打掃完房子，化完妝，雖然沒要出門，但她仍穿上低胸毛衣和合身的灰色裙子。她喝著剩下的拉格啤酒，不知道她的孩子究竟躲童年躲去哪了。

她百無聊賴，挑著沙發扶手上的白色毛球。她將方形的衛生紙整齊疊好，摺起放入口袋。她還持續在為這幢老屋付租金，但兒子都不在乎，她覺得好心痛。接下來八年還得淌著這五鎊的血汗錢，而他們鞋子穿進穿出，把這裡搞得天翻地覆。

街道對面的破門打開，她坐起身。麥蓋文尼家一群衣衫襤褸的孩子騎著撿來的腳踏車衝入塵土之中。她不得不承認，他們長相很好看。但他們母親個性懶散，讓他們看起來像一隻隻野生的小獅子。他們的長髮蓬鬆得像動物一樣，如吉普賽人一般美麗的棕色雙眼遺傳自父親。

她曾照顧過中間的女孩。儘管一開始沒這個打算，但剛好她拿醋水洗窗時無法專心，孩子在街上玩耍，而且正好就在累積不少塵土的低窪處。她將窗戶清理得乾乾淨淨，卻看著他們坐在骯髒之中，她實在高興不起來。她招手要那個叫「髒老鼠」的女孩過來，給她半顆蘋果，引誘她到房子後頭。接下來一小時，她握著硬柄梳，梳開女孩髮尾的分叉，小心剪開她後頸頭髮的死結和髮辮。結束之後，愛格妮絲驚訝發現她頭髮好直，如絲般柔順，閃閃發亮，有著焦糖虎斑貓的顏色。他們一起把頭髮綁成俐落的馬尾，然後換成髮辮，接著是法式包頭，最後是法式髮辮，像以前凱薩琳上學時會綁的那種。那是個美好的下午。

柯琳發現之後又發起神經。她腳甚至還沒踏出家門，就扯著嗓門尖叫，接著便像風暴越過道路，用力敲打愛格妮絲的門尖叫：「妳以為妳是誰？大張旗鼓來這裡，像個誰一樣，了不起啊。妳不如管好妳家那同性戀兒子。」

接著是瘋狂地亂噴唾沫。但愛格妮絲啤酒下肚，迷茫之中眼睛眨都沒眨。她把硬梳子轉過來，用梳柄扎實地拍打著腿，心想：「再來啊，再來就等著嘗嘗我梳柄的厲害。」

偶爾，愛格妮絲會覺得她們吵架是因為兩人都感到羞恥。她倆有好多相似之處，但愛格妮絲不願承認。金媞曾跟愛格妮絲說，詹姆西把最後的財產拿去買台破車，並替孩子買了玩具ＢＢ槍。柯琳不得不去超級市場為一家人偷耶誕大餐。她倆都會心癢癢盯著《自由人》型錄的商品，在無聲的夜裡輾轉難眠，對補助精打細算。如果他這樣、她那樣的話，那他們可以怎麼湊合？這就是一個母親的盤算。

兩個女人分別會花一整個下午，裝作不在家，躲在長沙發後面，避開信貸人員。如同所有礦坑口的女人全趴到地毯上，爬過地板，彷彿她們會莫名同步游泳。信貸人員是個乾瘦的男人，穿著一件過大的西裝，他會恬不知恥地望進窗戶。好幾年時間，他都看著香菸煙如彎曲的手指，莫名從空房的沙發後方冒出。

柯琳甚至透過布麗迪，間接教會愛格妮絲如何偷電，也就是如何用髮夾，不傷鎖地打開電錶箱。每個月的其中一個週日，她會重新拿回硬幣，在轟轟作響的三管式電暖爐前，吃著融化的冰淇淋三明治。銀色的硬幣在她手中像是一把珠寶，愛格妮絲會把幾枚硬幣塞回機器中，享用雙倍的電力。抄電錶的人的帳簿永遠對不上。愛格妮絲能想像他和另一個信貸同事到酒吧，雙手緊擰，恨得牙癢癢罵著礦坑口刻苦耐勞的母親。

柯琳一把將髒老鼠抓回胸前，愛格妮絲不知道柯琳為何如此恨她。愛格妮絲渴望得到柯琳擁有的一切。她有無數家人。他們很親密，而且就在身邊。她的孩子都很年輕強壯，而且需要她。最重要的是，她有個男人，一輩子就這麼一個，但他仍在家裡。而且她還有上帝，她聲稱自己是神選之人，高人一等，要見證身邊人的道德作為，她還真不辜負這說法，就像個中階經理，老實照著大老闆的吩咐譴責下屬。對柯琳來說，詐騙和行竊算是必要之惡，但黑色絲襪和高跟鞋是不可饒恕之罪。

愛格妮絲喝完啤酒，看著麥蓋文尼家的野孩子將腳踏車騎上礦坑路，而柯琳背著郵差包走出大門，跟著揚起的沙塵離開了社區。這時她採取了行動。

柯琳的男人詹姆西在一台生鏽的「福特跑天下車」殼下。他全身已變得髒兮兮，或是依舊髒兮兮，愛格妮絲也分不清楚。她腳步發出尖銳咔咔聲，越過狹窄的道路。他躺在車下，旁邊濺了一地黑油，像是一池糖蜜。愛格妮絲用巨大的戒指敲了敲金屬車殼。

「什麼事？」他嘆口氣，粗魯到她感到他口中的熱氣吹上她腳踝。金屬工具落到水泥地上，那人像螃蟹左右搖動，從破車底下爬出，動作慢得彷彿要等到海枯石爛。

她擺出一連串不安又隨性的笑容。等他終於踩穩雙腳，站起身，他足足高她兩顆頭，是個膚色黝黑的愛爾蘭人，所以沙土和黑油算相稱。他側邊的脖子因為礦場爆炸燒傷，扭曲皺起，後方的髮線看來古怪，不大對稱。不過他依舊很帥。她恨這點。

「柯琳在家嗎？」她問。

詹姆西望著她，防衛心很重。他雙眼停在她低胸V領毛衣。「少在那邊裝，我又不是三歲小孩。」他冷淡地說：「妳想要什麼？」

他的雙手粗糙長繭。愛格妮絲目光垂下，「我有事想拜託你。」

「是喔？」他聞言露出笑容，像她認識的所有男人一樣。他尖銳的牙齒向內彎，指向喉嚨，像陷阱一般。

「我不知如何是好。」她說：「我有點擔心我的兒子，年紀小的那個。」

他表情再次變得冷酷，雙眼盯著她身體，「對，他不對勁。妳要好好盯著他，他總是太自以為是。我那天看到他一人在跳繩。你該早點教好他，防患未然。」

「這就是我來的原因。」愛格妮絲雙臂交叉，但他雙眼仍盯著她的胸部。

「你希望我叫孩子去揍他一頓嗎？」

「不是！」

「下手不會重。讓他堅強一點。」

「不要！那不是他的錯。長大的時候，身邊沒有男人很辛苦。」

「妳兒子里克不算啊？」這髒兮兮的男人思考自己的問題一會，嘴唇酸溜溜地噘起，代表他看不起她兒子。「所以呢？妳他媽要我幫什麼忙？」

她感覺難以呼吸，「我只是看到你常跟兒子做好多很棒的事。」

那人沒有一點同情心。在社區裡，他鐵石心腸是出了名的，即使是對自家兒子，他也不心軟。

「對，所以妳要我幹麼？」

「我想說，如果我給你幾鎊，也許你下次能帶他去釣魚，或教他踢足球？」

他臉上肌肉繃緊，她知道他在考慮。「愛格妮絲，我不想拿妳的錢。」

愛格妮絲感覺自己像個傻子。她想回去泡在酒裡，澆息怒火和羞辱。「好吧。也是。對不起打擾了。我只是想……算了。」她挺起胸膛，準備背負著恥辱越過道路。

「等一下，我又不是說，妳不能替我做別的。」詹姆西這時笑了，他的牙齒像刀刃一樣鋒利。他伸出油膩的手，拉起骯髒的背心，手摸過自己的肚腩。

●

黑油和機油的氣味後來在她身上停留好久。他的老二比身體黑，好像很骯髒，但她希望那只是因為過度使用而粗糙變色。那老二像雞大腿肉一樣黑，她覺得好奇怪，為何不像他全身一樣呈蜂蜜色。

詹姆西拉上拉鍊時，老二仍脹大著，他拉著愛格妮絲起身。好快就結束了，他趕緊讓她出了柯琳家門，動作迅速，充滿羞恥。他彷彿輸不起，或是後悔的顧客，卻又無法退貨。他咕噥說，他週日會去接她兒子，會帶小夏吉去釣魚，他們會去一條都是垃圾和梭魚的運河。

起初小夏吉退縮不前，彷彿這是他聽過最糟的主意。她那天晚上在浴缸裡哭，努力將黑油從皮膚刷掉，感覺自己像個傻子。小夏吉聽到她坐在冰涼的水中獨自哭泣。她最近大多數的時候都清醒著，對他來說，與之前自憐又委屈的醉鬼相比，她已不同了。他下定決心要表現出對釣魚有興趣，只要能讓母親再次開心，要他做什麼都好。

他著了魔似地為那天準備，弄得有條有理，還立了清單、一一確認。他準備好午餐和衣服，決定好書包要放什麼，還有每個口袋要放的小東西，像是番茄三明治、打算跟人分享的玩具機器人、塑膠墨鏡和耶誕節拉炮口哨。他把所有東西攤在地上，再把它們整齊放到預定的位置。然後他坐在床邊，像隻有耐心的小狗。

週日早餐之後，對街的屋子活了起來。長手長腳的麥蓋文尼孩子衝出門，開始把袋子和長棍扔到父親的收廢貨車上。法蘭西斯拿了個塑膠桶，裡面裝滿小蛆，從側邊舉高放到貨車上。愛格妮絲聽到吵鬧聲，轉彎走進他的臥室。她露出興奮的表情，望著渾身是汗，包著防水風衣的男孩。

「看吧，我早跟你說了吧！」她聽起來比他還鬆了口氣。

小夏吉雙眼望著對街的貨車，一一摸著薄風衣每個口袋，像神父做彌撒時一樣。「我要抓最大的魚送妳。」

「我知道你一定會。」愛格妮絲咂著嘴唇。

「我、我要現在走到對面嗎？」他問。

愛格妮絲想了一會，然後她的自尊心回答：「不用，你在這裡等。麥蓋文尼先生會來接你。」

詹姆西走到路上了。「我現在要走過去嗎？」小夏吉又問。

里克早上原本想繼續睡下去。他辛勞工作一週，正準備好好睡個長覺，聽到他拿不定主意，從棉被下大叫一聲：「對，老天啊，去啊！」

愛格妮絲打一下棉被裡窩成一團的里克。「不行！我說麥蓋文尼先生會來找我們。」她眼睜睜看那黝黑的男人邁著大步從屋子走到路上，抬起粗重的腳，把鬆落的汽車零件踢回墊著磚頭的「福特跑天下」下面。她揉著大拇指側邊的皮膚，看他將幾個袋子搬到貨車後面，用繩子綁緊，然後繞到貨車另一邊，走到路上。

小夏吉擰著手，期待萬分。她把他風衣的領子整理好。「聽著，你要乖，要聽麥蓋文尼先生的話。照他吩咐做。不要拖累人家，好嗎？」她親吻他發燙的小嘴，他上唇冒著汗滴。

床上的里克小丘再次發出聲音，「別淹死了，小傻蛋。你要是死了，我會難過到這輩子都走不出來。」

老貨車引擎發動，傳出轟轟聲響，他們兩人都嚇一跳。那台野獸放下手煞車，緩緩向上爬動。詹姆西望了一下後視鏡，把車開上路。男孩臉上露出驚恐：貨車方向錯了，車開向路的尾端，而不是路口。路的尾端是個死路，再過去就是一片長滿蘆葦的沼澤，像是湯匙一樣變寬，車到了那邊，通常只能繼續沿著湯匙的匙面向前，並繞一圈回來。

愛格妮絲咬住嘴唇，「我想他只是要把貨車掉頭。」她試著說服自己，「但也許我們去門口等他吧。」

男孩滿臉通紅地點點頭。他們站在門後整理儀容，彷彿要粉墨登場。兩人牽著手走出門，站到路邊。遠方綠色的貨車已經掉頭，轟然駛回。

他們站在路緣，抬頭挺胸，自信驕傲，就像站在月台等火車。她牽著他的手，他另一手拿著軟掉的番茄三明治。愛格妮絲戴著戒指的手指抖了抖。「好，把臉擦乾，記得我說的。」

貨車沒減速。詹姆西甚至沒朝他們望一眼。貨車軋軋開過，揚起一陣煤灰。他們站了半晌，望著車漸行漸遠。

飛塵落下之後，對面的窗戶傳來刺耳的叮叮敲打聲。柯琳．麥蓋文尼拉起卡卡的窗框，身子探出街道，一臉狐疑道：「你們兩個傻傻站在那裡幹麼？」

愛格妮絲只能露出笑容，彷彿她剛才追了台公車，卻發現那根本不是她要搭的。她紅色的嘴中假牙潔白亮麗，但亮眼的口紅已蒙上一層灰。

●

她的兒子坐在房子後面的炭箱上，把三明治中溫溫的番茄撥掉。他沒有像她預期一樣哭泣。愛格妮絲打開電錶，拿出裡頭所有硬幣。她去了多倫商店一趟，買了一把巧克力條，和一塊小魚排。她把小魚排給他，他沒有如她所願，咯咯笑出聲，只是把臉上的煤灰擦乾淨，聳聳肩說：「反正我不想去。」她說自己很抱歉的時候，流下氣惱的淚水。他抬頭望著她問：「怎麼了？」

「你父親是個混蛋，對不起。」

里克最後被逼得要和小夏吉在後院踢球。愛格妮絲從窗邊看他們，很顯然兩人都不想待在那裡。她在水槽底下挖出幾罐特釀啤酒，拿著冰冷的銅罐，思考要不要喚醒內心的惡魔。如果喝醉，那她今天一定會在街上和人大打出手。她坐在乾淨的沙發邊緣，拿著一罐勇氣，然後嘶一聲打開。

柯琳從路邊提著垃圾桶過來，停下來跟住在她左邊的家庭主婦聊天。她像個小女生一樣轉動著她的十字架。愛格妮絲看得出來，她今天很滿足。整個早上，一個個女人快步走過詹姆西拆解的福特車。愛格妮絲看得出來，她們都特別想聊天，因為她們個個腳步輕快，夾著屁股，期待八卦一番。布麗迪．丹諾利從胯下拉了拉絲襪。看到她們穿著骯髒的裙子和茶色的絲襪，或穿著鬆垮的緊身褲和家居袍，愛格妮絲感覺好多了。

愛格妮絲不慌不忙喝著啤酒。她想算準時間，一定要等詹姆西回家之後，再飆出生鏽的大門。她希望他看到她向柯琳坦承，他那雙油膩的手對她做了什麼。如果她太快醉倒，精神會變差，思考會變慢，揭發真相時會口齒不清。

愛格妮絲感到第一波醉意時，一個陌生女子來到路上。那女人拿著一張紙，找著某個地址，她經過一間間相同的房子時，仔細數著。一看就知道她不是礦坑口的女人，因為她花了大錢美容理髮。她也不是天主教相關的人，因為她提著亮紅色的手拿包，完美搭配著腳上亮紅色的鞋子。

柯琳的表情告訴愛格妮絲，她也不認識這女人。女人走近那群三姑六婆，對柯琳說了些話，柯琳緩緩點點頭，捻熄菸，拿起冷掉的茶，回過頭，帶著陌生人進到家裡面。三姑六婆也就此鳥獸散。

愛格妮絲繼續坐著。她想那女人一定是社福人員，她希望自己也打了電話給他們。他們會突擊礦坑口，來逮申請失業補助卻又偷偷兼差工作的人，或聲稱失能卻爬到梯子上為電視拉天線的人。但那女人沒待多久，她離開時手臂下仍夾著那只美麗的紅色手拿包。愛格妮絲看她走過汽車零件，有禮貌地關上破柵門。她從包中拿出昂貴的墨鏡，用墨鏡推開臉前的頭髮。愛格妮絲心裡不禁偷笑，因為她知道柯琳看了一定氣炸。墨鏡？那臭婊子以為她是老幾？光鮮亮麗的女人頭抬得高高的，走上空蕩蕩的街道，消失了蹤影。

愛格妮絲等著，但柯琳再也沒從家裡出來。

麥蓋文尼家的三個女孩餓了，她們飄到街上，像是三個鬼新娘，金色的頭髮蓬鬆厚重，吹到臉上像面紗一般，她們穿著夏天的長洋裝，洋裝曾經是細緻的藍色，但如今已老舊褪色。愛格妮絲只閉上眼一會，當她抬起頭，詹姆西龐然的破貨車已停到對面的路緣。外頭依然是白天，但麥蓋文尼家的大燈已經點起。在燈泡光線下，她看得到有人快速從一個房間移動到另一個房間。愛格妮絲嘶一聲又開了一罐啤酒，大口吞下肚。

她在臥室脫下裙子，換了另一件方便踢人的裙子，並穿上柯琳覺得扎眼的那件寬大蓬鬆、鑲有水鑽的安哥拉羊毛衣。她花點時間挑著珠寶，選了寶石最大的戒指，像教宗的戒指一樣大。玻璃寶石做工粗糙，常會劃破絲襪或鉤住毛巾。有時一夜狂歡後，早上起來她會發現臉側和前臂內側有劃傷。愛格妮絲看著自己戴滿珠寶的雙手，像是一具閃亮的凶器，可謂鍍金的削皮手指虎。最後一滴啤酒在她的空腹打轉，她知道現在就是最佳時機。

愛格妮絲跌跌撞撞到了外面，靠在破爛的欄杆上。她深呼吸，感覺有點頭昏，再次感到猶豫。這時尖叫聲傳來。

麥蓋文尼家的門砰一聲打開，最小的兒子全速奔到社區街上。門打開之後，柯琳的聲音響徹整排低矮的屋子。「詹姆西．法蘭西斯．麥蓋文尼！你跟狗屁新教狗沒什麼兩樣！」愛格妮絲站在空蕩蕩的路中央，動也不動。街道上，孩子都停下，不再玩耍，屋子的窗戶都靜靜打開一條小縫。她知道其他女人紛紛調低電視音量，在窗簾後面抽動身體。

「怎樣？啊，動手啊，有種就打我們。你以為你現在拳頭大，是嗎？等我叫我兄弟來這裡，我們看到時候誰拳頭大，嗯？我早該聽我媽的話。幹你媽的橘皮臭渣男。」

男人的罵聲傳來，但聽不清楚，柯琳尖叫得更響了。「我才不要放低音量。你違背你的誓言，神永遠不會原諒——」愛格妮絲想像詹姆西掐住柯琳喉嚨，因為瞬時間，街道闃靜無聲好一會。然後柯琳的聲音再次飄出，這次不再那麼憤怒。「你要去哪？詹姆西？去找她嗎？」

詹姆西．麥蓋文尼從家裡衝出，他T恤衣襟已被撕破，大概柯琳剛才一直揪著不放。他仍穿著長筒雨鞋，雙手緊抓著一個黑色大塑膠袋，裡面塞滿衣物和床單。他臉上和黝黑的脖子上除了一條條紅色的曬痕，還有新的抓痕。他爬上貨車，發動引擎。

愛格妮絲在路中間搖晃，喝醉卻驕傲，珠光寶氣的雙手緊握成拳，他不可能沒看到她。他氣急敗壞轉下貨車窗，像是惱羞的駕駛要問路一般，朝她大吼道：「妳他媽到底要幹麼，臭婊子？」這三字他說得好像是她的名字一樣。「幹他媽的來替我撿骨嗎？太早了吧，是不是？骨頭都還沒涼。」

他說完轟一聲開走了貨車。等他開到街尾掉頭，柯琳已來到前門，神情瘋狂。「詹姆西！詹姆西！」

喝醉的愛格妮絲動作笨拙，跌跌撞撞回到路緣，詹姆西故意甩了一下車，後輪差點削到她。路上如常揚起一團煤灰。

愛格妮絲站在對面路緣眨著眼，但柯琳腦中一片混亂，根本沒看到她。她消瘦的臉瘋狂又空洞，充滿生氣同時又異常死寂。她啪一聲倒在柏油碎石路面上，腳無力攤開，表情空白，倒在塵土之中。

愛格妮絲向左右望向整條街，像個想落井下石的人，也像想從車禍現場逃走的人。她不確定是何者。

一陣微風吹醒了所有窗簾，但沒人來幫忙，親戚、礦坑口其他女人，都沒有。麥蓋文尼家的窗前站著四個剩下的孩子，他們的剪影照身高排列，像一排小巧的俄羅斯娃娃，每個人都露出美麗又悲傷的臉。她總有一天要好好替他們所有人洗個熱水澡，狠狠教訓柯琳一番。

水溝旁傳來響亮的「刺啦」撕裂聲，像是舊梳子鉤住頭髮，用力拉扯的聲音，也像在撕一塊很黏的油氈。愛格妮絲靠近手腳瘋狂揮舞的女人。她自己肚裡都是啤酒，眼前塵土飛揚，柯琳四肢糾纏，她一時間難以理解眼前的景象。起初她以為柯琳是將身上的足球衣撕成碎片，但她走近之後，發現那女人每一爪扯下的都是一團團頭髮。刺啦、刺啦作響，頭髮一把又一把落下，怵目驚心。

愛格妮絲趕緊來到倒下的女人身旁。她不自覺跪到塵土上，戴著戒指的雙手試著阻止這年輕女子憤怒的爪掌。她緊緊用身體抱著柯琳。「好了，妳這是何苦呢？」她語氣如此善良，連自己都嚇到了。她原本不是要來幫忙的。

柯琳在她懷中變得無力，愛格妮絲輕輕將她的手放到她大腿上，將她緊握的拳頭打開，掌中還有一把頭髮。愛格妮絲將一束束髮絲從她纖細的手指中拉開，彷彿在清理一把老舊的梳子。柯琳空洞的目光盯著地上的土好一會，最後開口：「他心情不好，我不應該吵他，不該一直責罵他。可是我只是說，我不想再生小孩了。」柯琳雙手發抖。「自從礦場關閉，他像熱情的青少年一樣，早晚都來找我。他從來都不管『拔出來』那鬼話。」

愛格妮絲盯著柯琳頭上一塊塊沒頭髮的地方。流血的頭皮已沾上塵土。「對任何女人來說，五個孩子就夠了。」

柯琳哼一聲，「可以的話，他會生一百個。但我心裡只想，幹你娘，麥蓋文尼，後來為了氣他，老娘關門大吉。」柯琳又開始哭。眼淚流成兩道河流，彷彿她眼睛漏水了。淚水流下她瘦削的鼻子，滴落她下巴。柯琳這時雙眼轉向愛格妮絲，彷彿第一次見到她。「一定就是從那時候開始，他才到處亂搞。」

愛格妮絲五味雜陳。面對其他女人，即使她心底知道，此事會一輩子留在她們心中，她都會安慰她們說，時間會沖淡一切。但她不要安慰柯琳。她突然發覺，她們現在平等了，而聽到這瘦女人的壞消息，她不禁感到幸災樂禍。她咬著嘴唇，忍住笑意。

礦場的女人現在走到街上來了。親戚和親戚的妻子緊張地圍在一旁，彷彿柯琳化為一隻野獸，她們不知該如何靠近。

「她來找我時，人很友善。戴著那個墨鏡。漂亮的棕色大鏡片。她說她叫伊蓮，問說能不能私底下說句話。我以為她是郵購的人，以為她要推銷我一些孩子的耶誕節禮物。」

柯琳這時哀嚎一聲。她手指張開，抓住裙子用力一撕，把裙子薄薄的布料從下緣撕到肚子。然後倒回人行道。

「我的老天爺啊。」愛格妮絲看不下去，趕快拉住撕破的裙子。柯琳沒穿內褲，蠟黃光滑的肚子讓她鬈曲的陰毛更怵目驚心。「我們要把妳帶進屋子裡。起來、起來！」愛格妮絲試著扶起她，但她醉到手腳無力。她們兩人疊在一起，倒在塵土中，愛格妮絲磨破了膝蓋的皮膚。她試著把柯琳拖到室內，這女人瘦到簡直是一堆骨頭。她放鬆肌肉，像個任性的孩子倒回路上。愛格妮絲站在她旁邊，汗流浹背，啐道：「妳不能這樣躺在這。」

柯琳閉著雙眼，手摸過人行道，好像在撫摸舒服的布匹。她的聲音緩慢而沙啞，「我他媽才不在乎。讓詹姆西．麥蓋文尼聽說這一切。他的妻子私處外露，慘死在路上。」

幾個騎腳踏車的孩子緊張地笑了笑。愛格妮絲使勁搖了搖柯琳。她發現她很享受，於是繼續搖她，「小姐，妳沒有羞恥心嗎？」

柯琳雙眼睜大，然後閉上。她呼吸變得輕柔。

愛格妮絲捏她。「說！妳到底怎麼了？妳吃了什麼？」

但那團軟綿綿骨頭沒有給出答案。

站滿欄杆旁的女人頓時像巨大的烏鴉一樣尖叫。消息傳得很快。柯琳的親戚扯著嗓子大吼大叫，詹姆西的姊妹則揮舞拳頭，捍衛詹姆西的名聲。詹姆西的母親至少有八十歲，她吐著口水，像揮舞鐮刀一般，揮著一個舊拖把。

愛格妮絲不知所措，她從裙子底下脫下絲襪和內褲。她醉醺醺的，不顧他人目光，在大街上褪下衣物，手忙腳亂替柯琳穿上。那感覺就像為一比一尺寸的人偶穿衣，只是她的四肢不若人偶僵硬，而是因為血液變慢顯得柔軟而沉重。

等救護車來了，柯琳已說不出任何一個字。愛格妮絲坐倒在她身旁的塵土中。她望著自己用心漂白、閃閃發光的昂貴白色內褲。內褲穿在較瘦的她身上，像塊蕾絲尿布，愛格妮絲心想，這真浪費在她身上了。

15

他讓她想到香腸腸衣的顏色，只是那稱不上顏色，比較像水潤的暗層，太過輕薄而不成色。他看起來無比虛弱。麗茲必須用雙手才能握住他一手，她臉頰貼著他的手，感覺到突起的藍綠色靜脈一路連到手臂上。這雙手將貨物搬上農用貨車二十年，鋪過刺鼻的柏油路，在北非殺過義大利人。

現在伍立連呼吸都很困難。他肺中的空氣彷彿流過刨絲器，隨時會鉤到尖齒停下，最後伴隨唏哩呼嚕的聲響從身體排出。麗茲用放在袖子裡的手巾擦他的臉。他嘴巴張開，嘴角乾燥，口沫結塊。她想再次親吻他，她想要保有最後的回憶，守住過去完美的他，以及此時依舊完美的他。

其他床上的老人都在睡覺。她看到護理師給所有人一劑嗎啡，現在他們看起來都勉強睡著了。麗茲打開大衣，將圍巾繞過頭髮脫下。她抬起伍立的手，將被子拉下。起初她想爬到他身邊，靠在他如石牆般的身體上哭泣。等她翻到醫院床上，又改變了心意。她爬到床上，大衣依舊在她身上，她跨坐到他身上。

別人可能不會注意，但麗茲確定她看到他雙眼顫動，嘴角拉開，調皮地笑了笑，輕柔地前後搖動。她其實無意要讓一切如此下流。她只是想感覺他緊貼著自己，透過棉質睡衣和她溼黏的混紡內褲，感受他的溫度和生命力。他如此痛苦，她只想給他一絲舒適。這難道不是她欠他的嗎？

麗茲在伍立身上磨蹭搖擺，並點了根新菸。她深吸一口，然後向前傾，將煙吹向他的臉。他多想念雷高牌香菸。

「妳還好嗎，坎貝爾太太？」她身後傳來一個聲音。有雙手輕柔但堅定握住她手肘。「沒事了，老太太。」那人說著扶她翻下床。「沒事了，小寶貝。」

修女扶麗茲下床時，伍立沒有動。除了麗茲坐的地方睡衣發皺，其餘毫無變化。護理師不多說話，她把麗茲手中的菸熄了，把裙襬拉平到膝下。麗茲被帶回座位，她感到嘴邊出現一杯冰涼的水。這段時間，修女一直溫柔冷靜地安慰她，彷彿在安撫一隻貓，這讓麗茲情不自禁想向她傾吐祕密。麗茲將修女的手握住說：「拜託，老天，不要把他帶走。拜託，不要再次這麼做。」

愛格妮絲臉上化了大濃妝，小夏吉看著那臉，覺得那好像是她忘了把好幾層妝先卸了，就直接化上新妝。小夏吉和她保持距離，跟在她後面，不時停下，撿起從她凌亂的貂皮大衣口袋落下的東西。

愛格妮絲快步走進醫院自動門，護理師擔心地上前，以為她需要救治。小夏吉看著護理師想引導母親輕輕坐到一張破爛的輪椅上。愛格妮絲推開她，走向腫瘤科病房。小夏吉聽到護理師對一個男職員說，她敢說愛格妮絲是個女工。

「她不是。」小夏吉說，口氣相當驕傲，「我母親這輩子不曾工作過。她太美了，不需要工作。」凌亂的貂皮大衣給她高人一等的氣質，黑色綁帶高跟鞋在大理石長廊敲出清脆急促的聲響。右腳跟的橡膠底已磨平，雖然她用舊的黑色賓果畫筆將鞋塗黑，但尖銳的金屬釘刮過地面，依然發出刺耳的尖鳴。

她奔過病房，一張張臉從白色的床中探出。一個大塊頭、面容親切的修女從櫃檯走出，擋到她面前，她手中抱著一個綠色的筆記板，像一面盾牌，她身材寬大，像面小牆。「不好意思，需要我幫忙嗎？」護理師露出疲倦的笑容，「我是米純修女。」她拉起藍色制服上的正式名牌。

對愛格妮絲來說，她看起來比麗茲好幾年前一起工作的護理師親切，格拉斯哥女人粗野強壯，週六晚上能壓制成年的醉漢，並從他們肋骨間拔出酒瓶碎片。她們看過無數肥皂劇般的無腦暴力，所以總是面無表情，冷酷又堅強。米純修女顯然已盡力。愛格妮絲俯視著矮壯的護理師，看著她的小名牌。上面的字飄動起來。她深吸一口氣，努力裝作清醒。「不用，謝謝。我知道哪間病房。我要過去了。」

米純修女臉上依然掛著訓練有素的笑容，「妳知道啊？現在快十點了。訪視時間已結束。」

愛格妮絲沉重地眨一下眼，雙眼望向擺架子的女人。她鼻頭坑坑疤疤，像一顆小草莓。愛格妮絲目光徘徊一會，嘴巴發出同情的嘖嘖聲，讓修女明白她知道。然後她伸出戴著戒指的手，紆尊降貴放上護理師粗壯的臂膀，每個手指動作輕柔，彷彿在彈奏鋼琴。「我來見我父親。」

愛格妮絲口氣飄散著酵母和酸臭味，一股腦吹到護理師臉上。「妳父親叫什麼名字？」修女毫不退縮。格拉斯哥天天讓她見識到形形色色的人。

「伍立……伍廉．坎貝爾。」

護理師原本要查看筆記板，這時手停下來。「喔，我明白了。」她世故的表情垮下，隱藏在其下流竄的各種真實情感。她將筆記板抱到寬闊的胸前，伸出手，輕輕摸著愛格妮絲手臂。愛格妮絲盯著那隻手。

「喔，親愛的。」她溫柔地說，打破官方訓練的態度，「妳父親的狀態……我真的非常遺憾。他是我們最喜歡的病人，真是個帥氣的老傢伙，他沒帶給我們任何麻煩。」說完米純修女靠近愛格妮絲，告密似地補了一句：「但我擔心妳母親。她感覺狀態不大好。那天晚上我原本在確認晚餐是否收拾好，到妳父親病房時，我發現隔簾拉了一半。妳知道，那時間太晚了，隔簾不該拉上。所以我把隔簾拉開，發現妳可憐的母親坐在他身上，想給他點精神。」

小夏吉覺得護理師是個好心的女士。但愛格妮絲不覺得。如果她清醒的話，或如果這好心的護理師手沒摸她的手臂，露出可憐的表情，她也許不會笑。但她喝醉了，而且沒心情面對別人高高在上的樣子，所以她大笑起來。一開始小聲咯咯笑，像是不好意思，後來她笑得發抖，最後仰頭放聲大笑。然後她殘酷地說：「妳嫉妒嗎？」

米純修女圓潤的下巴繃緊，「我的老天！」草莓鼻子扭了扭。「要我提醒妳那是公共病房嗎？」

小夏吉看到他母親握著拳頭。「喔，別鬧了。」愛格妮絲張開嘴，雙眼仍帶著笑意。她靠近她說：「他們在一起將近四十七年，那可憐的女人悲痛欲絕。」她伸出手臂，像是拉開窗簾一樣，輕鬆推開身材壯碩的修女。她腳步卡答作響，沿著走廊來到病房門口。她轉身時，腳跟的鞋釘無恥地刮過地面。「而且我父親是個大帥哥。」

小夏吉從陰影中看著這一切，等她母親推開巨大的雙扇門，進到病房之中。他無聲走到修女身後，她站在原地，目瞪口呆，望向腳步聲的方向。他相信修女現在對那位喪夫的老婦人心中更感同情，因為她女兒居然是個酒鬼。小夏吉戳戳護理師粗壯的手臂，她被身邊無聲的小訪客嚇一跳。

「對不起。」他說，語氣像是訪客寫下的小卡片，「請原諒她這麼失禮。她其實是個好人。」然後他又補了句：「所以，這是要上天堂的人來的地方嗎？」

米純修女因為驚嚇，手仍摀著胸口。男孩穿著合身的西裝，站得非常靠近。他雙手收在背後，像個小老頭，好像他是醫院的院長一樣。她想摸摸他的背，看看他是不是真人。「噢，孩子。你不能這樣偷偷摸摸跑到別人旁邊。」

「我只是用心走路，哪有偷偷摸摸？」他調正細領帶，「可以請妳回答我的問題嗎？」

修女眨眨眼。「天堂？我想是吧。有時候是。」

小夏吉咬著嘴唇。「所以他們也會從這裡下地獄？」

她可以告訴他，其實要看是哪天班，大多數人若在老字號比賽日來到病房，大概都活該直接下地獄。但她上下打量他，這孩子最多不過八、九歲。「不會，孩子。不常見。」她撒個謊。

他好奇伸出手，摸著她口袋垂掛出來的錶鍊。「他們是坐公車上天堂嗎？」她嘴角拉起一絲蔑笑，伸出粗糙的手想摸他的頭。他直覺閃躲，罵道：「請不要這麼做！我才把頭髮分好邊。」他一臉生氣，又靠近她，繼續把玩金屬鍊。

米純修女手尷尬地停留在空中，不習慣處處受制。「你真是個愛整齊的孩子。」

「我媽說精心打扮沒壞處。」

她望走廊一眼問：「所以那女的是你母親？」

小夏吉點點頭。「嗯哼。」他將鍊子繞在手指上，瞄一眼她善良的臉。「沒關係啦。妳不需要喜歡她。她有時候會從廚房水槽底下拿酒喝。其實她喝醉時，真的沒人喜歡她。我爸、我姊和我哥都不喜歡。但沒關係。里克其實誰都不喜歡。媽媽說他有社交障礙。」

米純修女閉上眼，她那雙灰色澄澈的眼睛已見過各式各樣的罪惡和景象。「她常喝酒嗎？」她問。

小夏吉放下鍊子，抬頭望向她深鎖的眉頭。「我應付得來。我會買東西，確保她準時上床睡覺。而且修女護理師，妳一直沒有回答我的問題。我媽跟我說，外公很快要上天堂了，我想知道他必須搭公車，還是我們可以坐計程車？」

修女的手從心口移到喉嚨，「噢，孩子。不是這樣的。他們不會搭公車離開。我的意思是，他們有時會搭一台大黑車。」她摸著脖子上的肉瘤，像項鍊一樣扭著。「但大家上天堂時不會帶著身體。」

小夏吉張著嘴，下唇往前伸，略有所思。他右眼閉起，露出難以相信的表情。「他們不會帶走心臟嗎？」

「不會。」

「他們不會帶走眼睛。」

「對，不會。」

「他們連手都不會帶嗎？」

「不會，孩子。他們不會帶走雙腿、手臂和鼻子。他們什麼都不帶，因為去見上帝的不是身體，是靈魂。」

小夏吉不知何故，鬆了口氣。護理師看得出來，他肩膀放鬆，如釋重負。他踩著光亮的鞋子轉身，跟隨愛格妮絲留下的香水氣味，步向走廊。他在雙扇門前停下。

「如果身體不會去天堂，別的男孩在垃圾桶棚裡對我身體做的壞事就沒關係了，對吧？」

●

公共病房門砰一聲打開。燈光低矮，光線令人昏昏欲睡。一個個褐色皮膚的男人靠坐在白色病床上。病房遠端，伍立床邊放了一圈橘色的訪客椅。每張空椅上都映著一圈寂寞的燈光，麗茲獨自一人坐在那，穿著灰色大衣、灰色裙子和棕色絲襪，在鮮明的塑膠椅旁，更顯黯淡。

愛格妮絲雙手伸到面前，擺出難過的表情，再將手打開，好像在用詭異的方式逗孩子笑。後頭走廊燈光明亮，像是在格拉斯哥國王劇院表演。她走過病房，讓包包和大衣滑下，拖行在地面上。為了氣米純修女，露趾涼鞋踩到床欄杆上，爬上床。麗茲低頭看著床上的腳，美甲穿出了破舊的黑絲襪，心裡又一陣難過。愛格妮絲上了床，像她的寡婦母親一樣趴倒在沉睡的父親身上。接著她抱住他，像小情婦一樣放聲大哭。伍立動也不動。麗茲從椅子站起，不發一語將女兒的黑裙拉下，蓋住白色尼龍襯裙。

病房門打開一條小縫，小夏吉來了，他滿手都是她的東西。「還好妳的頭牢牢卡在脖子上，不然妳大概也會搞丟。」

孩子的身影出現，垂死的男人再次動了動。有個訪客小姐穿著兩件式羊毛衣，雙臂交叉在胸前，她的麂皮豆豆鞋指向他，一臉排斥。穿西裝的小夏吉走過病房，默默拾起更多母親的東西，像是拖溼毛巾一樣，將大衣拖在後頭。他外婆微笑望著他。那是她週日望著電視，但沒在認真看時會露出的笑容。小夏吉心想，她看起來一點也不難過，表情平靜，彷彿已認了命。他坐在麗茲身旁的空椅上，握著她細瘦的手。愛格妮絲笨手笨腳爬下床。昏暗的燈光下，他外公的臉色看起來像保久乳。他皮膚很薄，如同黃色的捕蠅紙，坎貝爾聳立的大鼻子將薄薄一層皮膚撐得好緊，小夏吉不禁想到雞的叉骨。

愛格妮絲坐在母親身旁另一張椅子上，握住她另一隻手。麗茲說：「訪客時間結束了。」

愛格妮絲搖了搖頭。「媽，這對我來說很難。我一直沒有勇氣過來。」

「妳現在看起來倒是滿肚子的勇氣。」

「我只喝完屋子裡的。全部喝完之後，我就不會再喝了。我甚至打算加入戒酒無名會。」她在說謊，這全是空話。

「我從來都不喜歡戒酒無名會。裡頭都是最低階層的人。神有給妳意志。妳應該用意志來拯救自己。」

家族三代坐在一起，沉默半晌，他們的手連成一線。愛格妮絲廉價的寶石戒指像麗茲的指節一樣又大又藍。她從毛衣袖子中拉出一張衛生紙，擦了擦眼睛，然後遞給麗茲，麗茲擦完後，便給小夏吉，他把衛生紙摺好，避開有睫毛膏和黏液的地方。愛格妮絲伸手進黑色包包，拿出兩罐拉格啤酒。她啵一聲打開，啤酒罐嘶嘶冒泡，她將拉環俐落放回包中。「我覺得我承受不住。所有人都要離開我嗎？」

麗茲從小夏吉手中把衛生紙拿來，小心地遮住啤酒罐側面的半裸女郎。「我覺得他好像才剛從那該死的戰爭回來。現在離開太早了。」

小夏吉看著穿羊毛的女人斜著嘴，嫌惡地看著拉格啤酒。他轉向母親，但他看得出來，愛格妮絲的靈魂並未和他們一起在病房中。她甚至沒聽進麗茲說的任何一個字。小夏吉調整外婆大衣上的鈕扣，將塑膠花轉到正確方向，葉子朝下，花瓣朝上。兩個女人不斷各說各話，對彼此說的充耳不聞，而小夏吉在一旁靜靜等待。

病床上的老人小口呼吸。空氣擠過他肺中的腫瘤，發出嘶嘶的聲音。愛格妮絲氣憤地咬緊下顎，陶瓷做的假牙發出尖銳的摩擦聲，像是兩個餐盤互磨。「早知道就不跟那混蛋夏格離開家了。」她點兩支菸，將一根菸給母親。「爸醒來我會告訴他。」

這句話讓麗茲回過神來。麗茲抽一口菸，小心吹到伍立臉上。「妳父親不會好轉了。」

愛格妮絲拍著床。「才不會。他過幾天就會康復。」

「愛格妮絲！醫生已經說，他再也不能回家了。」

愛格妮絲又喝一口啤酒。小夏吉看著層層睫毛膏化開，黑色的眼淚流下她的臉龐。「為什麼我們只能束手就擒，接受生命中的一切？」

麗茲聳聳肩，「噢，講得這麼委屈有什麼用？」

這句話之後，他們沉默良久。時間愈來愈晚，晚到可稱之為早的程度。羊毛衣女終於離開，後來米純修女替他們拿了不透明的茶杯裝酒，並清走淫穢的拉格啤酒罐。護理師沒再多說什麼，愛格妮絲知道，時候快到了。修女給伍立更多嗎啡，給麗茲一顆冰塊敷嘴唇，然後將厚重的窗簾拉上，遮住他們四人。小夏吉坐硬椅子坐到雙腿發麻，但他也知道抱怨要看時機。

無聲中，愛格妮絲慢慢清醒了。她讀著《自由人》型錄，控制身體的顫抖。她有把其中幾頁摺角，最早是二月摺的，為明年八月開學做準備，小夏吉像雜草一樣快速長大。她倒滿酒，動作緩慢多了，並問母親：「沒有他，妳怎麼辦？錢什麼的？」

麗茲聳聳肩。「那妳又是怎麼過的？」

愛格妮絲望向父親，「我不想說。」

麗茲讓小夏吉靠著她，她舉起手臂，把他拉到身邊。她確認他睡著了，才再次開口：「我必須跟妳說件事，愛格妮絲。我不希望妳大嘴巴。我不希望妳批評我。」

愛格妮絲坐向前。「怎麼了？妳還好嗎？」

麗茲搖搖頭。「我對妳很嚴厲。我知道。」麗茲頓了頓，彷彿她在等愛格妮絲反駁她，但愛格妮絲不答腔。「我從來就不喜歡夏格。但我不該對妳那麼嚴厲。」

「沒關係。妳嚴厲是對的。」

「不，我一直和妳在同樣的處境。我想我只是希望妳不要重蹈覆轍。」

麗茲又看了一下睡著的男孩，並開始述說她的故事。小夏吉緊閉著雙眼，但他沒有睡著，而是仔細聽著她接下來說的話。

麗茲深吸口氣，久久未吐，最後才說：「無論代價為何，愛格妮絲，妳都要繼續下去，即使不是為了自己，甚至不光是為了他們。繼續下去，那就是母親該做的事。」

她拿著灰色頭的拖把，拖過出租公寓的樓梯，不時停下腳步，用雙手擰乾。漂白水和松脂的氣味刺激她的雙眼，她將髒水從樓梯一階階向下推，並把最後一點水推出門口。麗茲拖著沉重的錫製水桶到街上，將汙水倒下坡。衣不蔽體的小孩在汙水形成的小河旁跳來跳去，尖叫嬉戲，不亦樂乎。

同一天，她用愛格妮絲的寶寶錫製浴盆洗被單。她絕不會說出口，但她確實想念洗衣坊。她很喜歡那份儀式感，那裡沒有男人，沒有小孩，女人能在那分享不能在教堂談論的事。她會付錢，到自己的水槽，把窗簾和工作服放到煮沸的水中。髒汙從衣服洗下時，三姑六婆會圍著半圓，將八卦都說入肥皂泡之中。傑米斯頓發生的大小事在洗衣坊全都聽得到。

她知道三姑六婆現在正談論她。現在她們每次都會默默等她將衣物脫水，並開心和她道別。等她一踏出門，她們便會像替老母雞拔毛一樣，將她的名譽撕成碎片。

她搓洗衣服上的髒汙時，水一波波濺出浴盆外。她咒罵自己弄得地板一團亂，但至少不需要再洗他的東西了。至少不需要再為伍立．坎貝爾洗衣。她無法想像用小浴盆洗他大件的連身工作服。褲子一放進去，水全都會溢出來。

麗茲脹紅臉，重重踩著衣服時，發現愛格妮絲在扭動，她有褶邊的襪子正吸著地上的肥皂水。麗茲將她從溼溼的地上抱起，放到餐椅上，重新整理好她頭髮上的天鵝絨結。「妳又餓啦？」

麗茲皺著眉毛，手摸過上方的櫥櫃。沒東西吃，只有幾顆凹凸不平的馬鈴薯、黏答答的豬油和一袋幾乎見底的麵粉，看起來彷彿隨時會消失。她手伸到底層，從空麵包盒後拿出一個舊的皂片盒，輕輕傾斜。三顆偷藏的蛋從盒子滾出。棕色的蛋殼圓渾飽滿，沒有半個斑點。她舀了一勺豬油，並把蛋打到黑鍋子裡，三顆蛋一下鍋，油脂滋滋作響，散發奢侈的氣息。她轉向愛格妮絲，手指放上她嘴唇，要她保守祕密。小孩兒鼓著胖嘟嘟的臉頰，抬頭望著她，她伸出細小粉嫩的手指，摸著麗茲嘴巴，學著母親的動作。

愛格妮絲坐在麗茲的膝蓋上，她們吃著同一盤藏起來的蛋。蛋黃濃稠油膩，麗茲可以感覺得到蛋黃包覆著她的牙齒，看到蛋黃黏住小孩的雙唇。麗茲快樂又滿足，她在膝上逗玩愛格妮絲一會，聽著孩子在街上扮成印第安人玩，普羅旺天然氣公司的警鈴於此時響起，呼籲人員回去上工。麗茲好奇至今依然走向瓦斯塔的工人，心裡是否感到屈辱。伍立說他受不了之前，她記得他心裡的感受。

那是和煦的一天。透過敞開的窗，麗茲聽到扮成印第安人的孩子突襲傻瓜牛仔時，先是壓低聲音，然後發出驚呼和尖叫。但突然之間，聲音變了。孩子們對另一件事感到興奮，他們大抽一口氣，然後揚聲歡呼，街上有個東西飛快接近，遠超過步行的速度。許多人都竊竊私語，傳著同樣的話，像是原始的電報。麗茲小心躲到紗簾後，偷偷瞄一眼。其他女人全恬不知恥地站在敞開的窗前向外望。孩子朝母親喊著片段消息，女人全轉過身，朝背後昏暗的房內分享新消息。

她家門突然傳來敲門聲。麗茲看向愛格妮絲，她嘴邊有著厚厚一圈黃色的蛋黃。她將嘴擦乾淨，湮滅證據。她知道門沒鎖，這門從來沒鎖過。這是棟安全的公寓，全都住著天主教徒。門口不論是誰，一定是個陌生人。麗茲站到玄關鏡前，試著將頭髮整理得有點精神。她在腦中一一清點，確認沒積欠債務。她再次望向櫥櫃的空層架，感覺安全無虞，便打開前門。

透進門口窗戶的藍綠色光線灑在他的身上，像是美麗的塵埃。那人不發一語地微笑，將肩上的背包卸下，那是沉甸甸的長背包，裡面塞滿東西，能直接立在地上，簡直能碰到她的鼻子。她不知道自己為何說這句話。也許她想不到自己還能說什麼。

「那背包最好不是全都是髒衣服。」

他大笑，她事後很感激，感激他只對她大笑，並未讓她的遲疑奪走那天的快樂。「我能進門嗎？」他脫下他的船形帽。

她心下衝擊，無法好好定位這個陌生人。他就像在羅伊斯頓路上出現的陌生面孔，出於禮貌，她會輕輕點頭，但不是真的認出他。不過，麗茲仍退到走廊裡，陌生人跨過門檻。他拖著沉重的帆布包，並關上門，將他的軍帽摺起又攤開，看到桌子旁有雙眼睛望著他。

「是她嗎？」他問。

麗茲只能點頭。他上次見到她，她像豬蹄膀一樣粉嫩，包在坎貝爾奶奶手織的繡花毛毯。當然，他有看過受洗的照片和復活節卡片，但不一樣。這感覺就像他第一次親眼見到她。他凝視著那厚實的黑髮和清澈的綠眼，最可愛的是胖嘟嘟的雙腿。伍立跪下，他哭了，緩緩落下兩行欣慰的淚水，她一定會是個快樂又健康的孩子。他拉開大背袋的袋口，極其輕柔地拿出一個包在手染布中的美麗玩偶，還有一個個鮮豔七彩的小物件，諸如非洲的串珠緞帶和義大利的紙十字架。還有許多條紋包裝的糖果和更多洋娃娃，顏色和樣子都不一樣。她們的膚色和眼睛形狀麗茲這輩子從未見過。愛格妮絲團團擁住伍立放到她面前的東西，最後多到不斷從她手上落下。愛格妮絲靠著他的膝蓋，把玩手中的禮物，他鼻子埋到她頭頂的秀髮中，吸著她髮上甜美的皂香。

伍立跪下時，麗茲便輕輕碰著他，輕得無法稱之為「觸碰」。他後頸是她不曾見過的、濃郁的深棕色，是蘇格蘭糖塊燒焦的顏色，金棕交織，散發甜香。她從他衣領能看到後頸更深處，那裡明顯有條曬痕，下方膚色是健康的金色。她柔情望著他耳後一綹鬈髮，那縷頭髮的髮梢到髮根顯得突出，因為沒有抹到髮油，在陽光照耀下充滿生氣，呈牛角棕，但她不認得那縷頭髮——她不認得他了。她不知道她記憶中深愛的黑色平頭去哪了。她讓那縷頭髮從指間滑下，然後用力塞到他耳後。

伍立這時望向她。他閉起一眼，露出他慣有的斜笑。他是真實的。他回家了。

報紙完全不曾提到，她每天都會確認，有時一天檢查兩次，甚至十次。她從醫院回來時，會去後院綠地的共用廁所，坐在溫熱的馬桶上，讀著戴弗林老先生偶爾遺留在那的報紙。報紙上說，北非的士兵打了一場大勝仗，但也提到來自格拉斯哥、印威內斯和愛丁堡的子弟，有不少已經壯烈犧牲，永遠無法回到家鄉。一張張清單上滿滿的名字。傑米斯頓不過才幾條街，也失去了無數士兵。感覺每週都會有上教堂哀悼喪子的家庭，他們垂頭經過門口。多到她都數不清了。像戈帝先生和年輕的大衛．艾倫，還有科卓瑞兄弟，他們一個才二十二歲、另一個才二十三歲，兩人留下七個失去父親的孩子。

一個接一個，所有可憐的士兵家人都收到死訊，而伍立的消息卻遲遲不來。她曾跟媽媽依索貝說，這為她帶來希望，但依索貝這一生經歷大風大浪。她將最年輕的女兒抱在懷中，叫麗茲先將希望放在一邊，專注在實際的事物上，像是她的新生兒、工作和養活自己。依索貝說：「有希望，便會失望。」

那一切都不重要了。伍立．坎貝爾回家了，麗茲還不知道自己在幹麼，在屋子裡忙進忙出。樓梯間傳來快樂的聲音，她聽得到他們唱誦他的名字，她知道他們不久便會來找他。她將愛格妮絲抱入懷中，帶她到風乾用的櫥櫃，撥開一疊毛巾，拿出藏在那裡的縫紉盒。她默默打開盒子，空氣中瞬間瀰漫馬德拉蛋糕奶油的香甜氣味。櫃子上也有一塊油膩的豬腳，麗茲扯下一大塊肉。她將裝著馬德拉蛋糕的盒子放到愛格妮絲大腿上，兩手都塞了塊油膩的肉塊。「媽媽需要妳待在這裡一會。」她輕輕關上門。

他們會來找他。

麗茲快速脫下內衣褲，她沒親吻他，仍未擁抱他。那些都無法填補她感到的空虛。她彎下腰，靠在木椅背上，抓住扶手支撐。她感到他來到她身後，他原本距離很遠，好像只是在街上跟著她，但後來他碰觸她，親吻她的後頸，她感到他粗魯地插進她體內。棕色的雙手伸來，陌生的手指抓住她蒼白的手臂。他緩緩頂著她，然後加速，不久靠到她身上，像一塊毛毯一樣蓋住她，彷彿兩人融為一體。

他們會來找他。

他聞起來和她印象中不一樣。頭髮中有股柑橘過熟的酸臭味，他氣息雖然香，但像糖蜜一樣，膩到令她排斥。麗茲回頭望他，他雙眼睜開，專注看著她，她很確定那是他。那雙眼依然沒變，夾雜著綠色和銅色，像是金黃色的陽光穿過濃密青綠的山毛櫸葉。

還未生下愛格妮絲之前，伍立有次帶她坐了三輛公車，到開爾文格羅夫美術和博物館。她從來沒進到如此華麗的建築中，她好害羞，差點不敢跟著他穿過美輪美奐的大堂。她感覺自己的鞋子太吵，腳步太刺耳，裙襬太長，從大衣底下露出。伍立不以為意。他伸出粗壯的手臂，替她撥開人群。他覺得自己和拜雷斯路上的教授一樣有權利來這地方。後來他才向她承認，他是修過這裡屋頂的磚瓦，才知道這個漂亮的地方。

那是個罕見的下午。砂岩樓梯最上層展示著一幅畫。那是一幅美麗的油畫，畫中有一條緩緩流動的河流，河岸上有著一棵山毛櫸，秋天的野花讓河岸交織著金色和深棕色。伍立那時朝她微笑，令她忘卻了她的婚紗裙襬。他雙眼閃爍著和畫中同樣的顏色，暗綠色猶如散落的乾草，深棕色就像紅鹿的身體。如今她在那雙眼中尋找她愛的男人，她明白，即使畫框有所變化，畫中的深綠依舊。

遠方傳來稀微的聲響。她全忘了。她夜夜擔心到輾轉難眠，怎麼會忘了呢？

伍立不再頂她。他站直身體，望著角落，彷彿看到遠方來的事物，而且是他不希望看見的。麗茲感到他從她體內滑出。他穿好制服，走向遠端的角落。他攤開手掌，輕手輕腳走去，彷彿躲著的鬼怪會從暗處撲出，從他身旁掠過。嬰兒又叫了一聲。伍立拉開搖籃布簾，嬰兒大聲呀呀叫著。

她永遠不會忘記他臉上的表情。他回頭，從寬大的肩膀上方凝視著她，前門終於打開了。大家連敲門都省了。工會的人一轟而上，腳步和歡呼聲傳來，他們的妻子隨之湧入，拿著一盤盤三明治和剩半瓶的麥肯雷威士忌。她只來得及放開椅子扶手，站直身子，第一罐甜心黑啤酒便砰一聲噴出。他像演啞劇一樣抱著同袍時，綠色和琥珀色的雙眼不曾離開她臉上。她唯一能做的就是越過歡欣鼓舞的人群，用嘴形對他說「對不起」。

後來等最後一個祝賀者離去，他們拉上厚窗簾，爬上凹陷的床。他說他累了，但麗茲感覺得到他清醒地躺在她身旁，渾身散發熱騰騰的酒氣。她不知道自己的羞恥心是不是也一樣蒸騰。他們沒有對談，僅僅躺在床上，沒有碰觸彼此，他感覺比在埃及時離她還遙遠。

她早上醒來時，他已經換上羊毛西裝。褲子現在變得很寬，有點老派，她看得出來，外套穿在他身上比以前更鬆垮。他找到偷藏的罐頭肉和豬腳，還有雜貨店老闆給她的馬德拉蛋糕。他試著餵女兒一口罐頭肉，每次她拒絕，他便會大笑，再給她吃一口馬德拉蛋糕。

她不喜歡看到他拿著那骯髒的食物，腦中浮現瘸腿的奇菲洛先生，但她想不清楚一切究竟是如何開始。一切都如此見不得光。只是為了多拿幾顆蛋嗎？比配給的量再多給一點點？還是麵包末截多出來的那部分？她該如何向伍立坦白？

奇菲洛的小男孩就在角落，發出輕柔的咯咯聲響。伍立背對著孩子，好像他聽不到一樣。

她走到布簾後，伍立看也不看她，站起身，重新扣上外套，親吻愛格妮絲道別，然後他把舊嬰兒車上裝著乾淨床單的布袋拿下。麗茲看著他將小男孩從搖籃抱起，嬰兒粉嫩的手臂伸向他，彷彿熟悉且信任著伍立．坎貝爾身上深深散發著善意。麗茲看伍立將嬰兒放到嬰兒車，溫柔地把針織毛毯塞到下巴。他轉向門口。

她感受到什麼，不禁踏向前，手放在嬰兒手的握把上。「你要去哪裡？」

「出去。」

「你會回來嗎？」

「當然會。」他聽起來很訝異。

她感覺自己若哭了，便再也停不了。麗茲放開握把。「對不起。」她低聲說：「我多拿了肉。我們吃得很好。我不知道。我、我不知道你會不會回家。」

「我明白。」他只說這三個字。

她開始哀求他。「我發現之後，吃了我手邊所有阿斯奇藥粉[17]。吃了好大一把。但就是、就是太遲了。」

「我不需要知道，麗茲。」他捧住她的臉，親吻了她。自從他離開時，在聖以諾車站和她吻別，

---

17 頭痛藥粉。

這是他歸來之後第一個吻。她從來不讓奇菲洛先生親她，她覺得自己必須告訴他。

他說：「對不起我去了這麼久。」然後伍立接過嬰兒車和陌生孩子，走進和煦的春天早晨。

那是她感到最漫長的一天。

伍立在街燈亮起之前回來，麗茲在窗邊徘徊一整天，彷彿聽得到他走在薩拉森街上，一整路都吹著口哨。戴弗林太太後來告訴她，他嚇了她一大跳，因為起初看到他金黃黝黑的皮膚，還以為他是印度人。然後她說，他唱著歌跳上樓梯，在欄杆上盪呀盪，好像是佛雷．亞斯坦[18]上身一樣。

他來到門口時，身邊沒有嬰兒車，沒有毛毯，也沒有陌生的小男嬰。他將妻女抱到懷裡，麗茲聞得到他身上有清新冰冷的空氣，像是遠方曠野的氣息。

伍立晚餐胃口大開，他吃了兩大碗豆子湯，湯裡有厚厚一層奶油，還有鹹羊肉條。麗茲無法告訴他食物是哪來的，或她是如何付錢的。她很慶幸他也不過問。

那天晚上在布簾下，她依偎到他身旁，撫摸著他手臂的粗毛。她轉向他，問小嬰兒去哪了。

伍立將她拉近，用布滿斑點的雙眼凝視她，他只說四個字：「什麼嬰兒？」

16

愛格妮絲不斷思考母親告訴她的事。那幾天，直到父親過世，這件事一直縈繞在她腦中。肺癌終究帶走了他，伴著肺中唏哩呼嚕的聲響，一路到生命的盡頭。

他們在三月一個潮溼的日子，將伍立．坎貝爾埋葬在羊丘墓園後方的緩坡上。愛格妮絲清醒時會為父親哭泣。然後為自己哭泣，她嫉妒著，夏格從未像伍立愛麗茲那樣愛著她。

喝醉時，她會打電話給母親，向她抱怨她破壞了她對父親的回憶。什麼樣的男人會帶走一個嬰兒，讓他直接消失在世界上？但父親過世後一個月，母親也過世了，她再也沒人能罵了。

伊莉莎白．凱薩琳．坎貝爾穿著拖鞋過世。

愛格妮絲打給格拉斯哥計程車隊，哀求他們開到礦坑口載她到醫院時，麗茲已投入天使的懷抱一個半小時。愛格妮絲悲痛欲絕之下，直直走上寂寞的礦坑路中央攔截計程車。等終於看到車燈，便整個人撲倒在泥土路上。

她到達醫院時，警察告訴愛格妮絲，肇事的公車司機情緒崩潰。「他是個好人。」他們說：「好幾年來都認真在公車公司工作，沒有不良紀錄。」只是他沒料到老婦人會向後走下人行道。他根本不想撞死她，但她直接後退走到馬路上，肯定是想自殺。警察是這麼說的。

警察雙眼藏在帽簷的陰影下，愛格妮絲知道那雙眼在打量喝醉的她，好像在說，不管是哪個母親，碰到如此卑劣的女兒，都會寧可走上絕路。他們眼神冰冷，話語則十分溫暖，一點也不相稱。「這種事很常發生。」他們接著說，彷彿麗茲會懦弱地選擇自殺來了結一切。她母親絕不可能自殺。她是個虔誠的天主教徒。愛格妮絲最清楚。

那個星期，殯葬業者將麗茲送回家，愛格妮絲將遺體放在母親臥室中，讓親友瞻仰遺容。里克幫她將雙人床立起靠牆，空出位置給支架和小巧的棺材。他們的床墊靠在牆邊，愛格妮絲知道，床墊永

18　佛雷．亞斯坦（Fred Astaire, 1899-1987）為知名美國演員、歌手和舞蹈家，被譽為是電影界最偉大的舞蹈家。

遠不會再放平了。她從衣櫃裡拿出床單，蓋住床墊，像是美好回憶的幽靈如今已經死去。她還沒服完父親一個月的安魂彌撒，現在卻已站在過世的母親腳邊。她打從骨子裡想喝酒。

愛格妮絲獨自坐在麗茲的棺材旁，用她顏色最深的頭巾蓋住自己的頭，並在這個月第二次穿上同一件黑色針織洋裝。塞特丘公寓現在在她腦中沒有美好的回憶了。先是父親過世，現在母親也過世了。她這次也不在地毯上鋪紙板，直接任弔客踩踏。

麗茲在棺材裡看起來好嬌小。殯葬人員在她額頭的皺紋塗上厚妝，用一條絲布蓋住她不成形的雙手。愛格妮絲將她的《聖經》繞上聖猶達像的項鍊，放到絲布上。她和那些都沒關係了。

愛格妮絲交代殯葬人員，讓麗茲換上她禮拜時穿的橄欖色套裝，頭髮要染到髮根。殯葬人員請她準備一頂帽子，蓋住母親頭部的傷，她給對方一張照片，說母親頭髮要綁成緊緻的玫瑰花編髮，並從側面框住她的臉。殯葬人員盡他所能，讓她面露平靜，但因為臉上有一層厚蠟，反而不像她真正的樣子。她雙頰沒透露著快樂，小鼻尖沒有淡淡的紅色。愛格妮絲親吻她，並哭著求她原諒。

她哭乾淚水之後，再次坐直身子，聽著公寓隔壁傳來的嗡嗡電視聲。她脫下最後沒當的耳環，輕輕戴到母親的耳垂。「我知道這跟妳的衣服不配。」她將一綹綁緊的鬈髮蓋住左邊耳環。「至少爸看到妳，他會大笑一場。」

她伸出雙手，將麗茲的胸章調正。那是個聖母子胸章，南．佛蘭尼根特別從盧爾德帶回來的。「可憐的南。她應該要好好看著妳。」她吐口氣，「妳為什麼非得做這麼愚蠢的事？」

愛格妮絲拿起一團衛生紙，吐點口水，擦了擦母親的顴骨。厚重的妝文風不動。「我這次不做起司三明治了，會做罐頭鮭魚三明治。可以嗎？我不喜歡爸爸葬禮時起司三明治放一整天，邊都變硬了。那些不知感恩的人竟然翻白眼，安娜．歐哈娜那傻妞還噘嘴。我甚至聽到朵莉對她老公約翰說：『這麼多人大老遠從多尼哥郡來，三明治裡甚至連片肉都沒有。』」

愛格妮絲拿出明亮的口紅，塗上母親的薄唇。她抹了一點在拇指，當成腮紅塗到母親憔悴的雙頰。她想將翠綠的衣服拉平，但怕會動到麗茲的頭，所以只用叉梳的末端，輕輕梳理她頭頂褐色的鬈髮。「好了，臉頰有點生氣，好看多了。」這句話令她哽咽。

愛格妮絲待在母親身邊一整夜。在潮溼的四月早晨，他們將麗茲的棺材放到伍立上面的空位。土地潮溼。他們必須先將墳裡的水抽出，才將她放到她丈夫上方。

埋葬完之後，愛格妮絲將三明治包在紙巾中，讓小夏吉繞房間三趟，直到一個個黑色的手提包都裝滿三明治，散發熱鮭魚和奶油的氣味。就算大家向小夏吉說不用了，愛格妮絲依然堅持小夏吉拿著堆滿厚肉的漂亮盤子，一次次拿到他們面前。

●

他們從喪禮會場回家時，已經很晚。礦工的妻子仍靠在鬆落的柵門前，在雨中休息。她剛才很清醒，因為害怕死去的母親在看著她，但現在她站在里克旁邊，享受琥珀色特釀啤酒的香甜滋味，並滋潤自己的心。

愛格妮絲站在里克身旁俯視著，他打開素描本。從夾在後面的信封，攤開一張長紙條，上面寫著無數數字。他一面尷尬地偷偷遮住轉盤，以免她看到，一面緩緩撥出一長串非洲的電話號碼。就在眼前，那就是凱薩琳絕不希望她擁有的號碼——那讓她感到深刻的寂寞。

她豎起耳朵，盡可能得到更多資訊，但里克說話言簡意賅。她想聽到凱薩琳的聲音，但在礦坑口潮溼的走廊上，愛格妮絲只聽到細微的聲響，彷彿空中有一隻美麗的金絲雀。她想像凱薩琳四周都鋪滿厚地毯，上面有著熱帶奇花異卉的圖案，那些花朵記載在她永遠不會讀的書中，她這輩子永遠不會知道花名。在她心中，她希望女兒快樂，希望凱薩琳會找她，希望里克會將電話交給她，她就能親口跟她說，她多希望她回家。

「凱薩琳，是我，里克。」他說：「對不起。這是媽的電話。對。她其實也在，她就站在我旁邊。」他狐疑地上下看了看愛格妮絲。接著他停頓一下。愛格妮絲聽到凱薩琳提高音量，語氣激動。「別擔心，我絕對不會。我答應妳我不會了。」

「妳喜歡南非嗎？」他又停頓，「喔，他沒事。差點死在礦坑裡，但他沒事。他還是有點怪。妳知道，超怪。」他彎著手腕，口齒不清朝電話說：「基基和甲甲的那種怪。」

話筒另一端傳來笑聲。愛格妮絲戳他。「對，總之凱薩琳，小唐諾在嗎？不是，我才沒有在打探什麼。只是有個壞消息。就是，唉，外婆過世了。」停頓好一會。

愛格妮絲用嘴形說：「她在哭嗎？」

里克朝她揮揮手。「上星期。她被一輛民營公車撞到。事情發生得很快。她腦袋不清楚。好，對。不是。聽著，我不知道要怎麼說，但外公也過世了。我沒在開玩笑。我發誓。我們不想讓妳難過。三個多禮拜了。」他接下來都說得咬牙切齒。「其實是我決定不要告訴妳的，這就是被留下來面對他媽一切鳥事的好處，可以自己做所有鳥決定。」又停頓半晌。愛格妮絲覺得自己聽到凱薩琳在哭或在道歉，也許兩個都有。「所以妳要回家嗎？喔。喔。好。喔。沒問題。唉，那就恭喜了。」

愛格妮絲用嘴形問：「她要跟我說話嗎？」並盡量掩飾自己的期待。

里克嘆口氣，「聽著，凱薩琳，妳想跟媽說兩句嗎？清醒。通常啦。很難過吧。好，我再跟她說。好。不會。我可以理解。隨便妳。謝了。」他說完便掛上電話。

愛格妮絲雙手伸在身前。電話掛斷之前，她都沒發覺自己已出手搶話筒。里克只聳聳肩，朝地毯說：「她太難過了，不想聊。」他揉著痠痛的下巴。「他們晚餐吃南非香腸。用木棍插著，還有水果片。很噁心吧？」

17

她身體掛在床邊。從她身體古怪的角度，小夏吉看得出來，酒精像輪轉煙火一樣，讓她轉了整晚。他將她頭轉到側邊，以免她被嘔吐物嗆到。然後他將拖把的水桶放到床邊，溫柔拉開潔白洋裝背後的拉鍊，解開她的胸罩扣。他通常也會替她脫鞋，但她沒穿鞋。她雙腿白皙，光溜溜的，不像平常穿著黑色絲襪。蒼白的大腿上有新的瘀痕。

小夏吉拿了三個茶杯來。一杯裝自來水，潤滑她龜裂的喉嚨；一杯裝牛奶，舒緩她胃酸；一杯裝著他從屋子各處找來剩下的特釀和黑啤酒。他用叉子把酒全攪成泡沫。他知道這是她會先伸手要的，這杯能讓她骨頭不再哭泣。

他彎身向前，聽她呼吸，聞到飄著香菸和睡眠混雜的惡臭，於是他走到廚房，裝了第四杯清潔劑，給她漱口。他從「神聖羅馬帝國教皇」作業本撕一頁下來，用鉛筆寫上：「危險！牙齒清潔用。不要喝。不要不小心吞一小口。」

他聽到前門輕輕關上。里克工作又要遲到了。他總是拖拖拉拉，不想離開他像繭一樣安穩的床。只要在被子下，他的一天依然美好。小夏吉從窗簾縫朝外望，看到哥哥駝著背，慢慢沿著路走向前。最早出門的礦工小孩也已出發上學。提早到學校水泥操場踢足球的學生，就是平常無聊會圍住他，欺負他的同一群人。小夏吉找到母親的藍圓珠筆，像會計一樣清點自己的作業表，最後用草寫簽上她的名字「班恩太太」。字跡看起來很奇怪。

收音機時間顯示還早，還能偷偷摸摸溜進早晨彌撒，於是他從凳子上轉身，雙手交握，耐心等待。梳妝台整齊乾淨，正如她喜歡的樣子。她身體不抖的時候，會把小珠寶盒的珠寶全倒出來，不管是否值錢，她都會擦拭乾淨。有時她會把珠寶都倒到梳妝台上，兩人會玩珠寶店的遊戲。她會拿一排耳環和項鍊給他搭配，看他能變出什麼新配法。她還沒把最美的珠寶當掉之前，搭配起來容易多了。

他看著她鏡中的倒影，熟睡的她背部上下起伏。小夏吉打開睫毛膏，用黑墨塗滿校鞋灰色的裂縫。然後又拿起睫毛膏，刷自己的睫毛。眼睫毛從他臉上飛翹，相當美麗。愛格妮絲忽然從床上站起，像是遊樂場的骷髏。他趕快把睫毛刷塞進瓶子，但塞不進去，便偷偷把睫毛膏藏到梳妝台後面。

但愛格妮絲沒在看他。酒從喉嚨湧上，害她從床上跳起。她站在床邊一動也不動，半邊乳房掛在黑色胸罩上，而胸罩也只是掛在昨天的衣服上。接著她人倒到床邊，彷彿想跪地進行睡前晚禱。

她的孩子去上學了。她知道他本來像地縛靈一樣站在床旁，注意著她，但她睜開眼時，他已經不在了。她撐起身子，坐在床邊，水桶放在雙膝間，試著緩和頭上的陣痛。嘔吐湧上胸口，她頭伸向水桶，背像嗆到的貓一樣弓起。她將記憶一點一滴拉回腦中，慢慢檢查腦中殘留的畫面。椅子、時鐘和空蕩蕩的房子。她看到自己從廚房走到客廳，再回到廚房，然後跪到地上，用指甲摳著踢腳板的髒汙。她又看一下時鐘，接著社區的燈亮起，窗簾拉開，孩子放學回家了。

除此之外，她腦中的畫面像衣服一樣在晾衣繩上飛舞。還有電話、計程車，和賓果遊戲，她獨自坐在座位上，喝了又喝，賓果沒贏，然後她又喝，又沒贏。她旁邊的女人問她是否還好，愛格妮絲問她有沒有小孩，女人回答沒有便轉開身子。她搭計程車回家，不是夏格的車，車停在封閉黑暗的礦場門口。然後她放聲尖叫，滿鼻子都是他鬍後水味，最後心裡只剩恐慌。

嘔吐物一擁而上，來得又快又猛，她面色脹紅，嘔吐傾注而出。她噴得手上、床邊和地上的黑色塑膠袋都是。她將沾滿黏液的手垂在床外，躺回枕頭上，大口抽著氣，好像要淹死一般。她動作輕柔膽怯，用乾的手撫過床單，向下伸到雙腿間輕輕按著自己，感到疼痛。接著她又吐了。

過了良久，她才有足夠的力氣坐起。她恨不得洗個熱水澡，但瓦斯錶已經剩一半了，代表洗澡水只會是溫的。在不深的水中，她看到大腿內側有著紅色的擦傷，還有鬆餅一般大的黑色腫脹瘀青，彷彿在白色的肌膚下，那裡的血肉已經瀕臨死亡。水很快就涼了，她擦乾身體，穿上乾淨的毛衣時全身都在打顫。她用盡全力噴了髮膠，在雙眼塗上藍色眼影，接著便坐在扶手椅中，像莊嚴的蠟像一般僵在椅墊上。

門口傳來輕快的敲門聲，接著長指甲劃著門，似乎有人不顧一切想打聲招呼，但愛格妮絲仍動也不動。「愛格妮絲！愛格妮絲。是我啦。」金媞．麥克林契人都站到椅子旁了，這才問：「能讓我進門嗎？」她低頭看著僵在位子上的女人，牙齒抽著氣，尖聲一笑：「噢，親愛的。妳看起來才剛洗澡。我也這樣過，過來人啦。」

礦坑口姊妹中，她是唯一身上有濃郁晚霜香氣和伊麗莎白雅頓香水的女人。她在大太陽下綁著頭巾，腳像孩子一樣小，喜歡穿著舒服的平底鞋。金娓戴著聖克里斯多福像的吊牌，而且她在譴責別人的時候，總會以《聖經》發誓。如果酒讓愛格妮絲變得憂鬱，充滿懊悔，那酒就會讓金娓變得尖銳且一針見血。她喜歡坐下來，矯正世事，譴責別人。兩罐啤酒下肚，她會像果醬大賽中吹毛求疵的評審一樣瞇起小眼睛。她是個煩人精，據說社區每一戶都會把她趕走。

金娓望著愛格妮絲，同情地搖頭。「我去烤乾麵包好不好？」她脫下她花朵圖案的頭巾。

愛格妮絲無聲點點頭，她嘴角客氣的笑容支撐不了多久。金娓自己進了廚房，雖然麵包就在烤麵包機旁邊，愛格妮絲聽到她翻遍櫥櫃找酒喝。她看不到最上層的櫥櫃，所以像激動的小狗跳上跳下，平底拖鞋啪答啪答落在硬油氈上。

過一會，金娓拿一片棕色硬麵包回來。「昨晚很糟是不是，親愛的？」她用孩子般的尖細聲音問，目光巡迴著房間。

「對。」

「是啊，唉，親愛的。我不能久留。我不能久留。我只是來喝杯茶。還有事要忙。」她脫下大衣坐下，一臉期待。

愛格妮絲試著把盤子放到椅子旁，但她手不斷顫抖，麵包落到地上。

「哎唷、哎唷、哎唷。看妳這狀態。妳怎麼把自己搞成這副德性。」

愛格妮絲雙手伸到臉上。她頭疼，雙臂痠痛，感覺全身是傷。

「好了，沒事了、沒事了。我不想看妳這麼痛苦。」金媞斜著眼瞄著她，抽抽鼻子。「我想妳家裡沒剩酒了，是吧？」

愛格妮絲知道金媞翻遍櫥櫃，早已心裡有數。「我想廚房水槽底下還有最後一罐。在袋子裡，漂白水後面。」她腦袋昏昏沉沉。

金媞鼻子又抽氣。「我們要不要喝一點？妳知道，就是讓妳感覺好點？」

愛格妮絲點點頭，金媞膝蓋咔啦一聲，從沙發彈起，簡直是蹦蹦跳跳進了廚房。如愛格妮絲所料，她輕而易舉找到啤酒，並拿了兩個沖乾淨的茶杯。她把茶杯放桌上，用小指拉開特釀啤酒拉環。泡沫自罐中湧出，她專業地各倒半杯，伸出蒼白的手指，滑過空罐邊緣，沾起剩下的白沫，像鮮奶油一樣放入嘴中。

「喔，好喝。」她靜靜讚嘆，「我想我們不用喝茶了，喝這個就好。」她雙眼朝旁邊瞄。「我平常是不會喝的，但妳看來需要喝一點，我最討厭看到神的孩子受苦。」

像在扮家家酒一樣，金媞雙手捧杯拿給愛格妮絲。愛格妮絲接下杯子，放到嘴邊，喝一小口。她感到嘔吐物一陣攪動。她又喝一口，照習慣把杯子放到椅子另一端偷偷藏起來。

金媞拿起茶杯，喝一小口。她發出快樂的聲音，又喝一口，接著一口接一口。兩個女人沒再多說任何一句話，專注喝酒。愛格妮絲感到啤酒將嘔吐物推回肚中，骨頭的顫抖舒緩不少。她伸手摸著自己柔軟的大腿，心裡漸漸燃起怒火。

小口啜飲一陣，酒杯見了底。「好了，唉，我不能久留。」金媞拿出手巾，擦掉空杯邊的口紅印。「再喝一罐會感覺好點嗎？」她抽了抽鼻子。

愛格妮絲虛弱點點頭。

金娖不懷好意的雙眼瞇起。「我在水槽底下沒看到更多罐。妳有其他藏酒的地方嗎？」

愛格妮絲想一下平常放酒的地方，諸如浸入式熱水器後面或最高的衣櫥上面。她最後搖搖頭。

「喔！好吧，反正我不能久留。」金娖語氣失落，接著嘴巴緊抿。「但妳看看妳。妳看起來好像我丟下妳，妳就會死掉一樣。還是妳有錢嗎？我想我是可以去店裡一趟。」

愛格妮絲手伸到座位旁，拿起皮包。裡面是空的，只有口香糖包裝紙。她又想到計程車司機和黑暗的礦場，心中再次燃起怒火。

「親愛的，週二補助都沒剩？」金娖失望地說。

愛格妮絲搖搖頭。

金娖．麥克林契在她座位緊張地扭動身子，好像長痔瘡一樣。她看著愛格妮絲，再看著空杯。最後她嘆口氣，然後抽抽鼻子。「好吧，我來看看我皮包好了，嗯？」

身材嬌小的女人將她皮革大包從地板拿起，放在自己細瘦的大腿上，整個人好像要爬上去似的。愛格妮絲聽到底層有鑰匙和錢幣的聲音，然後聽到液體可口的碰撞聲，金娖拿出三罐常溫的嘉士伯啤酒。「妳可以晚點再給我錢。」金娖打開一罐，重複倒酒、等泡沫消掉、用纖白手指沾泡沫的動作。她們喝到第三罐，才終於感覺找回自己。

「我昨晚在女兒家。妳真該看看她家那樣子。」金娖用她的舊手巾擦擦鼻子。「我照顧一個腎都爛掉、成天無所事事的王八蛋，我家還是打掃得乾乾淨淨。」

「新寶寶怎麼樣？」愛格妮絲問，但興趣不大。

「還好。我想還可以啦。她盡心盡力愛著那小傢伙。」金媞語氣失望。「當然她現在補助金拿更多了。我跟她說，她應該要留一點起來，雇個清潔工。髒透了。老實說，我有時候看著她，我都不知道自己養大什麼。」金媞愈說愈激動，「她的踢腳板上有厚厚一層灰。她還看著我，好像在說：『媽咪，妳難道不幫忙嗎？』我直接轉頭跟她說：『我孩子都已經養大了。我的工作結束了。』」金媞的手在空中一刀斬下。

愛格妮絲難過地點點頭。她很喜歡子孫滿堂。她好希望屋子裡再次住滿自己的孩子。

金媞繼續說：「吉利安最大的孩子那天叫我外婆。我差點沒把他舌頭割了。我原本是不介意的，但他奶奶要他叫她『雪莉』，我才不要在耶誕節成為唯一的老太婆。」她拿起酒，探頭望了愛格妮絲酒杯裡一眼。「嘿，妳這麼安靜幹麼？」

「我？」愛格妮絲問。「沒事。」

「愛格妮絲，我也許是酒鬼，但妳真是個大騙子。」

兩人沉默半晌，各自喝著酒。最後愛格妮絲靜靜問道：「金媞，如果我跟妳說件事，妳能保密，不跟任何一個人說嗎？」

金媞雙眼像珠子一樣閃爍。她在心臟前畫十字，只不過她搞錯邊了。「用我性命發誓。」

「我昨晚斷片了。」愛格妮絲接著告訴金媞賓果場、計程車和司機停進礦場門口的事。她拉起毛衣袖子，給金媞看強暴犯在她雪白皮膚上留下的指痕。

身材嬌小的金媞發出嘖嘖聲，搖了搖滿頭鬈髮。「爛貨。對一個無法抵抗的女人做這種事。這世界到底怎麼了？人跟人總是互相占便宜。那種事在我們那年代從來不會發生。以前的人會逮到這隻臭豬，叉在柵杆上，拖過特隆門。」她伸出枯瘦的手指，比了一下尖銳的柵杆，作勢插進那人屁股。金媞拿出手巾，擦了擦鼻子。然後再用手巾擦去最後一罐啤酒上的灰塵。兩人哀傷地望著酒罐。「妳沒辦法弄點錢嗎？」

愛格妮絲望著最後一罐金黃色的酒倒入杯中。她在腦中查看了電視錶、瓦斯錶和電力錶，全都是空的。「沒辦法。」她難過地說。

「妳有哪個男生朋友能聯絡嗎？」

愛格妮絲想到身上的傷，「沒有。」

金媞默默坐在位子上，享受最後一點金黃色的酒液。「打個電話給那傢伙怎麼樣？」她問，「妳知道，就那個長髮都梳後面的小子。」她比一下足球員和明星最流行的捲鯔魚頭。「我聽說他不缺錢，而且喜歡喝酒。」

「誰？」

金媞想一下。「蘭伯。對，就是這名字。我們可以打電話給他。」

向所有人問起，礦坑口的這群親戚都會異口同聲說，伊恩・蘭伯是個被老婆拋棄的礦工，後來他連礦坑的工作都沒了。解雇金雖少得可憐，但他也沒有女人要養，於是他把錢全都藏在床下。其他礦工要嘛把錢都喝掉，要嘛拿來養孩子、買新衣，而蘭伯卻仍守著養老金，去外頭打零工，修理租用電視。大家說蘭伯是個很孤獨又無趣的男人，不會出現在羅曼史小說中。他理了個足球員流行的鯔魚頭，但還是看起來像營養不良的小毛頭。雖然他長相不帥，她們依然會拿一盤盤烤馬鈴薯燉肉以及一碗碗冰肉湯給他。大家說他是個好人，自己獨自生活，礦坑關閉之後，他仍努力工作。她們讓他吃點剩菜，圖的就是他留下的礦坑解雇金能養她們的孩子一年以上。

金媞又插嘴道：「我們可以辦個小派對。就我們三個人。」

愛格妮絲看著空杯，內心一陣驚慌。她點點頭。

金媞像隻受驚嚇的貓，快步走去。她從鋪了黑色坐墊的電話桌拿出電話簿，舔了舔細小的指頭，翻過「L」的部分。她大聲念道：「L、L、姓蘭伯。名是伊恩。」金媞檢查了地址，確定是蘭伯之後，便撥號了。電話聲響起時，她清了清喉嚨。那是週四午餐時間，男人的聲音從話筒傳來。

「喂，蘭伯。」她用最標準的口音說話，「我是金媞啦。對，沒錯……我住在社區另一邊。你一定認識我丈夫約翰。我通常都是跟瑪莉・麥克魯一起。對，沒錯。」她頓了頓，「瑪莉？她煩寧吃到嚴重上癮，對。我知道，真的很可憐。她也是個漂亮小妞。我最後一次聽到的是她去布萊斯伍廣場站壁了。對，但人各有命，對吧？但你知道默默小酌是可以，賣身換處方箋又是另一回事，對不對？真難過。她開始吃那鬼煩寧的時候我也在場。對，很可怕。」金媞抽抽鼻子。

「總之，我打電話給你是想問你要不要來我朋友家小酌一下。」她又頓了頓，「對，有點早，沒錯。只是她很漂亮喔，我一直想介紹你們認識。對，愛格妮絲・班恩。對，沒錯，你就想像成伊莉莎白・泰勒，但比較蒼白一點。」金媞興奮地朝客廳微笑，作勢叫愛格妮絲去上點妝。「所以你要來嗎？好！蘭伯，我原本不想多說的，但憑我們交情，你能不能帶點酒？對，我們喝完了。對，她超美。打扮乾淨，說話風趣……對，我們三人的小派對。帶個六罐啤酒和半瓶烈酒。喔，然後再看你想喝什麼。記得，就是靠角落的那棟。」

金媞掛上電話，告訴愛格妮絲，他說他一小時後到。她收拾空菸盒和拉環。「親愛的，如果我是妳，我可能會梳一下頭髮，蓋住傷，把自己打扮得更吸引人一點。」

她們焦慮地等了一個小時，蘭伯終於到了。金媞請他進門。他坐在沙發邊，像個青少年手撥著時髦的飛行夾克。愛格妮絲看得出來，社區關於他的傳言都是真的。金媞替兩人介紹，並接下他手中沉重的塑膠袋。

「很高興見到妳，愛格妮絲。」他露出一排乾淨整齊的牙齒說。

愛格妮絲盡可能聚集她身上的每一絲魅力，「謝謝你來找我們。在這個荒蕪的地方，要自己找樂子很難。」

「對啊，像我這樣的人，也不是每天都有像妳們一樣美麗的女人約。」蘭伯說。金媞喜孜孜地尖聲淫笑。

愛格妮絲聽過更好聽的屁話。她坐回扶手椅。「所以你們不是親戚？」她問，「我在這社區，還沒遇過不是金媞親戚的人，不是有血緣、婚姻，就是有小孩。」

「不是，我想我前妻跟麥蓋文尼家族好像有關係。我是姓歐哈拉。我們一般是住在社區靠泥淖那區……平頂屋那一帶。」

「那些孩子沒因此畸形真是不可思議。」

蘭伯聽了這侮辱，一笑置之。「對啊。這大概就是妳是眾人焦點的原因。畢竟妳是社區新血嘛。」

金媞從袋裡拿出半瓶思美洛伏特加，倒了三大杯。除了伏特加，她又加進了鮮豔爽口的鐵釀牌汽水[19]。杯中酒冒著泡，滋滋作響，看來像薑汁汽水一樣無害。「喔，我不能久留。」她抽了抽鼻子，吞一大口。

蘭伯抽捲菸，他將菸草撒到菸紙上，伸出粉色的舌頭舔溼菸紙邊緣上的膠條。「而且我之前就見過妳。」他對愛格妮絲說：「我一直以為妳一定名花有主。畢竟妳這麼美。」他把第一支菸捲好，遞給金媞。

「儀容打理整齊沒什麼不好——」

「她離婚了，過著快樂的單身生活。」金媞打岔，「她很幸運。每天晚上身旁少了塊會打呼的肥肉，哪個女人不想要這種生活。對不對，親愛的？」

「聽起來像個真正的女人。」蘭伯說。

愛格妮絲心想，他這麼年輕，哪知道真正的女人是什麼樣，但沒說出口。她慢慢喝一口酒。純淨的伏特加入口，像漂白水一樣。蘭伯第二支菸舔得非常慢。愛格妮絲看到他指甲非常乾淨，耳朵和脖子紅嫩，彷彿剛洗熱水澡。「我是說，拜託！男人還是有些用處的吧。」他色瞇瞇地說。

這句話逗樂金媞。她小巧的雙腿一盪，像小女孩一樣咯咯笑著。「他媽絕對沒用。」她尖聲說。「愛格妮絲，你有聽到這骯髒的傢伙耍嘴皮子嗎？他以為我們昨天才出生。」伏特加酒一下肚，她雙頰紅潤，能看得到分岔的血管。「蘭伯，你最近有在跟誰約會嗎？」

「有，有幾個女的。」他看著愛格妮絲說：「我還在戀愛球場上遊走。想說暫時不要那麼認真。」

他朝她眨個眼。

19 鐵釀牌汽水，英文為Irn-Bru，是蘇格蘭威士忌之外的國民飲料，銷量可以和可口可樂相比。

「噢，男人他媽都一個樣，是吧，愛格妮絲？就連小寶寶，他們也會躺在床上，讚嘆自己的小玩意。」

「妳呢？」他問愛格妮絲：「妳最近有跟人約會嗎？」

金媞興奮不已，雙膝打個圈子，替愛格妮絲回答。「她！」她尖叫道：「這小妞根本是格拉斯哥計程車司機專屬的傳播妹了。」

愛格妮絲感到這幾個字刺痛她身上的傷。但她還是舉起酒杯，點點頭，難過地接受這名號。

金媞從嬌小的腳邊拿起塑膠袋，殘酷地補一句：「如果你不是計程車司機，這小妞可沒興趣。」

「是嗎？」蘭伯說。他又直接望向愛格妮絲，皺著眉頭難過地問：「目前為止順利嗎？」

金媞又打岔，「這她也沒辦法。是詛咒！她聽到柴油引擎，內褲就脫了，然後呼一聲，時速錶就飆上去了。」

房裡變得更冷了。冷風緩緩吹入房中，愛格妮絲的臉化為冰霜。酒已經下肚，她忍不住用低沉沙啞的口吻啐道：「妳真是下流作踐的臭屄央，金媞．麥克林契。」

那個小潑婦停止了無腦的笑聲。「噢，別生氣。我又沒別的意思。」她貪婪地將酒杯湊到嘴邊小口喝，那雙小眼睛像鋒利的匕首盯著酒面看。

蘭伯全身僵硬，目光從一人掃到另一人。三人一片沉默。「呃，聽著，也許我該先走了，嗯？」

金媞端莊地交叉腳踝，擋住那袋酒，駁斥他：「喔，別理她。她只是昨天晚上感情上不大順。你一定要留下，幫忙讓她開心一點。」

愛格妮絲接著一下午都不吭聲，金媞拿什麼她就吃，蘭伯捲什麼她都抽。他試著天南地北跟她聊，但她想回答時，也只能擠出是或不是。等他們喝完每一罐酒，金媞也看夠了。

「蘭伯，我不知道她到底怎麼了。」她酸溜溜感嘆：「她通常都是派對的焦點。」

「沒關係。」他和金媞一樣滿臉通紅，尼龍飛行夾克仍穿在身上。愛格妮絲心想，他一定很不自在。她不知道是不是因為他覺得家裡沒人替他燙平襯衫而感到難為情。

「對，但我不希望你離開時，覺得你一整天都耗在老婆子家。放個錄音帶吧。我們來辦個小派對。」

蘭伯伸出手，打開麗茲舊的錄音機。他從錄音帶中選一捲，放入錄音機中。「我老婆以前喜歡這首。」他喃喃自語說。

「噢，那女的聲音真好。太好聽了！」金媞邊抽菸邊讚嘆。她蒼白的雙手在空中隨旋律揮舞。

「蘭伯，拜託，去把那可憐蟲拉起來。」

他緊張地看了愛格妮絲一眼。「不。別打擾她。她不想跳舞。」已經喝了四分之一瓶烈酒和六罐啤酒，他還是沒壯到多少膽。

「班恩女士！」金媞像女主人一樣責備她：「這是派對！這個男的替我們帶了酒來！陪他跳支舞！」

愛格妮絲望向蘭伯，他看來像年輕人參加學校迪斯可派對一樣腳癢。她盡可能擠出點笑容，讓他知道沒關係。蘭伯搖搖晃晃站起。他牽起她的雙手，像水電工拉出卡在排水管的汙塊，試著將她從椅子拉起。愛格妮絲坐到那張椅子之後一直沒站起。因為喝酒又久坐，她雙腿發軟，一站起來便投入他懷裡，彷彿他們是多年的情人。

「這樣才對嘛。」金媞尖叫，偷偷背著他們又替自己倒上滿滿一杯。「抱好她。」

兩人跳了今晚最後一支華爾滋舞，動作笨拙老派又緩慢。他們汗水淋漓的身體靠在一塊，只是單純為了支撐住彼此。愛格妮絲的臉離他只有幾公分，而她首次注意到，他為了這小派對刮了鬍子。他的脖子有著紅斑，身上有股松香味，那是來自他聞起來像廁所清潔劑的鬍後水，味道不帶一絲性感。

「妳真會跳舞。」他親切地對她說。她試著集中精神，聽他說話。但只剩軀殼還在房中。

金媞一口乾杯。「給他一個吻！」

「我離婚之後都還沒機會跳舞。」他說。

「別不知感恩！他為妳拿了那麼多酒！親他！」金媞大叫。

「也許我能約妳出去？」

「他不會回來了喔！」金媞警告。

愛格妮絲比年輕人高了五公分。兩人有年紀差距，幾乎像是在和兒子里克跳舞。她現在發現，他臉後有道從耳朵到下巴的刀疤。那是很常見的傷痕，但在如此年輕的男人身上，似乎是種恥辱。她伸出笨拙的手，摸著他的傷。

「啊。妳注意到了。」他害羞說。

「你看起來像我二兒子。」

「快點吻他，幹什麼！」金媞尖叫，手上又開一罐酒。

愛格妮絲手在年輕人臉上停留一會，覺得自己好想念二兒子。他的態度總是讓她覺得好寂寞。結果蘭伯用手捧住她的臉，雙唇吻上她的嘴。金媞開心地歡呼。愛格妮絲感到他雙唇張開、感到他吸吮、感到他舌頭伸出。他手從她背向下滑。

「你們可別做些我要去告解的事。」金媞．麥克林契興奮地搧著臉，總算覺得自己喝得心安理得。

他剛才紳士的雙手開始狡猾溜過屁股。他手指搓揉著，壓到了她尾骨上的傷。她瞬間感到一陣噁心。她轉開頭，但太遲了，酸臭的啤酒、伏特加和汽水全吐到他時髦的夾克上。

「喔，搞屁啊！」他大叫，酸水從他身上滴下。

「媽？」小夏吉站在門口。

愛格妮絲倒回椅子上，臉埋入雙手中，火燙的眼淚奪眶而出。男人望向崩潰的女人，接著是穿著學校制服的小男孩，最後再看到將裝著酒的塑膠袋收進自個兒皮製手提包的女人。他推開小夏吉離去時，金媞還追到走廊大喊：「蘭伯！她平常不是這樣的！我改天再打電話給你，我們可以再來一場小派對！」

前門砰一聲甩上，嬌小的女人嘆口氣，看到桌上打開的香菸盒，便把菸都裝成一盒，塞進自己的包包。她搖了搖桌上每個開過的酒罐，聽到還有剩，便倒進自己杯中。全倒完之後，金媞兩、三大口便將酒喝光，接著再從手提包拿出她花朵圖案的頭巾。

「對了，我不能久留。」

18

小夏吉站得盡可能離皮球愈遠愈好。球滾過遊樂場，他會假裝朝球跑過去，但總是小心地讓其他孩子比他早到。他寧可站在球門邊的陰影下，看女孩子玩跳彈力繩，最厲害的人沿著彩色的繩子優雅地扭動。

他左耳砰一聲悶響。皮球在他不注意時擊中了側臉。感覺像被打耳光一樣痛。皮球滾到敵隊腳邊，原來他們剛才射門了。

法蘭西斯・麥蓋文尼站到小夏吉旁邊。他是麥蓋文尼家最大的孩子，柯琳和詹姆西之間的問題對他衝擊最深。當柯琳用布麗迪的藍色藥丸麻痺自己，法蘭西斯馬上成為「一家之主」，肩負起照顧兄弟姊妹的責任。他靠到不能再更近，小夏吉感到他溫熱的口沫噴到面前。「拜託你，不要再當個小娘炮了。」其他男孩像比特犬一樣聚過來，眼神嗜血。

「你想當女生嗎？」法蘭西斯露齒微笑，雙臂向四周的孩子張開。小夏吉搖搖頭。他只想把手放到自己臉上的紅腫上。「你想穿裙子嗎？」

「我不想。」小夏吉嘟囔。

「不准回嘴，同性戀。」法蘭西斯推他胸口一把，他比小夏吉高了三十公分。「你就是個娘娘腔同志。你跟貝瑞神父會因為你們幹的好事下地獄。」

大家咯咯咯笑一陣，接著開始吆喝「打他、打他、打他」。法蘭西斯舉起左手，作勢要一巴掌打在小夏吉紅腫的臉上。小夏吉縮向另一邊，但法蘭西斯停下來，另一隻手握成拳，打到他的太陽穴。他轉向圍在一旁歡呼的男孩子說：「我爸說這招叫捕鼠高手。」

小夏吉倒在地上，腦袋兩邊都嗡嗡作響。一雙赤裸的腿出現在他旁邊，腿上穿著鬆垮的白色襪子。一個女生像貓一樣哈氣，她長髮垂下，像是發泡檸檬水柱一般。「住手，法蘭西斯，你他媽惡霸！你有膽就打我，我會讓你被痛扁一頓。要論兄弟，我比你還多。」那女生轉身來看他。小夏吉看到男孩子都在她背後比中指，但他們還是離開了。

她膝蓋上有結痂，小夏吉忍不住一直盯著她襪子鬆掉的鬆緊帶。她雙手架住他的腋下，扶他站起時，他看到她裙底花朵圖案的內褲襠片。「你應該還手。」她說：「我打賭如果你打他一次，他就不會再找你碴了。」小夏吉不知道該先揉哪邊臉。「你想哭嗎？」女孩問。小夏吉點點頭。「好，先忍住，等我們轉過轉角你再哭。我不會跟別人說。」

她帶他走出遊樂場，男孩爬上欄杆嗆他們。「你們兩個要去玩洋娃娃了嗎？」一個紅髮男孩說。女孩馬上一個箭步到欄杆旁，抓住男孩的制服領帶，拉他的臉去撞粗金屬欄杆。他額骨撞在生鏽的鐵欄上，發出噹一聲。「快跑！」女孩尖叫。他們在揚塵中飛奔而去，一路跑到礦坑口低矮山丘的山腰才停下來。

他們喘氣時，檸檬水髮色的女孩開始放聲大笑。她門牙處有個小指頭大的缺口，鼻子上有一排雀斑，雙眼藍得像貓眼石一樣閃亮。

「妳真的有很多兄弟能跟麥蓋文尼家的人打架嗎？」小夏吉問，他還是想哭，但試圖忍著。她搖搖頭。「沒有。家裡只有我和我爸。他會為了電視遙控器跟人打架，但大概就這樣。」她聳聳肩。「我叫安妮。我比你大一年級。」

「喔。我從來沒見過妳。」

「我有看過你。每個人都知道你。」安妮指著山丘頂，那裡有一間間臨時設好的拖車屋。「我們住在拖車屋裡。我陪你走回去。我在的話，他們就不敢欺負你。」她挺起乾瘦的胸膛。「你住哪裡？」

小夏吉原本要指向低矮的礦工房子，後來他放下手——她現在一定喝醉了。她會打給計程車車隊，大發雷霆找父親。「我還不想回家。」

「今天星期四。」安妮很聰明。「酒錢到現在應該已經花完了吧？」

小夏吉瞇眼望著女孩。「妳怎麼知道？」

她勾住他的手臂。「我見過她一次。妳媽。她有天放學時間坐在我們家沙發上。我從來沒見過有人說話這麼親切。」

「我希望她沒造成麻煩。」

「沒有，完全沒有。她身上好香。她教我怎麼綁法國辮。」她臉一沉，「大家一直說她壞話，我覺得好生氣。你應該為她挺身而出。」

「我有為她挺身而出！」他說：「通常是幫她對抗自己，但還是算了。」

女孩喉嚨發出個聲音表示接受。「我都直接他媽讓我爸繼續喝。如果他想喝死自己，那是他的事。是他自己的損失。他想念我媽。」

「她死了嗎？」

「對，算是。她跟我兄弟住在坎布斯朗，和一個半職業足球員在一起。」他們走向拖車屋的方向，「說真的，你們兩個應該反擊。我聽到有人罵她為酒賣色，還有你需要一個父親，還有你這樣都是她的錯。」女孩露出懷念的表情，「但我從來沒見過更美的女人了。如果她是我媽，我一定很驕傲。」

十二輛拖車排成整齊的半圓，有人用大石塊排出一條不平整的泥路。方形的屋子彷彿將各式各樣個人物品傾倒而出，路上都是塑膠玩具和腐爛的家具。這裡雜亂得令小夏吉好震驚。安妮踏到兩個花格磚上，面對一台淺褐色的拖車。敞開的門口躺著一條巨大的棕色德國牧羊犬。小夏吉跟著她進門，書包抱在胸前，小心翼翼繞過盯著他的狗。拖車空間狹長，小廚房在車廂中間，尾端有個馬蹄形的小餐室。天花板支架掛著一台彩色電視，短促的聲音播報著賽馬結果。水槽很淺，堆著髒塑膠盤。小夏吉看著好幾隻螞蟻勤奮地在玉米碎片旁穿梭。

「爸。是我。」安妮說。

小夏吉幾乎看不到坐在黑暗小餐室的男人。他彎身看著報紙，拿著原子筆畫著馬名。「你吃了嗎？」她問。「我可以幫你倒一碗玉米穀片。你想要的話，我還可以幫你熱牛奶。」

男人沒回答，他有雙濡溼渾濁的眼睛。小夏吉看他拿舊茶杯喝了一口，繼續記錄賽馬。他努力不去想像母親在這裡的樣子。

拖車後方，安妮打開一道窄門，把小夏吉推進去。臥室是個粉紅色的宮殿。在那整潔的空間中，擠了兩張單人床，都鋪著迪士尼公主的毛毯，牆上釘著薄架，每個架上都放著十二隻鮮豔的彩虹小馬。房間一塵不染。

「對不起一團亂。」安妮說著坐到兩張床中間約一公尺長的粉紅地毯。「我有努力去清，但他打算一整天都泡在垃圾裡，我也沒辦法。」她拍拍身旁的位子，小夏吉擠到狹窄的空間中。「妳媽喝酒之後會怎樣？她也像那樣廢一整天嗎？」

「沒有，她會變得非常醉，然後非常生氣。」他說：「我擔心她會傷害自己。」

「像是自殺嗎？」

「我想是吧。有時我上學前會把所有藥都藏到浴室。我知道我哥每天都把刮鬍刀帶去工作。」他用手指捲住粉紅地毯的一條線。「但我大多數時候比較擔心她把自己搞得愈來愈糟。她會失去自尊。大家再也不想認識她了。我姊姊因為她，搬到幾百萬公里外，和黑人生活在一起。我哥也努力攢夠錢，打算離開。」

安妮手伸到床底，打開一本舊著色本。他看到她顏色配得很好，但沒有好好畫在線內，心裡感到失望。「礦場關閉之後，我留在這裡照顧我爸。」安妮說：「我媽根本不管。」她翻過書頁，「你想著色嗎？」她突然問。

小夏吉搖搖頭。他雙眼情不自禁瞄著架子上快樂地俯視著他們的彩虹小馬。

「你想要玩我的馬嗎？」安妮問。她仔細觀察他，但他搖搖頭，裝作不感興趣。「這些是我媽在耶誕節和復活節給我的。有時她會寄來一模一樣的禮物，所以我知道她其實不在乎。」

安妮跳上其中一張薄薄的床。「看，妳媽幫我綁了這隻的鬃毛。」她拿起一隻如覆盆子般粉紅的馬給他。它有紫色的塑膠長鬃和馬尾，兩邊都整齊綁好了辮子，最後用塑膠麵包標籤打了蝴蝶結。安妮又拿下其他的馬，讓它們跳下床，來到拖車地板。塑膠馬有各種顏色，每隻都畫上長睫毛和開心的笑容。「你當奶油糖、棉花糖和花花。我會當藍鈴花，因為它是我最喜歡的。其他馬都想偷它漂亮的髮夾，但它跑得太快了。」

塑膠馬玩具看起來像填充狗玩偶，但對小夏吉而言，它們充滿魔力。安妮讓他玩小馬一個下午。他們用尖銳、卡通般的聲音聊天，讓小馬跑過整張床。他們用迷你梳子刷馬鬃，直到塑膠馬毛閃閃發亮。

最後安妮玩膩了，她顯得坐立不安，彷彿全身發癢。她細瘦的手臂在床下的黑暗中摸索。她從粉紅色床單的荷葉邊下，抽出一個牡蠣殼形狀的菸灰缸，裡面有一小堆菸灰。裡頭插著兩、三根抽一半的香菸。安妮推開拖車窗，點了一根歪扭的香菸，淺淺抽一口，將煙吹出窗縫。她頭朝父親方向一擺。「對不起，他害我很煩。」

她把溼溼的香菸遞向小夏吉。他嘟起嘴，臉色嚴肅地搖搖頭。安妮聳聳肩，砰一聲坐回地上，香菸緊緊叼在牙齒間。

小夏吉在錄音帶競技場讓棉花糖追著藍鈴花時，安妮突然問：「小夏吉，你真的有碰過強尼・貝爾的小鳥嗎？」

他想起在洗衣機碰到的男孩瘦子強尼，痠痛的兩頰再次脹紅。突然之間，他想放下女孩的玩具，把它們都推到一邊，好像那是他做骯髒事的證據。「沒有。」他說謊。

「是什麼感覺？」她依舊問道。她把香菸含在嘴角，在小馬的側腹貼上星形貼紙。她隨手貼著，一副百無聊賴的模樣，彷彿毫無靈魂的工會工人。

「我說我從來沒碰過。」

她左眼因為煙的刺激而閉起。「好吧。我也會說『從來沒碰過』。但我以前就碰過小鳥。我碰了歐希尼兄弟和法蘭・布加南的。」

「但妳才九歲！」小夏吉說。他現在坐得離小馬很遠了。「那幾個男生是國中生。」

「我十又四分之三歲。」安妮長吐出一團煙霧，然後吹出一個完美優雅的圓圈。「總之，他們把我帶到舊礦坑發動機，讓我喝一點巴克法斯特葡萄酒。」

「妳沒跟貝瑞神父說嗎？警察會把他們關進監獄。」

「沒有。」她把菸蒂捻熄，躺到床上，現在冷靜不少。「但那酒根本不值得。巴克法斯特臭死了。」

小夏吉為她的冷漠感到震驚。他再次想到自己的母親，待在這金屬車廂中，和安妮的父親，和他沾滿尼古丁的手指。他知道她肯定會討厭這地方，但她依然來了。他心中突然充滿怒火。「妳為什麼要這樣？」他向安妮罵道：「為什麼女生總是讓男生隨心所欲？」

她的紫丁香色小馬剛才繞著優雅的圓圈奔馳著，但安妮現在沒心情玩玩具了，那天下午，她躺在那裡，第一次難以言語。

外頭德國牧羊犬開始吠叫。小夏吉感到狗起身時跳下台階，拖車也跟著傾斜。「喔，老天。藍波！藍波！」安妮從床上跳起，跑出狹窄的臥房。兩隻狗打成一團，翻來覆去互咬，嗚咽聲不斷，拖車場中一片騷亂。

小夏吉不想再待在這裡了。不管是玩女生的玩具，還是碰中學生的髒東西，他都不想假裝沒事了。他一點也不想像檸檬水女孩。他不想像愛格妮絲。他想成為正常人。

他站起來，拿起書包。安妮吼著要藍波放開另一隻狗。他聽到電視傳來嘰哩呱啦快速的賽馬播報。小夏吉不想去想愛格妮絲也曾在這裡，他不想去想男人沾滿尼古丁的手伸向她，然後她為一罐溫特釀啤酒，編了安妮的髮辮。

這讓他好生氣，於是他拉開書包，將兩隻玩具馬放到裡頭。

●

上學日，最後一聲鐘聲響起之前，小夏吉肚子都會不舒服。他會舉手，用最有禮的方式請老師讓他去廁所。麵團臉的伊旺神父會暗自咒罵這小男孩簡直和時鐘一樣準。起初他會要男孩留下，多等十五分鐘，上完課再說。小夏吉總是很聽話，他會皺著臉點點頭，身體歪向一邊坐著，好像快忍不住了一樣。不久他的抽動和喘氣聲會害其他孩子分心，神父最後還是會答應他。

後來在教職員休息室，大肚子的神父會開玩笑說，水煮捲心菜和絞肉對神職人員來說可以，但對礦工可能不行。這有禮的小男孩，他是唯一懂得「May I」和「Can I」差別的人，但他這學年幾乎每天下午三點十五分都會肚子痛。伊旺神父後來都拿他來對時了。

所以小夏吉上學最後那幾分鐘都會蹲在馬桶上。他會脫下褲子，以防萬一，但他後來發現自己只是消化不良。他一想到待會要面對的畫面，膽汁會翻攪，並害怕回家。

愛格妮絲以前保持清醒的時間比較長，但他肚痛的毛病從來不曾真的消失。對小夏吉來說，她狀態反覆無常，無法預測，令人戰戰兢兢。就像偶爾才出現的好天氣，大多數時候總是下著雨。他不久前已不再計算她清醒的日子。計算天數就像看著快樂的週末逝去，一直注意的話，時間總是太短。於是他不再計算。

男孩沒意識到自己的改變。

不知從何時起，肚痛漸漸停止，事情也不一樣了。他記得十一月某個星期五，他從學校回家。如常站在家門外。家裡每一絲細節都昭示著裡頭正在發生的事。這天晚上，家家戶戶的窗簾因為天冷都拉上了，燈都點亮了。他心裡湧起一點希望。小夏吉將前門打開一條縫，豎耳傾聽裡頭的嗡鳴。他知道自己該注意什麼。如果是哭嚎的話，今晚恐怕不好受。她會想擁他入懷，傾訴害她至此的男人對她做的壞事。如果聽到鄉村吉他和憂鬱難過的歌聲，那他溫暖溼潤的屎尿馬上會流出來。

聽到母親在講電話不一定是壞事。他頭探進前門和擋風門之間，仔細去聽她的語調，耳朵則靠到結霧的玻璃，屏住呼吸。即使她沒在哭喊尖叫，講話也不含糊，她依舊可能喝醉，一喝醉就變得過度禮貌，並用不標準的沐蓋口音講些非常正式的話。她嘴唇會離開門牙，並用「當然」和「很遺憾」之類的詞語。

這就是最糟糕的情況。那代表愛格妮絲在哀悼自己失去的一切，但又還沒醉到失去意識。她會叫他坐下，告訴他她的故事，只是這次，她不會感到悲傷，而是勃然大怒。她身旁會放半包菸，手指滑過電話簿，喊出號碼，叫他撥號。

「五五四、六三三九。」

小夏吉會拿著話筒，聽著「鈴……鈴……」的撥號聲，希望不要有人接聽。若話筒另一頭有人接起，他臉色會瞬間蒼白。

「喂？」陌生人說。

「喔，你好。很抱歉打擾你。」愛格妮絲會在扶手椅上點頭說：「我想找一個叫坎恩．麥卡倫的先生。」

「誰？」那人問。

「坎恩．麥卡倫。」小夏吉重複，「他住在丹尼斯頓一九六七和一九七一號之間。他是東區的公車司機，公車會從喬治廣場開到謝特爾斯頓。他有個妹妹叫瑞妮，嫁給一個叫賈克的男人。」

對方聽到這麼詳細的資訊，會感到一團霧水並說：「對不起，孩子，這裡沒有叫坎恩．麥卡倫的人。」

「好的。非常謝謝你，先生。對不起，打擾你了。」愛格妮絲會從客廳發出噁心的噓聲，要他打給電話簿中下一個麥卡倫。

他們找到愛格妮絲要找的人時，情況更糟。話筒另一邊的人會回應：「請問你是誰？我是坎恩・麥卡倫。你找我有什麼事？」

男孩的心一沉。「喔，我知道了。可以請你等一下嗎，麥卡倫先生？我把話筒交給別人。」

愛格妮絲抬高眉毛，訝異萬分。是他嗎？小夏吉用手摀住話筒，點點頭。「好。」她說著拿起啤酒和新的一包香菸。他會像乖巧的祕書將話筒給她，愛格妮絲整理好儀容，好像麥卡倫先生能透過電話看見她。她修長的手指夾著新點的菸，將話筒拿到嘴邊。

「你這王八蛋。」她沙啞說出第一句話。

「喂？妳是誰？」那人回答。

「你他媽噁心下流的王八蛋。」

那人最後會掛上電話。他總是如此。愛格妮絲長吸一口菸，然後喝一大口酒。她會按下電話重播鈕，並露出微笑，電話馬上接通。

「你不准掛我電話。你他媽不准掛我電話！」

「妳他媽是誰？」

「你以為你可以脫身嗎？啊？你對那個年輕小姐做的事。你這邪惡的王八蛋。你心是鐵做的嗎？」

坎恩・麥卡倫會再次掛電話，如果他聰明的話，他會把電話從牆上拆了。愛格妮絲手指像摸菜單一樣滑過電話簿，尋找食物來填補她的飢餓。她照著字母順序翻，找到下一個害過她的男人。布蘭登・麥高文。「待會我來跟你說這混蛋的事。」她下巴夾著話筒轉頭對小夏吉說：「失去我是他最大的錯誤。」

她會坐在電話桌前直至天黑，在漆黑之中，香菸的火光是她唯一的光線。小夏吉則坐在暖爐旁，聽著她大吼大叫。他不敢打開燈，希望黑暗能讓她想睡覺，擔心一開燈她就會像蛾一樣，被吸引到他旁邊。

小夏吉想著這一切，縮頭縮腦從學校回到家，在擋風門前豎耳仔細聆聽，希望她沒哭、沒聽鄉村音樂，也沒坐著準備電話大戰。即使一片寂靜，他肚子依然會糾結。他有次也是什麼都沒聽到，屋裡闃寂無聲，讓他鬆口氣。於是他緊繃的雙手垂下，躡手躡腳走進屋裡，豎耳去聽，以為是好消息。結果他看到愛格妮絲身穿黑色緊身裙和冬天的大衣，跪在地上像在禱告一般，但她手背貼在油氈地板上，雙手軟弱無力，頭埋進白色巨大的烤爐。無聲是騙人的。沉默之中，嘶嘶聲是帶走她生命的瓦斯。

在那之後，他學會不再相信寂靜。

至於好消息，其實聽到有人在廚房忙進忙出，最令人安心，像是有人在吃東西、洗衣機震動、湯匙撞擊水槽和鍋子熱湯翻滾。那幾天，他會開心站在走廊，擦掉牆上凝結成珠的亞鐵克斯塗料，她走出來時，會發現他傻傻站在那，一臉滿足，雙手在白色的石膏上畫出溼溼的紋路。

除了麥蓋文尼家的人，學校最可怕的惡霸莫過於父親仍有在工作的家庭。他們的午餐都是微波食物，或撒有麵包屑，用鋁箔紙包起，一人份大小。他們的父母比較年輕，都讓小孩隨心所欲，吃想吃的，想吃再吃。他們會嘲笑吃燉肉和碎肉的同學，他們會捏住鼻子，笑他們聞起來像壞掉的捲心菜。他們笑小夏吉的時候，他臉埋到制服毛衣裡，深吸口氣。水煮捲心菜、豬腳、馬鈴薯和碎羊肉，對他來說，這是令人安心的味道，有這樣的味道在身上，他覺得很幸運。

有幾天他回家會聽到屋裡有別人的聲音。他躡手躡腳走過走廊，確認到底是誰。好久以前，有些好人會到家裡作客。但他母親在礦坑口待愈久，似乎愈來愈多壞人訪客。

其中最糟的訪客就是礦場的叔叔伯伯，他們總是緊張兮兮，身體抽動，頭髮稀疏，而且身上總是很潮溼。他們會來看她沒有男人過得如何，帶幾條巧克力和裝滿啤酒的塑膠袋，他們在室內仍穿著外套。

小夏吉知道從學校回家會打破他們圖謀不軌的計畫。偶爾某個叔叔伯伯，覺得自己有機會在這個家占有一席之地，便會假裝對小夏吉有興趣，他們會將巧克力棒從布滿菸灰的桌子推向他，甚至會問：「在學校表現怎麼樣？喜歡去外面玩嗎？」

男孩長大之後，他們便不再這麼做了，不再笑著對他露出費金[20]的表情。現在他十歲了，他們看他就像是在看另一個男人，目光凶惡，一臉怒容表示小夏吉破壞了他們的骯髒計畫。

如果還有剩啤酒，愛格妮絲會要小夏吉過來沙發，坐到男人身旁。她會向後躺，在香菸煙霧中瞇著眼，看兩人不舒服地挪動身子。喝到一半，她會凝視他們，彷彿他們是窗簾和床單，而她試圖找到能搭配的一組。她告訴男人，她的小夏吉多開朗、在學校表現多好。他們會邊聽邊點頭，眼睜睜看著下午撲倒他母親的計畫一點一滴消失。有的男人已經花了不少錢，讓她醉得剛剛好。如今卻被一個動作笨拙、滿身是汗、放學回家看卡通的王八兔崽子所阻擋。

來到家裡的叔叔伯伯變聰明了，他們會帶便宜的足球、塑膠風箏，或各種能讓小夏吉出門的玩具。欲火焚身的幾個還會給他一把油膩的錢幣，意有所指暗示小夏吉：「去看一個小時的電影。」小

20 費金（Fagin）是狄更斯《孤雛淚》中的經典角色，他專門教唆孩子替他行竊，臉上總是露出邪惡的笑容。

夏吉會茫然望著溼溼黏黏的他們，像公車乘務員一樣將油膩的錢幣放到書包，有禮道謝，然後回頭打開吵死人的電視。

小夏吉回家時，只要他們仍在客廳便是如此。如果他們已經進過她房間，那男孩不會得到錢，也沒人會問他長大之後的打算。

雖然叔叔伯伯不安好心，但他們只對他母親有興趣。對小夏吉來說，阿姨來訪通常更糟。那感覺就像愛格妮絲的壞習慣去外頭找了朋友回來。兩個女人會喝到意識模糊，酩酊大醉，湊在菸灰缸前瓜分最後一支菸，臭罵害她們淪落至此的男人，而小夏吉就不得不照顧她們。跟男人不一樣，她們兩張嘴會聊個沒完。

這些臉頰凹陷的礦坑口阿姨多數一大早就會像流浪貓一樣出現在門口。即使愛格妮絲已戒酒五天，她們一樣會想方設法拖著她再次喝酒。那感覺就像她們聽得到她在社區另一頭發抖，因此不得不在早上九點帶便宜的酒來找她。如果愛格妮絲那天執意不喝，她們便會坐下來，在她面前喝。獨慘慘不如眾慘慘，過沒多久，她雙眼便會貪婪地望著她們腳邊的塑膠袋。

如果小夏吉放學回家，他不會讓女人進門。她們早早便會提著沉重的袋子過來，甚至比郵差還早。站在門口時，她們看起來就像個好心人，但他心裡有譜。他已好幾次盡量有禮地將她們推下石階。他鎖上門之後，她們會從信箱口往裡面喊：「妳媽媽不在家嗎？」並哀求：「我只是來喝杯茶而已。」他好想拿叉子從信箱刺她們的臉。而這時愛格妮絲會倒在家裡，渾身顫抖，無法動彈，恨不得喝一口溫啤酒。

她們就像冷風，總會設法灌進屋裡。

後來她們會等到晨鐘響起，確認他出門才來。等他四點偷偷走進前門，她們會意氣風發朝他微笑。

金媞阿姨是裡頭最糟的一個。小夏吉放學回家時，她會鬧著他，要他親她一下。小夏吉會感到她溫熱的舌頭貼上他臉頰，像是一塊肥嫩的燉牛肉。天氣潮溼時，愛格妮絲會叫他按摩那女人僵硬的雙腳。多年酗酒讓她整張臉浮腫，幾乎快認不出五官，但意外的是，當她酸麻的小腳在棕色絲襪下蠕動，表情舒服到皺成一團，五官竟還能變得更細小。

金媞討厭小夏吉，因為他的存在讓愛格妮絲有罪惡感，讓她時不時就戒酒。要不是他，她們早就離開清醒之岸，永遠徜徉在特釀啤酒之海。

「你現在幾年級？」她有次腳還在他雙手中時，開口這麼問。

「小學五年級。」小夏吉雙眼望著金媞說。

她轉向他母親，頭上仍包著頭巾。「愛格妮絲，雖然有點晚，但妳知道，我覺得還是有機會能改變。」

「改變什麼？」他揉著她的拇囊炎問。

「讓你進我們路易絲的學校。」

男孩一臉驚愕，他睫毛朝她眨了眨，眉毛向下。「妳家路易絲是個瘋子。」他這話一說出口，馬上知道這句話很刻薄。

金媞將腳從他手中抽開，身子從沙發彎向他。她伸出一根瘦長的手指，推著他的胸口。她臉上的傷看起來很痛，小夏吉知道她丈夫會打她，愛格妮絲曾跟他說過。她開口時，下唇好像會爆開。「我們家路易絲有特殊需要，她的學校有驢子。你的學校有驢子嗎？」

「沒有。」

「哼，我覺得你應該去她的學校，因為那裡有驢子。」她心滿意足喝下一口都是泡沫的啤酒。

「媽，跟她說我不是瘋子。我不需要有驢子的學校。」他語氣哀怨，情緒即將潰堤。他雙眼一刻都沒離開金媞。

愛格妮絲雙眼閉上，一根點燃的菸從她手中滑落。啤酒像豆大的雨滴落到她大腿。金媞看到機會，繼續露出假笑。「那裡會有一大堆像你一樣的孩子。你會交到好多朋友，吃著熱騰騰的午餐和晚餐。」

「我有朋友。」他說謊。

「那會是一場大冒險，因為你會在學校過夜，只有週五晚上才會回家過週末。」小夏吉週五晚上看過送路易絲返家的特殊巴士。他看過麥蓋文尼家的孩子在巴士經過時，朝車子扔石頭。他對路易絲只有一點印象，她像里克一樣安靜。他也看到，她週日看起來比週五開心多了。

「聽著，那是好事。你再也不會那麼不一樣了。」金媞轉向愛格妮絲，愛格妮絲像個老頭一樣呼嚕睡去。「就這麼說定了，嗯，愛格妮絲？」她用手肘頂了頂他沉睡的母親。「明天我會打給學校，小夏吉可以直接加入路易絲的班級。」金媞再次抬起腳，放到他的大腿上。

小夏吉知道路易絲其實只是有點笨，大家都不理她，讓她更加害羞和孤僻，所以她總是慢半拍，這點在礦坑口，大家就會覺得很奇怪。布麗迪．丹諾利曾說金媞就是自私。特教學校在學期間載走路易絲，金媞便能花更多時間和她最鍾愛的孩子相處，也就是時代啤酒。

愛格妮絲後來說，等她回過神來，小夏吉已讓金媞倒在地上，她脖子上聖克里斯多福像的項鍊斷了。里克後來問他發生什麼事，小夏吉只記得他扭她的腳拇趾，直到聽到啪一聲。接著他又扭又擰，讓她膝蓋也劈啪作響，她從椅子倒到地上尖叫求饒。小夏吉說，在那之後，一切都模糊了，像是從雙筒望遠鏡望出去，卻發現拿錯了方向。

●

小夏吉照習慣在前門豎耳傾聽屋內的聲音。他走到長走廊，能感覺到牆上十分潮溼，都是煮捲心菜和茶壺的蒸氣。他像鬼魂一樣飄到屋子更深處，看到她站在廚房門口，重新包好一塊豬油。她頭髮柔軟，黑色染劑下的白髮發亮，臉上沒有化妝。她包好豬油，從水槽上的小窗望向外頭好幾公里的沼澤地。她看起來很平靜。

他終於站直身子，肚子一陣絞痛。她這時看到走廊上的影子，他走向她。愛格妮絲雙臂抱住他的頭，將他拉近自己柔軟的肚子。小夏吉也環抱住她，她臉埋入他柔軟的黑髮，「嗯，你聞起來像新鮮空氣。」她說著捧起他冰冷的雙頰，溫柔親著他的臉。

「妳聞起來像熱湯。」他說。

「太好了！好了，把制服脫了。我替你倒杯茶。」

「真的呀？」

她從廚房追著他跑出去。客廳很舒適，聞得到吸塵器的熱風氣味和家具清潔保養劑的檸檬香。暖爐點燃著，主窗簾已拉上，擋住外面冰冷的社區。他打開電視，上面的碼錶跳動，他們還有六個小時能看，再下來就需要再投五十便士，算相當奢侈的享受。他腳從鞋子滑出，將鞋踢開，脫下制服褲，解開白色襯衫。衣服從他身上落到地板，他將衣服弄成一團，穿著乾淨的內褲，坐在中央巨大的方形茶几上，張嘴看著下午的節目。

愛格妮絲拿著一杯熱茶進來，還有一盤食物，放到他面前。

「這個是什麼？」他問。

「這是給你的。」她說。

小夏吉看著金黃色的蘋果派，慢慢伸出一根手指，感覺得到蘋果派散發的熱氣。她把蘋果派和茶碟一起放到爐子裡回溫。油酥皮呈棕色，酥脆可口，撒上白色糖霜，融化之後，化成一層香甜的脆皮外殼。蘋果派每一側都很燙，黏稠金黃的蘋果醬冒著泡，成塊流到盤子上。他拿起蘋果派時，發出咔啦咔啦的聲音，令人開心。

男孩低頭茫然看著盤子。他怕自己吃不下，因為肚子正像恐懼時一樣糾結。只是這次他肚裡沸騰的不是酸水，而是像黃色陽光一樣的暖意。他打從心底露出笑容。他抬起穿著襪子的雙腿，向後倒，快樂地用背在桌上不斷轉動，最後那張茶几被他用背擦得閃閃發亮。

●

愛格妮絲選擇了敦達街的戒酒無名會，希望不會遇到認識的人。她之前不時會去戒酒無名會，但都沒堅持下來。她環視四周頹喪的男女，內心感到羞恥。白天她為了避開這些人，可能會越街到另一側。

雖然她出席斷斷續續，在東區無名會還是開始覺得難以容身。愛格妮絲和大家關係過於親密，搞得一團亂。多數較年長的男人都曾到礦坑口找她，而她也漸漸在憔悴緊張的女人臉上認出自己。她愈來愈難否認自己和她們一樣。所以有天晚上愛格妮絲待在公車上，跳過熟悉的無名會，一路坐到敦達街。她心想，這是新的開始，希望能到更好的戒酒班級。

敦達街無名會位於市中心，在皇后街火車站和布伽南公車站之間，因此聚集了來自四面八方的人。那棟砂岩建築原本是宏偉的商貿辦公室，但經歷六〇年代的洗禮，現在看起來像一間貧窮殘破的小學。建築外表裝飾的雕紋早已磨平，牆面都漆上古板的油漆，有著條形的日光燈，防水油氈邊緣都已翹起。對愛格妮絲來說，這地方看起來確實無名到底了。

敦達街戒酒無名會的場地低價長租，是個天花板高聳的會議室。會議室前面有個台子，上面有張摺疊桌，後頭有六張塑膠椅。左邊有個較小的前堂，還有一條走道，那裡放著茶水壺和餅乾。感覺都是臨時布置的，但固定來的人試圖讓這裡變得溫馨和舒服，放上月曆和從盧爾德、羅馬和黑潭寄來的明信片。

愛格妮絲早早就讓小夏吉就寢，並搭車進城。她不確定自己會去戒酒會，還是會像之前一樣，進到加洛蓋特的賓果遊樂場。她用盡力量爬上敦達街的門階，穿過門之後沒看到熟面孔，不禁鬆了口氣。空氣中瀰漫著香菸煙霧。眾人緊張地在座位移著身子，每個人都和旁邊的人保持適當距離。現場的人像合唱一樣一直咳嗽，喉嚨都有著黏稠的濃痰。這裡感覺不如其他無名會來得舒適。眾人彼此有禮地點頭微笑，但似乎毫無連結，這點更是正合她意。她選了個和台前有段距離又不顯眼的位置，感覺到一道道視線盯著自己的後腦勺。她穿著馬海毛長大衣，顯得太過正式，但她穿這樣比較舒服。

剛才在角落靜靜聊天的一群人坐到舞台桌子旁的六張椅子上。一個銀髮英俊的男子從桌子後方起身。他雙眼是深棕色的，粗厚的眉毛畫出兩道顯眼的線。愛格妮絲雖然緊張，身體不住顫抖，但她不禁感到興奮。

「大家好。」他以宏亮的聲音開口：「謝謝你們來參加星期二晚上的聚會。不認識我的人我介紹一下，我叫喬治，我是個酒鬼。我待在敦達街已經……喔，哇，已經將近十二年了。今天晚上，我很高興能見到許多熟悉的面孔，但和過去一樣，我也因為看到不少新面孔感到難過。」

他粗大的指節抵著桌子。「今晚來了幾個老朋友，還有一、兩個新朋友。」他左右的人露出笑容。「我介紹之前，讓我們先花點時間，請求神幫助。」男人垂下頭，他的頭髮如耶誕金蔥一樣閃爍。愛格妮絲這時瞇起眼，好好看他。會議室的人都低下頭，閉上雙眼，進行寧靜禱文——愛格妮絲能倒背如流，因此一個字都沒傳進她耳中。

無名會開始了，她聽著大桌的人討論無名會的各項事情，分享新聞和哀悼。無名會有個朋友過世了。愛格妮絲聽起來應該是酒精害死他的。喬治介紹大桌前的新面孔，並請他們和眾人分享他們的故事。一個瘦削男子站起來，他說著一口道地的格拉斯哥口音。「嗨，我的名字叫彼得，我是酒鬼。」他淚眼汪汪，說著他如何和妻子失聯，然後兒子先是酗酒，後來嗑藥。愛格妮絲聽著那人扁平的聲調，彷彿生氣一般吐露著他的故事，並用格拉斯哥當地人發明的熟悉短字。因為他說話的方式，她覺得自己彷彿與他熟識，甚至能看到他住的公寓。她並不好奇他的處境，到最後她只能可憐他。他永遠無法逃脫那口音帶來的沉重命運。

他們繼續討論時，她心已飄向遠方，內心渴望喝口酒。一人的聲音傳來：「妳。穿著紫大衣的黑髮小姐。」喬治直接指著她，「妳有什麼想和大家分享的嗎？」

愛格妮絲搖搖頭，表示拒絕，她雙腿卻不由自主用力，勉強起身。在不同的人生階段，她曾做過這件事十幾次。她轉向左右，露出微小的笑容。所有人都轉向她，但一張張面孔都只是一團模糊、難以辨識的汙痕。她突然分了心，腦中閃過一絲焦慮，擔心她漂亮的大衣坐皺了，但後來她掙扎著開口：「哈囉，我的名字叫愛格妮絲，我是……我想我是吧。我是酒鬼。」

全場淡淡地發出支持的聲音，「歡迎妳，愛格妮絲。」

愛格妮絲原本打算繼續說，但說不出口。她手伸到大衣後頭，想拂平皺痕。全場一片靜默，只剩下重複的咳嗽聲。

「我著了火，卻不燃燒。」那人宏亮的聲音說。

「什麼？」愛格妮絲說。

「**Ego sum in flammis, tamen non adolebit**。」喬治說：「我著了火，卻不燃燒。這是聖阿格尼絲的哀嘆[21]，和妳的名字愛格妮絲一樣。」

「喔。」她不確定該不該坐下。

「這句話是至理名言，是吧？」他找到立論點便繼續向所有人述說：「我著了火，卻不燃燒。好，讓那成為我們所有人的希望。今晚在場所有人都曾經被火焰摧殘。」他清了清喉嚨，張開雙臂，像是市場叫賣的小販。「我們都渴望再喝一口酒，全身發燒流汗，內心驚惶，我們的喉嚨如火中燒，

---

21 聖阿格尼絲是基督教中的童貞女和殉道者，她天生貌美，求婚者求婚不成，便揭發她信基督，當局罰她投入娼門，但嫖客都不敢侵犯她。後來在迫害中以身殉教。

心彷彿在胸中發燙，我們不都如此？」眾人喃喃應和。「然後你受不了就喝了。」他發出滿足的「啊」一聲，「你渴望至極的瓊漿玉液下了肚，燃燒全身，像是汽油一樣。而它也像汽油一樣，為你體內的惡魔提供燃料，將你燃燒，獻給惡魔。你全身著火，你碰觸的一切都會因此毀滅。你愛的所有人都離你遠去，遠遠躲開這團火焰。錢也燒了，家人也燒了，工作也燒了，名聲也燒了，然後等一切化為灰燼，你依舊繼續燃燒。」

眾人聽得入迷。「對，我無法向你們言述，我是如何眼睜睜看著火焰燒去我擁有的一切。即使我想戒酒，站在原地，大聲呼救，我依然覺得自己著了火，無法碰觸一切。」眾人發出嘖嘖聲，心有戚戚焉，「我伸手乞求幫助時，所有人都躲開我。他們遠離我，擔心那把火會回來。他們說『別幫助他』，他們說『他不值得』，他們說『他永遠不會改變，他只會把你也拖下水』。」

英俊的男子搖搖頭。會議室現在安靜下來。「但最後的確如此，不是嗎？我著了火，卻不燃燒。」他擦去嘴角的口沫。「那是聖阿格尼絲所教導我們的。她告訴我們黑暗之中依舊有希望。」

愛格妮絲茫然眨眨眼，環視煙霧瀰漫的會議室。她將裙子和大衣塞到身下，準備再次坐下。那人朗聲再起，指著她說：「火焰不只是結束，也是開始。因為妳摧毀的一切可以重新建造。妳能從灰燼中重新茁壯。」

愛格妮絲露出害羞的微笑，並忍住不翻白眼。

喬治盡力讓人獲得啟發。無名會繼續，所有人再次面向前方。愛格妮絲暗自嘆口長氣。這感覺像是第一場無名會。

這時有人的手放上她肩膀，令人感到安心，那是女人的手，看起來蒼白漂亮，但手背已經浮出年邁的藍色粗血管。女人向前彎，輕聲耳語。她靠得好近，愛格妮絲無法轉頭，也看不到她的臉。

「對，一點也沒錯。那些王八蛋燒不死聖阿格尼絲，所以他們把那可憐的女人斬首。他媽的臭男人！嗯？」那老婦人拍她肩膀一下，然後她咳一聲，坐回座位。

19

愛格妮絲在小夏吉十歲生日之前從灰燼中走出。她戒酒三個月後接下了加油站的晚班工作。她用四本郵購型錄，讓屋子裡充滿耶誕氣氛，樹下堆滿禮物，桌上有四種肉，豐盛到都不知該如何付錢。里克和小夏吉吃飽後，躺在電視的光線中。她沒發現自己其實不需大費周章，只要她清醒，家裡一片祥和，他們就很快樂了。

郵購的帳單開始寄來，但工作給她的其實不只錢，也能讓她不那麼寂寞。工作讓她生活忙碌，在漫長空虛的夜晚，不至於無事可做。沒工作的話，她會坐在家裡想著自己的事情，直到好不容易睡著。大多數的夜晚，她會想著夏格，想著再也不來拜訪的朋友，想著麗茲和伍立，想著在南非的凱薩琳。晚班工作能讓她不喝酒。

加油站也兼營雜貨店，是幾公里內唯一有賣香菸、冰棒和一包包炸薯條的地方。它是荒野的中心。她會拉開抽屜，拿出髒兮兮的錢幣找零，並將一盒盒香菸和一瓶瓶牛奶推出安全玻璃隔板。這算是某種社交生活，她很高興。

一週有四個晚上，愛格妮絲坐在安全玻璃後面，望向空蕩蕩的黑夜。中間空檔時，計程車司機會開進來，將黑色計程車的油加滿。有人會來要潮溼廁所間的鑰匙，有人會向她買報紙和一罐鐵釀牌汽水。在安全玻璃兩邊，他們談笑風生，說著雷文斯克里格的罷工、克萊德河的沒落和相關的事。計程車司機習慣待在玻璃後方，他們的夜晚也都隔著隔板和擋風玻璃。愛格妮絲漸漸喜歡起他們的陪伴。

過一會，有幾人成了常客，有幾人休息時間會開始固定來找她，他們會在玻璃隔板的兩邊吃三明治。她開始工作之後，加油站晚上的生意變好了。有的計程車司機會特別繞來這裡，和她相處五分鐘，這可人兒聽到他們的故事，總是笑得花枝亂顫，每次見到他們，總是很高興。他們會待到下一個司機駛進加油站。

有時如果她仍在和別人聊天，計程車會繞著加油站打轉，等她有空。他們望著她，像是張嘴盯著餅乾的害羞孩子。她會看他們在空蕩蕩的路上來回穿梭，等著能和她平靜聊上十分鐘的空檔。他們看到她和其他司機說說笑笑還會生氣。

有的老司機只會買低層架上的東西。對他們來說，這是一場遊戲，打發時間而已。愛格妮絲不在意。他們會嘰哩呱啦說個不停，並看著她在小商店穿梭，拿著他們要的糖果和澱粉。他們會看她彎下腰拿報紙，或趁她蹲下拿底層東西時，盯著她繃緊的裙子，他們會因此感覺沒那麼寂寞。他們喜歡看她毛衣低垂，在她玫瑰色的皮膚上，黑色的胸罩清楚可見。愛格妮絲懂得寂寞是多麼可怕的一件事。

在黑暗的冬日加油站工作幾個月，愛格妮絲開始收到禮物。一開始是些小東西，像一盒馬鈴薯，或批發超市多買來的一罐醃洋蔥。一天早上，她收到一大箱衛生棉。不久幾個司機開始拿了更大的禮物來，像是二手冰箱、老式可攜式電視和其他電器類贓物。有次小夏吉放學回家，發現擋風門的裂縫重新黏上了。另一次他回家，發現發霉的小廚房已重新漆好。

晚班最後，會有一段時間沒有人停到停車場。愛格妮絲會坐下來，望向礦坑路，看著孤單來回的夜班公車，數著一分一秒過去。在這幾個夜晚，她會坐在安全玻璃後，翻閱著《自由人》型錄，花掉還沒賺到的錢。當太陽緩緩升起，她會準備交班，並偷拿一個巧克力棒到口袋，讓孩子帶去學校，再為自己拿一盒輕包裝的香菸。她會打開門鎖，讓早晨的空氣吹入。她沿路走回礦坑口時，早晨火紅太陽從煤渣山升起，稍晚陰沉的天空烏雲才會聚集，用平常灰色的毛毯覆蓋住社區。

回家路上。愛格妮絲經過在市中心當清潔工的女人時，會有禮地向她們說聲早安。疲倦的清潔婦女會摸一下脖子的金十字架，眼睛避開她，喃喃低語「嘿」一聲。這幾個乾瘦的女子無法理解，善良的天主教徒怎麼會在這邪惡的時間回家。她們懷疑眼前這女人的身分，畢竟她一早便塗了口紅，乾淨整齊的指甲也塗上了象徵性的顏色。幸運保有工作的男人經過愛格妮絲時會抬頭微笑。他們會將妻子包給他們的午餐藏起，向她問早，並對她調皮地眨眼。

她回到家會把偷來的巧克力棒塞到小夏吉枕頭下，接著親他一下，拿杯奶茶給他，叫他起床上學。在里克的床腳，她會放好前一晚洗乾淨的工作服。兩個兒子會躺在各自的床上，無聲面對彼此，聽著她隨著早晨電台唱歌。他們都不敢眨眼，害怕成為第一個打破魔咒的人。

愛格妮絲排晚班不過兩個月，就遇到他了，他是個紅髮的大塊頭。他和其他人不同。其他計程車司機都不再年輕，長年坐在方向盤後面讓他們身形崩潰。豐盛的蘇格蘭全套早餐，再加上平時小吃店的餐點，害他們的腰變成一圈冷卻的粥。開車讓他們個個駝背，肩膀前拱，出現烏龜頸和雙下巴。長年排夜班的人都變得像鬼一樣蒼白，唯一的顏色只剩臉上長年喝酒的酒糟。這些男人會戴著金色的工會戒指，他們就喜歡看手上戒指在方向盤上閃閃發亮。這不禁讓她想到夏格。

紅髮男第一次下計程車，她強迫自己別開目光。他一定才剛入行不久，肩膀仍筆直，臉色紅潤是因為陽光和新鮮空氣，而不是昏暗的酒館和金黃色的黑啤酒。他是個高大魁梧的男人，他加油時抬頭挺胸，充滿自信。他粗壯的臂膀能晃動汽車，紅色的鬈髮在閃爍的日光燈下閃閃發光。他看到她時，和其他人不一樣，他毫不退縮，也沒露出笑容。她坐在玻璃後面，雙臂交叉於胸前，彷彿在等一個忘記來接她的情人。她將零錢從小巧的安全抽屜推給他，他含糊道聲謝，走回計程車上。

幾週之後，他才再次出現。這次他還沒到窗前，她就開口和他說話。「你幹計程車這行沒多久，對吧？」她塗著口紅的嘴露出笑容，並把抽屜挑逗地推向他。

「不好意思？」他說著，從思緒回神。「透著玻璃，我聽不到妳說什麼。」

愛格妮絲聽到他操著一口低地蘇格蘭語，有點史翠斯克萊地區柔軟的腔調。她決定用標準英語口音，「我是問，你是不是才剛來開計程車？」

「妳為什麼這麼想？」他尖銳地問，溫暖的氣息吹上冰冷的玻璃。

愛格妮絲嫣然一笑。「我這裡有很多計程車司機經過。你看起來比其他人……更開朗。」他看著她，像看著一隻會講話的狗。她繼續支吾說：「你知道，就是，你沒有因此筋疲力盡。要開那麼久的車，遇到那些難搞的乘客。」

「所以妳覺得自己很會判斷人？」

愛格妮絲被這問題嚇一跳。現在換她沉默了。紅髮男放了幾枚硬幣到抽屜，發出叮鈴噹啷的聲音。「我要一品脫的牛奶和白麵包。烤盤烤的那種，不是傳統式的。新鮮出爐的，不要在這怪東西裡擠到。」他指著安全抽屜。

她花了點時間才回過神，並從椅子起來。她走到店內中途，才回頭去看他有沒有在瞄她，但紅髮男盯著腳，好像鞋子上有寫故事一樣。他像馬一樣的鼻子吸著氣，肩膀升起、張開，然後又落下。他看起來很厭煩，而且疲倦。她回到窗前，把小瓶牛奶放進抽屜推向他。他伸出大掌拿起。她又把麵包放進抽屜，這時他才開口：「妳會壓到我的麵包。」愛格妮絲嚇一跳，抬頭看向他。麵包只要推一下就過得去，但他雙頰泛紅，再次堅持：「我跟妳說，不要把麵包從這裡塞過來。」

「不會壓到。麵包很有彈性。」她手壓一下有著溼氣的麵包，麵包馬上彈回，彷彿是新鮮的代言品。

那人不發一語。

愛格妮絲害羞地微笑。「這我愛莫能助。我不能打開安全門。」她手放到胸口，睜大眼睛。「你知道，這裡只有我在顧店。」

紅髮男換了換重心，巨大的鼻孔抽了一口大氣。

「聽著，你到底要不要這麵包？」愛格妮絲問，她彎向玻璃時，毛衣會移動，她知道這樣看得到黑色胸罩的肩帶。她睫毛半遮，眼睛透著笑。

他的拳頭重重敲著玻璃。她不禁向後跳開，彷彿被人甩了一巴掌。「聖母啊。一個老實人難道連個他媽的普通麵包都買不到嗎？」

這喚醒了愛格妮絲心中的惡魔。她感覺不被重視，心情一點都不好。被人忽視至此，讓她好想喝酒。她伸出美甲，劃開麵包袋黏住的一端，拿出厚片麵包，把麵包像死魚一樣扔到抽屜，將那片麵包推向那大塊頭。

他低頭看著抽屜裡的麵包，像是她在抽屜大便。「好啊，拿去啊。」她回嘴，笑容和胸罩肩帶都不見了。紅髮男拿起那片麵包，溫柔拿著。抽屜抽回，發出金屬摩擦聲，愛格妮絲把另一片麵包放進去，推向他。那人又拿起來。他們繼續無聲來回，愛格妮絲把一片片麵包放入抽屜，那人像瓷器一樣小心地拿起。她確定在第一片推向他之後，他大氣都不敢喘。他身體某個地方小聲呼著氣，像是輪胎破洞一樣，他低頭看著懷裡的半條麵包。愛格妮絲繼續將麵包放到抽屜。

「我以前在礦坑工作，直到礦坑關閉。」他靜靜說：「妳怎麼看得出來我不是計程車司機？」

「我就看得出來。」愛格妮絲說：「我很有經驗。」

「是嗎？」

「都可以寫本書了。」她又將另一片放到抽屜。

「我不知道他們怎麼樣。」紅髮男說：「妳見到的那些人，他們舉止都像惡棍一樣。」

「晚上這時間在外面奔波的人要有一定的特質。你排夜班很久了嗎？」

「大概一個月。」

「非常寂寞，對吧？」愛格妮絲說。

那人望著她，像是第一次見到她一樣。「對，非常寂寞。」他說著目光透露出疲倦。

她把最後一片厚麵包推給他，「明天晚上來。我用這抽屜給你一盒玉米片。」

那人第一次露出笑容。他的牙齒又大又直又潔白，「好。」

「記得帶個塑膠袋，因為我會一片一片給你。」

與夏格分開之後，她還是有其他男人追求，但一直都沒有在晚上出去約會。她一整天都在等計程車的喇叭聲。她午餐時間就洗了澡，但仍必須等到晚上八點，他說那時候會來接她。收音機鬧鐘上的霓光數字閃爍彷彿在倒數計時。愛格妮絲一整天心情擺盪，從極度亢奮變成鬱鬱寡歡，而現在在化妝鏡前等待的她，漸漸覺得自己是個笨蛋。她在腦中擬一份清單，上頭都是她絕不能跟這新男人講的事情。一想到不能坦承各種爛事，她的喉嚨就感覺卡了個東西。喉嚨彷彿在喊，需要喝杯酒。

小夏吉默默坐在她旁邊，略有所思，他雙手有耐心地放在大腿上，腳踝整齊交錯，表情反應出他又緊張到肚子疼。愛格妮絲試著將自己的人生統整，卻感覺愈來愈無趣和沉悶。她剩下能說出口的事，只讓她打哈欠。那些事讓她成為一個從一九六七年遇到夏格之後就陷入沉睡的女人。

紅髮大塊頭名字叫尤金。這是個好名字，既老派又樸實。這是母親會為第一個兒子選的名字，希望他能堅強真誠，成為母親的驕傲，而不是討她開心。愛格妮絲總覺得天主教母親給兒子取這名字，大概希望他成為神職人員，像什一稅一樣固定奉獻的孩子。

尤金按了黑色計程車的喇叭，愛格妮絲嚇得跳起。小巧的香水瓶在化妝台上發出叮鈴聲。她低頭望著小夏吉，他手指交叉祝她好運，又舉起手向她揮了揮，露出充滿希望的笑容。里克靠在門口，雙臂交叉在胸前。她請他給她一個祝福的吻，小夏吉看著她雙臂環抱他脖子。起初里克沒動，但他非常緩慢地張開雙臂，將她抱到懷中。他一直親吻她雙頰，親到她咯咯咯笑得像學校的少女一樣，她不得不把他推開，檢查自己的腮紅。

在柔和的傍晚光線下，她再次發現男人有多英俊。他穿著寬領西裝，濃密的頭髮梳理整齊，他讓那台老計程車看起來像勞斯萊斯。尤金打開車門走出。愛格妮絲看到他輕巧的波洛領帶，領帶的飾扣閃閃發亮，散發驕傲。她突然發現，這是他們第一次沒有隔著安全玻璃。他為她打開後座的車門，她不用抬頭便知道礦坑口的女人全都在前窗看熱鬧。她感到好幾千個紗窗搖動，於是用左手將頭髮撥開，甩一下頭。她幾乎聽得到大家氣得咬牙切齒。

「沒有很難找吧？」他將車門關上後她問。

「當然，完全沒問題。」他說著發動引擎。「我有讓妳等嗎？」

「沒有。我準備真的很趕，今天一下就過了。」她試著讓這句話多一點輕鬆的笑意。

「妳看起來很得體。」他用後照鏡看著她，表示肯定。

「喔，那太好了。」她說著抬起手，讓袖子上的皮流蘇搖動。「我完全不知道該穿什麼。」

愛格妮絲從來沒去過大奧普里表演場。那地方坐落在格拉斯哥南區的哥凡路上，那裡原本是間電影院，在城市漸漸沒落的一角，後來才轉變成表演場。情侶會去那裡的鄉村音樂之夜遊玩，現場會有排舞活動或槍戰遊戲。可能是鄉村音樂帶來美好氣氛，也可能是有槍的關係，大奧普里表演場對格拉斯哥人來說深具吸引力。每天晚上那地方都人滿為患。克拉克斯頓的愛娜·麥克拉斯基在表演場的那幾小時，可以扮成「肯達基·貝兒」，而她的丈夫史丹可以穿上皮背心，戴上有著流蘇的斯特森牛仔帽，成為賞金獵人「驛馬車史丹」。

尤金停好車，牽愛格妮絲下車。大奧普里表演場的舊西部招牌點亮了街道，潮溼的柏油路鋪展在面前。大家都擠在門口，愛格妮絲覺得這裡像是一場盛大的首映會。尤金走到隊伍前面，秀出一枚閃亮的銀色警長警徽，他們便直接走了進去。

裡面幾乎看不出這裡原本是電影院。大廳有兩層，前方有個巨大的舞台，樂團在表演，歌手一臉廝子，穿著棕色的緊身皮褲，頭髮向上梳成飛機頭。他的麥克風架抵著雙腿，彷彿麥克風架是個女人，而他在和她做愛。他唱的歌有濃厚的強尼・凱許[22]的味道。

舞台前方有個小型舞池，幾對年紀較大的夫妻在跳北歐鄉巴佬版的土風舞。有個老男人穿著緊身牛仔褲，與有著粗手臂的家庭主婦共舞，他們看起來享受著寶貴的時光，手臂相扣，隨著樂團的音樂跳著。大奧普里表演場的女人不是穿牛仔裝、戴著斯特森牛仔帽，就是穿著有大荷葉邊的俗豔禮服，上面有蕾絲，她們頭髮上還會插著羽毛。愛格妮絲低頭看著自己的緊身黑色裙子和皮大衣。這是郵購買來的，花了她不少錢。她把衣服寄回兩次，才找到合身的尺寸。現在她環視四周大家都穿著丹寧布和蓬鬆的洋裝，她好討厭自己的打扮。

尤金帶著她鑽過人群。他穿了皮靴，在褐色西裝外套下有一條槍帶，上面有個裝飾用的槍套，兩邊各有一把閃亮的手槍。許多人認得他，並朝他點頭，他僵硬地回禮。舞池旁有許多小圓桌，年輕的情侶坐在那裡，還沒醉到拋下面子去跳舞。尤金拉出椅子，讓愛格妮絲坐到大廳中央，沒有躲在角落。他替她脫下外套，她讓他的手在她的肩膀上流連，讓他靠近聞到她頭髮上的香水。

這地方十分熱鬧，充滿樂團感染力，眾人各自舞動。空氣瀰漫著金黃色威士忌和皮革的溫暖氣息。夜晚才剛開始，但群眾已經玩到忘我。愛格妮絲覺得很好笑，沒想到只要一些廉價的打扮就能讓人解放。

「妳覺得怎麼樣？」尤金問，臉上露出驕傲的燦爛笑容。

---

22 強尼・凱許（Johnny Cash, 1932-2003）是美國鄉村音樂創作歌手，為美國音樂史上最具影響力的音樂家之一。

「很不可思議，對不對？」

「真的。其實格拉斯哥就像原始的瘋狂西部。你平日在瑪麗丘路上仍有機會被人割掉頭皮。」尤金顯得放鬆自在。「我很高興我們終於出來約會。」

「我也是。」

「我今晚第一次確定妳真的有腳。」他大笑，「還以為妳腰下面就是加油站的凳子。」

「我希望你沒失望。」

「不會，不失望。」尤金大笑伸出手，好像在正式介紹，「很高興見到妳。跟我說說妳的事？」

「沒什麼好說的。」愛格妮絲拿起潮溼的酒杯墊，緊張地轉起來。她說出在腦中練習過的話：「我是道地的格拉斯哥天主教徒。生活安靜平淡。」

「對，我也是。」

「我離過婚。」愛格妮絲馬上補一句，比起我丈夫為了個邋遢醜婊子拋棄我，她比較喜歡這說法。

尤金頓了頓，她覺得這一秒十分漫長。「妳沒辦法讓婚姻繼續下去嗎？」天主教徒問。

他失望嗎？愛格妮絲看不出來。她搖搖頭，幸好這時候，一個女服務生馬刺叮噹作響地走到桌邊。她稱得上漂亮，穿著淺色緊身牛仔褲，繫著巨大的響尾蛇腰帶，蛇頭沒有獨立出來，蛇尾直接穿進牠的嘴巴。「嘿，你們好，警長，最近生活怎麼樣？」她說著一口德州腔，但又帶有高柏斯地區的口音。

「嗨，貝兒，沒什麼好抱怨。」尤金伸出手比向愛格妮絲，「這是我朋友愛格妮絲，她第一次來。」

貝兒沒露出笑容，她巨大的牛仔帽朝愛格妮絲方向點了點。這招呼打得相當冷淡。「警長，你現在開著新車穿梭在這瘋狂的城市嗎？」

「對。很遺憾。」

「喔，有朝一日我要叫你來載我。」她靠近他，T恤的領口在胸前叉開，用好萊塢的德州腔繼續說：「也許我們可以去本泰蘭兜個風。我姪女在海邊有輛露營車。」

愛格妮絲好奇德州有沒有海邊的露營車。她忍不住咯咯笑了。服務生低頭看她，好像她是個害蟲。

「也許下次吧。」尤金在座位移了移身子。

貝兒嘆口氣，拇指插到皮帶裡。「要點什麼，朋友？」她的口音回到南區腔。

「我一品脫半的啤酒。」他望向愛格妮絲。

「嗯……我點可口可樂。」愛格妮絲說。她一整天都在擔心這一刻。

「就這樣？」

「幫我放檸檬片？」愛格妮絲盡可能輕描淡寫說。

「馬上來。」女人嘆口氣，叮鈴噹啷走了，像隻發胖的小母牛，不忘搖著屁股。

愛格妮絲望向尤金的臉。她很高興他沒有偷瞄她。「哼，她人真好。」

「對啊，是吧。」尤金敷衍地說。

「貝兒是個很好聽的名字。」

「對，是啊。可惜她的真名是嬌拉汀。」

愛格妮絲大笑，「是這樣嗎，警長？」

尤金大方讓她笑他，也讓她放鬆一點。「對，那是來自加特科什的嬌拉汀，搞不好她親手殺了那條蛇，自己做了皮帶。」

「那我最好小心點。」

「對。那女人可能會將前夫剝皮，做兩雙新靴子。」

飲料來了，他們坐著看跳排舞的人群搖擺和轉圈好一會，後來他轉向她問：「所以妳為什麼不喝酒？」

愛格妮絲在腦中想一下她整理過的說法。「喔，你知道。我不適合喝酒。早上會頭痛。」她緊張地抓了抓後頸。

尤金似乎不打算接受這個謊。兩人之間閃過心照不宣的感覺。「好吧，也許之後再喝。」

「也許吧。」她試著改變話題，「總之，城鎮的大警長怎麼還單身？」

「我正想問妳同一件事。」

「說來話長。你記得前夫被我剝皮做皮靴嗎？」

「什麼？那我要小心嗎？」

「哼，有人說我是想找個錢包當伴的離婚女子。」她吸著小吸管。「說說看，回答我的問題。」

他花一會才開口。他喝一小口啤酒，然後一口威士忌。「我結婚很久了，其實直到去年。結果她得癌症。走得很快。」

「我很遺憾。」她手放到他手上。「我父親也是。」

他只點點頭，又各喝一口酒。啤酒杯側的水珠看起來十分清爽。

鄉村音樂漸漸停下，樂團告訴眾人他們要休息一下。汗流浹背的夫妻走來，女人穿著妓女禮服，男人則是標準的牛仔打扮。就像在格拉斯哥低級酒吧一樣，女人開口說：「嘿，警長，你好嗎？」尤金介紹這對夫妻檔：蕾絲莉和雷斯里，他們是常客。

雷斯里說：「如果你看到我妻子，別告訴她我和這隻年輕的小鳥在這玩耍。」那矮小男人露出雪貂似的笑容。

「別鬧了。好像我之前沒聽過一樣。」他的妻子翻白眼，快被這多年的玩笑話無聊死。「我們只是過來關心你一下，警長。」蕾絲莉粗壯的雙臂在胸下交叉，將十字架拿起。「你還好嗎？」

「還行。」尤金看起來有點走投無路的感覺。

「我們還是會在教堂為你祈禱。」蕾絲莉說：「感覺跟昨天一樣，對不對？」

「是啊。」尤金說。他緊張望向愛格妮絲。

「上帝愛她，所以將她蒙召回天家。」蕾絲莉轉著她的十字架。

尤金舉起威士忌敬一下酒，但沒有喝。

愛格妮絲看著蕾絲莉。女人正打量尤金，她的目光從他的頭髮，到新縫上的背心鈕扣，再到襯衫漂白漿燙的領子。她是那種注重細節的女人。誰燙他的襯衫？誰替他準備餐點？「你妹妹好嗎？」她終於問。

「還不錯。」他說：「我可能年紀最大，但你看到她們做事，會以為她們才是大姊。她們簡直比瑪土撒拉[23]老成了。」

「噢，她們都只是擔心你。跟柯琳說，我關心她和孩子，好嗎？詹姆西的事真的太糟糕了。跟她

23 瑪土撒拉在《希伯來聖經》記載中，活了九百六十九年，是最長壽的人。

說，我會寄些舊衣服過去。我們家傑洛又長大了，長得跟雜草一樣快。礦坑關閉之後，我不知道柯琳怎麼讓五個孩子都有衣服穿。」

尤金僵在原地不動，他威士忌杯仍舉在半空中。愛格妮絲過一會才聽懂，她笑容開始垮了。「礦坑關閉之後，那地方大不如前。我聽說煩寧造成的各種爛事。喔，還有對街搬來的那個酒鬼婊子。」她轉向愛格妮絲，期待她的認同。「我們那時代，教會會叫那種人搬走。有那種女人在好人家的社區裡真的不好。」

聽到這裡，像雪貂的牛仔翻白眼，抓住妻子又胖又軟的手臂。他將她半拖回舞池。「好啦，再見了。」女人開心地說，她轉向愛格妮絲。「很高興見到妳，親愛的。」

愛格妮絲點頭，但雙眼已泛淚，黑色的眼線都快化為液體。雷斯里夫妻走了之後，她和尤金沉默半晌。然後愛格妮絲開口：「所以你們全都在笑我？」

「沒有。」尤金像個誠實的孩子搖搖頭，紅色的鬈髮搖晃，「我沒有。」

「所有人都在笑我。」她自言自語說：「我對你來說一定是個大笑話。」

「沒有。」他再次說。他巨大粉嫩的手掌掌心向上攤在桌上，就像夏格一樣，彷彿是個詐欺犯想裝真誠。

愛格妮絲看著他雙手，自怨自艾的心再度浮現，儘管早料到是如此，她還是寧可他乾脆直接傷害她。「所以柯琳．麥蓋文尼到底是你的誰？你們關係全纏在一起，就算她同時是你表妹、姊妹和你家送牛奶的，我都不意外。」

尤金嘆口氣。「妳問我妳家難不難找，我說不會。我講得沒有很清楚。」他緩緩喝一口啤酒，再快速喝一口威士忌，雙手又攤開。「柯琳・麥蓋文尼是我的妹妹。」

全場快樂的聲音停止了。愛格妮絲感覺得到雷斯里夫妻盯著她。他們瞇著眼，用目光在她的側臉、裙襬和戒指上烙印她熟悉的羞恥標記。她沉思這段話。琥珀色的拉格啤酒呼喊她的名字。它說它能讓一切好轉。

尤金又開口：「加上柯琳，我們兄弟姊妹共八個人，全住在社區裡。我們是愛爾蘭血統。妳知道愛爾蘭家族是怎麼回事。我們的祖父是第一批礦工，我們長大之後，大都留在礦場。他們那個年代的人，沒什麼想像力。」他試著露出溫暖的笑容。但她沒有輕易融化。

「所以她怎麼說我？」愛格妮絲說著挺直背脊。

「噢，別擔心她。他媽的她太多話了。」他攤開的手掌握成拳。

「哼，反正我可以想像……」

「這就是一個小地方……」尤金安慰。

「我是個臭酒鬼……」

「大家都無所事事……」

「也是個爛母親……」

「大家都知道彼此的問題……」

「我出盡洋相……」

「其實誰都不該多管閒事。」

「而且是個噁心的妓女。」

說完最後一句話，他尷尬地在座位上挪動身子。善良的天主教徒長子，堅強真誠。

「我了解了。」她靜靜地說。

「我必須問一件事。」他過一會說：「我是說。我非常抱歉必須問妳這件事。」她看到他粗大的脖子肌肉抽搐。「但妳有跟她男人睡過嗎？跟詹姆西？」

愛格妮絲答案在心中搖擺。喝了那麼多年酒，很多事會覺得不確定。好幾年來，大家都在問：你記得那天晚上你怎麼怎麼嗎？你不禁會失去現實感。她斷片忘記的事有時微不足道，有時驚世駭俗，也有時悲慘萬分。其實她不會說自己和詹姆西睡過，至少不是自願的。他占她便宜，事後卻反悔。那讓一切比「睡」還糟糕。她不知道要怎麼形容。

「沒有。我從來沒和詹姆西睡過。」她口吻盡可能肯定。

尤金再次將杯子拿到嘴邊，看來很高興有東西能擋在兩人之間。愛格妮絲挺直身子，頭高高抬起，直到肌肉繃緊。「他們口中關於我的事都不是真的。我屋子裡很乾淨，一塵不染。」

一個瘦子走上舞台。他衣服破爛，面黃肌瘦，有一頭像威利・尼爾森[24]的長白髮，但因為長年吸食尼古丁，前端染上污濁的黃色。他喋喋不休，好像在用嘴巴跳蘇格蘭吉格舞。

「大家靠過來，又到了這個時候。現在是『日正當中』。對各位愛爾蘭牛仔來說，這代表晚上十點半。」眾人捧場笑了幾聲。「這是拔槍對決之夜。所以排好隊。我們馬上開始第一輪。」

尤金很高興能轉移注意力，他把剩下的琥珀色酒水都喝完。「好了！走吧。」他起身，不等她回答，直接把愛格妮絲從椅子上拉起。他將大衣向後拉，露出兩支銀色手槍。他解下腰上的槍套，繞在她腰上，然後拉緊皮帶，但仍鬆垮垮的。「好了。看我的。」

「台上的牛仔會數到三。」他手臂僵硬放在兩側。「等他喊到三，妳才能伸手拿槍。可以嗎？他說三，妳就把槍抽出來，然後瞄準，扣擊錘並開槍。」尤金抽出其中一把槍，然後快速用手掌掰下擊錘，假裝扣扳機。「別擔心瞄不準。只要盡快扣扳機就好。」

「我辦不到。我會像個傻子。」

「我們自尊都留在家裡。」尤金指著閃亮的塑膠警徽，「我是鎮上的警長，你是我的女人。沒人會欺負妳。」

愛格妮絲只聽到「我的女人」這段。

台上的瘦子說換女人上台對決，女生開始排好隊伍。愛格妮絲之前沒注意到有這麼多槍，每個人都有，又長又亮又假。尤金把她排到隊伍中。「我不行！」她壓低聲音說。

「聽著，假裝那是柯琳，妳一定能正中她的額頭。」

前兩個女人站在布滿沙土的地板上，相距六公尺遠。瘦子分別介紹她們是「安妮地．天使」和「德爾塔．迪爾德麗」。他手舉向空中，大聲朝麥克風數。「一……二……」他數到三，兩個女人手伸向腰間的槍。其中一人舉平，手掌掰下擊錘，扣下扳機。槍發出巨大的爆裂聲，冒出一陣煙，像是小孩子的玩具槍。德爾塔．迪爾德麗比安妮地．天使率先開槍。她吹開槍上的煙。全場歡聲雷動。

「喔，對了。」尤金說：「我忘記說，妳要有個藝名。」他淘氣一笑溜走了。她看到他坐回桌旁，又點了一輪酒。他朝她比比大拇指，手指厚實粉嫩。

24　威利．尼爾森（Willie Nelson, 1933-），美國鄉村音樂家和代表人物，二〇〇〇年獲得葛萊美終身成就獎。

等愛格妮絲移動到隊伍前面，空氣中已瀰漫著硫黃味，儼然是蓋伊．福克斯之夜。前面的女人問愛格妮絲她的名字，寫下來交給麥克風前的男人。她帶愛格妮絲越過場地，轉身面對另一個女人，那就是她要對決的女人。可惜的是，她看起來一點也不像柯琳。她綁了辮子，白色襪子有摺邊，和一件短版的格子連身裙。她一看就有六十歲，好像是學校的午餐阿姨。

台上的瘦子為選手唱名。左手邊是「亞利桑那．安」。眾人鼓掌，午餐阿姨拉起裙襬，行個屈膝禮。瘦子邊說邊指向新來的，右手邊是「浴火鳳凰」。眾人再次鼓掌，愛格妮絲確定自己的掌聲稍微大一點。

瘦子開始數：「一……二——」

「對不起。等一下，等一下！」愛格妮絲大喊，她蹲到地上，把手提包塞在雙腿之間。群眾大笑。愛格妮絲臉都紅了。

瘦子嘆口氣，重新開始倒數。愛格妮絲集中精神，舌頭抵著門牙。男人全看著她。「一……二……三……」

砰一聲響起，緊接著又有一聲砰。愛格妮絲睜開眼。午餐阿姨揮拳慶祝自己獲勝。

警長在他那輪一路挺進準決賽，而愛格妮絲整夜多半獨自一人坐在桌旁，喝著溫溫的可樂。他輕而易舉便射死其他男人，她莫名感到驕傲。恍惚之中，她遙想著他們能成為人人稱羨的一對。然後她想到柯琳，還有所有人的臭臉，這些人搞不好都是他親戚。

警長終於輸了，那個歌手戰勝了他，他的藝名叫「歌唱水電工」。麻子臉男看起來的確很認真，彷彿他在房間會一邊聽肯尼．羅傑斯的歌，一邊練習開槍。他長得一副愁眉苦臉的樣子，所以儘管練習過，他驕傲擺出克林．伊斯威特[25]神氣的模樣時，只能說是畫虎不成反類犬。

水電工一路獲勝。他得到的獎賞是能到吧台換免費的酒，後來他再度爬上台，樂團又開始演奏。更多情侶因為喝了不少廉價酒，這時站上木地板跳舞。警長帶著愛格妮絲走到中間，緊緊扶著她，舞姿正式老派，現在年輕人根本都不走這一套了。

「我喜歡妳為自己取的名字。」

「謝謝，但你沒事先提醒我有這遊戲。」他身體溫暖，散發香氣，他的呼息火熱。她放鬆讓他將她拉近，靠到他胸膛。

「妳做得很好。」他看起來真心感到驕傲，讓她無比快樂。

「才怪。我三秒鐘就被射死了。」

「想像是柯琳也沒用嗎？」

「我閉上眼睛了。」

尤金哈哈大笑，他雙眼喝酒之後閃爍著光芒，「好吧。但妳絕對贏得了全場最美的頭銜。」

「少來。而且你等著瞧。我家裡有些舊窗簾，我下次要做件大洋裝來。」

他看起來好興奮，輕輕搖她。「還有下一次？」

「我想是可以，畢竟我連服裝都想好了。」

25 肯尼．羅傑斯（Kenny Rogers, 1938-2020），美國知名鄉村音樂家，二〇一三年進入美國鄉村音樂名人堂，唱片銷量超過一億張。克林．伊斯威特（Clint Eastwood, 1930-），美國著名演員和導演，演員生涯以經典西部硬漢形象為代表。

「我等不及要看了。會是那種妓女穿的蓬蓬禮服嗎？」

聽到關鍵字，愛格妮絲身子抽一下，彷彿他踩到她的腳趾。他感到她在他懷中挺直身子。愛格妮絲縮回自己身體，冰冷的空氣灌入兩人之間。樂團演奏另一首歌，曲調悲傷心碎，那是首會讓女人們一起跳舞唱的歌。

「所以妳戒酒多久了？」

「也許你可以問你家的柯琳。」換尤金全身僵硬了。

「很難嗎？戒酒？」他真心問。

「很難，而且愈來愈難，不會變簡單。」

「怎麼會？」

「你每天都變得更堅強一點，但酒永遠在一旁等著。不論你怎麼逃，酒永遠都追在身後，像影子一樣。訣竅就是不要忘記。」

「忘記什麼？」

「所有事情。」她嘆口氣，「不要忘記自己多軟弱，酒醉多悲慘。有時候，你會以為自己能控制，以為你已經辦到了。」

「我敢說妳一定辦得到。」他坦率地說。

她抬頭望著他，「這就是為什麼參加無名會很重要。因為你永遠不可能辦得到。」

「我希望我喝酒不會影響到妳吧？」

她猶豫了一下。「不會。」

「會嗎？」

「喔，不會啦。只是我好希望我能跟你喝一杯。感覺自己很正常。」

「噢，就我看來妳很正常啊。」

他回答得如此坦率，如此迅速，不禁讓她十分驚訝。「不管你信不信，已經好久沒人對我說過這麼好的話。」

他們繼續跳舞。她試著讓心情好起來，試著拋開懷疑和羞恥，重新沉浸在之前的白日夢中。他可以成為幫助她從空虛中脫身的人，他能成為一個朋友、一個情人和一個父親。她能替他打理一切，替他做飯。她能讓自己保持乾淨。他能給她錢。他們能一起享受假期。他能在知名大型超市推著大推車，替她買日用品。她會愛著他。這就是她的白日夢。

冰冷的空隙再次消失，兩人身體重新貼在一起，這時她突然情不自禁問出口：「如果柯琳跟你說我是丟人現眼的人，你今晚為什麼會來？」

他好一會沒說話。等他回答時，她感到難堪，而且很明顯他已經想過這件事——「我已經寂寞好多年。在我妻子過世之前，我就很寂寞。不要誤會。她是個好女人，就像我們家柯琳一樣是個好女人，但我們就卡在日復一日的平淡生活裡。」音樂跟他所述說的淡淡哀愁不搭。「你想想看，我這輩子大半都在地底下過活。每天結束之後，我沒什麼事好與人分享。二十年之後，你能說些什麼？但她確實是個好女人。她以前會為我準備熱騰騰的餐點，要肉有肉，要肉汁有肉汁，盤子也都燙手，因為她會在爐子預熱一整天。我們無話可說，所以只能吃著熱騰騰的飯。總之沒什麼值得一提的。」

他繼續說：「我四十三歲了。我已經比我爸多活了四年，所以應該要認命。我應該要從礦坑退休，靜靜和她安寧過一輩子。」

她聽到他喉嚨哽咽。「我一開始沒注意妳。我那時候不認識妳，從沒聽過柯琳提起妳的名字。那是女人的事，對不對？她們不會對男人講這種事。八卦、講人隱私、教會什麼的，那是她們的俱樂部。我唯一知道的是我看到妳坐在玻璃後面時，是一個一樣寂寞的人，我希望我們彼此有聊不完的話。」他嘴唇顫抖，「我後來才發現，我不想認命。」

愛格妮絲這時親吻他。尤金，堅強又真誠。他雙唇堅硬，但滋味甜美。

20

愛格妮絲坐在臥室地毯，背對著門。床邊收音機鬧鐘播放著輕柔的情歌，她跪在地上，開心地隨著歌哼唱，粉嫩的腳趾在身後蠕動。小夏吉看她專注低下頭，整理一堆內衣褲。她把全部內衣褲都拿出來整理，先分黑白，然後把白的分成潔白和米白，最後還有一堆是不要的，也就是「好久好久以前是白的」。小夏吉來到她身後，張開自己的腳趾，和她交錯在一起，讓每個關節和母親的緊緊夾在一起。他手環住她肩膀，看她整理。

她拿一件蕾絲內褲給他，前面的三角布是塊緞紋布，但其他面都是蕾絲。她捏著內褲的邊。「你覺得這件怎麼樣？」她問。「我覺得可能屁股那邊太低了，也許有點老氣？」

這件內褲讓他想到一件事。小夏吉目光從內褲飄到窗前的白色蕾絲窗簾，她循著他的目光望去。「你這壞孩子！」但她沒生氣，只是靠著他，把那件內褲丟到不要的那堆。「那就這樣！」

小夏吉拿起舊的白色胸罩。他拉開內褲，聽鬆緊帶拉伸彈回。「我猜里克可以用這個做彈弓。我可以拿五塊炭，把麥蓋文尼家的窗戶都射破。」

愛格妮絲要他放手，讓胸罩落到不要的那堆。「那樣的話我一輩子都會覺得丟臉。」

「那妳在幹麼？」

愛格妮絲拿起一件透明蕾絲睡衣，將絲質布料覆在雙眼下，來回搖動，像辛巴達的神祕妻妾。

「我只是想整理好。」

「幹麼那麼麻煩。貝瑞神父教我們，唯一能看到內衣褲的只有自己。」

「貝瑞神父確實說得沒錯。但如果你真的要知道——我要出去過夜。」她彎向他，意圖不軌似的。「只是是在白天。」

「計程車司機嗎？你沒有要讓他看妳的內衣褲吧？」

她大笑，順手彈他鼻尖。「對，我要跟我的巨大薑餅人一起去過夜。然後我告訴你，不會，我不會讓他看我的內衣褲。」

●

他一直很興奮想和她分享。他接她上計程車之後，每隔幾分鐘就一直重複說：「妳一定會很愛」，和「我希望妳會很愛」。尤金開上一條愛格妮絲從來沒見過的路，起初她很難過車遠離城市。她原本期待兩人要去市中心吃頓好的，搞不好還會去國王劇院看表演，她還特地為此打扮。

現在兩人俯視地面的溪谷，尤金一臉煩惱，搔著後頸。「幹，我可能要背妳過去。」

黑色高跟鞋踩進泥巴，她感覺隨時會跌倒。「但萬一你沒背好怎麼辦？」

他望一下幽深的溪谷。「噢，別擔心。妳會死得很快。」他像騎士一般，單膝跪在淤泥上，向她獻出自己的背。愛格妮絲小心撩起裙襬，盡可能拉高，她不在乎他看到她的大腿，但小心不要露出黑色絲襪厚重不好看的襠片。

她雙腿勾住他，他輕鬆將她背起。下溪谷的路非常危險，土地有些光滑的石階，但往下之後，石階都已破碎，路也被崩垮的大石所擋住。尤金扶住溪谷壁，緩緩往前。好幾次，他必須將愛格妮絲放下來，先爬到前面然後扶她跨過大石。等到了溪谷底，他們喘得上氣不接下氣，全身髒兮兮的。

他們站的溪谷是經過數千年緩慢流動的溪水所切割出來。那裡潺潺流動的溪水是鏽紅色，匯集千年紅砂岩的沉澱物，看起來幾乎像血水一般，令愛格妮絲深感不安。紅色的岩壁聳立在前，連綿起伏，隨著緩慢的溪水彎曲。河水中間有塊突出的大砂岩，像是一座祭壇。雖然溪谷在下游變寬，但上游愈來愈窄，只見樹木和苔蘚。她抬起頭時甚至幾乎看不到天空。尤金眉開眼笑。

「惡魔聖壇。」他驕傲地說：「很驚人，對不對？」

愛格妮絲腳跟抵著地。她的高跟鞋扔在一旁，卡在岩石縫上。「我看得出來你是個礦工了。」

他摸著砂岩和苔蘚，很懷念的樣子。「我第一次來這裡是跟我父親。當時沒什麼人知道這裡。他放好躺椅，打開啤酒，讓我們在這裡大笑大叫好幾個小時。」尤金望向四周，回憶著那段好時光。

「水很冰冷，但柯琳以前很愛在裡面游泳。她有雙長腿，賽跑沒人跑得過她。」

愛格妮絲皺著眉頭，望向鮮血般的水，她將小皮包夾到腋下。「她最後一定看起來像魔女嘉莉[26]。」

尤金彎腰用手舀起溪水。「沒有，不會！這可以喝，非常乾淨。看。」

他把水拿到嘴邊，但她只一手放到胸口，嫌惡地搖搖頭。她幾乎馬上後悔，並希望喝下那口水的是自己。尤金一臉垂頭喪氣，手在褲子上擦一擦。「我真笨，真是的。我到底在想什麼？竟然帶有氣質的妳到這種地方？」

「不是。只是和我預期的不一樣。」她也摸過紅色的砂岩，試圖感受一點他回憶中的溫暖。「我想我們上次和人交往都有一段時間了？」

「感覺得出來嗎？」尤金用褲管後側將布洛克皮鞋上的紅石子擦掉。他用拇指指甲挖出一塊紅石塊，用力握緊，直到指節泛白。「我只是個低賤的礦工，但我敢發誓，如果擠壓得夠久，也會變成鑽石。」

愛格妮絲大笑。她打開皮包，遞向他。「你早說嘛？這樣才對呀！」

兩個德國旅客下來峽谷時，他背著她再次回到地表。這次她全身抱著他，故意讓雙唇靠近他耳後粉紅的皮膚。尤金計畫了一整天的行程，不論接下來是什麼，她決定不會再破壞他的興致。

他開車到坎普西山，他們走過沼澤地，來到山丘另一邊，但這次她沒抱怨了。他們坐在綠坡上，俯瞰遙遠的城市。他帶了一條舊的格子呢毛毯，她不需開口，他便坐到她和呼嘯的風之間，並打開他準備好的食物。

東西簡單、扎實和樸素。他帶了厚片乳酪三明治，乳酪切得和麵包一樣厚，他還帶了個農夫籃，

26《魔女嘉莉》是一九七六年的美國恐怖電影，改編自史蒂芬．金的小說，經典的場景便是嘉莉全身浴血的畫面。

裡頭全是大顆紅色草莓，他還帶來在家烤好的一鐵盆香腸。廚藝不精就以量取勝。他準備的食物夠整班礦工吃了。

「你老婆以前多會吃啊？」她問。

「對啊，我想她胃口很好。」他讓她笑他，愛格妮絲再次感受到他有多好相處。尤金從運動提袋拿一罐啤酒，拉開拉環。「妳不會介意吧？」

她撥開裙子上的泥土。「你喝。盡量喝。」

他拿出兩瓶飲料給她選，一瓶是溫溫的牛奶，另一瓶是大罐果汁汽水。她指向汽水，他替她倒進保溫杯中。「妳不喝酒都喝什麼？」他看起來真心感到困惑。這是個平常的問題，不是針對她。

但愛格妮絲轉移話題：「通常是敵人的淚水，喝不到的時候，就喝茶或自來水。」

說完兩人舉杯互擊，開心說道：「乾杯！」從她的位置，聞得到啤酒飄散著熟悉的濃郁土壤香氣，她突然後悔讓尤金坐在上風處。她剝了一塊起司三明治，起司很好吃，是香氣明亮撲鼻的切達起司。愛格妮絲必須剝小塊，像小鳥一樣啄食，以免厚厚的奶油讓麵包卡在假牙後面。

「不好吃嗎？」

「沒有。很好吃。」她說：「我只是在想，我不記得上次別人弄食物給我吃是什麼時候。」

「天啊，他們怎麼都忽略妳。」

她展開雙臂大笑。「可不是嗎！謝謝你。我一直念，都沒人理我！」

「你家有的話，我會做起司片、火腿和沙拉。我可以自己開罐頭，甚至會水煮蛋。」他抬起下巴，露出孩子氣的驕傲。

愛格妮絲在胸前打個十字，著迷說道：「麥克納瑪拉先生，你這麼久以來都躲去哪裡了？」

也許後來他會告訴她，他是怎麼像青少年，用袋子裝好野餐的食物，暗中偷渡進家裡。他改天會跟她說，那天早上，他把砧板拿進廁所，鎖上門，才做了這些厚實的三明治。他會跟她說，他的女兒寶妮很愛刺探他的一切，但等之後再說，再等一陣子再說。一切都可以慢慢來，他不想破壞她美好的一天。

愛格妮絲用手背摀住嘴，打個哈欠。尤金大笑，然後也打哈欠。「對啊，值夜班會這樣。」

「我們居然在白天出門，像夜行性動物一樣四處爬行。」

尤金喝一口酒。「唉，我只是很高興有工作。就算我必須像、像……」

「像白鼬一樣東奔西跑。」愛格妮絲幫他接話。

「小姐，你剛才罵我鼬鼠嗎？」

「罵其他人的話，沒錯。但你絕對不是。容我提醒你，我超級愛貂鼠類的。用鼬鼠的毛皮也許可以做一件美麗的大衣。」愛格妮絲又打哈欠，轉向面對格拉斯哥。現在格拉斯哥已變成青翠的山谷中的一片灰色建築，感覺距離好遠。他們看著下午的太陽從低矮的雲朵間穿出。「我們可以待到看夜景嗎？」

「如果妳不會冷的話，好啊，都可以。」

天氣彷彿偷聽著他們說話，一陣冷風吹過山坡，風吹起她頭髮時，她不禁瞇起眼，皺眉頭。尤金打開他寬大的身體，拍拍他的胸膛，好像她屬於那裡。她太優雅，不想爬過去找他。於是愛格妮絲站起身，穿著黑色高跟鞋搖搖晃晃走過毛毯，躺到他身上。

她閉上眼，他手臂安穩環抱住她。他們這樣坐了良久，沉默不語，望著黑幕漸漸籠罩城市。在他懷中，她感到溫暖，她向後倒，信任他厚實的身體。他替她的小腿揉去寒冷，她看著他手指的雀斑，他雙手緩緩摸上她膝蓋突出的骨頭。

當他溫柔親吻她脖子，她再次閉上雙眼，欣然將不讓他看內衣褲的承諾全拋到腦後。

●

「起床！」她用力搖他。小夏吉睜開雙眼。她站在他旁邊，手上拿著一團黑色衣服。她傾身，興奮低語。「換衣服！我們要去大冒險。」

他還半睡半醒，愛格妮絲拖著他沿著礦坑路走出社區。半夜裡，泥煤沼澤一片漆黑，唯一的聲音就是溪水的水流聲和蟾蜍鳴叫的聲音。自從和尤金交往之後，對她來說，一切感覺變得無比正向，她不再自陷於無止境的黑洞。現在聽到小夏吉哀叫，她不禁大笑，接著便邁開大步，邊哄邊騙，拖著他走入黑暗中，一路唱著快樂的歌：不好意思，我不曾應許你一座玫瑰園[27]。她另一隻手拿著六個黑色垃圾袋。其中一個袋子裝著沉重的金屬，像啤酒罐傳出大聲的撞擊聲。

他們來到前往格拉斯哥的快速道路旁，溜過加油站，最後躲到道路旁的櫟樹陰影下。她看著寬大的道路，等待車流中斷，然後他們跑到馬路中央的分隔島，像逃犯一樣，蹲在濃密交錯的樹叢中。愛格妮絲咯咯笑著，她將黑色垃圾袋中的東西倒出來，原來是一組花園的小鏟子。

「好，我們動作要快。」她輕聲說，他用小鏟子鏟起一團覆土。「等把每一株挖起來再走。」

小夏吉躺在床上，身上仍穿著盜賊的服裝。他咬著嘴唇，想著親吻母親、讓她重新開始歌唱的紅髮男。他想問里克的看法，但他哥哥躲在被窩裡，小夏吉知道最好不要把他從夢中挖起。他走過地毯，拉開窗簾一角。

映入眼簾的畫面起初全無道理。窗外骯髒的花園煥然一新。花園原本布滿棕色泥土，雜草及腰，如今卻化為一片彩色波動的海洋，幾十種健康茁壯的花朵在微風中搖曳，桃色、白色和深紅色的玫瑰全像氣球一樣活潑跳動。

他在清爽的早晨走到外頭，撿起落在地上的玫瑰花瓣，起身時，五個麥蓋文尼孩子已掛在木欄杆上，像被風吹走的塑膠袋。

他們瞠目結舌，望著美麗的花海，嘴裡大聲呼吸。「你們花怎麼來的？」在三個女孩中間的髒老鼠尖聲問道。

「我不知道。」小夏吉說謊。

「哼，這些昨晚沒有啊。」她嘴邊有一圈巧克力玉米片渣，像老鼠般的頭髮兩側蓬亂，並往西方飄去，好像在風大時指引方向。

---

27 〈玫瑰園〉（Rose Garden）是美國鄉村歌手比利・喬・羅伊爾的歌，收錄在他一九六五年最成功的專輯《農村裡》（*Down in the Boondocks*）。

「也許它們就這樣長出來了。」他回答：「像魔法一樣。」

用嘴呼吸的小鬼全都大笑，聲音低沉。最大的法蘭西斯手伸進欄杆，把白玫瑰整朵拔了。

「嘿！」小夏吉尖叫，他聽起來像個嘮叨的大媽。「拜託，不要這樣。」

男孩爬到欄杆更高處，最高的欄杆卡在他瘦巴巴的肚皮上。「誰能來阻止我？」他威脅道。

「可是花又不是你的！」

「它們也不是你的，白痴。」髒老鼠啐道，她因為有機會打架感到興奮。她只有小夏吉一半歲數，但已經比他還強。

「你以為花朵一個晚上能直接長出來嗎？」法蘭西斯問。

「有可能啊。」

「老天，你真是個傻瓜同性戀。」髒老鼠說，她咧嘴笑，露出尖銳的小牙。麥蓋文尼家的孩子大笑，跳到欄杆上，齊聲大叫：「傻瓜同性戀、傻瓜同性戀。」他們的聲音響徹安靜的街道，比冰淇淋車廣播還響。

「你喜歡雞雞跟屁屁。」法蘭西斯說：「我媽要我們離你遠一點，以免你想用手指插我屁股！」孩子在欄杆上用力跳著，並朝他抓過來。他們輪流朝花園吐口水，吐得又高又遠，口水噴到小夏吉和飽滿的花朵。他們一個個跳下欄杆，一路大笑越過街，回到家裡。一進到他們家的柵門，髒老鼠轉身，開心朝他揮手。

小夏吉看他們像士兵依序進了前門。他用黑色毛衣的衣袖蓋住手，擦掉臉上的口水，但一這麼做就後悔了。柯琳．麥蓋文尼在窗邊抽菸，她雙臂在乾瘦的身體前交叉，凹陷的茶色臉龐露出尖銳的笑容。

每一扇窗都敞開了，錄音機在窗台播放。愛格妮絲站在玫瑰園中，穿著裁短的丹寧短褲和舊的棉質上衣。她將肩帶拉下，以免破壞她均勻曬出的膚色。那年夏天特別熱，一連好幾天都是乾燥晴朗的好天氣，天空清澈，豔陽高照，直教人中暑和曬傷。

愛格妮絲轉著圈，彷彿和想像中的舞伴一同跳舞。「你快把屁股移到外面來，跟母親跳舞。」她叫得太大聲，話音在礦工的房子間迴盪。

小夏吉躲在涼爽的臥室陰影中，坐在床邊瞪著她。他最近白天都躲躲藏藏。「聽著，你不能整天都坐在室內。」愛格妮絲哄他。「太陽馬上又要躲起來一年了，你會後悔。」她轉個圈，揮著一條毛巾，就像個瘋子。她和他記憶中一樣開心，而想到這點，他意外感到心痛。她的快樂全來自紅髮男。他做到了小夏吉做不到的事。

愛格妮絲看起來像玫瑰女神，肩膀和臉上都因夏日豔陽染上紅霞。因為冬天和長年喝酒，紅色的蛛網紋在她開心的雙頰浮現。彷彿迪士尼親自替她上色，讓她重獲生命，成為了穿著更露、更會抽菸的白雪公主。

愛格妮絲從夏吉窗前爬上來，半截身體探進屋裡，她柔軟的雙峰放在窗框上。這樣好一點，至少她沒像瘋子轉圈跳舞給大家看。他過去還不曾因為清醒的她感到難為情。如今這種感覺讓他不大高興。

小夏吉坐在自己的雙手上，忍住不握緊拳頭。他想像自己氣惱到揍人。幾拳給臭玫瑰，幾拳給臭麥蓋文尼家的孩子，但最讓他受不了的是，他等待快樂的生活這麼久，現在卻無法為此感到開心。

他抬起頭，她仍面帶微笑，興奮到一臉傻氣，但依舊充滿感染力。她的手臂被玫瑰刺刮傷，但她似乎不以為意。「你不能像老太婆一樣坐在家裡，到後院來找我。」

愛格妮絲身影消失，小夏吉又氣一會。一隻白手從里克被子中伸出。它充滿威脅地指向小夏吉，然後大拇指充滿威脅地朝後院一比。小夏吉知道母親不喝酒之後，他哥比較晚睡了。他一直在大張的方格紙上畫畫，設計他在臥室另一邊要打造的木頭櫥櫃。第一個是複雜的櫃子，要放他的音響和黑膠唱片。接下來他打算做個低矮的松木書桌，上面搭配有門的層架，這樣他才有個舒服的地方畫畫，並將他的想像鎖起來，不讓弟弟偷看。小夏吉趁里克去當學徒，花了好幾小時研究他畫的圖。層架會直接鎖到石牆上。小夏吉雙手摸著圖，喜歡這種永久安定的感覺。

小夏吉仍聽得到母親在唱歌。巨大的金屬撞擊聲傳來，里克踢著自己被子，用力翻身。小夏吉察覺到他的怒氣，拖著腳步離開黑暗的房子，走到陽光下。他轉彎來到後院，看到她拿著花園水管，彎腰將水注入白色的金屬箱中。

她將丹諾利家壞掉的冰箱橫倒。冰箱在房子陰影下積灰塵長黴一整年，等待政府把它搬走。但除非放到更前方的路緣上，不然政府不會搬走，儘管布麗迪家有四個強壯的青少年，冰箱仍留在原地，年復一年，夏天散發酸乳臭味，冬天則是腐爛惡臭。愛格妮絲將所有鐵籃都清出來，注入水。她把沉重的金屬門打開，看來像是棺材蓋。

他五味雜陳，好想跳到冰冷的冰箱中，把門關上，一了百了，又想告訴她，他愛她，他很高興她變好了。他好想對她吐露出內心的祕密，就像她曾對他一樣。

「我到底有什麼問題，媽媽？」他靜靜問。

愛格妮絲走過花園，用冰涼的手擦拭他火燙的臉。「有感覺到嗎？你好燙。十歲是個很奇怪的年紀。我覺得你可能只是童年成長不大順利。」她沒多問，直接脫下他的黑色毛衣，接著脫下褲子。「穿不穿內褲？」她問。

「當然要穿。」他雙臂交叉嘖嘖說：「我們又不是在非洲。」

冰箱裡全是冰涼活水。冰箱倒下來之後，就變成一個充滿突鈕和卡槽的、亂七八糟的世界。此刻鐵籃都已經拿出來了，冰箱變得跟浴缸一樣大，但又深了兩倍，底是平的，兩側垂直。他緩緩浸到冷水中，水從兩側溢出。他趕快站起，驚慌看著愛格妮絲。

「你要幫我的草坪澆水嗎？」她大笑。

小夏吉抬起雙腿，像石頭一樣墜到清涼的水中。噗通一聲，水從側邊淹出，像一面水簾灑到草坪上。在水中，世界彷彿停止。水面出現一張充滿皺紋的臉，微笑望著他。他內心糾結的憤怒一掃而空，他放屁時，冒出巨大的泡泡。

●

即使皮膚皺得跟冷粥表面一樣，他那天下午都坐在冰箱裡。愛格妮絲坐在邊緣抽菸，拿著以前裝祕密飲品的茶杯喝著冷茶。溢出的水讓她的牛仔短褲變成了深藍色。他喜歡她沒因此生氣。

他為她露出一張小魚臉，她摸摸他烏黑的頭髮。「你長大要變成什麼樣的男人？」

「妳希望我成為什麼樣的男人？」

愛格妮絲想一會，「平靜的。」她又用手梳一下他的頭髮。「不要一直愁眉苦臉。」

他臉又皺起，略有所思。「我不知道。我只是想跟妳在一起。我想帶妳到別的地方，讓我們重新開始。」小夏吉滑入水中，另一波浪又淹過邊緣。他再次出現，嘴和水面同高。「妳愛大塊頭紅髮男嗎？」他突然問，並沉得更低了點，「他會變我的新爸爸嗎？」

她不答腔。

「他是麥蓋文尼家族的人，他們是一群噁心的王八蛋。」

愛格妮絲咬牙吸口氣。「唉，他們不全都那麼壞。」

「他們他媽的就是。」他放鬆身體，又放了個屁。其實沒那麼好笑，但兩人都努力笑了。

她臉上一直掛著笑，但後來烏雲又回到她臉上。「只有我跟你相依為命太久了。」

小夏吉看她嘴角變得僵硬。她深深吐一口氣，站起身，收起香菸和打火機。她沒有低頭看冰箱，反而望向棕色的泥淖地。「只有我跟你相依為命太久了。」她又嘆口氣，「這樣不對。」

●

愛格妮絲打開應該要付郵購錢的信封。裡面滿滿都是加油站的薪水，她給他一張全新的五鎊大鈔，讓他拿去冰淇淋車。全社區的瓦斯錶都已撬開，家家戶戶數著銅錢，礦坑口所有人都走上街，想成為隊伍中第一個吃到甜品的人。髒兮兮又快樂的孩子大步奔跑，家庭主婦則用好笑的姿勢快走。

冰淇淋車才叮叮噹噹播放一次〈蘇格蘭之花〉歌曲，整台車就被推擠的人群弄得快翻了。那根本是一台白色封閉的大錫箱，看起來彷彿是照小孩子畫的廂型車圖直接手工做出來的。車子老舊不堪，側邊被撞了個大洞，並用螺絲鎖上錫板和木板補起。車高高架在輪子上，孩子踮著腳去摸玻璃拉門。如果小妞們沒貼到玻璃上，可能永遠看不到車裡有什麼。開著車的義大利人吉諾就喜歡這樣。從上往下看進年輕女孩的上衣真是賞心悅目。

小夏吉站在興奮的隊伍後頭。他排在住他們家樓上的夏娜．丹諾利後面，她是布麗迪年紀最小、也是唯一的女兒。她轉身朝他眨眼，拉低上衣，露出少女胸罩中間的粉紅蝴蝶結。當妳有四個哥哥，就會很了解男人的習性，而妳是唯一的女生時，大家總會派妳去吉諾的冰淇淋車。夏娜像咕嚕叫的蟾蜍擠眉弄眼，然後翻個白眼。

金媞．麥克林契長期跟吉諾買捲菸和薄荷巧克力。她家孩子沒有錢，但有許多薑汁汽水瓶，每個值十便士。他們把瓶子咔啦咔啦舉到窗口，然後珍惜地享受著甜品。吉諾一個個數著糖果，拿到櫃子上，例如一便士糖果、棒棒糖、便宜的巧克力鼠和粉紅色的棉花糖。小夏吉在隊伍後面，雙手扠在腰上，每次吉諾故意少找錢時，小夏吉便默默在心裡糾正他。

他們下午坐在沙發上，看著肥皂劇，吃完所有巧克力棒。吃完一根馬上就開另一根，恣意撕開閃亮的包裝，發出開心的歡呼。那感覺很棒，好像他們突然變成百萬富翁。小夏吉躺下來，將巧克力塞進嘴裡，抬頭看著母親的臉，她巨大的六邊形眼鏡反射電視機的畫面。愛格妮絲將巧克力棒外圈的巧克力吸掉，留下中間的薄荷糖，並看著電視劇皺眉頭。對愛格妮絲來說，看到蘇艾倫．尤溫[28]就像照

28 電視劇《家族風雲》的女主角，第二季劇情主要在講她的酗酒問題。

鏡子，也許是哈哈鏡。她看到酒醉的角色都感同身受，每次蘇艾倫喝醉，愛格妮絲會嘖嘖作聲，對里克說：「噢，那就像我一樣，對不對！」接著她會露出沾滿巧克力的假牙，咯咯咯笑一陣。蘇艾倫的悲劇有種莫名魅力，幾乎教人羨慕。愛格妮絲會對電視說：「那是病，你知道的。」或者：「那可憐的女人就是忍不住啊。」小夏吉看著女演員故作激動，下唇顫抖。那節目就是一團謊言。頭放到烤爐，讓屋子瀰漫瓦斯的情節在哪？淚水和衣衫不整的叔叔伯伯在哪？還有永遠不回家的姊姊在哪？

窗簾敞開，橙色的光芒照亮整座社區。《家族風雲》結束了，街道上的孩子一一回家。巧克力棒吃完了，他們安靜坐著，感覺軟爛無力，心不在焉看著電視上播著會說話的黑猩猩的廣告。

「為我跳舞，小夏吉。」愛格妮絲突然說。

「嗯？」小夏吉應聲，他滾到地毯上。

里克哀嚎，他不喜歡她把弟弟當寵物一樣。在這殘酷的世界裡，一個軟腳蝦有什麼用？他決定讓他們自己胡搞。他們聽著他甩上房門，知道他會窩在一邊，戴上厚重的耳機，再次回到黑色的素描本上畫圖。

「來，為我跳舞。我想要你讓我看看現在的孩子會怎麼跳舞。」愛格妮絲把錄音帶放入租來的收音機卡匣裡。她拉下鑲珠毛衣，蓋住大腿時，他看得出來她心思已在別處。

「妳站得像這樣。」他將雙腳張開，與肩同寬，「然後……」他開始扭屁股。

愛格妮絲學他。「像這樣？」那看起來在女人身上更為自然。

「然後妳就搖肩膀，雙手稍微動一下。」他開始搖動肩膀跳起西迷舞，像他在電視上看到穿墊肩、留鳳梨形龐克頭的黑人歌手。「然後再做這個。」他說著動得愈來愈快，手掌和屁股搖擺的方向相反，有點像滑雪的人，也有點像癲癇患者。

「像這樣？」她問，她看起來像中風一樣。

「對。差不多。」他不怎麼滿意。「再來做這個。」他像機器人一樣抽動，並前後跳，像是要踩熄火堆。

愛格妮絲試一下，櫥櫃中所有玻璃器具都叮噹作響。「你確定這是現在年輕人在跳的舞？」她跳一段臉已通紅。

「喔，對啊。」小夏吉搖擺肩膀，雙手抱頭，彎向地面，好像他頭痛一樣。他剛才教她的是珍娜．傑克森〈控制〉的舞蹈。

「我需要休息一下。」她倒到沙發上，拿起香菸。「你繼續跳，我會繼續看。我跟尤金去市中心的時候，我想會跳一點舞。」

小夏吉感覺自己被騙了。如果他知道的話，他就會換教她〈顫慄〉的殭屍舞，給她個教訓。歌曲變了，小夏吉繼續跳舞。現在他跳西迷舞是有意識的在跳，他雙手張開，像煙火一樣甩動，他頭前後甩，彷彿他有性感的長髮。他搖晃跳動，以男孩子來說，屁股太扭了。他隨著歌曲擺動，彷彿那是一首壯麗的歌劇，而不是流行工廠出品、做給十三歲女孩的三個小節暢銷歌。

「好棒！動作好順！」她說：「我下週要把這些動作都跳一跳。尤金一定迷死我。你等著瞧。」

他享受她的注目，心花朵朵開，並開始像電視上的黑人男孩一樣舞動身體。他不再意識自己的動作，他轉圈搖擺，把電視上看到的舞步全扭出來。他像《貓》一樣跳躍時，發出尖銳的叫聲。聲音頻率很高，跟女人一樣，就像里克從黑暗中跳出來嚇他時，他會發出的尖叫。接著小夏吉站在原地，伸著手臂，全身僵住。他一開始沒看到，他們不知道在那裡多久了。街另一頭，麥蓋文尼家的孩子全聚在客廳窗邊。他們貼在巨大的玻璃窗上，樂不可支。他們開心地用雙手拍打玻璃，玻璃為之震動。髒老鼠做了一個性感、女孩子氣的單腳旋轉，小夏吉才發現，她在學他。

他望向母親，她有注意到嗎？她只看著他，抽一口菸，沒有望向窗外，但她緊咬著牙開口：「如果我是你，我會繼續跳舞。」

「我辦不到。」他淚水盈眶。

「你允許他們贏，他們才真的贏了。」

「我辦不到。」他手臂和手掌仍張開在那裡，全身像枯樹一樣凍在原地。

「不要讓他們稱心如意。」

「媽媽，救命。我辦不到。」

「你、辦、得、到。」她露出牙齒，臉上仍掛著笑，「抬高頭，全、力、去、拚。」

數學作業問她沒用。有時候，她也會害你餓肚子，連一碗熱飯都給不出來。但小夏吉現在看著她，了解這就是她勝過別人的地方。她每天都化好妝，梳好頭髮，從墳中爬出來，抬頭挺胸。她喝了酒，受盡羞辱，隔天依然會重新起來，穿上最好的大衣，面對世界。她肚子空空，小孩挨餓，但仍然梳理好頭髮，欺騙這個世界。

要再重新感受音樂，自信忘我地舞動身體，一開始很難。他腳步拖沓，四肢亂揮，彷彿全身都不協調，但就像一台緩慢的火車，他漸漸加速起來，不久又再次飛舞。他試著將動作收斂，屁股少搖一些，手臂揮小一點，但那些動作就是他，而當那些動作從內心湧現到身體，他發現自己已情不自禁。

21

當他露出蒼白的雙腿站在足球場上，果然一如往常，最後一個才被選到。他早有預期，但心裡從未因此變得好受。胖的、氣喘的、跛腳的、甚至愛蟾蜍的瑞奇朗．邁凱全都在他之前被選。十一月陰雨天，學校要整個隊伍脫下衣服。小夏吉在場地走來走去，搓著胸口，不確定風吹來是讓胸口凍僵還是發燙。

老師大喊說，如果他會冷，就多動一點。他薄薄的膠底帆布鞋在草坪上嘰嘰作響，其他有著結實白腿的男孩穿著足球釘鞋，全力奔跑時掀起一塊塊綠草。他假意朝球的方向跑，但不曾不小心靠近球。老師後來決定放棄鼓勵，改用謾罵。他是個體格健壯、態度冷酷的老人。他年輕時是蘇格蘭簡式曲棍球冠軍。幾年前他們禁止體罰之後，他曾考慮放棄教職，但最後他發現其實根本無所謂。他觀察小男孩靈魂黑暗的角落這麼多年，知道哪裡最痛，最能刺傷人心。

他手圈住嘴，朝場地大叫：「動起來，班恩！你這小酒鬼。」其他男孩聽了爆出大笑。他們氣喘吁吁，非常疲倦，但都還能停下來大笑。

小夏吉沒料到瑞奇朗會大笑，但他也笑了。那天原本會和其他日子一樣緩緩度過，但那髒兮兮的金髮小子竟然也笑了。他嘴邊的鼻涕和泥巴裂開，開心放聲大笑。小夏吉邁出冰冷的雙腿，跑進足球場。瑞奇朗站在後面，靠近球門邊，等著球。「你剛才為什麼笑？」

「什麼？」

「我說。你為什麼笑？」

「因為我想笑。」他腿上沾了泥土。瑞奇朗的衣服破爛，而且不合身。他反穿著哥哥的舊衣，體育短褲也是借來的，那是你忘記衣服，想留在教室看書時會借到的短褲。他雙腿很髒，有著好幾層髒汙，他的襪子是黑色西裝襪，不是運動品牌的運動襪。

「可是……可是……」小夏吉結巴，上下打量著對方。

「他媽可是什麼？」男孩張開身體，聳立在小夏吉前，像好鬥的雪貂般晃動。

「但你憑什麼覺得可以笑我？」

足球從兩人上方掠過，其他男孩像雪特蘭矮種馬奔馳經過，不約而同放慢腳步，彷彿害怕脫隊一樣。老師也改成小跑。「喂，你們兩個小女生，喝完下午茶的話，來他媽踢一下足球好不好？」他大吼。

小夏吉原本可以回嘴，原本可以狠狠耍嘴皮子，結果橫空而來的拳頭先擊中了他的臉。他倒到踩爛的草皮上，泥巴濺上他赤裸的背。

「瑞奇朗！」老師淡淡呼出口氣。「我怎麼跟你說的？」他說。金髮男孩站到小夏吉上方。小夏吉等待老師懲罰他，讓他得到甜美的復仇，這是懦弱的人唯一的希望。「永遠不准打、女、生。好了，回來踢球。」足球場上眾人大笑。

瑞奇朗全身顫抖，怒不可抑。「你以為你比我好，娘炮？」他吐口水。「放學之後單挑，光明正大。」這句威脅像漣漪般，讓全場都興奮起來。

接下來那場足球比賽，其他男孩子會慢下來，靠近小夏吉，並跟他說：「嗚啊，你死定了。」有一、兩個人跟他說，他們等不及了，好希望現在已經三點。麥蓋文尼家的孩子跟他說，他們站在他這邊，然後馬上跑去瑞奇朗旁邊火上加油。

下午的課程，一雙雙躲在頭髮後面的眼睛都盯著他。沒有人在看老師，人人目光都停在他身上，像看著坐在教室後面的死人。幾個女孩真心同情，朝他微笑，但大多數女生都興高采烈，等著看熱鬧。他以前從來不曾注意黑板上方的大鐘，現在卻只能眼睜睜看著鐘針移動。那速度彷彿比平常快，好像連鐘針都很興奮。

骯髒的金髮男孩搖搖晃晃從人群中走出。他享受著同學的吹捧。前一週，同學都還在戲弄他說，他是不是屎都拉在身上，或問他母親的救濟金有沒有補助到整形這塊。結果現在他坐在中間，接受大家虛假的崇拜，他們把他推來推去，他則咧嘴笑得像個開心的寵物。他幾乎忘記自己是為何而戰。

小夏吉看著他，心痛加劇。他可以告訴老師，並留在教室。他可以等其他孩子倦了、無聊了，再小心走出教室，一路跑回家。但看到金髮男孩的笑容，他感到自己在世界最底層。下課鐘響起。眾人半拖著兩個孩子到外頭，疲倦的老師故意視而不見。人群將兩人扔到學校暗處，在組裝小屋後面，食堂垃圾箱旁，被人遺忘的角落。

瑞奇朗露出微笑，眾人為他歡呼，好像他是古羅馬格鬥士。他們圍著半圓，兩個戰士看著彼此。一雙雙手頂著小夏吉的背，將他推向前。瑞奇朗手放到小夏吉的胸口，將他向後推，他聞到乾草和籠兔的怪味道。「幹離我遠一點，你這小同性戀。」他口齒不清說著，並望向四周群眾。他們愛死了。

小夏吉身後的人群接住他，把他推回去。髒老鼠和法蘭西斯站在邊緣。「你怎麼不為我們跳你的舞？」髒老鼠歡叫。這句話一點道理都沒有，但大家放聲大笑，好像是他們聽過最好笑的笑話。

小夏吉胸口某個東西爆炸了。他牙齒緊咬，刺著臉頰內側。他還沒意識到自己在做什麼，便衝向金髮男孩。瑞奇朗的表情瞬間從勝利變成驚慌，但太遲了。小夏吉一拳打在他臉上。那一拳充滿憤怒，但軟弱無力。他手腕彎著，拳頭打到他發出啪答一聲。髒兮兮的瑞奇朗向後退，一臉疑惑，然後氣得臉糾成一團。

「你不會白白挨揍吧？」法蘭西斯嗅到血味大喊。

男孩回答：「不會。」小夏吉嘖了嘖心想，那其實是詰問。

起初他們兩人纏在一塊，努力壓制對方，摔到碎石地上。瑞奇朗抱著小夏吉的腰，一直想把他抬起來，從脖子將他摔下去。但他每次雙腳踏好，兩人又會摔倒，彷彿在跳一支笨拙的舞蹈。小夏吉舉起手，全力打著瑞奇朗的臉。但力量不夠，揮的力量不夠，也沒有打準。他們兩人都很軟弱，就算是最愛看熱鬧的孩子也會覺得這場架很無趣。這演變成一場羞辱大戰，贏家必須徹底讓對方丟臉才勝利。

法蘭西斯用腳去勾小夏吉腳踝，讓他們兩人像情人一樣倒到地上。接著法蘭西斯用校鞋的指尖，踩住小夏吉的毛衣袖子，固定住他。一下、二下、三下，瑞奇朗自由揮舞拳頭打著小夏吉的臉。血流進他的鼻子，灌進喉嚨，他把頭轉向側邊，血流到灰色的地上，像深紅色的卡士達醬。

瑞奇朗坐在小夏吉胸口，法蘭西斯踩住他的手臂，讓他動彈不得。血流入他喉嚨，他倒在地上，發出咕嚕聲。至少大家很高興。這時他的眼淚才終於奪眶而出。

●

小夏吉的左臉有一條條黑色如蜘蛛的血痕。他悄悄穿過泥淖地的長草，其他孩子興奮不已，沿著礦坑路議論紛紛，彷彿他們剛才看到天空映照出北極光一樣。

夕陽西下，初秋草地已有冰霜，在腳下尖銳又堅硬。他停在礦工俱樂部後面，撥弄著空啤酒桶。如果手指伸進栓孔的角度剛好，桶子會噴出酒沫。有些年紀大的男孩會聚在這裡，讓酒桶噴酒沫，並舔舐手指上的酒滴，像演默片一樣轉圈，裝作喝醉酒。他們不知道真的喝醉是什麼樣子。小夏吉討厭自己沒幽默感。

他在陰影下等一會，隨手戳著酒桶，等待礦坑口的孩子回家。他穿梭在長蘆葦中，跳過一條條小溪，踩在舊電視和立起的嬰兒車上越過水窪。他在踩扁的一圈草坪停下，考慮要不要練習走路，但最後他只用腳趾推著土粒，再次哭泣，他淚水流下，抽抽答答，內心既氣惱又自憐，又恨自己不爭氣。

等他爬過鐵絲網圍欄，進到後院，便下定決心不要吃晚餐。他停在翻倒的冰箱旁，推開水中死去的蚊蚋，把整顆血跡斑斑的頭都埋到冰冷的水中。他靜靜跪在那一會，憋住氣，但依舊洗不去羞辱感。他揉一揉滿是血的臉，無數淡紅色的血絲在水中舞動。他心想，這真漂亮，然後他馬上後悔自己這麼想。

里克站在他旁邊，伸手抓住他領子。「進屋裡！我他媽整個下午都在等你。」

屋子變得好活潑，每盞大燈都毫不客氣地點燃。里克和樓上布麗迪家最小的女兒夏娜・丹諾利拿著一把金蔥在四處懸掛。牆上掛了粉紅色嬰兒慶生布條，上面寫著「寶寶一歲生日」。在「寶寶」兩字上，里克工整貼上一塊方格紙，上面用彩色鉛筆寫上「愛格妮絲」。木頭餐椅靠牆排成一列，長沙發也推到角落。香腸都插上了木籤，橙色的切達起司結著水珠，旁邊還放有多汁的鳳梨塊。桌上放滿一碗碗鹹花生，旁邊則是一個個裝著氣泡果汁胖胖的塑膠瓶，看起來沁涼清爽。

「這是為什麼？」小夏吉說，他擦乾溼溼的臉。

「今天是她生日。」夏娜說。她解開一串打結的彩燈，瞇眼望向他。「你臉上那是血嗎？」

「只是流鼻血。腦袋長得比頭骨快就會這樣。」他聳聳肩，感覺可信度夠。「總之，媽媽才二十一歲！她自己跟我說的。」小夏吉偷偷朝鳳梨串移動。「我覺得她其實三十幾了，但拜託不要跟她說是我說的。」

「這是她戒酒無名會的生日，傻瓜，她戒酒一週年。」里克站在椅子上，將大氣球貼到櫥櫃邊緣。他露出微笑。他的笑容好少見，小夏吉不禁停下動作望著他。

夏娜嘲笑他：「小夏吉，你課都沒好好在上。聽你說話感覺是個聰明的孩子，我以為你會是班上第一名。」

「腦子裡滿滿都是屎。」里克說：「這可能是他流鼻血的原因。」

「總之，要說真實年齡，妳母親是四十五歲。」

「對。我都快二十一了，白痴。」

這對小夏吉來說很難消化。「但她都要我去幫她買二十一歲生日的卡片。」

「什麼？每一年嗎？」夏娜問。

「對。」

里克對夏娜點頭，他得到了證實。「我知道。我知道。」

「聽著，我只是想做會讓她快樂的事，好嗎？總之，為什麼沒人跟我說她戒酒的生日？我會替她準備禮物。」他覺得很難過，他摸著花生，手伸到碗底。

「嘿，不要亂碰。」夏娜迅速打一下他頭側。

「告訴你？他媽笑死人。我們不能告訴大嘴巴啊。你又守不住祕密。」里克說。

「我可以。」小夏吉一屁股坐到沙發，吃著偷來的花生，嘴裡品嘗著鹹鹹的味道，眼睛望著屋內各種豐盛的派對食物。「我現在就守著五百個祕密。」

「哪有，你才不行，你就是大嘴巴第一名。」里克笑他。

「屁（吃花生），我知道一百萬件事（吃花生），你可都不知道的。」

「像什麼？」

「對啊，像什麼？」夏娜說。他們停下手邊工作，轉身看他。

說出真相的誘惑太甜美，像是通往各種可能性的大門。他控制不住自己，於是微笑著吃下更多花生。

「哼（吃花生），我知道夏娜（吃花生），她有跟賣冰淇淋的義大利人吉諾（吃花生）拿錢（吃花生），讓她（吃花生）看他都是毛的老二（吃花生）。」

夏娜穿著迷你裙，設法用最快的速度衝下椅子。布條掉下來，但也來不及。小夏吉已經起身衝出門。告密的人必須擅長逃跑。

「看，我就說吧！」里克在他身後喊：「大嘴巴第一名！」

●

派對人滿為患，尷尬的陌生人試著在小客廳裡擠出一塊空間。客廳牆邊整齊放著大大小小的椅子，那是夏娜剛才好心到街頭巷尾向親戚借的。敦達街無名會的成員都來了，他們都坐在椅子上。他們坐在一塊，一支支抽著菸，除了不斷從支氣管發出的咳嗽外，所有人安靜不語。偶爾有人會開口，聊聊天氣，或星期三晚上潔妮悲慘的故事，但那群人馬上會繼續抽菸，不自在地盯著腳，好像在候診室。

夏娜·丹諾利一直注意愛格妮絲回家沒，她站在窗簾後，窗簾下露出的雙腿動個不停，蒼白的小腿肌不斷抽動，屋裡的男人用力抽著短菸，趁她踮腳動來動去時，盯著她上下顫動的小腿肌。

幾個鄰居坐在客廳另一邊，像布麗迪、夏娜的幾個哥哥和金媞·麥克林契，金媞看起來很痛苦，因為現場沒酒能外帶。他們聽說這是場派對，現在他們穿著乾淨的衣服，全身發癢，哀嘆這禁酒之家。他們毫不客氣盯著沉默的無名會成員瞧，那群人仍自顧自盯著地板。

小夏吉把臉上最後的血洗掉。他穿著寬領帶配黑襯衫，像四〇年代的黑幫。他自己燙襯衫，袖子外側有著尖銳筆直的褶線，讓他看起來好像二次元的人。他拿著紙盤在坐困客廳的客人身旁打轉，上面疊著高高的切達起司和鳳梨。女人會優雅舉起抽一半的肯西塔牌香菸，好像她們在吃菸一樣，有禮地說：「我晚點再吃，孩子。」他繞客廳一整圈，然後改拿起花生或油膩的直布羅陀腸，再次繞一圈。為了讓這忙碌的服務生不要白忙，客人開始拿他們不想吃的食物，並在膝蓋上疊金字塔。油脂弄髒了他們上好的褲子和裙子。他們希望他停下，才能繼續沉默地盯著雙腳。小夏吉這輩子沒這麼起勁過，雖然拿食物只是出於禮貌，但小夏吉反而受此鼓舞，加快速度在悶熱的屋子裡繞圈服務。

角落的桌上有兩個包好的禮物，因為桌子很大，所以格外突兀。沒多少人想到要帶禮物，不是所有人都明白他們為何齊聚一堂。愛格妮絲晚點會打開那兩個禮物，一個是《珍·芳達健身》全套，另一個是一盒兩百根的西班牙菸，外面用慶祝寶寶一歲生日的包裝紙包起。

「很可愛，對不對？」一個敦達街的女人說，她用手上的菸指向電爐上方遮住壁爐的布置。

「妳喜歡？」小夏吉說，他認真感到驚訝。里克和夏娜在客廳四處貼了女孩子氣的粉紅氣球，他還是不確定那和寶寶布條搭配。

「喔，你們讓她很驕傲。」她神情愉快，雙頰發紅，像是吹了寒風，也因此多了份女孩子氣。她望著男孩時，讓人感覺天性樂觀，經常大笑。小夏吉好奇她到底是不是真的酒鬼。

「里克一整天都在布置。」他說：「我從沒見過他這麼興奮。」

「是喔？你們真的準備得很棒。我想她會高興到要飛上天了。」女人眉開眼笑說。

「真的嗎？」他還是不確定。「不會。我了解我媽。我覺得她看到里克把氣球貼在她的櫥櫃上，一定會發飆。那個膠帶會弄壞皮革。」他繼續拿著鳳梨串繞圈子去了。

夏娜的雙腿抽動得更快。「來了！來了！她來了！她來了！」她從窗簾後面冒出，並拉緊窗簾。她穿著短裙，臉上塗了她母親所有化妝品。「快，大家，噓——」

所有人在咿呀作響的椅子上調整姿勢，剛才都沒說話的人，仍保持沉默。幾個人練習笑容，他們的笑容不自在地閃現，然後又馬上消失。里克關掉頭頂的燈光，房中陷入一片漆黑。

外頭黑色的計程車停到路緣，轟轟的柴油引擎熄火。沉重的車門關上，鐵柵門栓拉開。門口響起細跟高跟鞋「咔、咔、咔」驕傲快樂的聲音。客廳玻璃門打開，明亮走廊出現女人的剪影。客廳眾人打斷她說到一半的話，喜悅大喊：「生日快樂！」幾個年紀大的男人在她進門時在抽菸，錯過了時機，只好補了幾句：「對，快樂快樂，親愛的。」

小夏吉直接跑向她。「媽媽，妳想吃鳳梨串嗎？超好吃。」

愛格妮絲向後靠著門框，雙手瞬間摀住塗口紅的嘴。她的穿著像晚上去看了歌劇，但其實她下午只是去瑞茲賓果場玩了「買一送一」的遊戲。尤金藍色的眼睛從她肩上偷望進來。他嚴肅的臉上蒙上教會的優越感，鄙視著客廳衣衫襤褸的那群人。他踏進屋裡，莊重點頭，好像他是來參加出殯前的守夜。

「所以這是在幹麼？」愛格妮絲問。她雙眼睜大，轉來轉去，想看清楚屋子裡的布置。除了在敦達街舊的商貿辦公室，她不曾在外面看到其中幾張臉。不知何故，這點令人不安。

「生日快樂！」里克說。

「你在說什麼？」愛格妮絲仍在屋子裡轉來轉去。

「這是妳第一個生日。瑪麗朵打電話告訴我們。她說在重拾生活的路上，慶祝很重要。」里克笑容都快開到耳邊了。他指著身材嬌小的棕髮女人，她正吸著一根菸。「妳戒酒已經整整一年了。」

「真的。里克有在算。」小夏吉附和。

「你有在算？」愛格妮絲問。

「對。」兩個男孩異口同聲說。小夏吉從餐具櫃拿了個破爛的月曆來。小巧的月曆上頭是盧爾德聖母無玷始胎聖殿的水彩畫。他翻過六頁，里克用小叉叉畫過每一天。

大家開始在小客廳移動，很高興終於能從硬椅子上站起。愛格妮絲一個個找他們，淚水盈眶接受他們擁抱，讓他們親吻她臉頰，並帶來祝福。小夏吉負責監督薑汁汽水開瓶。他將黏答答的酸味汽水倒入紙杯。夏娜拿了個綠杯，裡面裝了酸橙汽水給尤金，他低頭看著汽水，好像那是異國飲料。

「我從來沒聽過礦坑口這地方。」其中一個週三夜晚出席戒酒會的女人說。瑪麗朵身材嬌小，瘦得像蘆葦似的，酗酒彷彿木雕一樣，一點一滴削去她的外形。她雙頰凹陷，有雙栗褐色的大眼睛，她的黑髮像借來的假髮一樣，蓋在憔悴的身軀上。愛格妮絲最初發現這女人才二十四歲時，說不出話來。她手當時伸到心口，耳邊彷彿聽到麗茲輕聲說，永遠有人比妳更慘。

愛格妮絲雙手握住那女人的手。「我一直在為妳祈禱。妳孩子的事有進展嗎？」

瑪麗朵精神一振，她眼神中再次清楚綻放出青春的光芒。「我有跟妳說過我最小的兒子開始上學了嗎？」

「妳一定非常驕傲。小孩子穿上全套西裝、打個領帶都好帥。」

瑪麗朵臉上蒙上一道陰影。「對，他有穿制服。我只看到一張小照片，但我確定有，而且我當天晚上有打電話給他。他好興奮。」

「他們還是跟外曾祖母住嗎？」

「對。她還是不讓我接近他們。」

光是想到和兒子分隔兩地，愛格妮絲就好想將他們緊緊抱入懷中。酗酒害她失去凱薩琳就已經夠痛苦了。「我曾經以為妳會一直顫抖下去。要有信心，親愛的。妳奶奶會想通的。」

「對啊，我也希望。」瘦女人輕語，但沒什麼信心。「但那張照片很好看。我買了個相框，把照片掛到牆上。」

一個男人從其中一張借來的椅子站起。他是星期一、四出席戒酒會的彼得，他和愛格妮絲同歲，但看起來可以當她父親了。他穿著淺藍色牛仔褲，雪特蘭厚羊毛外套，那外套是愛格妮絲嫁天主教徒那年代的風格。那人移動時會古怪地晃動，好像他是一疊盤子，隨時會倒下。他愛聊天和社交，這是他掩飾自己寂寞的方式。「嗨，愛格妮絲。」他驕傲地說：「妳重生感覺怎麼樣？一歲了。」

「老實說，我沒意識到。」愛格妮絲說。

「喔，好吧，很高興看到妳兒子這麼驕傲。」彼得指向里克，「他們很熱情，想舉辦點小慶祝。妳知道，讓妳保持這力量。越過第一年的檻，給妳個衝勁。」

尤金一直站在客廳門口，他沒打算深入人群，但也無法丟下這群緊張的人不管。小夏吉站在放食物的桌旁，擦去盤子邊緣的油脂和醬汁。他轉動盤子，把新的直布羅陀腸整齊放好，並旋轉起司，以免上面乾裂。尤金看著他忙東忙西。小夏吉把紙杯疊成一座漂亮的金字塔時，他終於抬頭發現尤金正默默看著他。

「你好嗎，小傢伙？」尤金問著，他雙手插在口袋，緩緩走過來。

「很好，我只是……」小夏吉望向他小題大作的金字塔，手像推土機把杯子都推倒了。紙杯散落一地。

他們一起轉向派對，肩並著肩，看著派對，好像那是場職業運動賽事，兩人都避免對到眼。「今晚真是驚人，對不對？」尤金說，他人很好，沒提到小夏吉剛才蓋金字塔又拆金字塔的事。

「我想是吧。我覺得里克瘋了。」

尤金大笑。「沒有！你們愛母親是件好事。畢竟你們只有一個母親。」他輕笑，隨即突然問：「你知道我是誰，對吧？」

小夏吉點點頭，語氣平淡回答：「你是尤金．麥克納瑪拉。你是柯琳的大哥。你可能會變成我的新爸爸。」他盯著鞋子。「但沒人問過我意見。」

「喔？」尤金有點被嚇到。

「我覺得要擁有這樣的稱呼，卻沒事先問小孩想不想要爸爸，很不禮貌。」

「你說得很對。一個紳士應該好好向另一個男人介紹自己。」尤金手伸向小夏吉，和他握手。「我是尤金。很高興終於見到你了。」

小夏吉膽怯地和他握手。他的手和熊掌一樣，那是小夏吉碰過最粗糙的東西。「你打算待下來嗎？」

「也許一小時左右。」

「不是，我是說在我們生活中，和我媽媽待在一起。」

「喔！我不知道。我希望可以。」

「麥克納瑪拉先生。你如果讓她失望，我不會喜歡你。」

尤金沉默半晌。這古怪的小孩令他驚訝得說不出話。「孩子，也許該是你多想想自己人生的時候了。暫時別管你媽媽。我會接手。你應該出去和同年紀的孩子玩，試著更像其他男孩子。」

尤金從西裝褲口袋拿出一本紅色的書，大小不過就像一盒香菸。書很薄，印刷廉價。他將書交給男孩，小夏吉看著邊緣翹起的封面。上面寫著：購買《格拉斯哥晚間時報》免費贈送。封面有張以前的足球英雄的照片，他的厚襪看起來是羊毛做的。那本書是《蘇格蘭足球史小紅書指南》。

小夏吉低頭翻著泛黃的新聞頁面。上面記載著以前的足球比分。蘇格蘭足球超級聯賽結果，流浪者隊二十二勝、八負、十四和，總積分五十八分。亞伯丁隊十七勝、六負、二十一和，總積分五十五分。馬瑟韋爾隊十四勝、十負、十二和。他滿臉通紅，感到無比羞恥。他內心即使有任何優越感，如今也蕩然無存。「謝謝。」他說著迅速將書塞進口袋，好像那是個骯髒的祕密。

小夏吉越過房間，來到他母親和敦達街的其他男人旁邊。他們抬頭望著她，像欽慕的唱詩班。第一個是星期一、四戒酒會的彼得，他扶著另一人的手肘。第二個人看起來中風了，或是運動能力因酗酒而受損。第三個人年紀較輕，身材寬胖，身體尚未被酒精摧毀，也還不是個空殼，但他手指上有菸漬。這年輕人和里克年紀比較接近。他頭髮末梢發白，穿著時尚的尼龍防風外套，但那外套讓他看起來像個生性狡猾的水手，小偷似的，也像礦坑口的青少年。他們會站在多倫商店外，用外套的軍用口袋偷東西。小夏吉很高興自己事先藏起母親的陶瓷裝飾品。這時年輕人笑了。他的牙齒很小，但又直又白。他那張臉英俊、健康又親切。小夏吉內心發癢。足球書在他腿邊彷彿在發燙。

「喔，這是我最小的兒子，小夏吉。」愛格妮絲驕傲地摸著他的頭頂。

「你好，孩子。」第一個人說。他朝男孩伸出手。「我是彼得叔叔。」

小夏吉看著他的手，卻不伸手，只抬頭冷冷看著他。「不對。」他嘆口氣，「你就是彼得而已。我非常熟悉我家族譜，不好意思。」

「哇，他是個聰明的孩子，真的。」那人站直身子說。靠近之後，小夏吉看得出來他那顫抖的雙手沒刮到哪塊鬍子，下巴下方還有幾塊看起來很痛的傷口。

愛格妮絲用力搖晃小夏吉，他整齊分邊的頭髮都被晃開了。「你在幹什麼？對那個……對那個先生……」愛格妮絲想不起他的姓，星期一、四的彼得站在原地不知所措。她再搖了搖小夏吉。「對彼得說對不起！」

「對不起，彼得先生。」他說著，但他雙眼看著尤金。

瑪麗朵越過客廳走向尤金。「我之前沒見過你。你是敦達街無名會的人嗎？」

「不是。」

「對，我就想說我不記得你。」她將發亮的劉海撥到眼前，輕鬆露出笑容。「我已經戒酒快三個月了。市政府才剛給我一間小公寓住。我在補助名單上都快四年了。希望客廳能快點有雙層床。這樣我的孩子就能來過夜。」她用手指捲著發亮的頭髮，賣弄風情。

尤金擠出淡淡微笑，結果她會錯意了。

瑪麗朵繼續毫不遮掩地吐露更多私事。「我一直在努力存錢，我已經買了一台彩色可攜式電視，還有張漂亮的新地毯，雜七雜八。真希望我有愛格妮絲的好習慣。她房子真美，對不對？她也把自己打扮得漂漂亮亮。她狀態就算再糟，也一樣完美無瑕。」

「是嗎？」

「對。她狀態最糟的時候，打扮依舊整齊乾淨。」她換個話題，試著談論其他女人。她手放到他手臂上。「嘿，你沒跟我說你去哪個無名會。」

「喔，我沒去。我沒去任何無名會。我沒問題。」

「喔，真的啊？真幸運。你想要我的問題嗎？」她大笑，她的牙齦發白，彷彿貧血一般。

「不用了，謝謝。」尤金抬頭，在音樂聲中叫愛格妮絲。他覺得她表情看起來也不大自在，不知道她兒子剛才跟她說什麼。他紅髮巨大的頭點了點，她越過客廳走來。

尤金向幽靈般的女人告辭，帶愛格妮絲走到走廊。走廊安靜，也不再煙霧瀰漫，他終於吐口氣。愛格妮絲看到尤金緊抓著裝錢的腰包，心裡感到不大舒服。「我得趕快出去工作。在俱樂部今晚關門前多賺點錢。」

「喔，好，當然了。你還好嗎？」

「很好、很好。」他回答太快，還搔著脖子後面的髮線。

愛格妮絲看得出他在說謊。她傾身親吻他的嘴，但尤金尷尬轉開，親吻她臉頰。那一吻又輕又乾，像法國朋友平時在打招呼。他抽開身體，她仍站在原地，嘴唇打開，等待他的吻，那個吻卻不曾到來。那是她性感的一吻，卻不被想要。她感到自己又老又髒。她現在在他身上看到柯琳的影子。她沒來得及調整自己的表情，她的神情從鍾愛到受傷，接著便穿上了盔甲。

「好，我會打給妳，好嗎？」

「好。可以啊。」她語氣冷淡，雙臂交叉。

「妳最好回去妳的……呃，妳的……」他支吾著，「妳的派對。」

她看著他關上門，然後轉轉門把，確定門有關好，好像在封箱一樣。她聽到鐵柵門栓拉開，他和外頭玩耍的外甥子女打招呼。那聲音不是他平常和她說話的聲音。愛格妮絲聽了一輩子計程車的聲音，耳朵很靈，他重重甩上了計程車的車門，引擎轟轟點燃，他開的速度特別快。但話說回來，分辨計程車比較簡單。

客廳傳來甜滋滋的氣泡聲，大家打開更多瓶薑汁汽水。她望著客廳裡穿著不合身衣服的朋友。好幾年來，他們像被冰凍一般被酒精困住。酒精奪走他們無數歲月，吸去他們的生命，將他們排擠在世界之外。她突然感到噁心，希望他們滾出她的屋子，讓她將生活清潔消毒。

愛格妮絲低頭看自己，想到自己和他們為伍，感到好羞愧，自己居然變得如此低賤。接著她覺得自己更卑微了，因為她成了不信奉天主教的異端分子。走廊天花板飄著濃厚的香菸煙霧。有人放了一張新的四十首金曲的錄音帶。愛格妮絲之前聽過了。聲音尖細的歌手開始歌唱：「生日快樂、生日快樂。」愛格妮絲走到浴室打理自己。

她看起來像他們一樣破碎不堪嗎？鏡中伊莉莎白．泰勒的複製品回望著她，但那是在墨西哥巴亞爾塔港遊艇上，被狗仔拍到的版本，她顯得傲慢無禮，目中無人。她頭髮依舊濃密，妝容素雅。但現在來看，她頭髮太黑，妝太濃，顏色更是十年前的流行。就連她眼睫毛都是鏽綠色，像氧化的銅。她拿出舊的玳瑁髮梳，整理一頭鬈髮，梳成有層次的波浪，讓頭髮變得更平順，不那麼蓬鬆老氣。她拿橡皮筋綁了個俐落的馬尾，這是她第一次綁馬尾。她的臉都露出來了，於是她擦去厚重的口紅、金屬色的睫毛膏和紅色血管上的腮紅。她現在就像一面空白的帆布，接著她在眼下畫上靛藍色的眼影，她在《流行風潮》電視節目上看到年輕女孩會這樣化妝。

她再次抬起頭，鏡子中回望她的是同一個女人，像其他人一樣憔悴。那和外表毫無關係。

她這時好想喝酒，喝點什麼，什麼都好，只要能把鏡子中的女人帶走就行。愛格妮絲從化妝包拿出放瓦斯錢的舊信封，拿出布麗迪．丹諾利的兩顆快樂丸。她沒喝水，直接咬碎，仰頭吞下，像是雛鳥一般。

她好整以暇地待在浴室，抽完她的菸，將菸蒂丟到馬桶，菸蒂發出滋滋聲。她看著菸順著漩渦沖進下水道，慢慢忘記她剛才在煩惱什麼。她再次望向鏡子微笑。現在她打理好了。

22

小夏吉十一歲生日那天放學回家時，門階最上頭有個鞋盒，黑色計程車停在外頭。尤金在派對之後就對她比較冷淡，連里克都注意到了。愛格妮絲沒去加油站上班的晚上，會在電話旁一根接一根抽菸，拿著戒酒十二步驟的書畫線。小夏吉和里克那幾個夜晚躺在床上都不敢入睡。他們在黑暗中四目相交，聽著她半夜在電視機前嘆息，知道她根本沒在看。

小夏吉沒上學三天。他假裝自己腸躁症發作。在屋子裡跟著她走來走去，大聲念著童書《世界冠軍丹尼》。他相信自己如果能讓她四周每一分、每一秒都有聲音，也許她就不會去喝酒。她上廁所時，他站在外頭，跟她說丹尼用安眠藥抓雉雞的故事。他晚上會爬進她冰冷的床，在她睡不著時一直念書給她聽。愛格妮絲受不了，給他喝了一堆鎂乳，等他終於放鬆到能回學校上課，她才鬆口氣。

小夏吉坐在門階上，把那怪鞋盒拿到大腿上。裡頭有好幾團白紙，中間是一雙黑色的足球鞋。小夏吉脫下亮晶晶的校鞋，穿上釘鞋，啪答啪答走在路上。足球鞋比他的腳大兩號，但看起來就跟學校其他男孩子穿的一樣。他繞著圈走的時候，猜想足球鞋會讓他變正常一點。

鎂乳放鬆他的腸子，讓他肚子咕嚕作響。他伸手去轉門把，但前門上鎖了。他明白這個意思。他在屋子的陰影下等待時，暗自開心尤金終於回心轉意，就算是讓麥蓋文尼家的人來當他父親，也好過母親酗酒。他耳朵貼在門上，祈禱尤金留下來，也祈禱母親能找到力量繼續戒酒，讓心裡平靜下來。然後他祈禱神在生日這天讓他變得正常。

他的胃又攪動了。他一手按著咕嚕作響的肚子，一手用力拉著門。一把鑰匙轉開鎖，把門從他手中拉開。

出現在門口的不是尤金，而是他父親。他頭髮向後梳，蓋住粉嫩的頭頂，他低頭看著男孩，十分震驚。「你這麼早就放學回來了？」這麼久沒見，他卻只說這句話。

小夏吉睜大眼，傻傻地點頭。三年前的下午在瑞斯考家之後，他已整整三年沒見過夏格。夏格將襯衫塞到後方綳緊的褲帶中，也朝男孩雙腳點點頭，「所以你喜歡你的禮物嗎？」小夏吉低頭看雙腳，才發覺這雙黑色足球鞋根本不是尤金送的。他來不及回答，父親便抓住他的臉說：「媽的，老天啊。你真遺傳到了芬尼亞的大鼻子。」

小夏吉忍不住用手遮住坎貝爾家族的鼻子，摸著那像馬的小鼻骨，還有像尾舵一樣突出的鼻翼。夏格失望地搖頭，抽出他在計程車用的零錢盒，大拇指一撥，滑出兩枚二十便士的硬幣。「來，也許你可以去上拳擊課，有人會幫你把鼻子打斷。」

小夏吉看著錢幣一會，內心與其說是感激，毋寧說是震驚。夏格會錯意，不情願地拿出四個五十便士的硬幣。「不能再多了！」他氣呼呼地將錢放到小夏吉手中。「所以你在追女生了沒？」

小夏吉從沒被問過這問題，於是他聳聳肩。

夏格想起十一歲的自己，以為那是故作謙虛。「嘿，好吧，也許你終究是班恩家的孩子，是吧？」他舌頭舔舔下唇。「這年紀夠大了，要插進女生的麵包箱也行，畢竟再過幾年才是真的犯法。」

小夏吉只想得到麗茲外婆的麵包箱，還有她放在裡頭的厚皮麵包。她替他切掉硬皮，然後把硬皮塗上奶油自己吃掉。

「我沒空留下來聊天。你花我的錢花得比我賺得快。」夏格繞過兒子，邊走回計程車邊抱怨。小夏吉看著車一沉，因他的重量發出哀鳴。「記得照顧你媽。叫她不要再跟天主教徒交往，知道嗎？」他父親發動引擎，沒說再見便開走了。

小夏吉轉向安靜黑暗的屋子。他脫下新球鞋，用力一踢，讓鞋飛到泥炭沼澤裡。他走到屋裡，發現她坐在他的單人床邊。她身後的被單凌亂，腳邊放著一袋特釀啤酒。他們望著彼此，眼中同樣茫然，好像兩人一同午睡才剛醒來，好像必須要花一段時間，才能找到意志，重新形塑文字，開口說話。

●

他聽說她活得挺好的，或不如說，他根本沒有聽到任何消息。她上次打電話給計程車隊已經是一年前。她上次打來吼計程車派遣員，威脅會拿刀殺了小夏吉，然後放瓦斯自殺，已是十四個月前的事，他已經超過一年沒聽到她的消息。

小夏吉的生日快到了，這是個能親眼看看的好機會。其他司機從某輛貨車幹了一堆黑色足球鞋。他們開著租來的廂型車，停到一台聯結車旁，趁著工人卸貨，在薩切霍街大庭廣眾之下偷了七十二雙鞋，更扯的是在大白天。

哪個男孩不喜歡足球？如果愛格妮絲有新丈夫，他頂多就把球鞋送來，也沒損失。如果她沒有丈夫，那他想知道她為何不煩他了。出乎意料，她傷到了他的自尊，於是他故意在生日禮物的袋子中放了六瓶特釀啤酒。

夏格轉下計程車窗戶，手臂放到發熱的黑色金屬板上。他看著金戒映著光，打算去瓊安妮的露營車上住一週，曬曬太陽，雙手看起來會好看多了。他沿著單行道加速，內心想著不知道愛格妮絲是不是依舊如他印象中美。他很喜歡瓊安妮，但她和愛格妮絲．坎貝爾比差遠了。瓊安妮個性沉穩安靜，生活也穩定不大變化，完全不會找他麻煩。她會喝酒，卻從不喝醉，她對賓果、奢侈的地毯和做白日夢沒興趣。瓊安妮工作刻苦勤奮，安然自得。她沒什麼個性，但在床上下流又心懷感激，他知道長相平庸的女人總是如此。話說回來，他還是得承認，就長相而言，愛格妮絲．坎貝爾是罕見的寶馬，瓊安妮只是賣破爛的養的小馬。

他轉彎進到煤礦小鎮，不知道她是否喝酒喝到面目全非。他以前就看過例子。有一種女人，尤其在格拉斯哥，她的生命暫停的同時也已經凋零。她們的臉會內縮，被酒精吸乾，瘦巴巴的臉頰出現紅色的蛛網紋，濡溼雙眼下的眼袋低垂浮腫，透露著悲傷。她們會試圖掩飾，卻身困其中，她們的外貌彷彿一座博物館，展示著過時髮型和厚重妝容。他不知道她還有沒有愛爾蘭人特有的淡色的眼珠和高挺柔嫩的粉色雙頰，散發乾淨清甜的氣息。他在悶熱的計程車中微笑，全身血液為她沸騰。他不自覺在思考，自己要說什麼，才能幹她最後一次。他慶幸自己前一晚有洗澡。

夏格好幾年沒開到這裡。他有查過電話簿，確認她仍住在同一個地址。她仍然保有他的姓：班恩。他露出微笑，料想她是自尊心太高，不想回去當個骯髒普通的愛爾蘭仔。他一眼就找到那間房子，花園種滿了玫瑰，在這破爛煤礦小鎮上，太過招搖和惹眼。大門的顏色和其他戶不同，散發紅色新漆的光澤，看起來很氣派，他很高興。他敲敲門，等她來應門。他聽到屋裡傳來吸塵器的聲音，又敲一次門，吸塵器關了。他聽到門鎖打開，紅門向內拉開，便露出最帥的笑容。

愛格妮絲夏天總會讓窗戶打開，門一開風便灌進門口，把夏格稀薄的長髮向前吹。她居高俯視他時，看到他努力把長髮蓋回光亮的頭上。淫蕩的笑容從他臉上消失。

她臉上沒有化妝，雖然老了些，但看起來神清氣爽，像他們初遇時一樣。她臉頰上有細微的皺紋，但雙眼依舊有神，夏格覺得她看起來好像散步剛回家一樣。她的頭髮像黑夜一樣烏黑，輕柔捲曲盤踞在頭上。這樣的她向下望著他的禿頭讓他心裡發火。

「看誰來了。我生命中的最愛。」

愛格妮絲茫然望著他，舌頭抵著上顎，說不出話來。

「嘿，別他媽那麼驚訝。」他話一出口，就知道這態度無法贏得她的心。他想聽起來輕鬆自在，讓她想起自己錯過什麼。「好久不見。妳有想念我嗎？」

「你變胖了。」

他的手從頭上移到肚子。「喔，對，可能吧。瓊安妮很會煮飯。」

愛格妮絲臉皺起。「看來是個全方面的婊子。」

「聽著，我不是來妳家門口吵架的。我為小鬼帶生日禮物來。」他拿起廉價的塑膠袋，「我能進門嗎？」

愛格妮絲雙臂交叉在胸前，像立起一道封鎖線，然後別開臉。「我兒子不需要你的任何東西。」

夏格端詳她一會，擔心他可能會永遠失去她。他一邊想著魚是怎麼脫鉤的，一邊將手伸進袋裡，拿出足球盒遞給她。她手臂仍交叉著，不願接，於是他放在她腳邊，門階最上層地上，像是獻給神祇的貢品。「妳知道，妳一直是我生命中的最愛。」這是真的，儘管這讓人羞恥。「來，這是送妳的。」

他把那袋啤酒提起，自己向後退一些。

「我不再喝了。」她冷冷地說。

「喔！」他雙唇噘起，露出欽慕。「這次多久了？」

「久到不是說說而已。」

他為她輕輕鼓鼓掌。「我想說我一直沒聽到妳的消息。」

「所以你就是來看看這廢墟。來檢查一下？」

「看來我是騙不過騙子了。」他攤開手掌承認。「我可以進去嗎，班恩太太？」他語氣極其溫柔，道出她的名字。

她沒說好，也沒說不好，只轉身進走廊，走入廚房。她聽到身後門關上，聽到他轉動鑰匙，鎖上門，接著夏格沉重的腳步聲跟來。

「我喜歡妳的布置。」夏格坐到摺疊桌旁，看著牆角，溼氣依舊讓壁紙剝落。

愛格妮絲注意到他望向冰箱和大冰櫃，大概好奇她怎麼能負擔得起。畢竟是單親家庭，她又有嚴重的酗酒問題。她不發一語，將茶壺放到爐子上，然後打開麵包箱，從包裝紙中拿出兩片厚片白麵包，塗上厚厚的奶油。她把兩片都切半，放在小茶碟上。她將盤子推向他，他向她道謝。

他拿起奶油厚麵包，塞入嘴中，奶油甜美又濃郁。「我聽說凱薩琳在南非過得挺好。」

「凱薩琳？我也聽說了。」愛格妮絲聽起來很厭倦。

「妳有她的消息嗎？」他問。

「我們不常聯絡。」

「喔，好，妳要當外婆了。」

她手抓住桌邊，吐出一口氣。「我有聽說。」

「佩姬．班恩要飛去那。小孩出生之後得去幫她。畢竟這種時候……」他殘忍補了一句：「需要媽媽在身邊，雖然只有婆婆能幫忙。」

「我哪裡有錢去？」愛格妮絲別開頭，試著去泡兩杯濃茶，希望他沒看到她手在抖。

「小唐諾很確定是個男生。我跟他說，如果跟著他最愛的小夏吉叔叔的本名，取名叫修伊，我會買嬰兒車給他。」

她發紅的臉冷卻後，轉身把煮好的茶拿到桌前。她舀了三匙糖到他杯中，倒了一堆牛奶。「我原本想減糖的，但管他的。」

「因為你那顆爛心臟？」

「對，仍時不時有狀況。至少心律不整時，我就知道還沒好。」他大笑吃完那片奶油麵包，摺起麵包邊，一口塞進他鬍子下的嘴。「我兒子怎麼樣？他像他老爸嗎？」

「老天，但願不要。」

愛格妮絲從桌邊靜靜站起，走出廚房。她想要安靜思考凱薩琳的消息。她沒說自己要去哪裡。夏格坐在桌前，吃掉另一片奶油麵包，腦中計算著新電器的費用。他心想：她有男人。他走向前，脖子伸向門口找她。他在褲子上擦一下油膩的手指，不知道她是不是溜進臥室。他咧嘴一笑，拿起啤酒，走在陌生的房子裡，尋找她的蹤影。他探入半開的門，發現所有東西都乾淨整齊。他想到瓊安妮，她家的沙發都是貓毛，骯髒的內衣褲堆在臥室地板，現在就能想像，她從不相稱的床被套上，心不在焉把麵包屑撥掉的樣子。

夏格緩緩沿走廊向前，偷望進一個個房間，她悲傷的裝飾品都用玻璃眼珠回望著他。她沒有在任何房間裡。他停在前門旁最後一道門外，發現她在裡頭，背對著他。那是孩子的房間，裡面有兩張狹窄的單人床。門口有張矮桌，小夏吉放了些機器人玩具，一旁散落的小卡各別簡潔地寫著名字，那是他還沒蒐集到的機器人。這讓他想起愛格妮絲。他已忘記她是如何索求無度。

「好好看一看房子。」她靜靜說：「然後出去。」

「足球海報都去哪了？」他看著空白的牆面問。

「小夏吉不喜歡足球。其實他也不喜歡海報。他覺得貼海報很俗氣。」

夏格看向兒子一絲不苟的小房間。房中唯一象徵童年的，便是整齊放好的機器人。他望著它們，這時才發覺那不是機器人，是一排有著悲傷玻璃眼珠的壁爐裝飾。

「看夠了嗎？」這一刻，愛格妮絲像是疲倦的導覽員。

「我想是吧。」他語氣略帶嘲諷。

「好。」愛格妮絲裝出親切的笑容。她手伸向門口。「現在你他媽可以滾了。」

●

愛格妮絲很擔心她的白衣服洗不乾淨。那年夏天，新聞都在報車諾比和核爆的新聞。那原本是個悲傷而遙遠的問題，但後來有個人在新聞上警告，放射性雨落到愛爾蘭土地同時，蘇格蘭西邊也會有輕微放射性雨。小夏吉從晾衣繩幫她把衣服收進來時，她問他放射性微塵能不能洗去頑垢。小夏吉搖搖頭，不行，那不是漂白劑。他跟她說貝瑞神父讓他們看了一部關於核子戰爭的沉重卡通，放射性微塵可能會把被單全腐蝕掉。他們才把最後一籃沒乾的被單收進來，綿綿細雨便降下來。從前窗看，彈跳的雨滴和尋常蘇格蘭的雨別無二致。雨水落在空蕩蕩的街上，他們玩了個遊戲，大聲說出他們希望能腐蝕掉的東西：

「連兩堂足球課！」

「金媞・麥克林契！」

「髒老鼠・麥蓋文尼！」

「這整個爛社區！」

「撲克牌的心臟病！」

小夏吉躺在小暖爐前，看愛格妮絲把衣服上的最後一絲溼氣燙掉。蒸氣升起，弄溼她的臉，她必須一直用放在袖子上的那卷舊衛生紙擦臉。她拿下上排假牙，在嘶嘶蒸氣中對他扮鬼臉。像這樣放下矜持很不像她。但在當下，在火焰的熱氣旁，小夏吉好希望這場腐蝕之雨永遠不要停。如果他們兩人待在屋裡，他能永遠讓她安全，那有多好。

夏格想讓她沉淪。他們都沒聊到父親，和他突然造訪的事。為了洩憤，愛格妮絲和小夏吉大張旗鼓把所有特釀啤酒都送給金媞。他們穿上最好的服裝，漫步到麥克林契家門前。金媞打開門，疑惑地皺著眉頭，表情帶著輕蔑。他們對她露出笑容，好像他們是最虔誠的耶和華見證人會的教徒。金媞一看到塑膠袋，態度隨即軟化。聽到啤酒罐如沉悶的鐘聲互擊，她露出驚訝的神情，眉開眼笑，像迎接耶穌復活的門徒。

尤金同一天打電話來。

愛格妮絲自從第一場無名會慶生之後，愈來愈少和他聯絡。因為他是個好人，所以她猜他會慢慢不理她，輕輕放下，之後她就永遠不會再聽到他的消息。

●

尤金在計程車裡叫她。車殼閃亮，彷彿特地為此洗乾淨。他按一下喇叭，但她自己走到街上，他沒像之前一樣幫她開乘客座的門。

柯琳和其他女人全排成一列，靠在對面的木欄杆上。布麗迪拿著半乾的馬鈴薯鍋，還有一條灰色抹布。她們看起來像家事做到一半，被尤金的引擎聲打斷。當愛格妮絲全身穿戴最珍貴的珠寶走出來，柯琳鐵青著臉。

計程車開走時，尤金沒說話。他們才過教堂，他便將計程車駛離礦坑路，停在距離封閉礦場的寬大鐵柵門幾公尺處。他關上引擎，車像是活生生的野獸一般停止震動。外頭一片漆黑，安靜無聲。他伸手打開車內的小黃燈。

愛格妮絲以前來過這裡，跟另一個計程車司機，她已不再記得他的臉，內心仍不禁感到一陣冰冷。她在鏡子中看到尤金善良的雙眼。如果她先開口，一定會顯得笨拙，而且聽起來很受傷，於是她在袋中翻找香菸，等待他開口，搞清楚氣氛。

「我原本不打算繼續下去。」他坐在座位上沒有轉身，靜靜地說：「我想我嚇到了。」

「我那麼可怕？」

「被那些酒精成癮者，還是他們的……嗯……病。」

愛格妮絲拉住大衣領子，心存戒備，後來他終於又開口：「我知道這聽起來很笨，真的。只是他們那個樣子。到妳派對的那些人。他們就是那樣。妳知道的，很可憐。」

她被這句話重重打擊，眉頭卻沒皺一下，然後她說出連自己都感到驚訝的話：「尤金，你要知道你說的『那些人』，我也是其中之一。」

他的臉抽動，她知道這不是他想聽到的話。「我不是故意要得罪妳。只是就是……妳看起來很正常。」

「又是這個詞。」愛格妮絲抽完香菸，舌頭捲到牙齒上，「尤金，聽著，好聚好散沒關係，好不好。拜託，直接送我回家就好。」

他沉默半晌，接著將兩人間的隔板關上。計程車引擎嗡嗡啟動。明亮的頭燈照亮礦場破爛的大門。紅色的漆早已褪色，上面寫著：「沒有煤礦、沒有靈魂、只有救濟金。」

計程車開到路上，但沒有循近路開回社區，而是轉向主幹道，彷彿要開往新生命。愛格妮絲向前靠，戒指敲打著隔板，與其說氣惱，不如說是好奇。「我叫你帶我回家。」他不答腔，她向後倒到座位上，不逼他回答了。他打電話來之後，光想到就算只是離家玩一小時，對她來說就像一場美夢。

他們沒開多遠。計程車沿著主幹道，來到燈火通明之處，轉進一條車道。車子匯流才剛加速，馬上又慢下來，轉進一條黑暗的碎石車道。

愛格妮絲以前有看過那間高爾夫球旅館，但從來沒進到裡面。旅館在分隔式道路的一側，因為只有開車才能到，意思是旅館不歡迎像她一樣的人。她從公車上會看到捷豹開進去，那是來自遙遠豪宅的高檔車。她會看著面容乾淨的男人從後車廂拿出高爾夫球桿，他們的妻子會站在一旁，拿著小皮包，腳上穿著低跟鞋，身上穿蘇格蘭羊毛坊的毛衣。

格拉斯哥外圍綠地確實都住著自都市移居的新貧民，形成被人遺忘、偏遠的社區。而同一塊綠野上，也有愛格妮絲見過最高級的旅館和私人俱樂部，這點對她來說格外殘酷。兩個世界都不喜歡看到彼此。

「我們不是要來這裡吧？」

「為什麼不行？」他說著將胖胖的黑色計程車開到兩台美輪美奐的豪華轎車間。

愛格妮絲向外望，花園的燈一路照亮通往俱樂部白色大門的小徑。「你看不出來嗎？這裡不屬於我們這種人。」

尤金大笑，「這句話會冒犯我喔。」

她自尊心升高，手拉著裙襬。「喔，尤金，我辦不到。我沒特別打扮。」

尤金沒多說話，他下了計程車，打開她的門。他全身探進乘客座，才牽到她的手。在他溫暖的大手中，她的手突然變得嬌小冰冷。她很驕傲，也嚇壞了，他突然為之前所說的話感到抱歉。

高爾夫球俱樂部的餐廳很簡單，但對愛格妮絲而言，已是一流檔次的地方。那是個寬敞的空間，面對一整排玻璃門，俯看十八洞的綠色草坪。餐廳鋪著金色渦旋花紋厚地毯，牆面鋪著及腰的木板，上方掛著俱樂部會員的照片和知名的老顧客。愛格妮絲不認得任何人，她不喜歡在陌生人面前瞇眼去仔細看。

一個穿著格子呢長裙的年輕女孩帶他們到後頭吸菸區。尤金跟服務生要求靠近玻璃門和明亮高爾夫球道的桌子時，愛格妮絲差點羞愧至死。女孩只露出微笑，帶他們到靠近前方的桌子。他們坐下時，尤金大聲向桌旁兩側的客人問好。他們有禮地點點頭。

儘管菜名用蓋爾語取得十分花稍，但她認出那是雞肉。愛格妮絲原本只打算吃雞肉和薯條，但尤金要她點開胃菜、主餐和甜點，才准服務生拿走菜單。她本來以為自己會拿著菜單呆坐好幾天，因為她其實看不懂菜名，但突然之間，菜都送到她面前，讓她從中挑選。她高興得頭都暈了。那就像《自由人》型錄，只是又更好。她點了她了解的食物，然後在座位上擔心價錢。

「聽著，如果你想喝可以喝。不要擔心我。」服務生上了兩杯可樂時她說。那是高玻璃杯，杯中都放著調酒用的攪拌棒。「這很別致，對不對？」愛格妮絲看著攪拌棒，無法放鬆。「老實說，我真的不在乎你點酒。」

他們的明蝦冷盤上桌。冰淇淋碗中擺放著萵苣片，一旁則是在濃醇的瑪莉玫瑰醬中悠游的粉色冰明蝦。玻璃盤邊緣切著一塊塊檸檬丁。明蝦仍有點冷，還未完全解凍，尤金說這道菜餐廳做砸了，但愛格妮絲不在意，她嘗起來很新鮮，冰蝦清新爽脆，和瑪莉玫瑰醬的甜膩正好相稱。「我之前就做過這種醬。但我從來沒想過要加檸檬或——」

尤金打斷她。「我必須問妳一件事。」

愛格妮絲放下她的小叉子。

「我不是故意要再次提起。」尤金尷地尬說：「只是我想試著了解。但是……唉，無名會那些人，有告訴妳，妳什麼時候會好嗎？」

愛格妮絲來不及開口，服務生就來清理桌上的碗。「我不知道要怎麼解釋。他們告訴我們所有人，我們永遠不會康復。」她直接望著他，補了一句。「至少不是你希望的那樣。」

「但妳知道，妳曾跟我說妳現在不一樣了？妳自己跟我說，是他害妳去喝酒的。現在一切都改變了。」尤金試著讓語氣變溫柔，「如果我們給這段感情一個機會，妳不覺得妳就不會酗酒了嗎？」

「我覺得不是這樣。」

「屁。有我在妳生命裡，妳哪有需要喝酒的煩惱？酗酒是可憐的王八蛋才會有的問題。看看妳。老天，看看我。」隔壁桌穿著粉色毛衣的夫妻發出鄙夷的咳嗽聲。尤金再次壓低聲音，「聽著，我只是在說，我喜歡妳。我覺得妳他媽太棒了。」

尤金不肯認輸，愛格妮絲能想像，他以前是那種任何東西破碎都能修補的人。這讓她覺得自己像前庭草坪上慢慢腐朽的引擎。「我也喜歡你。」

服務生端了主餐來。他雙手包在毛巾下，輕柔將熱餐盤放在兩人前面。愛格妮絲像是過耶誕節的孩子，先看著她的烤雞，然後滿足地看著尤金的羊排和煮馬鈴薯。尤金忽略眼前的食物，粗手指指向煤礦區。「妳是整個社區最好看的女人。大多數女人甚至不會拿梳子梳頭，看看妳。不管什麼時候，妳都完美無瑕。」他向前傾，「我只是要知道。在我真的愛上妳之前，在我們認真之前。」

愛格妮絲感覺很不安。她想把話題帶回到食物。「那看起來很好吃，很豐盛，對不對？我以為也許只是雞胸或雞腿，結果是半雞。」

服務生咳了一聲，問他們是否都滿意。尤金點點頭。後來他改變主意，補了一句：「嘿，我們點一瓶飯店特色葡萄酒好嗎？」

「紅酒還是白酒呢，先生？」服務生靜靜問。

尤金望向愛格妮絲，她全身僵硬。他回望服務生：「配雞肉的白酒？」服務生點點頭，對，他覺得那是個好主意。於是尤金點了一瓶白酒。

「如果妳不想，妳不必喝。」尤金溫柔地說：「我不會逼妳。」

金黃多汁的雞肉現在在她面前如死灰般乾柴無味。服務生拿了酒來。他替愛格妮絲斟一些，她沒阻止他，並說酒就像她們前花園的玫瑰，呈淡桃色。「桃色的玫瑰代表真誠和感謝。」

兩人看著玻璃杯好一會。尤金拿起杯子，為兩人敬酒。「敬我們兩個。誰能像我倆？少之又少，而且他們都死光了[29]！」愛格妮絲擠出笑容，舉起可樂杯。可樂現在變得平淡如水。

「你從來沒跟我提到你女兒的事。」她撥動著盤中的雞肉。「伯納黛特，是這名字吧？」

「喔，她現在長大了，在聖路加的幼兒園帶小孩。這點她像她母親，而且她母親還在時，她和她非常親近，常一起出去，像幫教會做好事，或是為礦工寡婦做些慈善工作。」他的臼齒咬著軟骨吸吮。「但她們實在太常去捧那聖水盆。她們總是一直跑去他媽聖水那裡。來來回回，好像那是蘸醬一樣。」

「但她聽起來是個好人。」愛格妮絲說，不過因為她認識柯琳，所以也有所懷疑。「妳有跟她提到我嗎？」

「沒有。」尤金淡淡地說。

「喔！」她後悔自己表現得很洩氣。

「因為我們的柯琳說了。」

愛格妮絲吐一口氣，「我敢說她講得天花亂墜。」

尤金目光飄到那杯沒碰過的酒。「我想是吧。」

他們吃完餐點，聊了計程車、點心吧、南非和鈀礦場。愛格妮絲把她的馬鈴薯推到吃一半的半雞下面。服務生清理盤子，並將提拉米蘇端上桌。尤金喝著那瓶白酒，而她那杯淡桃色的酒完好如初放在桌上，漸漸變溫。

「我覺得我吃不下了。」她隨意撥動著提拉米蘇，「但很好吃，這是我吃過最好吃的卡士達醬。」

「喝點威士忌，這甜點馬上就吃下肚了。」尤金說著舀起最後一口布丁，塞進嘴裡。

「你知道，我絕對不會因為威士忌感謝你。就算是我酗酒最嚴重的時候也不會。我覺得它有點像琴酒。讓人感覺難過。我喝酒不是要難過。我是要借酒澆愁。」

「那妳都喝什麼？」

「喔，大都只是拉格啤酒，有錢的時候就會買半瓶伏特加。遇到爛事時，伏特加會讓我有膽子去對抗。」她頓了頓，「但伏特加也會讓人斷片斷得很徹底。至少想喝醉的時候會很可怕。」

「我根本不相信妳現在跟那時是同一個人。」他頓了頓，然後說：「妳覺得如果妳喝了那杯酒，接下來會發生什麼事？」

「我可能會想喝更多。」

「但也許不會。」

「也許吧。」她說，然後她想開玩笑放鬆氣氛。「尤金，你不需要讓我喝醉才能得逞。」

「那真是感謝老天！」他手撥掉桌上的碎屑。「不然錢都扔到排水溝了，是吧？」他大笑，臉也愈來愈紅。「聽著，我不是要讓妳喝醉。只是試著讓妳喝一杯。」

「為什麼？」愛格妮絲突然非常疲倦。

「因為……因為正常人會這麼做。」他將酒杯移過來。「聽著，就喝一小口。像社交酒一樣。妳不會有事。如果妳開始搗亂，我會叫他們把妳扔到外頭，妳可以走回家。」他拿著細長優雅的杯頸，將酒杯推向她，「妳不會有事。妳現在是不同的女人了。」

愛格妮絲端起酒杯，將酒拿到鼻子下。酒杯很溫暖，酒聞起來像陽光一樣。「我其實也沒喜歡這酒。」她說著把酒推開。

「喔，妳怕了。」

她很害怕，甚至可說是嚇傻了，但她不想讓他看出來。她將晶亮的酒杯拿到嘴邊，一小口酒滑入喉嚨。酒以她不記得的方式一路燒下食道。那口酒就像一道陽光，略帶苦澀，像是煮蘋果和醋。「看吧。」她說著放下酒杯。

「是不是？」尤金真心興奮說。他看起來興奮得快要站起來。「妳沒有著火。妳沒有多長一顆頭。」他拿起自己酒杯中剩下的一點酒，揮向她致意。「乾杯！我真為妳驕傲。我知道我妹妹說的一點都不是真的。」

他說得對。她喝酒後沒感覺到有什麼不一樣。柯琳錯了。愛格妮絲鬆一大口氣。她緩緩喝完那杯酒，希望他的判斷是對的，她覺得自己好像打敗了戒酒無名會，可以再變正常了。

帳單來之後，他用緊緊捲起的鈔票付清，那是他跑計程車好幾晚賺的錢。他們離開餐桌，愛格妮絲感覺身子暖暖的，尤金帶她進到小間的會員酒吧，他粗壯的手臂攬著她的腰，她感覺好開心，大家都羨慕地望著他倆。他們坐到角落，緊靠著彼此，尤金親吻她的耳垂，愛格妮絲點了伏特加和通寧水，接著她又點一杯，不久又點一杯。

計程車轉進黑暗的社區。幸好路上沒有其他車子。愛格妮絲在後座又滑又滾，神志不清。尤金再次將計程車停在封閉礦場的門口。黑暗中他們試圖做愛，但動作笨拙又疼痛，她隱隱覺得黑暗的記憶再現，全身僵硬，但她記不得是什麼回憶了。尤金翻到她身上，硬幣從口袋掉出，她覺得自己彷彿收了錢。

等愛格妮絲設法用鑰匙插入門鎖開門時，屋子走廊的燈早已打開。她倒入前門，感覺馬海毛大衣勾到突出的亞鐵克斯塗料，聽到她絲襪也被勾破。

她很確定自己抬起頭微笑看著里克，不知道她兒子為何那麼生氣，還有他為何朝她大吼。她唯一明白的是，他用拳頭直接打在尤金的粗脖子上。她記得臥室門打開，門口是她的小兒子，臉上擔憂的神情就像他外婆。他臉上都是淚水，無比失望。他睡褲前面有一團尿溼的黑圈。

23

耶誕節來了又過了，愛格妮絲一早就開始慶祝新年。等到霍格莫內[30]晚上，她已經不再偷偷摸摸

30 霍格莫內（Hogmanay）在低地蘇格蘭語是「新年」的意思，代表除夕到新年這段時間的慶祝活動。

倒伏特加，或把酒藏在扶手沙發的另一邊。等佳節節目即將開始，她便開心打開滋滋作響的特釀啤酒罐，倒進舊茶杯，像是瀑布直接落下一般。離霍格莫內鐘響還有好幾個小時，她已經在清點所有毀了她的男人。

愛格妮絲大概發現了里克常常消失，她也沒多說什麼。里克耶誕節那週都躲在被窩裡。晚上他會搭便車進城，去中央車站底下的遊樂場，把當學徒賺的錢全花在角子機上。他在霍格莫內那天比平常還早消失，像是看到烏雲密布的人，想早點出門，避過那場雨。

小夏吉待在家，想阻止喝醉的愛格妮絲出門，也不要接近電話。霍格莫內那天，他坐在窗邊看著其他家客廳點亮的耶誕樹，並把一團白色的紗窗塞到嘴裡。他塞得滿嘴都是窗簾，感覺稍微沒那麼餓了。他在她面前弄髒漂亮的窗簾，希望她叫他住手，但她沒反應。

麥蓋文尼家的孩子騎著新腳踏車，詹姆西也回來了，小夏吉坐在她腳邊，像是沉默的影子。他不發一語看著窗外，她則喝著茶杯中無止境的酒，再次跟他說起父親的壞話，述說著同樣的故事，像是拿起一本她擱置一年的書。

六點新聞播報結束，她坐在床邊，神志不清地打電話給金媞．麥克林契。小夏吉默默溜進走廊，背靠著她的臥室門坐著。在這裡，他能透過木板聽到她的聲音，能跟上她壞心情的鐘形曲線。他不知道她要多久才會醉倒，那時他才能休息。

錄音機傳來音樂，他知道這是不好的預兆。他像個小心的鬼魂溜進房。愛格妮絲在抽菸，她全身除了黑色絲襪和黑色蕾絲胸罩之外什麼都沒穿。小夏吉常幫她買新絲襪。她愛面子，不會穿著脫線的絲襪出門，所以小夏吉知道她的尺寸和喜好的樣式：Pretty Polly 牌烏黑半透款，這是他對她最深的印象，既令人快樂又憂傷。

像今天這樣黑暗的日子，絲襪在他眼裡又髒又醜。絲襪和她玫瑰色的肌膚形成對比，更讓人覺得她應該跟其他母親一樣穿得得體一點。絲襪鬆緊帶在她柔軟的肚子留下粉紅色的壓痕。那是其他人應該看不到的地方。他希望她能把那裡遮起來。

她忘記他在家了。終於在鏡中注意到他時，她露出呆滯的笑容。她手伸進黑色皮包深處，拿出一枚五十便士的硬幣。「你看看你。」她說：「你還穿著睡衣，跨年鐘響要怎麼慶祝？」她給他硬幣，要他放熱水。

他不想放她一個人這樣。他看得出來，她已神遊到九霄雲外。她環抱他的腰，將他拉向她，親吻他的雙唇。他感覺到她發熱的氣息，微開的雙唇毫無生命力。「把身體洗乾淨。」她警告，「我今年想好好開始。」

浴缸溫水半滿時，小夏吉便小心翼翼滑入水中。他將肥皂抹入頭皮，躺在浴缸裡，聽著她從一個藏酒處走到另一個，尋找她不讓他發現的酒，因為她自己也忘了。他拿出尤金給他的足球小紅書，開始背誦所有隊伍，和前一年足球聯賽每場球賽的結果。他像讀聖母經一樣拿著小紅書懺悔，一遍遍重複無意義的比分，直到自己把分數記起。這是新的一年，新的機會。

他的霍格莫內服裝已放在床上。那是黑白照片中的黑幫打扮，黑色襯衫和白領帶。他們默默一起更衣，看起來就像一對婚姻不美滿的夫妻，要去參加一場特別的派對。他扶住母親，並幫她穿裙子。

「好，我們來看看你。」她伸出美甲的手指，滑下他鼻子。「唉唷，你怎麼這麼帥！」她搖搖頭遙想，「一點都不像你肥胖的王八爸爸。」

愛格妮絲從塑膠圈中拿出一瓶室溫的特釀啤酒。她深情看著那罐酒，嚴肅地塞到小夏吉手中。

「來，拿這去柯琳家。代我祝她新年快樂，記得要好好讓她看看你有多帥。」她嘴一咧，露出苦笑。

「記得跟你柯琳姑姑說，我和尤金祝她『新年快樂』，好嗎？」

街上每間房子都點亮各自的耶誕樹，驕傲地透著前窗發光。黑髮男孩跑在街上，拿著一點煤炭，興奮地想頭一個踏進家門[31]。小夏吉緩步走向不遠的柯琳家。他沿著木欄杆走，欄杆裡面是市政府種的濃密白漿果矮樹叢。他並不打算送啤酒去，也不打算轉達母親的訊息。

他越過街道時，不知道大家在吃什麼，只能想像他們聚在一起，吃飽喝足，屋內溫暖。他站在柯琳屋子外，手指捏著冬天的漿果，想著去年跨年愛格妮絲準備的牛排和奶油三明治。他想起他們在長沙發上彼此依偎，吃著薄荷巧克力，看著喬治廣場的群眾敲響跨年鐘時一同唱歌。

小夏吉不知道要怎麼處理那一罐啤酒。他蹲坐在柯琳家放煤炭的低矮小棚，在黑暗中拉開拉環。酒嘶嘶作響，冒著泡，流出罐子，冰冷的空氣瞬間瀰漫著濃厚熟悉的味道。小夏吉小心翼翼舔著罐子上的酒。泡沫喝起來綿綿的，十分無害，像是苦澀的空氣，有點酸味和金屬味，像是用嘴包住冰冷的廚房水龍頭。他飢腸轆轆，充滿期盼，他的肚子渴望被填滿，任何味道都行。他像動物一樣蹲著，背對街道，喝一小口啤酒。酒沒有燒灼感。喝起來像生薑配上撒滿乾果的麵包。他一口接一口，肚子的咕嚕叫聲漸漸變小。

他很高興酒帶來溫暖，也讓他的心暈眩。飢餓感漸漸退去，他覺得身體變得輕飄飄的，這時他聽到柴油引擎的聲音。他看到愛格妮絲跌跌撞撞走到不平的路上，手抓著紫色大衣，蓋住她的短裙。她對司機說了些挑逗的話，狼狽爬上計程車後座。司機戴著政府配發的厚重眼鏡，他顯然不是尤金。計程車駛離礦坑口，小夏吉心裡一陣驚慌。

尤金讓他母親再次酗酒之後的四個月又十三天，這名紅髮計程車司機一週會來兩到三次。那幾天早上，小夏吉會先聽到里克出門去當學徒，幾分鐘後，尤金溜進安靜的屋子。準時到小夏吉都能靠這個來設電視的碼錶了。

自高爾夫球俱樂部那天晚上，尤金便懂得要避開里克。愛格妮絲倒在走廊地毯上，自顧自唱歌時，里克穿著運動短褲咆哮，他將尤金用力推出家門，推到街上。雖然尤金輕易便能抵抗，但他不是會動手動腳的人，於是他不但一路被打出門，還不由自主一路道歉到路邊。

那天晚上尤金內心充滿罪惡感，徹夜難眠。隔天早上，他閃避女兒的凶狠目光，去走廊拿起電話，躲到浴室裡，鎖上門。他叫醒愛格妮絲，約她在礦場大門見面。他為自己逼她喝酒道歉，也答應會幫她步回正軌。他們坐在寒冷的計程車後座，她親吻他確定他的心意。她舌頭腫脹，毫無生命力，尤金希望她口中的啤酒味是前一晚殘存的氣味。她懶洋洋靠在計程車座位上，而他想起，她在高爾夫球俱樂部沒有喝任何啤酒。

那天晚上之後，小夏吉就料想尤金會逃走。但後來，尤金早上來拜訪時，小夏吉就穿著學校制服，坐在電話桌旁，聽兩人聊天。小夏吉會在大腿上打開功課，用舊原子筆小心簽上她的名字。他記得以前住在麗茲房子，他曾拿母親的卡波堤蒙特瓷的仿製品來玩。那個裝飾品是個浪漫的農場男孩，他揮舞著一把鈍鈍的鐮刀，目光帶著奇怪的盼望，好像他剛才看到最輝煌的夕陽。愛格妮絲反覆要小

31　霍格莫內慶祝的習俗，由黑髮的男子帶來黑色禮物，像黑麵包或煤炭，象徵新年發大財。

夏吉別玩那男孩了，但他忍不住，有天她在做日光浴時，他失手摔斷農場男孩的手臂，鐮刀從他手中粉碎。小夏吉把那小瓷像藏在麗茲晾衣櫥的黑暗角落。他坐在浸入式暖爐旁，用盡各種方法想把手臂接回去，從透明膠帶試到凝結的米布丁。那一整週，他每天都會去看斷臂男孩，祈求某種奇蹟發生，即便沒在晾衣櫥裡，也一直惦記著它。一整週折騰之後他終於慌了，直接把它扔在那裡，藏在一疊舊浴巾裡，等待別人發現和修理。

小夏吉坐在電話桌旁，再次想到破掉的裝飾品。他聽他們用大人那種早晨細小的聲音聊天，他聽得出來，尤金受夠了值夜班。男人有一本壁紙書，他問愛格妮絲喜歡哪種圖案，是快樂的原野花朵，還是粗孟加拉條紋和百合花飾。小夏吉知道母親頭痛欲裂，但仍集中精神為尤金炒肝臟當早餐。

「小事一樁。」尤金開心地說：「我一天就能把整間廚房整理好。我父親曾教我解決霉斑的做法。我可以早上清牆，下午貼紙。馬上就煥然一新。」

「好啊，可以。」愛格妮絲小聲回答。

「妳還好嗎？」

「還好。」她說：「只是有點頭痛。」

小夏吉聽到尤金合上沉重的壁紙書，他能想像他雙手手掌向上攤放。「也許今天別喝酒。如果妳覺得想喝，去散個步之類的怎麼樣？」

小夏吉聽出他母親努力維持語氣平穩。像是面對一根小木刺，她設法用砂紙磨平拋光，磨去螫人的部分。「散步。好啊，也許那樣可以忍住。」

幾週之後，等壁紙貼好，小夏吉發現尤金不再說這種話了。他變成坦白說，如果愛格妮絲要喝酒，能不能至少不要打電話到計程車隊找他。小夏吉再次坐在電話桌旁，拿出她摺頁的電話簿放到大腿上。他拿起咬爛的原子筆，找到尤金的名字，把電話號碼的六改成八。然後他找到他所屬計程車隊號碼，精心地把所有的一改成七。

他抬頭時，看到尤金站在廚房門口，手上拿著十字起子。他在走廊來回走動，把所有門鉸鏈轉緊到木框中。「我只是在想。」他對她說：「計程車下週需要進廠維修，所以我有幾天晚上有空。要不要晚上出去約個會？這次真的是約會。也許我們可以再去高爾夫球俱樂部，再點妳很喜歡的明蝦冷盤。我在想這次我不要點酒。也許這次大家都不要喝酒。」

小夏吉拿起髒茶杯，溜過尤金身邊，進到廚房。他母親坐在桌旁，雙手按著頭，手指搓揉著頭骨，雙膝間放個水桶。新壁紙很美，原野上黃花和藍花相間，真的讓廚房氣氛變得開心。尤金將小藍鈴花整齊排好，做工其實非常聰明俐落。所有霉斑都不見了，但現在小夏吉望向窗外，棕色的沼澤像是一塊方形的大汙漬，落在一片美麗的春野上。

如今小夏吉蹲在麥蓋文尼家外，將剩下的霍格莫內啤酒倒到枯草上。他將空罐藏在衣服中，感到很丟臉。他驚愕地越過街道，看到家中前門敞開，所有燈都沒關。他從一間空房走到另一間空房，簡直不敢置信，他仍期盼自己會在屋子某處見到她。他翻過廚房空櫥櫃，發現最後一罐卡士達醬。他打開罐子，湯匙深深挖入，甜美的奶油讓他肚子裡的啤酒不再翻攪。他坐在低矮的茶几前，貪婪地將卡士達醬舀進嘴裡，喬治廣場狂歡的人群開始出現在電視中。

等到傳統樂團全力演奏，他知道她不會回家了。狂歡的人群互相擁抱，大聲唱歌。他感覺自己像是小寶寶，想念他的母親。不公平，所有人都能隨意來來去去。

小夏吉在屋裡尋找紙條或線索，想找出一張藏寶圖，指出她的去向，但屋裡什麼都沒有。他找到她的黑色賓果袋，但所有筆都在裡面。他走向走廊的小電話桌，想著他能打給誰。電話旁邊的紅色皮革通訊錄記著愛格妮絲認識的所有人。她非常認真，隨時在更新，裡面有些名字已在盛怒中被畫掉。在她乾淨草寫的名字旁，有著一排潦草的字跡，看起來幾乎像是不同人寫的，內容就是對每個人的短評。南·佛蘭尼根從一九七八年起仍欠我媽五鎊，接著是安瑪麗·伊斯頓是雙面臭婊子，然後大衛·道爾穿著海軍制服到我爸喪禮，還有布蘭登·麥高文只想要個奴隸和家庭主婦。

通訊錄裡有許多只有名沒有姓的人。小夏吉猜那是戒酒無名會的成員。有的號碼會多寫一些敘述，這樣才能分辨不同的伊蓮。小夏吉覺得戒酒無名會的人這麼做很好笑。也許這樣是要保護匿名者，保護家族的姓氏，但其實更可能是因為成員來來去去，敘述反而比名字更有用。他翻過頁面，看到他認得的名字，像星期一、四彼得、禿頭彼得、瑪麗朵、傑內·瑪麗朵的朋友、坎伯諾爾德的凱西和紅髮潔妮，潔妮明明是J開頭，卻誤歸類在G條目下。這點令他無比生氣。

母親可能在任何地方。他開始感到慌張，覺得自己可能到二月都不會見到她。他朝厚重的通訊錄大吼。「妳他媽在哪裡？告訴我！」

蘇格蘭新年期間，有兩天盛大的派對。而愛格妮絲在格拉斯哥的新年慶祝活動通常無止境。他們初來礦坑口，小夏吉看過持續好幾天的家庭派對。愛格妮絲到第六天仍在酒醉。等小夏吉換上學校制服，春季學期即將開始，里克決定夠了。里克能忍受很多事，但一月六日他拿了黑色垃圾袋，整理全屋子，並把兩個邋遢的礦工攆到天寒地凍的街上。

小夏吉想著里克，想著他的吼叫，還有閃爍的角子機，他心一橫，實在受夠跟他哥哥玩「你最後碰的」遊戲。他撥弄自己的下唇，隨意提起話筒，聞著話筒上酸臭的菸味，還有口紅的香水味。他將米黃色的話筒拿到耳邊，聽著嗡嗡撥號聲，尋求安心感。他望著按鍵，終於注意到有個紅色的「重撥」按鈕，他按下去。

電話響了很久，終於有人接起，那裡背景放著震耳的老派音樂，幾乎聽不到另一頭女人的聲音。「喂。喂！誰？」她大喊，她的聲音讓人覺得她抽了一堆菸，也喝了點酒。

「嗯，我媽媽在嗎？」他坐直身子問。

「你是誰？」她似乎因為被打斷，聽起來很煩躁。「你媽媽是誰，孩子？」

「我母親是愛格妮絲．坎貝爾．班恩。」他說：「你可以跟她說，小夏——修伊在找她。」他更正，「請妳告訴她，家裡沒有卡士達醬了。」

女人身子朝嘈雜的派對回過身。「嘿，有人認識一個叫愛格妮絲的人嗎？」她問身後全場。有其他人開口，然後她說：「你稍等一下。新年快樂，ＯＫ。」他還來不及回應，她就把話筒放下了。他聽到男男女女在背景說笑，也聽得出來他們不年輕，因為憂鬱的蘇格蘭經典歌曲已在播放。小夏吉聽著派對聲等了好久，以為那女的會回來。等他覺得她已經忘記他時，有人接起了電話。

「喂。」熟悉的聲音含糊說道。

「媽媽？是我。」

那人停了半晌，再開口時，好像有點疑惑，「你想要什麼？現在幾點？」

「妳什麼時候回家？」

「現在幾點？」

小夏吉繞過轉角去望，在電視燈光下，剛好看得到鐘面。「十點半……嗯，不是，快十一點了。」話筒另一頭變小聲，他聽到打火機的聲音，她吸著菸說：「好，那你應該上床睡覺了。」

「妳什麼時候回家？」

「聽著，不要不開心。媽媽可以參加派對吧？都已經那麼久了，修伊。」她聲音愈來愈弱。「我之前就已經答應人家要參加好多派對。你為什麼要來破壞？」她現在開始重複自己的話了。

「媽媽，我害怕，妳在哪裡？」

「我在安娜．歐哈娜家。去睡覺，我回家就會見到你了。」這句話相當模糊，令人不安。

電話掛了，他怔了怔，過一會才掛上電話。小夏吉考慮再打一次，但她不願意接。他坐在原地，拿著話筒好一會，然後全身正裝躺到床上。臥室燈都亮著，霍格莫內的慶祝活動仍在電視上播放。街上傳來快樂的聲音，他聽到麥蓋文尼家的孩子在路上跑來跑去，放聲大喊：「新年快樂。」他們有一個木製的足球加油響板，把街上弄得鬧烘烘的。

他起身走回電話桌。小夏吉查了A和O的條目，找到了安娜．歐哈娜。他之前就聽過這名字。安娜不是戒酒無名會的人，她是愛格妮絲童年的朋友，好像也是她的遠親之類的。她們曾一起在STV電視台食堂工作，年輕時也一起去妥克羅斯跳舞。他母親手寫的短評形容她是「背刺瞇瞇眼八卦女，同時也是我最好的朋友」。

她名字底下有個地址，地址在傑米斯頓。他不知道傑米斯頓在哪，但愛格妮絲這輩子認識的人都住在格拉斯哥，所以他希望傑米斯頓也不會太遠。小夏吉從母親通訊錄後面撕下空白的一頁，盡可能整齊抄下地址。然後撥打電話簿中寫著「計程車」的號碼。

「喂，麥克計程車隊。」一個壞脾氣的聲音傳來。

「喂。可以請你告訴我傑米斯頓在哪嗎？」

「那在東北方。你想叫計程車嗎？」他不耐煩地回答。

「對不起再打擾了。」小夏吉有禮地說：「但坐到那邊計程車費是多少？」

「你要從哪裡搭過去？」那人嘆口氣。

小夏吉明確回答他，告訴他門牌、街道、鎮，甚至是郵遞區號。

「好，大概八鎊，新年加成兩鎊五。」

「好，那請幫我叫一台計程車。」小夏吉說完掛上電話。

他拿奶油刀，像金媞教的一樣撬開瓦斯錶，小心翼翼數著五十便士，整齊堆在電視前的桌上。裡面只有二十枚，不用一個個去數他就算得出來，那裡是十鎊。小夏吉拿扁平的長麵包刀，再撬開電視碼錶，他以前看愛格妮絲撬過好幾次了。

實際來做，他知道他必須用撞的，這樣才能不傷到錶，並讓硬幣落下，如果電視機人員發現碼錶壞了，會惹上大麻煩，但街上每個人都這麼幹了好多年，似乎沒人遇過大麻煩。小夏吉平常就看過愛格妮絲和里克撬電視碼錶。要看三小時電視，就必須投入一枚五十便士。錢沒了，電視就會自動關閉，螢幕一片漆黑。你不能跟電視討價還價，說電影還沒放完，或等到下一次廣告再切掉。如果錢沒了，電視機就會黑掉。

小夏吉將奶油刀伸進投幣孔，兩枚五十便士滾出。如果那人報價正確，這應該夠搭到傑米斯頓。但不足以讓他回家。

他聽到計程車引擎聲，小夏吉走到外頭。街上所有屋子的燈都亮著，幸福快樂的家庭跨年都團聚在一起。柯琳一人站在窗邊，看她的孩子在路上跑來跑去，拿著東西製造噪音。小夏吉照愛格妮絲教他的做，他揮手微笑，並坐上計程車。

計程車司機是個金髮瘦子。他看到一個穿得像芝加哥黑幫的小孩，著實嚇一跳。「就你嗎，孩子？」他疑惑地問。

「對。」他將手寫地址拿給司機。

司機低頭，從車窗望向小夏吉家的客廳窗戶，看有沒有大人、母親或父親。小夏吉將用塑膠袋裝的硬幣從口袋拿出，放在他的膝蓋上。這一袋錢幣發出叮噹聲響，司機看了一眼男孩，然後望向錢，終於放下手煞車，轟一聲上路。

計程車開出滿是塵土的小社區，不久他們便開上雙向道，加速移動。小夏吉知道這條路通往市中心。他記起路線，觀察路標，準備長途跋涉，徒步回家。他們先經過一所國中，然後一座橄欖球場，最後是漆黑無聲的海灣。從那裡之後，一切飛逝，再也記不清了。

司機沒有開平面道路，他開上山坡路，遠離了城市，來到偏遠地區，好像城市蔓延的道路在末端失去了活力。那條路毫無開發，左邊是建到一半的巴瑞特房舍，屋子後方面對著馬路，高大深棕色的木欄杆圍著沒打理的草坪，右邊是一片好幾公里的休耕地，空空蕩蕩，一片漆黑。司機一定很熟這路線，因為他一直瞄向後座，朝繫白領帶的男孩微笑。

「你看起來非常聰明。你要去派對嗎？」他從鏡子笑著問。

「對，差不多。我也覺得平常打扮整齊很重要。」

那人大笑，「所以你媽在哪？她在派對上嗎？」

「我希望是。」小夏吉結巴。

「你這年紀自己坐車真的很成熟。」他說：「我兒子跟你差不多歲數。你十二歲嗎？他好喜歡坐前面，玩我的無線電。」

他只有十一歲，但他喜歡別人說他更成熟，所以小夏吉沒有答腔。很好玩的是，在鏡子裡，你只能看到司機的眼睛或嘴巴，但不能同時看到兩者。

「你想跟我坐前座嗎？」那人鏡中的嘴巴說。他的嘴咧開大大的笑容。

計程車減速停下，這裡沒有十字路口，也沒有燈，而是在空蕩蕩的大路中間。小夏吉望著左邊蓋一半的房子和右邊平坦的原野——如果要安全帶母親回家，他想自己別無選擇，只能照做。

那人叫小夏吉下車。左邊的前車門打開，黑色的計程車左邊沒有副駕駛座，只有鋪著地毯的地面。他站在那個空間，四周都是晚報、舊大衣，還有吃了一半的三明治。小夏吉試著不去盯著食物看。麵包的邊很厚，但他餓壞了，根本不在乎，他餓到會連麵包邊邊都吃下肚。

「好啦，這樣比較好，對吧？」計程車把東西清開，空出一塊空間給小夏吉。他手裡拿著三明治。「你要吃一點嗎？」他說：「裡面就是奶油和一點罐頭火腿。」

「不用了，謝謝。」小夏吉有禮地說，雙眼仍死命盯著那吃了一半的三明治。

「來，拿去。」那人塞到他手裡，「我在這都聽得到你肚子在叫。」小夏吉拿了三明治。麵包因為奶油變得溼軟，他想慢慢吃，但啤酒在他胃裡都要發酸了，他不覺將大塊的醃火腿推進嘴裡。火腿又厚又油，黏在他的上顎。

就算只跪著，小夏吉仍然不到坐著的司機的肩膀高。他一邊吃厚厚的三明治，一邊望過去，他覺得司機看起來跟他父親一點都不像。他脖子上掛著銀十字架項鍊，小夏吉看到意外感到冷靜。

「那就是無線電。」司機說，他指著像電動刮鬍刀的話筒。司機轉動電台旋鈕。「好啦，你想的話可以隨便說話。只有長程司機和他們寂寞的心聽得到這頻道。」那人朝他微笑，他的牙齒很直，小夏吉覺得他會希望愛格妮絲和他見面，見見給他三明治的男人。

手煞車放下，計程車再次出發，開向黑暗的道路。小夏吉向後倒到玻璃隔板上。「哇，小心，孩子，找個東西抓好！」他伸出左臂緊緊環抱住男孩的腰，讓他在放行李的空間站好。

他們繼續開向沒有街燈的路。小夏吉試著慢慢吃三明治。火腿很厚，醃得好鹹，刺激著他的牙齦。那人突然說：「這種事比你想的常發生。孩子被一個人留在家裡。」他轉向小夏吉微笑。「我常看到這種事，爸爸媽媽想去夜店玩，就放孩子照顧自己。可憐的小傢伙。」小夏吉吃完三明治。他忍住沒有去舔手指上的奶油。

「好吃嗎？」

小夏吉點點頭，有禮回答。「好吃。非常謝謝你。」那人的手臂仍在他腰上扶著他。

那人親切大笑。「喔，非常謝謝你。」他覺得很好笑，像隻鸚鵡重複他說的話。「你是個有禮貌的孩子，對不對？」

小夏吉試圖掩飾自己的難為情。他雙眼望向後視鏡，希望里克能在這裡。空蕩蕩的鄉間路似乎永無止境。他想記得他們經過的建築、記下自己看到的東西，像「奶奶去西班牙[32]」的遊戲一樣，但經過十或十五棵樹，只有一盞路燈，所有事物看起來都一樣，他不得不放棄。

司機的手臂慢慢下移到男孩身側。他緩緩拉起小夏吉塞在粗花呢褲的襯衫，心懷不軌地將溫暖的粗手指伸入小夏吉內褲。小夏吉沒望向他，但他知道那人仍微笑望著他。

「對，你是個有趣的小傢伙，對不對？」那男的重複。他手用力一伸，鑽到內褲更深處。他開始用手指摸著男孩。粗花呢褲的腰帶扣緊小夏吉，好像要把他勒成兩半一樣，光這痛楚就足以讓他叫出聲。但是小夏吉仍安靜不語。

計程車變慢了。司機發出怪聲，好像他透過門牙在喝熱湯一樣。反方向有頭燈照來。小夏吉皺眉望向那人。他粗肥的手指仍用奇怪的方式向下摸索著他。卡士達醬在酸啤酒上結了一層膜，麵包在他肚子裡膨脹，他以為他要吐了。手指不斷向下。司機的嘴巴繃緊，表情扭曲。小夏吉好希望看到房屋的燈光。

「我父親是計程車司機。」

司機扭曲的表情消失了。

小夏吉繼續說，語氣盡量保持隨意，忽略想摸他私處的手指，「……我媽媽的男朋友叫尤金。」他淺淺吸口氣。「他可能認識你？」他最後問了這個問題。

司機慢慢將手從粗花呢褲後面滑出。小夏吉背沿隔板向下，讓他的私處安全貼著計程車地板。他手放到自己的腰上，黑暗中，他感覺得到腰帶的縫線刮傷了肚子，留下紅痕。那感覺像是脫下太緊的

---

32 「奶奶去西班牙」是在車上玩的遊戲，玩的人會輪流加入新東西，下一個人要照順序重述上一個人說過的所有東西，東西會累積愈來愈多，直到有人記不住為止。通常會用車窗外看到的東西，所以小夏吉原本希望藉此幫助記憶。

制服襪，但又更糟。

無線電沙沙響起聲音。有人操著蘇格蘭高地人口音，提醒說佩斯路有淹水。司機小心在工作褲上將手擦乾淨。「所以你耶誕節開心嗎？」他過一會隨口問。

「開心。謝謝你。」小夏吉說謊。

「耶誕老公公對你好嗎？」

耶誕節的一切是由《自由人》型錄提供，日後再慢慢付帳。「很好。」

黑色的計程車終於看到燈火，來到灰色破爛的社區，司機問道：「孩子。你剛才說你爸叫什麼名字？」

小夏吉考慮要說謊，但還是如實道：「修伊・班恩。」

司機表情感覺鬆了口氣，他向後靠到椅子上。他在傑米斯頓讓小夏吉下車時，時間已過了半夜。男孩原本要付給司機那袋偷來的五十便士。那人仔細看著那袋錢，也許是可憐他或罪惡感，他說因為小夏吉是個乖孩子，所以這趟免費。男孩希望他把錢拿走，他不希望那人覺得自己喜歡他手指傷害他的方式。

小夏吉爬上石階梯，走到史莊西街的正門，他能感覺得到那人一路看著他背影。他最後轉身，對他擠出勇敢的微笑，司機才開走。計程車轉過街角，小夏吉把黑色的襯衫塞回粗花呢褲裡。他揉一揉肚子痛的地方。每棟建築物都一模一樣，一棟棟出租公寓擠在狹窄的路上，像是磚塊和玻璃形成的峽谷。他抬頭聽到三樓公寓傳來音樂聲和明亮的燈光，於是他按下三樓的金屬門鈴。沒人問是誰，門自動按開。

出租公寓的共用通道燈光昏暗。小夏吉上方傳來吵雜而歡樂的音樂，迴盪在牆之間。小夏吉走進去。格拉斯哥任何小孩都看得出來，這是間比較爛的出租公寓。入口裝飾的鋪磚已經龜裂剝落。牆面厚厚塗上政府發的棕漆，大人目光高度的地方，還有一條髒兮兮的白色條紋，指向通道之中。每堵公寓牆面都布滿塗鴉，宣告愛和效忠的幫派。小夏吉看到有人發誓效忠愛爾蘭共和軍，他早知道傑米斯頓的人絕對是天主教徒。

他從通道口走上樓梯，聽到三樓的派對聲，快樂得彷彿夜晚還未變質。小夏吉緩緩走上陡峭的樓梯，一次一階。那是花崗岩階梯，中間已被磨得凹了一圈，兩邊沒有曲線形的扶手。樓梯直接貼著水泥牆建成，他往上爬時，看不到轉角有什麼。

他靜靜一步步向上，轉第二個彎時，遇到一對男女坐在冰冷的樓梯上。他們躺在那，全身凌亂，像是兩堆髒衣服。他們對彼此做的事，小夏吉以前就見過。老女人看來幾乎無意識，男人手伸到她裙子，摸著她的私處。

小夏吉雙臂交叉在胸前，有禮地向後退，避免和他對到眼。他無聲地向後退幾階，幾乎快退回轉角，這時女人張開眼，注意到他。男人繼續搓著她，好像在擦鞋一樣。

「你在看什麼？」她口齒不清說。

「妳好嗎？」他靜靜問：「他有弄傷妳嗎？」

上方某處門打開，派對的聲音順著通道傳來。大家要走了。

「你能不能停一下，約翰。」她把他的手推開。女人拉起上衣，想保持一點尊嚴。她垂頭看著石階，喝醉的男人無論如何繼續吻她脖子。

小夏吉拿出五十便士，放在女人赤裸的膝蓋上，然後他衝過他們，爬向樓梯最上面的喧鬧聲。男男女女穿著冬天的大衣走下。他腳步很快，用盡心力才沒被他們笨拙的腳步和長外套擠下樓。他來到三樓，發現門仍開著便走進去。沒人攔住他，他鑽過更多人的腳邊，進到小走廊上，繼續走到客廳，沒人注意他。

這客廳比家裡的客廳更小。牆面貼的是酒紅色錦緞的壁紙，其中一面牆是小型電暖爐，裝有假的塑膠煤炭，發出橙紅色的光，照亮悶熱的室內。客廳中間有套三件式沙發，仍蓋著塑膠膜。角落有幾張借來的餐椅，四、五十歲的男女坐在那聊天，小夏吉一個都不曾見過。男人穿著灰西裝，打著寬領帶，女人全穿著美麗的罩衫。他們看起來全身僵硬，彷彿剛從教堂回來，但眼睛又溼濡，好像喝太多聖餐酒。

角落的唱片機播放著〈丹尼男孩〉特別憂鬱的版本。幾個老酒鬼坐在唱片旁，拿著啤酒，咆哮著歌詞，一個老女人淚眼汪汪坐在附近。整個屋子的氣氛已經開始走下坡。他繞客廳一圈，看著一張張面孔，尋找母親的蹤影。愛格妮絲不在那。

靠近窗戶的角落，有張摺疊小桌，桌旁坐著和小夏吉年紀相仿的男孩，在他繞著客廳尋找母親時，一直望著小夏吉。他穿著乾淨的衣服，頭髮整齊，一定是他母親之前幫他分好的。他們看著彼此，小夏吉不知道他是不是迷路或在找媽媽。男孩舉起手，小小揮了一下，小夏吉越過客廳，想跟這個陌生孩子說話。他走到一半，看到小桌上有一盤奶油酥餅，旁邊一杯果汁汽水仍冒著泡。這裡某個人愛著這孩子。小夏吉轉身離去，繼續去找愛格妮絲。

他到走廊，再次經過無數糾纏的雙腿。狹窄的小廚房裡有個黑髮女子。小夏吉心跳了一下，隨即感到失望，那不是他的母親。小夏吉原本想問她愛格妮絲在哪，但剛才的奶油酥餅男孩讓他感到丟臉，所以開不了口。自尊讓他閉上了嘴，黑髮女子走過他身旁，好像他隱形一樣。出租公寓裡有三間臥房。每間都是空的，只有零星迷失在房中的人靜靜抽菸或哭泣。他每一間都找了，但醉倒的都不是他母親。最後一間是主臥房，爸媽住的房間。門緊關著，他拉下金屬手把，用力推才讓黏滯的門打開。裡面沒有開燈，但透過走廊上的光，他看得出來，巨大的雙人床推滿了冬天大衣。

小夏吉站在那，手按著口袋中那袋錢。這筆錢能剛好讓他坐車回家。也許他會在家裡找到她——已酒醒，驚惶失措，心焦如焚，桌上放著熱茶和吐司等待他回家。

在煙霧和黑暗之中，眼淚開始出現在他眼眶，他坐在堆滿大衣的床上一會。他簡直像個寶寶一樣，而且他知道，他一整晚都像個大寶寶，想要媽媽。他希望自己更像里克，里克好像不曾需要任何人。小夏吉左手指甲刺著自己右手手臂柔軟處，他逼自己不要自怨自艾。

大衣下某個東西在動。小夏吉嚇得站起來。某件舊外套下出現一隻纖白的小手。手上下摸一陣，最後拉開臉上的大衣，她的臉全溼，睫毛膏都花了，而這不是別人，正是他的母親。

愛格妮絲頭髮平貼在右側。昏暗的燈光下，小夏吉從她的小眼睛中看出，她已經清醒。她望著他，嘴唇顫抖，彷彿要哭出來。這嚇得他馬上停止啜泣，他想像個大男孩一樣挺起身子。他把冬季大衣一件件拿到地上，把她從衣服堆裡挖出來。全身半裸，狼狽不堪。昏暗之中，她和他四目相交，不發一語。沉重的大衣下，他看到她白皙的雙腿和嬌小的腳。小夏吉停下來看著她，在糾纏的大衣和走廊光線下，他看到她黑色的 Pretty Polly 絲襪。

24

小夏吉睜開眼，她在面前，靜靜坐在床腳。她現在早上總會來到他身邊，但狀態會很可怕，只能算半個人。他會看她發抖一會，酒殘存在身體的溼氣令她顫抖。她會拿著衛生紙摀住嘴，咳出溼溼的黏液，然後努力忍住隨之而來的嘔吐。

愛格妮絲伸出頭，睡眼惺忪高興看著他，「早安，親愛的。」

「早、早安。」小夏吉腳趾伸展到床腳。

她的手發抖，輕輕將一層層被單拉開。三月潮溼的空氣灌進，小夏吉哀嚎一聲，緊緊捲成一團。愛格妮絲伸出冰冷的手，放到他溼冷的腳上。他又伸了一次懶腰，舊睡衣的褲管只到到他小腿肚了，他的腿毛開始變得粗黑。「再過一年，你會變成男人，那時我該怎麼辦？」

「妳覺得我會比里克還高嗎？」他問。他哥哥的床已經空了。

「絕對會。」她把他黑色的頭髮從他眼前撥開，語氣保持活潑，「你今天要不要蹺課？在家陪我？」

小夏吉聽到雙眼馬上睜開，「我不知道。貝瑞神父說我已經曠課太多了。」

「噢，你以前都不理他。你上週幾乎天天都去了。我會寫張紙條，說你奶奶過世。」

小夏吉呻吟，他腳趾在冰冷之中伸展。「他又不笨。妳已經寫過三次了。」

他知道她想要什麼。只要時鐘轉到八點四十五分，她就會叫他拿著週二補助本，走到寒冷的街上。他穿著連帽薄風衣外套和褲子，手臂掛著一個條紋尼龍大購物袋——購物袋是個幌子。袋子不會用來裝食品雜貨，而是讓一切看起來更體面。小夏吉像嗜書如命的書呆子翻著週二子女撫養費的補助本，看著厚厚的、寫好日期的補助單，每張八鎊。他找到她這週簽好名的那張，檢查她在望穿秋水之際，單子有沒有填寫正確，然後他會把那張補助券放到購物袋中。

他知道她站在紗簾後面看著他，所以腳步堅定快速，等轉過街角，不會被看到時，他便放慢腳步，好整以暇，像花時間把白漿果壓成泥一樣。

小夏吉試過各種方式，他曾來回飛奔，也曾在沼澤拖延好幾個小時。有次他甚至領好補助，先把錢拿去買食品雜貨，並向屠夫買肉。但每次結局都一樣，她會把能退的東西都退了，買來她真正需要的東西：酒。所以現在他領完補助之後，就直接放棄了，他會低下頭，順著她的意買酒。

跨年夜之後她就變得不一樣了。不論是誰害她半裸埋在一堆陌生人大衣下，在那之後，她就不再渴望參加派對了。現在小夏吉看她喝酒，看得出來她追求的不是美好時光。喝醉是為了忘記自己，因為她不知道自己還能如何才能忘卻痛苦和寂寞。

加油站解雇了她。她錯過太多班，沒人能代班，加油站已開天窗太多次。起初愛格妮絲覺得這就像其他事情一樣，是她自作自受，她注定會丟掉這工作。後來型錄的帳單愈疊愈厚，週四沒錢買酒，她開始說她被解雇是個陰謀。她說她太紅、太美，加油站老闆不喜歡加油站成為寂寞計程車司機的社交俱樂部。里克坐著聽她說這番話，默默將熱穀片舀入嘴中，然後他冷靜問道：「妳要欺騙自己多久？」

排隊簡直要排到天荒地老。除了咳嗽聲、尼龍外套的沙沙聲和櫃台後方焦躁的女人蓋印章「砰、砰、砰」的聲音，四周一片寂靜。看他們坐立不安的樣子，小夏吉知道，大家這週末過得很漫長，好不容易今天才能來兌換補助。有些人餓了，有些人週日下午茶抽光了菸，其他人像他母親一樣，巴不得趕快解身上的渴。小夏吉來到櫃台，把補助本放進與他差不多高的小抽屜。卡一聲，補助本被抽到另一邊。卡一聲，又回來了。

「你沒簽名。」郵局行員說。

小夏吉拿起用鏈子鎖住的筆，照愛格妮絲要他練習的，在代領人的格子寫下自己的名字。他把補助本放回抽屜，朝小姐微笑。那女人拿起來，仔細看了看。她戴著玫瑰框眼鏡，像老師般從高腳凳低頭看他。「班恩太太不能自己來領取子女撫養補助嗎？」她問，聲音稍微過大。

小夏吉感到身後隊伍不耐煩移了移重心。「不行。」

行員向後靠，彷彿在伸展疲倦的背。「年輕人。你不是應該在上學嗎？」他聽到隊伍的人清了清喉嚨，表示同意。

「我母親不舒服。」他小心朝抽屜輕聲說。

女人彎向安全玻璃，她的大臉湊近他的小臉。「對，但我想起來了，我每週一、二早上都有看到你。」她鼻子抽氣，拿起補助本，手指指著愛格妮絲的簽名。「這裡有寫。」她鼻子又抽口氣，「授權代領人只可為暫時的安排，如果本人無法親自領取補助，那本冊應繳回社會安全局。」

小夏吉嚇得快拉出屎來了。他勉力擠出一句小聲的「拜託，小姐」。

「我要把這補助本拿走嗎，年輕人？」她用沾了墨水的手推了推眼鏡，「我應該把這送回社會安全局嗎？」

小夏吉搖搖頭，感覺屎真的快爆出。「不要。拜託，小姐。」他哀求。

女人似乎沒聽到，或不在乎。她摺起補助本，放到櫃台上，嚴肅地將雙手按在上面，好像在祈禱。小夏吉的眼淚在眼眶裡打轉。他聽到後面餓壞的人群開始抱怨。愛格妮絲一週過生活能拿到的所有錢中，子女撫養金占了超過四分之一。

小夏吉嘴唇顫抖，再試一次：「拜託，小姐。」

後頭不耐煩的群眾發出嘖嘖聲嘆氣。「那孩子的媽媽不舒服！」隊伍後方傳來尖銳的聲音。郵局行員抬頭，目光從面無血色的小夏吉掃向長隊伍。「把錢給他，他會沒東西吃！」那人又說。

前面有個老女人也開口。她等不及地搖著手上的補助本，「喔，老天啊。把錢給這男孩，妳這沒同情心的死板公務員。」

櫃台後的小姐看著隊伍，目光又落到害怕的男孩身上，不情願地打開補助本。「砰！砰！」她蓋了章，撕下當週票券，將週二補助、五鎊鈔、三鎊鈔和一枚新的五十便士硬幣放到抽屜。她手握著抽屜，臉彎到玻璃的小洞前。她壓低聲音說：「你是個聰明的孩子。下週不要再讓我看到你來這裡。回去學校，好好讀書，堅持下去，不要一輩子都在補助隊伍中。」她眼中滿是憐憫，說完將抽屜推過去。小夏吉聽話點點頭，舔著上唇的汗水，將抽屜的錢拿出來。他根本來不及去煩惱下週，他要先煩惱接下來這週的事。

小夏吉盡可能快速回到礦坑口。他經過學校時，爬過破欄杆，沿著髒兮兮的木板牆，跑到沼澤地。離道路夠遠後，他脫下褲子和內褲蹲下來，拉出被郵局行員嚇出來的屎。然後他將白內褲翻面，試著用乾蘆葦草刮乾淨。

回到家時，還沒過早上十點半，街上家家戶戶才剛拉開窗簾。他打開前門，馬上看到她站在走廊中間，穿著她最好的馬海毛大衣，畫好眼線，上眼瞼抹上深紫色如薰衣草的眼影。她頭髮鬈曲有型，髮雕還沒乾，髮梢晶亮像沾了露水一般。她左臂下夾著她最好的手提包，另一手伸向前，手掌朝上，像是個有耐心的聖人。那隻手滿是紅斑，看了令人發癢。

「你到底去哪裡了？」她問，但其實不在乎答案。

小夏吉打開購物袋，從髒內褲旁拿出鈔票和一枚硬幣。愛格妮絲小心把錢放到包裡關上。「好，我需要你扶我走到路上。如果我們遇到任何人，我希望你跟我說話。」

「聊什麼？」

「什麼都好。他媽的都可以。只要跟我說話，不要他媽停下來就好，可以嗎？」

愛格妮絲將他轉身，把他推出門。他們來到轉角，他感覺得到她慶幸沒遇到半個人。來到小山坡下，柯琳．麥蓋文尼靠在花園欄杆上，和她（及尤金）的表親聊天。他們抽著菸，柯琳有兩大袋黑色垃圾袋，裡面裝滿衣物、床單或詹姆西剩下的衣服。他們聽到高跟鞋答答落在水泥地的聲音便抬起頭。愛格妮絲腳步不穩地改變方向，好像想越過道路，但後來她抬高頭，繼續向前。她大步自信地保持節奏踩著高跟鞋，轉頭對小夏吉說：「你今晚想吃什麼？」

小夏吉抬頭望向母親，照她吩咐的說：「烤雞好了。我吃牛腰肉有點膩了。」

他們經過那兩個女人，她們不再聊天，愛格妮絲輕笑一聲：「喔，你喔！你之後還是會再吃到牛排，心懷感恩好不好！」她莊嚴的臉轉過來，把她紅斑的手藏在身後。「喔，哈囉，柯琳和茉莉。這小子長得跟雜草一樣快。」她經過時，兩人不發一語，但她覺得她們目光盯著大衣、鞋子和髮型。她安全經過她們，臉色化作冰霜，齜牙咧嘴低聲說：「對，妳們也是，臭女人。」接著越過街道。

多倫雜貨商店在一排店面的最後一間，前面三間已用木板釘起。它位在山坡最高處，俯瞰全礦坑口。礦場仍開放時，多倫商店人來人往，許多人來此購買家庭必需品，像新鮮蔬菜和上好的肉，也是聊天的好地方。現在多倫先生甚至不開燈了。要不是最近的商店離這裡三公里遠，多倫根本會乾脆把店關了。彷彿承認這是間半關的店，多倫商店的鐵門都拉上，燈也一直關著，白天的日光會從貼著海報的正門照進來。

多倫先生是個親切溫柔的人，不過他的外表讓夏吉害怕。多倫先生小時候礦場仍開著，他因為從紫杉樹上摔下來，右手臂嚴重碎裂，最後只能截肢。現在每次有小孩爬欄杆，媽媽都會頭探出窗大喊：「快點下來，不然你會像可憐的多倫先生一樣。」

店門口鈴聲響起，多倫先生看到愛格妮絲，表情總是一則以喜，一則以憂。他身後架上的拉格啤酒和威士忌瓶代表他了解社區現今的經濟能力。但每當這美麗的女子來到櫃台，獨臂男人只覺得惋惜。

愛格妮絲努力忽視他臉上的憐憫，問老闆他今天過得如何。多倫先生只聳聳肩，朝小夏吉點點頭。「你怎麼沒上學？」

「他不舒服，多倫先生。」愛格妮絲插話：「最近感冒傳染得很嚴重。」

老人透過牙齒吸氣，但也不追究謊言。愛格妮絲拿出一張紙，上面寫著短短的雜貨清單。她打算買一些正常的補給品，像卡士達粉罐頭、豆子罐頭、碎肉和幾顆馬鈴薯，也買了一些火腿片，多倫先生熟練地用半截手把肉拿到切片機時，她還緊張了一會。火腿肉末端和他手臂粉嫩起皺的肉看起來一模一樣。

「這樣多少錢？」她將燻豬腿片放到購物袋中問。

「五鎊兩便士。」那人說。

愛格妮絲翻了一會。「可以再加上今天的報紙嗎，謝謝？」

「五鎊二十七分錢。」

「吉百利巧克力棒，給小孩的。」

「五鎊半。」

「還有什麼。」愛格妮絲假裝不記得，「喔，對。我差點忘了。」小夏吉羞愧地望著雙腳。「可以給我十二罐特釀啤酒嗎，謝謝？」

多倫先生轉身去架上拿時，愛格妮絲舔掉下唇所有口紅。

「剛好十三鎊。」多倫先生說。

愛格妮絲打開皮包，低頭看著鈔票和單枚銀幣。「喔，多倫先生，看來我今天錢有點少。」

獨臂男人手伸到櫃台下，拿出一本紅色大帳本。他翻到B條目，找到愛格妮絲的名字。「親愛的，妳已經欠我二十四鎊了。」他鄭重說：「妳付清錢之前，我不能再讓妳賒帳了。」

愛格妮絲擠出痛苦的笑容，她看著購物袋，把火腿肉、豆子罐頭和兩顆馬鈴薯放回櫃台。不論多倫先生在想什麼，他都沒說出口。雖然他的空袖子對小夏吉來說很可怕，他知道他是個深具同情心的人。社區所有母親都叫他「獨臂賊」，說他東西賣太貴，但小夏吉從頭到尾只看過他善良的一面。週二早晨，愛格妮絲站在他面前發抖，打扮得彷彿要去西區大品牌的商店購物。多倫先生不曾揭穿她的偽裝。有時候，她把食物拿出袋子，他會對打扮整潔、頭髮洗淨分邊的男孩眨眼，偷給他一個成熟的水果。但今天沒有。今天他拿回了幾乎所有食物，為愛格妮絲結了啤酒的帳。

愛格妮絲踏著答答的腳步穿過社區，購物袋提在身側。她現在腳步更快，馬不停蹄衝下山坡，小夏吉勉力跟上。她回到家，大衣也不脫，直接走到廚房。小夏吉坐在客廳，等她振作起來。他等著啤酒罐滋滋噴濺，然後是藏起酒的聲音。他等到水龍頭的水注入金屬大水槽。

「妳感覺好一點了嗎？」他在門口問。

她拿著茶杯，轉過頭，臉上的緊繃消失，但焦慮仍在。「好多了，謝謝。你今天是我的好幫手。」

他走過去環抱住她的腰。「我會為妳做任何事。」

●

他一路走到泥煤沼澤時，一直停下來轉身揮手，最後他看不到屋子了，也看不到她在窗前的身影。他穿過冰凍的小溪，靜靜安慰自己，心知她這一天大概會是什麼樣子。其實也算安心，因為不論有沒有喝酒，她的一天多半困在同樣的處境。

小夏吉彈著脆弱的蘆葦，心想她今天不知會不會感到悲傷。冰凍的蘆葦相當乾燥，一碰到頂端，種子就會飄到空中，像小降落傘一樣。種子向上飄浮，飛回社區，像是列隊的小鬼魂。他玩了個遊戲，告訴鬼魂他愛她，然後手一揮，讓他們朝她飛去。

他來到踩平的圓形草地，這是他練習當正常男孩的地方，這裡跟之前一模一樣。她叫他待在家，不讓他上學那幾天，他會收集廢棄的家具，搬到這塊平坦的島嶼。有次她酗酒情況太糟，他一整週都沒去上學。他搬了張舊椅子來，還有垃圾桶找來的地毯碎布、零星的餐具和破瓷器。他用舊繩子拉出棕色小溪中的物品，有一台破電視，此刻正放在島嶼中央。雖然沒有螢幕，但光是有台電視，就讓這裡感覺像個家。擁有他想要的所有家具之後，小夏吉在沒下雨時會來整理，然後再重新布置，讓這裡變成一個破爛的客廳。他找到一台舊款的娃娃車，推車到各處，掙扎穿過長蘆葦，為新家收集最美麗的花朵。某個冬日午後，他找到一隻凍僵的黑色死兔子，在溪裡洗一洗之後，將牠埋到土裡。然後又將塑膠小馬葬在兔子旁邊，那是他偷來的小馬，芳香又羞恥，但那不是給男孩子玩的。接下來的春天，他開始去爐渣堆找東西，帶回飾有紫色火燒蘭枝的墳上。他沒朋友能聊天，這小小的儀式讓他有事可做，讓他為自己的家感到自豪。小夏吉天天來到羞恥的小墓前，像個認分哀悼的寡婦。

那段白晝不長的日子裡，他走在踩平的島嶼上，洗去東西的髒汙。他拿叉子、湯匙和破盤子到溪邊，在水中沖洗。他拿起破地毯，試著抖去上頭的灰塵。然後在斜陽下，把雨水浸溼的毛毯晾在椅子上，用太陽的溫度讓毛毯融化。

簡單做幾件家事，太陽便已西沉。他爬過後院圍欄，想好好洗個澡，複習小紅書，但前門卻大大敞開。小夏吉全身僵住，站在門階下方良久，不知道又是什麼惡兆，他歪著頭，像隻警戒的狗聽著聲音。他緩緩走過長廊，聽到客廳傳來聲響。他小心走到門口，推開一條縫。客廳裡，愛格妮絲倒在地上。里克像學校惡霸一樣，坐在她胸口。

紅色地毯上的深紅色紋路不大對勁。花紋線條凌亂，無法連在一起。小夏吉走近，看到母親身上有血，里克的臉也有血。如果他精神再專注一點，就會發現電視、棕色桌子和沙發流蘇上也都有血跡。

里克整個人壓在她身上。他們周圍有一塊塊沾滿血的布，那些原本是乾淨的抹布。愛格妮絲被里克壓在下方，一邊掙扎，一邊咒罵他。她罵他的話小夏吉從未聽過，他哥哥不知為何哭泣，努力將她壓制住。

地毯上有柄斷裂的刮鬍刀。在小夏吉眼中，那把刀又小又薄，毫無傷害力，像是卡通老鼠的迷你斷頭台。他會注意到只是因為刮鬍刀居然在客廳，落在母親漂亮地毯中間，景象非常滑稽。里克朝他吼些話，但小夏吉聽不懂。他想知道為何茶杯上有血。他看著哥哥臉扭向他，手裡的抹布壓在愛格妮絲手腕上，抹布變得愈來愈黑。他把她一隻手臂用膝蓋壓住後，伸手抓住小夏吉的前領。愛格妮絲另一隻手臂掙開，一小團血噴出。小夏吉想告訴里克：看！看！血就是從那裡噴出來的！但里克抓住他領口，使勁搖他，他以為自己脖子要斷了。

「小夏吉。聽我說。」里克眼睛睜得非常大，嘴角流著白沫。他臉有厚厚一層白色的粉刷灰，白色的牙齒上也有血跡。「你他媽必須打電話叫救護車。」

「你這自私的臭屄央。」她哭嚎：「讓我死。」

她全身抽動，用力地啜泣。里克眼淚落到她臉上，和她的淚水混在一起。

「我太累了。」她仍不斷又推又頂，然後雙眼翻白，彷彿期盼就此長睡不醒。

「你不愛我。」

「你不愛我。」她一遍又一遍重複。

小夏吉靜靜關上門。他坐下來，整理好自己，接著撥打九九九，叫了救護車。里克朝他大喊著什麼，但他聽不懂。這一切他什麼都不懂。

●

愛格妮絲在精神病院醒來，她完全不記得自己為何在此。救護車載她開到好幾公里外塞特丘的皇家醫院。急救醫生熟練地縫起她的傷口，不再讓她失血。然後他們吊起點滴，下鎮定劑，讓她不再抓自己。她斷斷續續睡著，他們接著把她轉到加特納維爾醫院進一步治療。她醒來時，和十三個女人同住一間病房，有人是成年仍會尿褲子，有人是會向洋娃娃大叫著要換衣服上學，有人則是不曾睡過，只能靠鎮定劑才能安眠。

至於愛格妮絲，身材嬌小的她傷口已縫合，在鎮定劑下熟睡，里克和尤金將窗簾拉起，擋住不幸的靈魂，如站哨般站在她病床兩邊。那是他們兩人和平共處最長的時間。某方面而言，兩人都很高興中間有個沉睡的人能注目。那就像老人喜歡屋裡有孩子，因為他們和對方已無話可說，孩子便能讓他們有事情能大驚小怪。

自從尤金哄騙愛格妮絲破戒，里克便不曾和尤金說過半句話。第一天下午，他們小心和彼此交談，避開眼神交會，談論愛格妮絲的事，假裝另一人從來沒見過她。他們只對一件事有共識。他們看著眼前乾瘦的女人，覺得她能活下來很幸運。從她手腕又長又深的傷痕來看，她顯然不想將生命交給命運決定。

「所以是領班跟你說的？」尤金問，他無法直視里克清晰的雙眼。

「嗯哼。」

「幸好。」

「我想是吧。我不知道那天她打了多少通電話。她最近常打來我工作的地方。」

「對。我計程車隊也是。」

里克抬起肩膀，好像被回憶壓得沉重。「她就厚臉皮，但領班通常很會應付。只是這次，他過來親自跟我說，我最好快點回家，好像出了急事。」

「他這麼說？」

里克點點頭。「他手裡拿著我的外套，起初我以為我要被解雇了。後來他叫我快點。他甚至給我錢搭計程車。」里克把眼前的頭髮向後撥。「那時我就知道，一定發生不好的事了。」

愛格妮絲終於醒來時，她花了好一會才漸漸想起自己做了什麼。一開始，她朝他們微笑，好像他們為她泡了早茶。回憶的雲朵飄過，然後她低頭看到包紮的手腕。她這次比以往更接近死亡。里克的建築工地在南區。她本來就不打算讓他來得及趕到。她不知道領班是個好心人。

「小夏吉在哪？」她問，她喉嚨乾燥，聲音沙啞。

里克望向她，然後第一次看向尤金。「他很好。」里克說。

愛格妮絲頭動也不動，雙眼掃過去。「我問他在哪裡，不是怎麼樣。」

她瞳孔的黑圈擴大，彷彿將他釘到牆上。里克別開頭，先去找東西給她喝。他拿一個螢光色的杯子，倒了稀釋果汁給她，但她拒絕了。他望著自己的鞋子，「好啦，他跟夏格在一起。」里克終於說，這話一說出口，他馬上希望自己剛才說謊。

愛格妮絲沒說什麼。她以為他在說謊。她彎起上唇，咬牙警告里克不要再鬧。

「妳割腕之前，一定打給他了，叫他來接小夏吉。一切發生得很快。我不能同時救妳和救小夏吉。」里克向上吐口氣，他的劉海拍動，像窗戶敞開的窗簾。「我受不了了，媽。我不能一直當那個拯救大家的人。」

25

愛格妮絲在加特納維爾醫院醒來時，她的兒子已經和父親住了將近一週。她割腕之前，打電話給計程車隊，宣布夏格終於如願以償，她要永遠離開他們，他應該來收取他的獎品，也就是他的兒子。她說她已經幫小夏吉在型錄上買了新西裝，小夏吉要穿黑色西裝出席她葬禮，夏格一定要注意這點。

里克不知道消息是怎麼傳到夏格耳中——計程車派遣員用無線電廣播，讓所有人都聽到嗎？所有黑色計程車都停到路邊，引擎怠速，聽瓊安妮．米可懷特述說她幫忙殺死的女人的遺言嗎？

夏格沒特別急著趕來。他終於來到礦坑口時，很欽佩愛格妮絲這次真的下手了。他發現小夏吉在吃罐頭桃子，面無表情地坐在都是血的沙發上，安慰滿臉淚水的鄰居夏娜．丹諾利。

小夏吉從來沒去過父親的新房子。計程車一路發出巨大嘎嚓聲響，街道都響起回音，小夏吉用手指數著，發覺自從瓊安妮．米可懷特偷走父親之後，他和父親相處時間至今不到三小時。他坐在黑色計程車後座，像個陌生人。他也不記得見過瓊安妮．米可懷特，但記得那雙黃色的溜冰鞋，那讓他心裡留下一道叛徒的傷痕。瓊安妮在他腦中像個壞人。現實的她和關於她的傳聞全深深交織在他心裡。愛格妮絲對她的恨意已在小夏吉身上根深柢固，就像樹木的結點。

於是小夏吉拘謹沉默，計程車開過轉角，看到一個政府規畫的粗糙住宅區。每條街都傷痕累累，有燒掉的賣酒坊、骯髒的水道和輪子被拆的車。對小夏吉來說，這裡看起來有點像塞特丘。五、六棟高樓拔地而起，彷彿將沉重的冬日天空釘死。但不像塞特丘，高樓四周不是平坦空蕩的空地，反而圍繞著無數低矮方形的水泥房。這些矮房像是聚集在樹木旁的螞蟻，或像用建造高樓所剩的花格磚隨便堆砌的房子。這些房子曾經新穎，設備健全，現在看起來卻全然失去希望。沒有草地，也沒有綠化，建築的表面不是水泥，就是巨大光滑的圓石。

夏格在被砸爛的電話亭旁停車熄火。小夏吉從計程車後座看得出來，這通電話很麻煩，因為夏格掛了電話之後，摸著八字鬍，站在電話亭良久。

小夏吉打開夏格要他打包的行李箱，裡面裝了對他來說最重要的東西和少之又少的乾淨衣服。他拿出褪色的拍立得。照片中赤裸上身的夏格一手伸出，驕傲捧著新生的他，另一手拿著燒了好長一段菸灰的菸。他看著照片，和電話亭的男人相比較。

天氣陰冷時，小夏吉會拿出愛格妮絲的結婚相冊，躲在她床腳，專心看父親的照片。現實的夏格不像在結婚報到處用拍立得拍的那三張照片。他看起來矮小多了。照片裡，他坐在宴席的長凳上，雙手張開，面帶微笑和喝醉的伴娘合照。開計程車長年久坐，他原本平凡的身軀也變得圓滾滾的。照片中的他留著簡短的凱薩頭，如今只能用稀梳的頭髮蓋住禿頭。原本頑皮的雙眼現在深陷粉嫩的臉中，感覺更沉重。小夏吉無法想像任何女人會想跟這男人共跳一支慢舞。

夏格來到北區，走到計程車後方時，才真正好好看一下小夏吉。他坐進駕駛座，轉身看著小夏吉學校制服上的泥土和血跡。他問小夏吉有沒有乾淨的衣服能換。他說他沒有乾淨的衣服，但他有睡衣。那感覺很羞恥，在一台陌生的計程車上、在陌生人面前更衣。

小夏吉穿上他乾淨的睡衣，他們走進瓊安妮．米可懷特的門檻。她的房子在一排半獨立式房屋之中，四周都是高聳的灰色高樓。她有個水泥地前庭，後院則是柏油地，所以他們要付給政府比較高的租金。小夏吉踏入前門，驚訝地發現他們房子有樓梯，兩層樓，光這點就會讓愛格妮絲羨慕死。

瓊安妮．米可懷特站在短短的走廊末端，雙手好整以暇疊放在她圓圓的肚子上。她沒對小夏吉和夏格問好，只是點點頭，轉身回到廚房。他們抵達時已是晚餐時間，夏格帶小夏吉進到所謂的「餐廳」，小夏吉提醒自己，永遠不要告訴母親他們有樓梯和餐廳。

小夏吉坐在摺疊桌中間，瓊安妮面露怒容盯著桌子一邊，父親則瞪著另一邊。桌旁已坐了瓊安妮的六個孩子。他們看起來脾氣不好，飢腸轆轆，好像天生就在等待平庸的人生。夏格最小的繼子大概十七歲。其中只有一個女生，她叫史黛芬妮，那是父親吩咐下，小夏吉唯一記得的名字。他記得有部分是因為這是他聽過最新教徒的名字，也因為夏格離開母親時，凱薩琳為了逗愛格妮絲開心，曾威脅說要把史黛芬妮．米可懷特踢死。現在小夏吉坐在她對面，他看得出來凱薩琳應該會輸。史黛芬妮手臂粗壯，手毛很多。所有人之中，她最沒在掩飾自己討厭新客人。

小夏吉默默坐著，米可懷特和班恩一家則向父親講述他們今天做了什麼。他們有很多話要對他說。有的找到辦公室工作，有的買了車，有的有好好在學習上課，有的在等大學的消息。有一個已是實習教師，史黛芬妮工作的地方每個人都有個叫個人電腦的東西。他們全都叫夏格爸爸，小夏吉覺得很疑惑，他們全都希望跟夏格說話，好像他是座上賓。小夏吉目不轉睛盯著他，他實在忍不住。史黛芬妮低下頭，幾乎和桌面同高，她冷冷看著他的眼睛，嘲諷地問他是不是在等人拍照。

在這之後，小夏吉試著挪開目光。他暗中觀察父親所有生活細節。他對他一無所知，其他人吃飯時，他偷偷瞄著那人，好奇他為何能忍受其他小孩，卻離開了他。

陌生的男人拿起玻璃杯，喝著牛奶，而這段時間他的雙眼像探照燈掃過其他人。他放下牛奶杯，另一手滿足地順著溼溼的八字鬍抹了抹。父親終於望向他時，小夏吉緊張地揉著自己的上唇，然後兩人默默看著彼此。

晚餐之後，瓊安妮帶小夏吉去他睡覺的地方。儘管有餐廳，米可懷特家似乎非常小。大兒子睡在值得稱道的樓梯下，那是一個狹窄的櫥櫃空間，裡面放著一張單人床。他是化學教授之類的，他的櫥櫃都是《星際爭霸戰》的蒐集品，全都用看不見的釣魚線掛在天花板上。如果他們家最聰明、年紀最大的人住櫥櫃，小夏吉不敢去想他們要帶他住哪。

瓊安妮帶小夏吉上樓，經過三、四間小臥室。米可懷特家有個七年級的小男孩也叫修伊，他在讀軍校。瓊安妮接通電燈泡，說小夏吉，也就是新的修伊，可以睡這裡。「記得，這是暫時的。」房間很亂，感覺分不清是小孩還是男人的房間。窗台上黏著綠色小士兵，旁邊卻有張薩曼莎．福克斯[33]的裸體海報。修伊．米可懷特衣服不論髒的或乾淨的，都在床邊堆成一堆。小夏吉在被單上空出個空間，坐在凹陷的床墊上。他感到頭昏腦脹。

他用手指頭數。如果加上里克和凱薩琳，那夏格總共有十四個孩子。他第一次婚姻有四個孩子，然後是小夏吉，他認了凱薩琳和里克，然後又認了七個米可懷特孩子，其中有一半已快成年。有三個小孩以父親自己的名字命名，而他與每一任妻子都有一個叫修伊的孩子。小夏吉計算完之後，覺得自己很幸運能跟父親相處三小時。

夏格躲到他的計程車裡。他排連班：午班、晚班、早班。至於小夏吉，他躲到高樓的陰影處，躲

33 薩曼莎，福克斯（Samantha Fox, 1966-）是英國歌手和模特兒，後來成為廣受歡迎的海報女郎。

著所有人。早上瓊安妮會讓孩子都出門。她告訴他，他父親需要安靜睡覺：「開夜班的計程車司機就必須如此。」她在前門塞了個果醬三明治和削了皮的紅蘿蔔到他手裡，叫他出門去玩，天黑之後再回家。她指向遠方，手朝社區一揮，表示他要去哪都行，她不在乎。

其他小孩上學時，小夏吉逛著一棟棟高樓，每層樓的公寓都有共同的洗衣室。那是像山洞般的水泥房，有一面是中空的花格磚，所以是通風的。家庭主婦會把洗好的衣服晾在那，等格拉斯哥的風把衣物吹乾或結凍。小夏吉搭著電梯到每一樓，他最後總能找到沒鎖的洗衣室。愈高愈好。他會將手腳都穿過花格磚，坐在那遠眺砂岩蓋成的城市，一路看到塞特丘。他將綠色小士兵丟到底下地面時，北風刮著他的臉。他伸長脖子去看地平線的黑線，想像她在那裡。她有在想他嗎？她還活著嗎？

●

小夏吉讓綠色士兵陸陸續續墜樓快三週，愛格妮絲才出現。她最終自己出了院，打電話來。小夏吉眼睜睜看著米可懷特吐出各種惡毒的話。小夏吉住在皮條客家，又看著瓊安妮掛他母親電話，然後大笑侮辱她，像老母雞把她撕碎，他感覺自己就像叛徒。看他們嘲笑她悲慘的遭遇，小夏吉好心碎。他好怕她以為他已是他們一分子，對著話筒一起笑她。他想起她的手腕和沾滿血的抹布，像個寶寶一樣，在他們面前難過大哭。

結果瓊安妮這時改變了態度。小夏吉不懂她為什麼突然對他親切萬分。小夏吉原本是個負擔，現在變成有用的人質。對她來說，小夏吉就是最美好、魔幻又殘酷的證據，來徹底告訴愛格妮絲，誰是贏家。

愛格妮絲厭惡她的威脅和自己淚眼汪汪的哀求。她坐在自己的化妝桌前，將頭髮盤成一朵黑色玫瑰花冠，噴上一層層昂貴的髮雕。她穿著黑色緊身裙，潔白的上衣，在這外頭再穿上她紫色的馬海毛大衣，並確認大衣夠長，能遮住她綁著繃帶的脆弱手腕。她快速吞了三罐啤酒，然後撬開瓦斯錶，叫了台計程車。

愛格妮絲威脅要上門讓他們好看時，他們不相信。他們像霸凌者一樣，覺得躲在群眾中很安全，對著話筒大聲「哈哈哈」嘲笑她。現在她踏出黑色計程車，親切地請司機等她一下。

「很快就出來了。」她說：「我只是要去贏得我的勝利。」

愛格妮絲驕傲地踩著高跟鞋，走到街上，數著單數門牌。她打開金屬柵門，站在小前院中，看到雙層玻璃窗戶時，手不由得按上心臟。她看著新的窗戶，還有兩層樓的建築，瞠目結舌，表情難過地扭曲。她在撕下的紙上檢查地址，然後拉了紫色大衣衣袖最後一次。

愛格妮絲重重敲著門，但沒人應門。門孔後有一陣小跑步的聲音，然後有人咯咯笑。愛格妮絲再次敲門，然後她向後退。

「夏格！」她大喊：「夏格・班恩！給我出來，你這打老婆的皮條客。」

她等了等。兩層樓的房子沒有任何回答，但街上的人們都停下腳步。他們駐足在郵箱和停好的車輛旁。小孩將越野單車放倒在地面，快步來看熱鬧。感到大家全都在看，讓她更有膽量。

「夏格・班恩！你這禿頭王八蛋。不要再玩你的小雞雞，給我他媽出來！」

聲音在低矮的建築間迴盪，傳向高大的公寓。愛格妮絲背挺直，挺起胸膛準備再次尖叫，這時她看到了。鋪了灰色水泥的前院什麼都沒有，十分平坦。但除了幾根凌亂的雜草，角落還有兩個大型銀色垃圾桶。

愛格妮絲拿起第一個垃圾桶，垃圾桶沒滿，不算太重。她笨拙地身體一扭，細跟高跟鞋在她腳下搖晃，然後她用力轉身，甩出垃圾桶。她剛出院，身體還很虛弱，差點難堪地倒出柵門。金屬垃圾桶飛過空中，一時間她以為垃圾桶會從厚玻璃彈回來，讓她受傷。她屏住呼吸，害怕丟歪了。

愛格妮絲沒有丟歪。

垃圾桶砸中窗戶中間，玻璃應聲粉碎，全撒入屋內。玻璃碎成像冰塊的小碎片，令人驕傲的紗簾從桿子上被扯下來。街上停下的老婦人嚇得尖叫。騎單車的小孩興奮大叫。

愛格妮絲敲門時，米可懷特一家正坐在屋子後側的餐廳，像是電視劇《華頓家族》[34]的場景。除了夏格，他們聽到客廳的聲音，每個人都嚇一跳。瓊安妮剛才端金黃色的馬鈴薯上桌時還在笑愛格妮絲，現在第一個跑到前面。她看到玻璃和垃圾，大聲尖叫，好像被刀子捅一樣。

等小夏吉推開米可懷特一家的腳，擠到前頭，瓊安妮站在碎玻璃和腐敗的垃圾之中，張大嘴巴，雙手無力垂在身側。史黛芬妮手扶住母親，以免她跪倒。巨大的彩色電視面朝下倒落，螢幕碎了一地。小夏吉發現電視沒有碼錶，心想「我晚點再跟她說」。

而站在前院的不是別人，正是愛格妮絲，她面帶微笑，美若天仙，差不多算清醒。小夏吉好想尖叫：「得～～分！」他想和她繞社區一圈來慶祝勝利。

夏格先到前門，他手臂緊抵在門框上，阻止其他米可懷特家的人衝到街上。他們的手從他胖胖的身軀旁伸出，全朝她抓，看起來就像里克讓小夏吉看的殭屍恐怖片。愛格妮絲將手伸進包包，拿出一根長菸。她緩緩點燃，姿態優雅，悠長地吸一口。「王八蛋。」她說，態度十分冷靜，「現在把我兒子交出來。」

瓊安妮仍站在玻璃碎片中，終究找回她的毒舌。她尖叫一聲，這是那種從腳趾開始蓄力，全身肌肉繃緊，最後從嘴巴衝出的尖叫。「妳他媽醉婊子！那窗戶妳要賠，不賠妳試試看！」

愛格妮絲剝掉裂開的美甲。她手舉向瓊安妮，看起來很失望。「看妳逼我做了什麼。嘖……」她做個鬼臉，美甲在空中劃出一道波浪。她冰冷的目光回到夏格身上，咬牙切齒說道：「把我兒子交出來。」

瓊安妮擠到走廊，經過小夏吉以及其他被夏格身子擋住、在後頭叫囂的人。她的臉脹紅，顏色介於深紅和紫褐色。「妳這老酒鬼，我他媽要殺了妳。」瓊安妮啐道，她的手爪在空中瘋狂撓抓。

「夏格・班恩，我警告你！」愛格妮絲又抽一口菸，低頭望向街道，更多鄰居從屋子裡走出來。她走近第二個銀色垃圾桶。「如果你不交出我兒子，我會把他媽這條街的每一扇窗都砸了。」

瓊安妮繼續從夏格身旁伸出手，在空中撓抓，並開始朝街上吐口水。愛格妮絲只厭惡地看著她，繼續挑著指甲。瓊安妮不斷尖叫，像報喪女妖一樣。「妳他媽神經病。他們根本不應該讓妳從瘋人院出來。」

愛格妮絲流暢地將菸扔到地上，脫下黑色高跟鞋，拿在雙手中。愛格妮絲，這個連球都丟不直的人，此時因為垃圾桶命中紅心，感到更勇敢了。第一隻尖銳的細跟高跟鞋飛過空中，擊中門框落到地上。愛格妮絲穿著絲襪的腳向前移，像經驗豐富的擲鉛球員，擲出第二隻高跟鞋。鞋子擊中瓊安妮的

34《華頓家族》（*The Waltons*）是美國一九七二年出品的歷史電視劇。

側臉。瓊安妮向後退進走廊，尖叫一聲，臉上見血。

單車上的孩子幸災樂禍地歡叫。他們跳下單車，瘋狂撿起小石頭，拿給這女戰士，嗜血吆喝。「這裡！這裡！小姐。再一個！再一個！」

她受傷流血了，其實只有一點點，但足以讓瓊安妮的孩子群情激憤。一看到母親流血，米可懷特的孩子推得更大力，想出去將愛格妮絲處以私刑。夏格的心臟看起來就要因為壓力而爆掉。

小夏吉幾乎看不到站在前院的母親。走廊有太多憤怒的人推著父親，如果他連看都看不到，絕對無法去到她身邊。他轉身緩緩退到走廊後頭，一溜煙躲進左邊的客廳。他越過滿地玻璃的客廳，站到翻倒的大電視上，把那當站台，爬上窗台。他一鼓作氣跳過參差不齊的破窗，落到外頭堅硬的水泥地上。

小夏吉小心翼翼走向母親。她看起來臉色憔悴瘦削，妝容下的她已蒼白到失去血色，他不曾見過她如此，但她仍活著。夏格看他兒子小心越過碎玻璃。「小夏吉，過來。現在。」他咆哮。他身後米可懷特一家人開始出聲抗議。他們要血債血還，並告訴夏格讓小夏吉走。他不理他們。「她不會變好，孩子。來這裡。」

小夏吉停頓一會，他細瘦的肩膀轉過來，「但她可能會變好。」

愛格妮絲瞪著夏格，她手伸向兒子。「你不能總是覺得別人的臭東西比較好。」「我至少知道什麼對那孩子好。」他八字鬍顫動，嘴唇捲曲。「妳不能照顧好自己，更不用說他了。他媽的，妳看妳把他教得多扭曲。」

愛格妮絲腳上只穿著絲襪，她彎腰緊緊擁抱小夏吉。她上好的大衣鈕扣刮著他的臉，但他不在意。他緊抱著她身體，想將自己埋入她的體內。他下唇開始顫抖，並嘟起來，像是起水泡一樣。愛格妮絲拇指輕輕按著他嘴唇，親吻他左耳上方的蒼白皮膚。她的語氣溫柔輕鬆，像是格拉斯哥市集節的陽光。「噓，我們在他們面前打招呼夠久了。不要在這裡哭，不要讓他們稱心如意。」

她再次站直身子，少了黑色高跟鞋的她變矮了。她抬頭望向夏格，還有想傷害她的怪誕合唱團。「有時候，你甚至不想要。但你就是無法忍受別人擁有。」

愛格妮絲不再說話，她牽起小夏吉的手，帶他走出鐵柵門。騎越野單車的男孩子還在鼓躁。愛格妮絲舉起手，要他們安靜，但他們以為是在對他們敬禮，然後整條街開始歡呼：「幹得好，小姐！」

等他們回到計程車上，小夏吉說不出話，像看到鬼一樣盯著她。她用美甲的手捧住小夏吉的臉，將他目光轉向低矮的房子。「好好看一看。我保證，你這輩子絕不會再見到那王八胖子。」

他們的車開走時，她握著他下巴。小夏吉看著父親努力將米可懷特一家人推進走廊，好像在把拔了釘的帳篷塞進袋子裡。他圓滾滾的肩膀有點洩氣，過去幾週所有大搖大擺、呼風喚雨的樣子全都消失。

他們離開社區時，一旁的單車繞著計程車，像椋鳥一樣翺翔飛舞。愛格妮絲把小夏吉拉到身邊，他像帽貝一樣緊依著她。她緊緊抱著他良久，努力忽視他頭髮上另一個女人的肥皂香。他就這麼讓她哭泣，他讓她說話，她對他說出各種美好承諾時，他沒有反駁她，但心裡知道她無法做到。

26

尤金將計程車停在房子外頭。他等著早晨的陽光照到社區，看里克走出柵門，緩緩走向公車站。里克雙手插在工作服口袋，沉重的工具袋壓著他的右肩。從尤金的方向看去，他看起來像是半開的摺疊刀，原本應該是個鋒利有用的工具，現在卻已合起，漸漸生鏽。

里克走了之後，尤金用她給他的鑰匙，進到屋裡，她大聲打呼，現在他漸漸鄙視她這點。他知道她的頭會在床邊向後仰。因為昨晚喝酒，喉嚨會被嘔吐物堵住，只得如此努力維持呼吸。他站在門外，知道自己今天不會留下。有幾次早晨，他發現如果來對時間，會看到較正常的她。前一天的酒意已退去，也還沒沉浸在全新的憂鬱之中。那時的她會顯得嬌小可憐，但不會精神恍惚，甚至會很迷人，那是他無比珍惜的事，像是他想哄騙到陽光下的纖弱植物。

他沿走廊向前，另一間臥室傳來俐落的腳步聲，以及小夏吉在整潔的鉛筆盒找東西的聲響。尤金走進廚房，將購物袋放到檯子上。他將新鮮的肝和奶油放入冰箱和小食品櫃後面，他照每天早上的慣例，放了四罐番茄湯罐頭和四罐甜卡士達粉，東西都在他眼前，滿滿一牆的食物，櫃架受重發出聲音，這讓他莫名感覺好一點。

他為自己和小夏吉準備了茶和吐司。他把小夏吉的早餐放在臥室外頭的地毯上，然後自己坐在餐桌前。桌上有昨天的報紙，但昨晚很漫長，他已經反覆讀過。他甚至讀了「來信解答」專欄，讀得津津有味，覺得見解深刻，但他絕不可能向任何人坦承。愛格妮絲的報紙已拆開，分成不同種類，包括徵才廣告、拖車拍賣和徵婚啟事。她用玩賓果的粗麥克筆把廣告圈起，他喝著早茶看了一下。

換屋廣告圈了一大堆。她把聽起來離這裡很遙遠的廣告都圈了，尤金很驚訝自己沒有感到難過。自從加特納維爾醫院那次之後，她便常像籠中動物一樣來回踱步，不是在摳自己手臂，便摳窗戶的油漆、床架和沙發上的脫線。他有一天早上來到她身後，不得不緊緊抱住她，幾乎要把她骨頭壓碎，等待她想摳東西的焦慮消失。現在他從紅色如血的麥克筆墨水得知，她在摳不同的痂。她曾跟他說，她好希望擁有更靠近市中心、更熱鬧的社區。她一天早上告訴他，她想在沒人認識她的地方生活，重新找回尊嚴，他一直摸著她的背。然後她羞怯地說，希望尤金能和她一起生活，成為她的丈夫。他那時不發一語，只繼續摸著她的背，最後她愈來愈煩躁，又想摳東西，便抽身離開。

尤金知道如果你向市政府申請另一個社區另一間房子，他們會把你放到漫長的名單上。就連最需要的人，也必須等上好幾年才會分配到政府的房子，如果你已經住在一棟房子裡，會排到非常後面。等待重新分配房子會等到天荒地老。所以如果你已經住在政府房子裡，最好的辦法是不經登記，而是直接和人換屋。市政府根本不管，那樣一來，案子少一樁，大眾申訴書只要不要投到市政府，要做什麼都好。以他們的觀點來看，交換房子只是把問題移來移去，但至少問題不會落到他們辦公桌上。

尤金伸展著，試著打直他彎曲的脊椎。報紙旁有份舊的瓦斯帳單。她在寫一則廣告，塗塗改改，找到最佳的措詞。他看得出來愛格妮絲花了不少時間，思考要怎麼說明自己的需求，夜愈深，她會愈醉。她清醒時，廣告聽起來楚楚可憐，滿足哀求的語氣，後來她內心充滿恨意，語氣變得更強硬。她最後綜合所有版本。三十個字以內，她讓礦坑口聽起來十分美好，鄰居友善，互相幫助，共生共榮。廣告中她說自己願意考慮任何地點。尤金心想，這若是徵婚啟事，她不但過分積極，而且還是個騙子。

他喝完茶，起身離開。如果他現在離開，她絕不會知道他來過，而他可以平靜地在自己床上入睡。他轉身離去，但小夏吉站在門口。他穿著整齊，學校背包緊緊繫在身體上。他朝尤金敬禮，這是他們打招呼的方式。「晚班下班，先生。」

尤金再次放下零錢袋。他回禮時，試著提起精神，不要太洩氣。「對，日班報到。」

「我不喜歡喝酒時的妳。」這是他最後分手時和她說的話。

尤金照慣例在夜班結束時前來，心知這樣有機會能遇到清醒的她。有些夜裡，他未更衣便會和她躺在溫暖的床上，他們會聊些有趣的客人，或是她想要買來家裡的裝飾品。如果她沒有宿醉，他會拉開拉鍊，翻到她身上。愛格妮絲會盡量喚醒自己的四肢，忽略他的警長腰帶摩擦她肚子，讓她發痛。他頂她，但不久兩人就想停下。他會哼一聲，從她身上翻下來，親吻她的臉頰。他會說他太焦慮了，不想依偎在一起，他會整理好衣服，走到黑暗的廚房坐下，不開燈地等待著她。愛格妮絲會起身，用黑色的鍋子為他煮些東西，為他泡兩杯濃紅茶。她會同時把兩杯茶並排放到他面前，看他一口喝下滾燙的熱茶，好像兩杯都只是冷水一樣。他們會再聊一會，其實沒什麼內容，他會給她一點錢，幾張鈔票，夠買麵包，或一些髮雕。然後他會親吻她，那是兩人見面後第一個好好的吻，接著他會回到自己家，回到長大的女兒身邊，躺進自己的床。

某一天晚上，他翻到她身上頂著她時，愛格妮絲輕聲問：「小金，我換房之後，你會搬來跟我們住嗎？」

尤金動作停下，她感覺他滑出體外。他圓鼓鼓的臉頰邊緣發紅。男人專注的表情消失，變得十分堅毅，準備好面對她的失望。「不會。」他簡單回答，並離開了溫暖的被窩。

愛格妮絲感到好丟臉，她無法坐起，倒在床上良久，深陷在兩人留下的凹痕之中。她聽他走到廚房，拉開椅子，等待她來上茶。她用盡全身的力量才爬起來，卻像沒有骨頭一樣，跌倒在地板上。她進廚房時，他先開口了。

「我不喜歡喝酒時的妳。」

她知道他的意思。他的語氣不像是他們是戀人，如今決定分手，反而像是他幾經思量，決定從厭惡的工作中辭職。

她想跟他說，她沒喝酒時，沒那麼喜歡他，但她沒說。她沒有力氣說謊了，也沒有面子好顧了。她只把兩根相連的香腸在鍋子裡推來推去，直到香腸綻開。然後她泡了兩杯一模一樣的濃茶，茶包也沒拿起。他喝完茶便離開了。

●

小夏吉再也沒看過尤金。

愛格妮絲的兒子看得出來，事情不一樣了。就像他看得出來此刻火堆裡加了汽油，而不是只有木柴。她怒火中燒，用啤酒將悲傷沖下肚，接著便喝伏特加，再次生氣起來。

連著好幾週，門開開關關，金媞、布麗迪、蘭伯和其他人會帶一袋酒來。那幾個星期，小夏吉都沒上學，努力讓她留在家裡。他鎖上所有門，做了所有雜事。她坐在椅子上睡著時，小夏吉會拿出功課，努力不要落後進度。

「我要出去。」愛格妮絲一天下午啐道：「幫我打電話叫計程車。」

「去哪裡？」小夏吉的教科書攤在他面前，抬頭問。

「不要問我去哪！」她尖叫：「到哪都好，不在這裡都好。離開你就好。」

他聽到這話，全身縮一下，「但我要怎麼跟計程車司機說？」

「跟他說我想要去燈光四射和熱鬧的地方。」她雙唇咂了咂，「跟他說帶我去賓果場啊，去你媽的。」

小夏吉拿起電話，假裝撥號。他按了一一一—一一一。他等了一會，然後恣意朝無人回應的話筒胡亂說話：「計程車嗎？對，麻煩了，班恩，沒錯。賓果場。對，謝謝你。」他輕輕將話筒掛上，清了清喉嚨說：「計程車說它來這裡至少要三十分鐘。」

愛格妮絲已站到前門，她手拉著門把，雙腳不停地踏，彷彿想上廁所。「幹！」她像被寵壞的孩子一樣尖叫：「沒人希望我好好過日子嗎？」

「媽媽，」小夏吉安撫她，「妳的頭髮都翹到一邊了。妳不能這樣出門。進來這裡，我們弄整齊。」

「不要！」她回答，手抓過打結的頭髮。

「來嘛，妳可以再喝點酒。」

愛格妮絲聽到，把肩膀上的皮包扔在地上。她搖搖晃晃沿走廊走來。他讓她坐回椅子上，整個人昏昏沉沉晃著頭，彷彿坐在一台非常顛簸的公車上。他在膝蓋上替她倒一大杯酒，伏特加加得比汽水還多。他把酒交給她。她像水一樣喝下，睜開雙眼。

「你要幫我整理頭髮嗎？」

他坐在椅臂上，開始梳她黑色的頭髮。愛格妮絲酒杯抵著下巴，咕嚕咕嚕喝著甜甜的酒。「半個小時到了嗎？」她問。

「還沒，媽媽。」他嘆口氣。

「我要出門幫你找個新爸爸。」

他拿著粗梳子梳理她側邊的頭髮，髮雕崩解，空氣中揚起白塵，像一團芬芳的花粉。他喜歡頭髮開始變柔順的過程。「沒關係。我不需要爸爸。」

她悲傷地搖搖頭，好像強烈反對。「半個小時了嗎？」

「還沒，媽媽。」

「半個小時了嗎？」

「還沒，媽媽。」

「我希望你再去打電話給他們。」

她倒在椅子上睡著了，頭垂向胸口，呼吸不規則，喉嚨不時卡住。愛格妮絲開始打呼時，小夏吉放鬆肩膀，從她鬆開的手指接過茶杯。他跪在她面前，溫柔解開高跟鞋綁帶，緩緩脫下，小心扣環不要撕破她的新絲襪。他穩穩解開不成對的耳環，把一切都拿回她房間，希望她醒來時會忘記自己想出門。

小夏吉再次拿起課本，像忠實的狗坐在愛格妮絲腳邊，聽著她沉重的呼吸。他透過前窗，看著其他孩子下課，制服拉出或綁在額頭，各自緩緩回家。他們那樣坐著大概只有一小時，里克便從工作回家，重重甩上前門。小夏吉緊張地望向母親，然後看著走廊上的哥哥，里克臉上都是白粉塵，像塗鬼臉一樣。愛格妮絲發出像發電機啟動的聲音，小夏吉頭靠在膝蓋上。

「我要租金。」這是她口中說出的第一句話。

里克不理母親，他直直瞪著小夏吉，好像在說，他糟透了，居然讓她繼續喝酒。他用嘴形默默說

「真棒」，然後轉身進到臥室甩上門。透過牆，搖滾歌手肉塊[35]的吉他聲轟然響起，小夏吉歪著頭，像是狂吠的狗，朝天大叫：「我他媽盡力了！」

「不要吵！你算什麼東西。這樣亂吵？」她用大拇指戳著自己的胸口，「我是一家之主！我！」愛格妮絲沿著走廊踉蹌，戒指敲著里克薄薄的臥室門。音樂變更大聲。小夏吉看她重心向後站穩，抬高下巴。他看得出來，小睡一下只醞釀了新一波火力，並沒有讓她清醒。愛格妮絲用大戒指再敲了一次門。

小插銷滑回插銷座，里克踏入走廊。他換下工作服，穿著他最好的牛仔褲，這件是他去市中心玩賭博機時穿的。

「我把你養大，就是要跟你說話時你要回答我。」

小夏吉看得出來里克努力想溝通，並安撫她。他咬了一下舌頭前端，接著回答她：「好，媽媽。什麼事？」

「什麼事？什麼事？」愛格妮絲在走廊旋轉，誇張地看著天花板，露出不可思議的樣子。「你覺得我幫你煮飯、打掃一週，然後我想好好跟你說句話，我唯一聽到的回答是：『好，媽媽。什麼事？』」里克來不及張嘴道歉，愛格妮絲繼續劈哩叭啦說下去：「我告訴你他媽這是什麼事。我一整天坐在家裡，跟這娘娘腔悶到快爛掉了。」她大拇指比向小夏吉，「結果你回家，甚至不能跟我說兩句好話。」

「抱歉。」

「抱歉？我才抱歉咧。」她雙眼上下打量他，盯著他藍色牛仔褲，「這是新牛仔褲嗎？」

「不是。」

「我之前沒看過。這一定花了你一點錢。你要穿這件去酒吧嗎？」

「也許吧。」

「也許是什麼意思？你以為我那麼笨嗎？」

「好。我會去。」

「好，我只是想知道而已。你出門前要吃點熱食嗎？」

里克眨眨眼，小夏吉臉皺起。「好啊，謝謝。」里克馬上上當。

「對，我就知道你他媽就這麼想。哼，你付我的錢不夠讓我幫你準備熱食。」

里克轉身背對她，去拿床上的尼龍短外套。他用乾瘦的肩膀對著她讓她氣炸了，愛格妮絲使勁用手指戳他的背。結果戳到痛點，他痛得扭開身子。「我跟你講話時不准背對我。你以為你是誰，小子？」她雙手交握在下巴，像嬌弱的粉絲，「穿上你昂貴帥氣的牛仔褲，要去酒吧跟你所有同性戀朋友碰面。你不過就是個大娘炮。噁心的爛男妓，是吧？」

這些話讓里克望向小夏吉，他的臉色瞬間一片死灰。那正是小夏吉每天在煤礦小鎮街頭、遊樂場和教室後面聽到的侮辱。里克的眼神透露出他也覺得小夏吉不正常。

她仍趁著酒意大吼大叫，但兩個兒子都沒在聽她說什麼。她手指又伸出，戳到里克瘦骨如柴的胸口。他手直覺向上揮，啪一聲，把她手指揮開。小夏吉看到她手指緊握，所以一定很痛。但比那更糟的是，這動作傷到她的自尊。

35 肉塊（Meat Loaf, 1947-2022）是美國搖滾樂手，代表作為〈我願意為愛付出一切〉，並以此曲獲得葛萊美獎。

愛格妮絲和里克兩人都氣到全身顫抖。「你覺得你是一家之主？才不是。」她氣到流下了眼淚。她再次伸出手指，抵著他的胸。「收、一、收、東、西。他媽給我滾出去。我不要你了。」

「媽媽。」里克再次聽起來像個小男孩。

「我不要你了。」

里克的下巴顫抖。小夏吉看到了。他下巴顫抖一會，然後便穩定住。他全身開始變得牢固，一路從膝蓋，一節節脊椎，最後擴散到他全身，讓他像石柱一樣堅實穩固。里克抬起胸膛，身體挺立，小夏吉不曾見過他如此高大。

小夏吉等到母親去電話旁撥號才敢動。他沿著走廊偷偷摸摸溜進臥室。牆邊都是里克親手用青年職訓計畫剩的舊木做的櫥櫃和架子。木作美觀實用，設有拉門和抽屜，能收藏東西。臥室窗戶底下有個層板組，上面放著里克的唱片機、喇叭和唱片。層架裡面他做了隔層，每一層能整齊放入十張唱片。現在他雙手發狂似地將人生的一切塞入黑色垃圾袋中，那雙手已不再精準謹慎。

「把那他媽的門關上！」小夏吉進房時他大吼。

小夏吉照他說的輕輕關上門，將門上的球栓鎖進槽座中。里克翻著唱片，決定哪張要帶走，哪張要丟。小夏吉越過房間，食指纏繞著里克腰際的袢帶，他捲呀捲，指尖的血都過不去了。「她說那些話，只是因為尤金拋棄她。你再等一下，會變好的。」

里克轉身，將他弟弟的手從腰上拿開。「老天，小夏吉！我跟你說實話，我希望你仔細聽我說，不要當耳邊風，好嗎？」

小夏吉緩緩點頭。

「聽著。你現在是一家之主了，所以你要長大，做些事。你要替她管好錢。她兌換週一、二補助時，你一定要設法留下一點，才能買些食物度過週末。你做得到嗎？」

小夏吉想說他已經在做了。他從七歲就開始這麼做了。

「你要讓她待在家，不要讓其他酒鬼王八蛋來。趁她不注意把電話線拔了，如果他們來到門口，想辦法趕他們走。跟他們說她出門了。男人尤其不行進來，好嗎？」里克仍在把他一輩子的東西都塞進垃圾袋裡。對他來說再也沒用的東西，他都丟到角落。雖然事發突然，但他表現得一派輕鬆，好像他之前設想過一百次了。「男人只會想傷害她，占她便宜。」他頓了頓，「你知道我這句話的意思嗎？」

「知道。」他全都知道，比里克所想的更明白。

「你會繼續讀書嗎？」

「我會試試看。」

「好，更努力一點。不要像我犯同樣的錯誤，小夏吉。為自己著想。」里克抓起一把小夏吉的頭髮，手握緊成拳，輕輕搖他的頭。「如果你離開她身邊時會擔心，那就把浴室所有藥都藏起來。然後把刮鬍刀和餐刀也都藏起來。用抹布包住，拿到外面，藏在樹叢裡，好嗎？」

里克凝視弟弟一會，「你現在幾歲？十三歲？」里克向上吐口氣，吹動他的劉海，「靠，你馬上要到青春期了。聽著，不會太久。只要再過一陣子，你也可以離開。」

小夏吉的頭向後抽開，面露噁心。「那誰來照顧她？」

「她必須自己照顧自己。」

「那她怎麼會變好？」

里克停手，不再打包。他單膝跪地抬頭看著小夏吉。他的嘴唇先是無聲移動，好像不知道該如何開口，「不要像我犯同樣的錯誤。她永遠不會變好。時機到了，你就必須離開。你唯一能拯救的就是自己。」

●

他拿著最後一個黑色垃圾袋離開了，不論里克支撐這個家的力量多薄弱，如今也消失了。酒品零售商和賭徒就像最劣等的惡魔，他們讓她不斷喝酒。他們會一起喝酒抽菸，然後一起睡著，直直坐在她的扶手椅，醒來再繼續喝酒。小夏吉試著把他們趕走，試著保住一點錢，好讓自己去上學。他只希望為里克盡他所能努力，證明她能更好，也許這樣他就會回家。但這一切好難。

27

三週以來，她第一次醒來時，客廳沒有溼黏、渾身酒氣的人群。她感到莫名的寂寞。愛格妮絲坐在原地，自怨自艾呻吟一會。她坐在椅子上，四周都是滿滿的菸灰缸，她把頭垂到膝蓋之間，雙手插在腋下，阻止全身顫抖。

她不確定他抓著紅色拖把水桶坐在那多久，但她叫他名字時，小夏吉看起來和她一樣很驚訝，好像不知道她在。

「可以抱我一下嗎？」她可憐地問。

他聽話越過房間，坐在椅臂。他的身體又長大了，手臂輕鬆便能摟住她肩膀。每次他抱她，他就變得更不像小孩。他變成另一個人，還稱不上是男人，有點像是變長的孩子，等待膨脹成大人。她緊抱著他，珍惜這片刻。他身上有股新鮮的氣息，像是外頭的原野。

他唯一說出口的話是：「我不想再住在這裡了。」

「對。我也不想。」

愛格妮絲洗了熱水澡，流汗感覺很好，痠痛藉此離開了身體。她用粗糙的毛巾擦洗自己，穿上最好的衣服，精心搭配毛衣、大衣和鞋子。她用不聽話的雙手化好妝，小心梳頭，用黑髮蓋住髮根的白髮。她找到剩下的週二補助，小心放到口袋出了門。天氣悶熱，兩週的陽光想蒸發這一年的雨，但她仍扣起大衣。她走出鐵柵門，大家都在看，她們聚在一起，身上毛衣沾著豆子醬，小孩抱著她們鬆垮的絲襪。愛格妮絲聽得到她們在說什麼，她知道她們是故意的。她則可憐她們毫無自尊，甚至梳個頭都不願意。她抬高頭揮手，心裡想：拜託，老天。再撐一下。

灰髮的男人站在礦工俱樂部，在些微的陽光下喝著拉格啤酒。雖然天氣潮溼悶熱，他們全都穿著在地下工作時的厚重黑夾克。她經過時，他們轉向彼此竊竊私語，像害羞的企鵝。她聽到有人提到她的名字，並討論到她的事跡。比較大膽的男人從琥珀色的啤酒上頭飢渴地望著她。她知道他們只想侮辱她，讓她變得更卑賤。她認識其中一些人，他們曾拿一袋啤酒來找她陪伴。完事之後，全都會再次回到骨瘦如柴的妻子身邊，躺到色彩不相稱的床被單上。一切都太可憐、太微不足道，不值得去在乎了。

她走了很長一段，來到主幹道上關門的商店。車輛呼嘯而過，她發覺這是她少數走出煤礦小鎮的一次；這次她確實越過沼澤地，來到陌生人之間——他們不會自以為知道她所有的事情。她走在陽光下，讓自己享受這少見的自由夢，這時她看到她了。那女人像貓被狗逼入死角，先是嚇一跳，然後緊張朝四周看看。愛格妮絲一時間以為那女人會突然衝出去，爬過矮牆，穿梭到呼嘯的車輛之間，跑過四線道的道路。其實，愛格妮絲希望她這麼做。

「哈囉，柯琳。」

柯琳試著在狹窄的人行道繞過她。愛格妮絲原本會放過她，但今天不行。她站到她面前，大聲說：「我說早安，柯琳。」

瘦削的女人受困人行道，車輛呼嘯而過，她也無法逃到路上。「妳講那個是什麼意思？」她問。

「我為什麼不能在街上跟妳問好？」

柯琳抬起目光，首次望向愛格妮絲的臉，露出酸溜溜的笑容。她噘起嘴，臉皺成一團，愛格妮絲覺得好可惜。她臉上唯一飽滿又有女人味的就是她的嘴唇。「我不知道。」

「所以妳哥哥過得怎麼樣？」

柯琳淡色的眼珠眨了眨。「不錯，謝了。」

愛格妮絲希望她說謊，但無論如何，心還是很痛。「哼，我們都分手了，妳可以不要打電話給我嗎？」

柯琳手放在她銀色十字架上。「我不知道妳在說什麼。」

「好。所以妳當我是笨蛋？」愛格妮絲像麗茲不想聽屁話時一樣咂嘴。她自己驚訝了一下，然後大笑。「柯琳，妳的呼吸就像英國可卡犬一樣。以後妳想打電話騷擾對方，也許應該閉上嘴，用鼻子呼吸。」

柯琳臉上無辜的表情緩緩消失，像在太陽下融化的冰棒。她自鳴得意的笑容又回來了。「好吧，妳別再靠近我哥，我們等著瞧。」

愛格妮絲手伸進口袋，拿出舊的瓦斯費信封。上面寫著「交換房屋」公告，那和她刊登在報紙上的廣告一模一樣。她現在打算把廣告貼在報亭窗戶上。她拿給柯琳看時，愛格妮絲發現那女的讀得非常慢，每個音節都用嘴暗中念著。愛格妮絲很高興自己有花點時間把草書寫得很漂亮。「看吧。我要離開了。」

女人哼一聲，「對我們來說太好了，嗯？」

愛格妮絲重心放到後頭，她雙臂交叉。「妳讓我想到我第二任丈夫。妳知道嗎？妳不希望我在這裡。但也不希望我離開這裡。」

「妳在開玩笑，對吧？」柯琳下巴落下，露出驚訝的表情。「妳來到我們小社區，自以為是什麼大人物。走在路上噴著髮雕，拿著手提包，以為自己比我們其他人高貴。」她手指指著愛格妮絲，「妳跟那娘炮小鬼裝模作樣，想讓我們難堪，結果這段時間，妳躺在自己的尿裡，幹其他女人的男人。老天。我從來沒見過這麼虛偽的人。」

「希望妳人生永遠不會遇到低潮。」

「喔，省省吧！尤金回家跟我說，他跟穿紫色大衣的妓女開始交往，我們差點氣死！光看你們交往，我媽一定在天堂受盡折磨。」

愛格妮絲搖搖頭。「她一定拿著超強望遠鏡。」

「我想這對妳這種人來說全是個大笑話。」

「反正一切都結束了。妳贏了。妳媽可以把她的紗簾拉上了。」

柯琳漸漸脹紅了臉，看起來像是快爆炸。「太遲了，小姐。妳以為他到天堂，他可憐的妻子會想要和他相聚嗎？他跟妳在一起之後，他做什麼都沒辦法彌補。」

愛格妮絲重心向後站，轉著她耳環。「好吧，我想我現在都懂了。」

柯琳眼中露出純粹的恨意。「妳什麼都不懂。他只在晚上找妳，因為他覺得跟妳在一起很丟臉。像賊一樣偷偷摸摸的！這就是為什麼只有計程車司機會跟妳交往，對不對？這樣他們白天就不會被人看到跟妳在一起。」

「是這樣嗎？」

乾瘦的女人微笑，一臉洋洋得意。她看起來一臉輕鬆，今日終於得以一吐為快。「對。」

「我們永遠不可能好好相處，是不是？」

「永遠不可能！怎麼樣？」

「好吧。」愛格妮絲說。她轉身走向空襲時被炸毀的商店。「喔，對了，柯琳……」她指著自己的脖子，美甲劃過蒼白的鎖骨。「妳脖子上有一圈汙垢。妳早上出門前也許該拿塊布擦一下。那十字架那麼亮麗，結果都給妳糟蹋了。」

柯琳冷笑，「妳要侮辱人就這點能耐？」

愛格妮絲從脖子拉起大衣，微笑道別。「喔，我幹了妳的男人。真噁心。」她想到那段回憶面露厭惡，嗤之以鼻，「他內褲有塊黃色汙痕，真的太丟臉了。」

整個下午都有人在敲門。起初是麥蓋文尼家的女生想引誘他出去。跟他說她們有糖果，想跟他分享，但他懂麥蓋文尼家的女生，知道她們的兄弟正躲在路邊樹叢裡埋伏。她們一直來門口找他，他不應門時，她們便開始透過信箱吐口水，大坨黏稠的口水吐在金屬片上緩緩流到裡面的木板上。小夏吉躲在角落，看她們吐得一團糟，並試著用抹布去擦，以免滴到媽媽漂亮的地毯。

愛格妮絲到底做了什麼，小夏吉也不知道，但她們罵她罵得可難聽。罵人的新詞聽起來又溼又臭。罵的同時噴著口沫，吸氣聲像靴子踩在煤渣上。尤金在班恩屋子外架起的那座護城河現在消失了。他離開時彷彿順勢拆了，像捲地毯一樣輕鬆。現在麥蓋文尼小孩用腳踢著鎖住的門。他們用各種熟悉的詞彙罵他媽媽，發出唏哩呼嚕親嘴的聲音，然後用親嘴的聲音唱歌，接著又罵起噁心的粗話。

女生折磨他膩了之後，法蘭西斯．麥蓋文尼終於來到門前。小夏吉差點要開門了。他覺得好累，想一了百了，隨便他們要幹麼，然後再關上門。

法蘭西斯比小夏吉大兩歲。他現在去上中學了，和他的弟弟哥比歐分開。他上唇長了厚厚的鬍子，並開始對新教小姐下手了。他妹妹跟全社區的人說時，態度矛盾，一方面噁心，一方面又驕傲。法蘭西斯的雙眼出現在信箱口時，小夏吉以為他要像姊妹一樣，朝裡頭吐口水。他摺好溼抹布，準備擋下口水。結果法蘭西斯粉色的厚唇開始透過信箱縫溫柔說話。「小夏吉。小夏吉！我知道你在裡面。打開門。來吧。我想跟你說話。」

他從來沒對小夏吉這麼溫柔地說話過，一字一句都緩緩說出，像是熱水龍頭的涓涓細水。「你可以開門嗎，小夏吉？」

「不要。」

他們透過信箱縫四目相交，小夏吉發現皮膚蠟黃的男生睫毛濃密，像是硬毛刷上的鬃毛。法蘭西斯說：「我聽說你要搬家了。我來跟你說對不起，以前像混蛋一樣對你。」小夏吉聽到他往後退，在口袋翻了翻。他回到信箱口時，推了一個金色的機器人玩偶進來。C-3PO[36]的頭已經斷了，粗糙地用耶誕膠帶黏在一起。那是小孩的舊玩具，早就弄壞了，算是小小的和解禮物。

「如果你塗上膠水，就會跟新的一樣了。」這大男孩移開雙眼，將嘴湊到信箱口，露出他的笑。他牙齒又大又平滑，像海灘上的白石頭。「你開門吧。」

「不要。」

「你為什麼討厭我們？」法蘭西斯靜靜說。

「我不討厭你們。你們討厭我。」

「沒有！」他聽起來有點受傷。「那只是開玩笑。」小夏吉聽得出來，法蘭西斯在努力想接下來要說什麼。「我想要補償你。因為我們一直鬧你。」他眉頭緊皺，「你想親我們嗎？」

「什麼？」

法蘭西斯把雙唇又湊到信箱口，上唇有著淡淡的舊疤。他父親詹姆西動手的速度很快。「我是說，如果你不跟別人說的話，我會讓你親我。我會讓你親我們。那就是你一直想做的事，不是嗎？」他鼻子抽了抽。「你打開門就好。」

小夏吉頓了頓，他不相信肚子糾結的感覺。「我為什麼會想親你們？」

「別鬧了，你知道你是什麼樣的人。」

小夏吉撕開膠帶，玩具的頭從金色機器人身上落下，滾過地毯。「法蘭西斯，我們現在真的是朋友了嗎？」

「是啊。當然是。」

「好。那把你嘴巴放到信箱口。」

「不要，你就直接開門嘛。」男孩聽起來像在哀求。

「快點。」小夏吉聽到這麥蓋文尼家的男孩在猶豫。他很確定法蘭西斯隨時會翻臉，撕破這場騙局。外頭沉默一陣，令人揪心。後來他聽到襯衫鈕扣摩擦門板，法蘭西斯身體靠上來。

「一個吻，然後你就會開門對吧？」聲音好清楚，聽起來好像在屋裡。

小夏吉閉上眼，跪在地上。他臉靠近信箱。法蘭西斯的呼吸甘美，散發甜香，像是超市的果醬。小夏吉感覺溼黏的氣息吹上自己的雙唇，一時間他只想伸出手，穿過信箱口，溫柔地碰觸法蘭西斯。

但那只有一瞬間。

小夏吉手飛快伸到信箱口，將擦口水那塊溼抹布推出去。抹布最髒、最黏的地方朝外。抹布碰到法蘭西斯的臉，他感覺到阻力，然後法蘭西斯從門邊抽開身，抹布順勢滑出去。小夏吉靠著門，聽到法蘭西斯大聲咳出酸臭的口水。

法蘭西斯回到信箱口，咬牙切齒，像是要將小夏吉咬成碎片。「好啊，你最好不要開門。我他媽

36　電影《星際大戰》（*Star Wars*）中的金色機器人。

會拿刀把你捅死，幹你媽的死娘炮。」

門傳來「砰、砰」的聲音，緊握的拳頭敲打著木板。柯琳的廚刀伸進信箱口，瘋狂地在空中戳刺時，小夏吉嚇得全身畏縮。他退到內側的擋風門後，看銀色的刀刃在信箱進進出出。盲目搜索他的血肉，刀刃鋒利，來回劃過金屬活門，發出刺耳的尖鳴。

●

戴維．帕藍多穿著一身二手舊衣，開貨車來家裡三次。愛格妮絲給他什麼，他都願意收，並給她一捲用舊彈性繃帶貼起的皺巴巴鈔票。他不敢相信自己的好運，這名美麗的女人如此慷慨大方，甚至到了盲目愚蠢的地步。他說話時，總是十分焦慮，一直緊張兮兮的，因為他搞不清楚是怎麼回事。她究竟是傻，還是大方？她眼神冷漠，所以他很難判斷。

戴維卸下麗茲的最後一批結婚瓷器，他最後一次走向貨車。他通常會給小孩口哨或塑膠玩具，但他直接給小夏吉一整箱髒兮兮的氣球，這一箱氣球原本夠他發完這一季，氣球全都是印錯的瑕疵品，上面企業贊助商的字樣都印壞了。戴維表演了個把戲，把氣球頸塞到他缺了門牙的嘴間，雙唇緊閉著直接吹出氣球。他把溼氣球給全身乾淨的男孩，緩緩讀著上面的字，好像小夏吉自己不會讀一樣。

「看，上面寫：『格拉斯哥比較讚。』」

「比什麼讚？」小夏吉尖銳地問。

愛格妮絲願意輕易拋下這一切，小夏吉覺得有點不安。收破爛的先生沒賤價載走的家具，愛格妮絲都還給了出租中心。她盡可能退回了所有租購的家具。等他們搬到市區之後，她會再勉強湊出一筆貸款來買新的、更好的家具。

他感覺得到她的興奮之情。她夢想自己成為全新的人，身邊都是全新的事物，像得了流感，全身冒著冷汗。她收起這幾年累積的肯西塔牌香菸點數券，專心數清楚。點數券像一塊塊結實的小磚頭全綁在一起，上面仍散發著甘甜的菸草香。小夏吉躺在地毯上，用這些小磚頭建造牆面和城堡，而愛格妮絲則翻著肯西塔公司的型錄，尋找勉強順眼的檯燈和茶碟，在頁面角落貼上標籤，並在瓦斯帳單的信封焦慮地寫下總額。

小夏吉看著她，低聲說：「有我還不夠嗎？」

但她沒有在聽。

換屋的事一談妥，愛格妮絲很快就打包好行李。她瞪著這些東西，好像它們都曾傷害過她。他們一個下午就大致打包好了，兩人迫不及待想離開，寧可快點去住在未拆封的屋子，迎向純潔的夢想和期待。小夏吉幫她打包珍貴的裝飾品，小心放入舊報紙中，然後塞到放她內衣褲的箱子。她背對他時，他會從里克那堆不要的東西中拿一些出來，例如舊唱片、畫了一半的素描本和凱薩琳舊的小矮妖填充玩具，然後小心藏到母親搬家用的箱子中。來自其他親戚的東西她都給了戴維．帕藍多，換取一捲骯髒的鈔票。

他們搬家前一晚，她最後一次撬開電視碼錶，到冰淇淋車買一把巧克力。她把舊衣服都攤在小夏吉面前，他們膝蓋相碰，坐在地上，決定要帶走和留下哪個版本的她。

「大家其實不會再這樣穿了。」小夏吉說。她換上一件黑色絨毛毛衣，絨毛像數以兆計下垂的睫毛。

她小口吃著薄荷巧克力的角。「但我繫皮帶呢？」她用雙手束緊腰際。

小夏吉手伸進毛衣，解開並拿下兩片白色肩墊。突然間，她看起來沒那麼嚴肅了。她身形變得柔美，更顯年輕。他眯著眼。「如果妳搭配牛仔褲，也許會好一點。」他把肩墊放進自己的制服毛衣裡，他的肩膀變得和下巴一樣高。

她臉皺起。「唉唷。我太老了，不適合穿牛仔褲。牛仔褲讓人看起來好普通。」

小夏吉向前拿起一件羊毛A字裙，顏色如枯石南一般。裙子很緊，但還可以忍受。他從來沒看過她穿。「我喜歡這件。」

愛格妮絲考慮一下。她上下拉了拉鍊，好像在檢查衣服壞了沒，接著又把裙子扔一旁。「不要。我不要變成這種女人：會穿男人的室內拖，整天都掛著小圍巾。」

「妳穿會很舒服。」

他母親哼一聲，躺到地毯上。她轉頭，雙眼望向他。「所以我們搬家之後，你想成為什麼樣的人？」

他聳聳肩。「我不知道。我一直忙著擔心妳。」

「天啊，德蕾莎修女本人來啦。」愛格妮絲有點暴躁。她用手肘撐起身體，拿茶杯喝口酒。她瞪著液體表面捲動的波紋。「聽著，我們到出租公寓，我會戒酒，我保證。」

「我知道。」他擠出微笑。

「我會像其他媽媽找個工作。」

「好。」

愛格妮絲拔著手上的倒刺。「你那王八蛋父親從來就不喜歡我工作——女人要懂自己的地位那堆狗屁。」確實如此。夏格不曾讓她賺辛苦錢，布蘭登．麥高文也是。對天主教徒來說，這是自尊的問題。男人會盡全力工作，讓鄰居知道他能養活一家人。而對夏格來說，是因為他自己不可信任，所以他也無法信任別人，更不用說他自己所有的妻子。他寧可她待在家，知道她一整天都在哪。她過去的男人都不喜歡她去工作，所以她不曾想工作。

「妳氣質太好，不適合工作。妳太美了。」他知道該說什麼，他們之前就此聊過上百次。他說這句話語的氣平淡，但愛格妮絲仍然很滿足。接著他出乎意料說了一句話，讓她臉上的笑容僵住。「但說真的，如果妳去工作也沒關係。像如果妳去上晚班，晚上就不用再陪我了。我可以照顧自己。」

愛格妮絲坐起，喝下剩餘的啤酒。她看起來想改變話題。小夏吉看著她從不要的衣服中拿出兩套。她把粉紅色安哥拉羊毛毛衣套在他太小的黑幫衣服上，做成一組中空的蓋伊．福克斯假人。小夏吉跟她到廚房，她把衣服掛到晾衣繩上，然後拉動繩索，繩索再次升到天花板。他們的舊衣糾纏在一起，充滿生命，兩個舊版本的自己在那等待全新的家庭。

「女人的名字叫蘇珊。」愛格妮絲說：「她人很好，有四個小孩，嫁給一個地毯安裝工。從來沒拿過補助金。看這裡人會怎麼笑這男的。」

「我們騙了她嗎？」小夏吉問，他很擔心新房客。

愛格妮絲揉揉臉頰，好像想讓自己舒服一點，好像假牙後面卡到一樣。她又為自己倒一杯啤酒。

「沒有。她有車也有丈夫。他們似乎不在意跑到這麼偏遠的地方。」

她抓住小夏吉毛衣領子，拉起衣服，搓搓他的皮膚，好像在檢查懶惰的女僕有沒有吸地毯下方的地板。他嬌小平坦的胸膛開始長出毛髮。她用指甲撥著，但不發一語。「你好白。你最後一次到外頭是什麼時候？」

他不想跟她說法蘭西斯．麥蓋文尼和廚刀的事。他不想承認自從他威脅要捅他一刀，他就不敢待在外頭。愛格妮絲的腦袋像幻燈片機一樣跳躍。她說：「你可能不記得城市的事。那時候你太小了。但城裡會有人跳舞，各種舞蹈，還有大商店，你可以整天待在外頭，因為那裡就是有這麼多事情可以做。」他覺得自己看到她在膨脹這份虛假的希望，好像她只有一絲興奮，卻想讓自己打起精神。一切感覺就像冠毛一樣脆弱。「你不記得，但你馬上就能親身體會。」

「我等不及了。」這是謊言，但只有一半是謊言。他不敢向她坦承，城市令他稍微感到害怕。城市巨大，本質上無法控制。城市所有酒鬼、黑暗的酒館、想占她便宜的男人都可能讓他失去她。那裡有無數不知名的街道，她也許會滑倒，也許會走丟。礦坑口至少是個熟悉的地方，讓他們像黏在紙上的蒼蠅，四面八方都空無一物。她在這裡可能會傷害自己，但他不會失去她。

小夏吉拋開那想法。「我們搬家時，妳真的會努力戒酒嗎？」

「我說了，不是嗎？」

他眼中有著淡淡的懷疑；他忍不住，只好轉向水槽，洗起最後的碗盤，以免她看到他的表情。這點讓她火了。「你是說我他媽是個騙子嗎？」

她喝了一整天，心情像低迴的海爾霧，濃密黑暗，沉重陰森，但一直維持穩定，沒有落下雨來。小夏吉不想破壞這片雲迷霧鎖的景象，逼她下場大雨。「沒有，對不起。」

愛格妮絲在水槽邊捻熄香菸。她舉起啤酒，把酒全倒入排水孔。一切來得又快又激烈，小夏吉不及反應，他被噴得一身是酒，向後退，眨著眼。

愛格妮絲打開水槽下鋪了木板的地方，拿出她最後兩罐嘉士伯啤酒。她給他一罐，自己打開一罐。她拿到水槽上，啤酒飛濺，接著咕嚕咕嚕流下排水孔。倒完時，最後剩下的白色啤酒泡沫沉下，像是潮溼的白雪，她將罐子扔向垃圾桶，但沒丟準，錫罐叮噹落在油氈地面。小夏吉唯一能做的就是睜大眼睛，向後退，緊握檯面穩住自己的身體。愛格妮絲不知什麼上身，在屋子裡跑來跑去，他聽到她抓著家具下方，摸索櫥櫃後面。回來時，她拿著六瓶酒，全是她忘記的伏特加，還有她最後沒喝完便斷片的酒瓶。她用誇張花稍的動作，將酒全倒入水槽。

小夏吉從沒見過她這麼做。他不曾看過她浪費一口好酒。她偶爾會答應說要戒酒，但她仍會先喝完全部的酒，每一滴都不浪費，才開始猛烈的脫癮期，不斷嘔吐和發抖。其他時候，她戒酒純粹因為別無選擇。有幾週，她補助金全用完了，沒有男人替她買酒，那時她也只好不情願地戒起酒。如果這件事發生在星期四，那她戒酒就有好的開始，至少會有四天無法買酒。小夏吉永遠支持戒酒。但酒癮不曾輸過。它就像學校的惡霸，會自信地在一旁微笑，讓愛格妮絲有個好的開始，後來輕易便逮住她。每當下週一補助金能再兌現時，她又會淪陷。但是小夏吉每次都會相信她。

他打開最後一個銅色的酒罐，將酒倒入水槽時，用眼角餘光看著她，他倒得緩慢而猶豫，隨時準備停下。

愛格妮絲看著他倒，她頭向後仰，好像是個高貴的夫人。「你現在相信我了嗎？」

小夏吉拇指指節拭著眼窩，忍住充滿期盼的眼淚。「謝謝妳。」

愛格妮絲全身僵硬，但她嘴角顫抖，露出小小微笑。「我不喝酒了。我不是說接下來會很容易，但這就是城市最好的一點。沒人會認識我們。」她捏起掛在廚房衣服上的灰塵。他們在無聲的廚房旋轉。「而你的話，你可以變得跟其他男生一樣。我們可以變成全新的自己。」

第四部

一九八九

東區

28

在煤渣山隱居一段日子之後，出租公寓的生活相較之下熱鬧無比，充滿生命。主道路有一排排雄偉的砂岩建築，底下開著上百間小商店，每一公里就有一間郵局，每條街口都有油炸食品店，還有各式各樣的衣飾店和鞋店，讓愛格妮絲賒帳購物。閃亮的汽車等著紅綠燈，然後沿著車陣耐心向前。路上有雙層巴士，一次可能看見兩台，每個街口都會停下。那裡有電影院、舞廳、大型綠地公園，他這輩子不曾見過那麼多大大小小的教堂。人行道都是人，他們辦著各自的事，無人認識彼此，自由自在，十分理所當然。街上的人甚至不會向彼此點頭問好，小夏吉敢說這些沒人有親戚關係。

貨車轉了幾個急彎，進到狹窄的小街裡。天空現在感覺變遠了，出租公寓牆面唯一的開口就是在角落，開口後方，甚至還有更多出租公寓。小夏吉抬起頭，感覺他們深入地底，走在砂岩的山谷之中。他們的車停下來，完全擋住街道，巨大的喀啦聲中，無名會的男人放下後擋板。愛格妮絲看著手中的紙，再抬頭看著那棟出租公寓。建築物外表呈淡金色，坐落在一排相同外觀的建築長牆之中。門口有八間公寓的門鈴，愛格妮絲找到三樓的門鈴。

「這就是我們家。」她說，並指著門鈴給小夏吉看。

他不是小孩子了，但他仍讓她握住他的手，只要她能繼續向前，不要想喝酒就行。小夏吉讓她勾住自己，她的手突然顯得好小。她戴上所有戒指，儘管金屬冰涼，他仍感覺到她掌心出汗，神經緊張，渴望著酒精。

「但願成為全新的自己，但願成為正常人。」他祈禱，他們像新人一樣牽著手。

樓梯間乾淨寒冷。牆面、地板和樓梯看起來是從同一塊美麗的石頭所刻出，聞起來最近才用漂白水清洗過。他們緩緩爬上石梯，中途會站到一旁，讓搬著箱子的男人上下經過。每層樓都有兩道厚門相對，工整分成兩邊。他們經過時，公寓門後的木板地都響起咿呀的聲響。愛格妮絲抬頭挺胸，繼續上樓。

他們住在三樓右側。一走到公寓內，愛格妮絲馬上清點屋內的灰塵，決定哪塊地毯必須丟掉，並四處指出指痕，好像她是導遊一般。「對，她不算愛乾淨。」她冷冷地說：「她在礦坑口可能會適應得很好。」

新公寓很小。有個L形的短走廊，他不禁好奇她會把電話桌放在哪。一進入公寓，首先看到的就是設有凸窗的大客廳，客廳正對著街道，隔壁有一間非常小的主臥室。公寓後面是狹窄的廚房和一間方形小臥室。小夏吉在小臥室踱步，用腳丈量空間，希望能容得下兩張床，但不論怎麼放都不可能。突然之間，感覺一切已成定局，他不禁想念起里克。

愛格妮絲站在凸窗前，望向街道。小夏吉用手臂環抱住她，這兩個全新的人讓自己在安靜和平之中，享受一分鐘的白日夢。愛格妮絲用另一隻腳搔著自己的小腿。小夏吉知道她天生就喜歡唱反調。

不久男人便搬完東西，他們將最後一個紙箱帶走時，愛格妮絲穿上馬海毛大衣，答應小夏吉她午餐會準備熱茶和蘋果派。小夏吉在她外出之後關上門，忽視她鞋扣鉤到了絲襪後面。他一人站在小廚房窗前良久，望著後院封閉的綠地。四周都圍著出租公寓，後院由一公尺半高的圍牆分隔，每一棟都有一樣大的方形雜草地，雜草地上有個水泥垃圾倉。

每塊方形草地上都有小孩在嬉戲，像培養皿一樣生機盎然。尖叫和笑聲迴盪在空中，因為砂岩建築圍繞而變得更響。偶爾會有小孩朝建築物尖叫，不久一扇窗會打開，有人會從四樓把一袋餅乾或一串鑰匙丟下。

小夏吉下午都坐在那，看著這像體育館之類的景象，心裡好奇無憂無慮、自由自在地玩耍是什麼感覺。他看到小孩爬到牆上，入侵其他人的後院。他看到有人頭被打傷，小孩子被推下垃圾倉的屋頂。這時一扇窗會打開，一根愛管閒事的手指會指向犯規的鬥士，然後那孩子在害怕和懊悔中會失聲大哭，接下來那天他都不會再出現了。

小夏吉最後看膩了野蠻的暴行。

等待她買茶回來時，他又翻起足球小紅書，這是他第一百次從第一頁開始讀。當他讀到阿布羅斯的比賽結果，鑰匙轉開新鎖。從小廚房窗邊的座位，他就已經知道了。

「哈囉，兒子。」她站在敞開的門口，眼神茫然，那張臉上露出太過燦爛的笑容。

「妳剛才喝酒了？」他早已知道答案，但還是問了。

「沒有。」

「過來，我聞聞看。」小夏吉走過空空的小廚房。

「你要聞我？」她說：「你以為你是誰？」

他每天都變得更高。他抓住她的袖子，像成年男人一樣堅定地將她拉向他。她搖搖晃晃靠近，試圖掙脫。他聞了聞她的味道。「妳喝酒了！妳剛才喝酒！」

「你看你，就愛破壞我人生的樂趣。」愛格妮絲又試一次，想讓他鬆開衣袖。「我只跟我的新朋友瑪麗喝了一點點。」

「瑪麗？妳答應過我，我們要成為全新的自己。」

「我們是啊！我們是！」她被這位獄卒激怒了。

「妳說謊。妳甚至沒有努力。我們沒有變。我們只會他媽一模一樣。」小夏吉用力扯她的袖子，毛衣被拉得變形，領口滑下她的肩膀。在她柔軟的白色肌膚上，有一條黑色的胸罩肩帶。他伸手去抓。

「放開我！」愛格妮絲現在一臉驚恐。她用力扯毛衣，身體扭向另一邊，突如其來的力量將小夏吉甩出。他砰一聲撞到牆上，落到走廊角落的地上。

愛格妮絲對自己咕噥。「你對我那樣講話，你以為你是誰？」她腦中閃過一個想法，再次轉向他。「你父親嗎？你以為你是你的王八蛋父親嗎？」她抬起頭，充滿蔑視，向下對他啐道：「他媽才不可能咧，小可愛。」

他看她把毛衣重新拉上肩膀，再次走出正門，門也沒關。樓梯間傳來她拜訪家家戶戶的回音。她敲著每一道門，有人應門時，她會有禮地自我介紹。

「哈囉，我真的很抱歉打擾了。我叫愛格妮絲。我是你們的新鄰居。」

小夏吉聽到公寓的好人家頓了頓，然後尷尬回禮。他彷彿能聽到他們上下打量她，觀察她，確認自己的看法。面前這個女人，頭髮用染髮劑染得漆黑，穿著光亮的黑色絲襪和黑色高跟鞋，中午就已經喝醉了。

這間中學比他見過的都還大些。他等待並小心跟著住在樓下的一個男孩。他身上有暑假的曬痕。到了街角，他轉身用棕色雙眼狐疑地看著身後好像走丟的蒼白男孩。

小夏吉架好燙衣板，為第一天上學燙好衣服。他褲子是灰色羊毛褲，上身穿了一件俐落的毛衣，那是愛格妮絲用香菸點數券為他買的。他把衣服燙得平整，變得像平面的一樣。接著他燙內衣褲和襪子。

小夏吉跟著那男孩轉過街角，學校就在那裡，彷彿一望無際，自成一座城市。巨大水泥方塊和長方塊以不同的角度交錯，水泥建築四周圍繞著類似組合屋，但又相對耐久的低矮建築。建築物沒有對外窗，在平坦廣闊的柏油、碎石和棕色泥巴地上，只有這一棟棟巨大的水泥大物。

他跟著男孩走進正門。學校操場很大，而且裡面都是人。校園裡一大堆學生穿著象徵新教的藍色衣服，還有一些人的衣服是白色和紅色。幾乎每個男孩都穿著格拉斯哥流浪者隊的襯衫、運動外套或至少拿著運動袋。到處都能看到巨大的「麥克伊旺牌啤酒」白色字樣。小夏吉手伸入口袋，摸著書頁摺起的小紅書，內在安心一點。

鐘聲響起，他跟著男孩穿過玻璃門。為了更了解，他跟著男孩來到新班級。學生坐到熟悉的位子，開始大聲聊天。小夏吉將書包放到教室後方的書桌上，試著躲在後頭。一個中年矮子來到教室，他留著白色鬍子，看起來像隻生氣的㹴犬，他有著非常濃厚大聲的格拉斯哥口音。「好了，大家安靜。我們先點名，然後你們就可以回去談論耳環、燙髮之類的。」他頓了頓，「我就是在說男生。」

班上發出無聊的哼聲。老師拿出點名單，點到最後時，教室又變得吵鬧。老師雙臂交叉，閉上眼，靠著講桌想多睡個五分鐘。

小夏吉舉起手，然後放下，接著又再舉起。「老師。」他說著，口氣急促，「老師！」

老師睜開眼，望向新同學。「什麼事？」他仍不熟悉新一年的同學。

「我是新來的。」小夏吉說，聲音被吵鬧聲蓋過。

「每個人都是新來的，孩子。」那人說。

「我知道。但我是延遲入學的學生。」他用愛格妮絲教他的說法。

全班聲音變小。三十個人不約而同轉頭看他，男生嘴上都長了鬍子，女生已經發育，臉上都長了痘痘。「你什麼？」狒犬臉老師問道。

「我、我是延遲入學的學生，老師。從另一個學校轉來。」班上現在一片寂靜。

「喔。」老師說：「你叫什麼名字？」

他來不及回答，一切就開始了。聽起來像喃喃自語，然後愈來愈大聲，竊竊私語變成公然嘲笑。

「叫小同志嗎？」前面長得像老鼠的男孩說。全班爆出大笑。

「巴比・玻璃？」另一人說。

小夏吉想蓋過他們聲音。他滿臉通紅。「我叫小夏吉，老師。本名是修伊・班恩。我從聖路加轉學來的。」

「聽他說話的聲音！」另一個男生說，他有一頭服貼的鬈髮。他睜大雙眼，像是中了霸凌大獎。

「嘿，漂亮小子。你那口音他媽哪來的？你是芭蕾舞者是不是？」

這句話引起最大回響。其他人瞬間充滿靈感。「為我們跳舞！」他們尖叫大笑，「為我們扭動啊，你小玻璃！」

小夏吉坐在位子上，聽他們講得好開心。他拿出足球小紅書，扔進陌生黑暗的書桌抽屜裡。至少他很高興自己不用再背了。現在一切很清楚了：沒人能變成全新的自己。

29

公寓樓下棕色眼睛的男孩來敲門，彷彿他們是老朋友。搬進來的最初幾個月，他盡可能無視小夏吉。現在小夏吉應門時，這棕眼男孩卻點頭問好，叫他穿上外套，跟著他。

「為什麼？」小夏吉說，非常不領情。

「因為我需要你幫忙。」男孩已經走到樓梯半途。

凱爾‧維爾就像一塊全暖色系的調色盤，全身顏色都無比協調。他的膚色比小夏吉認識的所有人都黝黑，在這陽光罕見之處，棕色的頭髮彷彿閃耀著陽光的回憶。他雙眼紋理複雜，像是胡桃木一般，他雙唇形狀和曲線令小夏吉看得目不轉睛。要不是他鼻尖像水滴，還有上唇的唇疱疹，他就像海報會有的青少年明星一樣。

小夏吉穿上背心，像個聽話的侍從跟著他。他們到樓梯口時，凱爾轉身阻止他的步伐。「聽著，你和我出去不能這樣子。」

小夏吉低頭看著自己，那是他每天穿的衣服：舊羊毛制服褲、舊黑鞋和型錄買的藍色防水外套，有點像愛格妮絲的舊大衣，但要她穿這件出門辦事，她一定會覺得很丟臉。

「你會害我被罵厚臉皮。你媽還在幫你穿衣服嗎？」凱爾雙手伸進小夏吉的外套，碰到小夏吉嬌小的背，拉出一條調整帶，束起腰部，幾乎快把他切成兩半，衣襬都凹出線，像一件伊莉莎白時代的緊身上衣。棕眼男孩抓住燙整的領子，將領子翻起，然後粗暴拉起塑膠拉鍊，一路拉到最高處，小夏吉覺得自己像從船的煙囪向外望一樣。

小夏吉縮了縮脖子，從衣服開口處說：「我們要去哪？」

「我要介紹你給幾個女生認識。但我不要你看起來像個同性戀。」凱爾從後口袋拿出廉價的黑梳，有一邊已經壞掉沒用了。他吐一口都是泡沫的口水到上頭，從正中間幫小夏吉的頭髮分邊。小夏吉嚇得向後縮，但凱爾修長的手指抓著小夏吉後頸，將他固定在原地。那是電視上愛格妮絲喜歡的影片中，男人將女人拉近的動作。這對凱爾來說不代表什麼，但小夏吉感覺腦袋中狂冒汗。

摺疊梳用力梳過他的頭，讓他覺得頭骨要俐落地從中劈開。男孩粗暴梳開愛格妮絲梳的側分，讓黑髮垂到兩邊，變成沉重的窗簾。「好了！」他搓搓小夏吉的後腦，對自己手藝非常滿意。「你現在看起來更硬派了。」他轉身走到街上，「就照著我做，那就不會有問題了，好嗎？」

「好。」小夏吉答應他。他跟著他，腦中想方設法，希望能讓凱爾再次抓著他。

凱爾．維爾大搖大擺，開著腿走在街上。他下半張臉都藏在防風外套領子裡，雙手深深插在外套口袋之中。小夏吉跟他保持一段距離走著，用里克教他的方式邁開大步。「我們會跟兩個小妞碰頭。其中一個是我的馬子。另一個是她朋友。她挺不賴的。」他說：「你已經有馬子了嗎？」

「有。」小夏吉說謊。

「誰？」凱爾問。在高領外套中，小夏吉只看得到他雙眼和緊皺的眉頭。

「我以前住的地方的一個女生。」

「喔，是喔？她叫什麼名字？」

小夏吉看不出來，凱爾是不是在蔑笑。看不到對方嘴巴很難聊天。「呃。」他結巴說：「嗯。瑪丹娜。」這名字一說出口，便覺得幸好有領子，他的臉因為說謊而漲紅。

凱爾瞇眼望著他，臉上蒙上一層黑影，好像開始後悔自己找他出來。「喔，是嗎？」他眉毛在領子上高高提起。「你用手指摳她了嗎？」

小夏吉藏在衣服中的嘴巴張開，緩緩點頭。

小夏吉聽到凱爾不以為然地吐口氣，厚重的頭髮被他的氣息吹動。「我馬子的朋友很淫蕩。你開口的話，她會讓你騎。」他又冷笑，「如果瑪丹娜不在意的話。」他把香菸放進領口，像將水桶丟到井中一樣。「總之，我只是希望你不要讓她來煩我們。懂嗎？」

他們走過沙色的出租公寓街頭，女人在人行道傾倒一桶桶漂白水時，他們也沒停下來看。凱爾邁大步穿過空地、彎過轉角、跳過長凳和小石牆。他直接有效率地走向她。小夏吉半跑步跟在後面。等他們到了一個充滿現代公寓的街區，凱爾腳步才慢下。他捻熄皺巴巴的香菸，手伸進口袋，拿出一塊口香糖，放到嘴中，快速嚼了嚼。小夏吉聞到他白色大牙齒之間飄出甜美的薄荷香氣。他像隻餓狗一樣咬著牙，然後從嘴裡拿出。「來。」他把溼溼的口香糖拿給小夏吉，「要見女生，你口氣要清新。」

小夏吉眨眼看著男孩溼溼手中的灰色口香糖。他再次慶幸自己領子立起，因為他嘴巴向下扭曲，面露厭惡。

「你他媽是娘炮啊。拿去！」凱爾將口香糖推給他。小夏吉不甘願地將口香糖接過，放進嘴裡。口香糖溼滑溫熱，嘗起來混合著薄荷、豆子和香菸的味道。他發現自己不在意。他緩緩在嘴裡翻著口香糖，品嘗滋味。他用舌頭把凱爾最後一滴口水推到雙唇後方牙齒上的空隙，好像那樣就能保存久一點。

他們爬上樓，來到公寓頂樓。每一層樓都有個對外開闊的陽台。小夏吉想在每層樓停下來欣賞風景，像是領著養老金滿足的老人。他們到頂樓時，凱爾轉向他說：「不要表現得像個白臉小生，好嗎？我不想要她們嘲笑我們。」

凱爾按了霧色玻璃門旁的門鈴。房間的門打開，走廊上傳來微小的流行樂聲。他們透著波紋玻璃，看金髮女生模糊的身影漸漸靠近。矮小平凡的女孩來到門口，她膚色蒼白，有雙綠色大眼睛，又戴著粉紅色的厚眼鏡。她上膠的頭髮向後梳，炸成一大束燙過的馬尾，兩側整齊夾著一排粉紅色的髮夾，看起來像豬肋骨。

她年紀比兩個男生小一點，指甲上亂七八糟的指甲油讓小夏吉想起麥蓋文尼家的女生，她們會穿著柯琳的低跟鞋，笨拙地走動。「嗨。」女生透過微啟的門縫說。

「嗨，寶貝。」凱爾單邊嘴角勾起，手掌霸道抵在門上。

女生咯咯笑了笑，然後狐疑看了小夏吉一眼。「你們想幹麼？」她又稍微把門拉上一點。

「妳媽在家嗎？」凱爾問。

「你明知道她出門去工作了。」

「那我們可以進去一下下嗎？」

「不行。」她身子扭了扭，又把門關更小。

「為什麼？」

「就是不行。我媽說如果我再趁她去工作讓你進門，她會揍我。」

「喔，拜託。」他脫下鞋子。

「不行。」她像小孩子一樣尖叫。「你上次搞砸了！你尿得馬桶座和踢腳板都是。我媽看到大發雷霆。我被鞭一頓。」她把門拉上，拉到縫隙只剩頭能探出來。

他們這樣對峙了一會。屋裡頭有人把流行錄音帶換面。凱爾先開口：「我還有帶這個。」他手上拿著用乾淨彩色玻璃紙包起的肥皂塊。肥皂看起來像是巴拉斯市集疊成一堆的那種，愛格妮絲看到會別開頭。側邊清楚寫著：不得單獨出售。

她白皙的小手從門後伸出，小心接過肥皂。玻璃紙發出清脆的聲響。小女生開心抽著氣，然後補一句：「還是不能進來。」

「妳還想當我馬子嗎？」

她看著那塊肥皂，回望著高大的男孩，「對。也許吧。」

「那妳想要出來嗎？妳知道，去蹓一蹓？」

「不要。我不行。」她嘟起嘴。

「為什麼？」凱爾．維爾盡力眨著棕色的眼睛。

「因為黎安在這裡。」

凱爾點點頭，提出備用計畫。「這是小夏吉。他喜歡黎安，」小夏吉從樓梯暗處走出，「所以她可以一起來。」

女孩的眼睛睜大，發出一聲尖叫，嬌小的頭縮回走廊，玻璃門砰一聲關上。小夏吉看著那扭曲的蓬鬆金髮輪廓沿著走廊衝去。

這難道是他將變成正常人的那一刻嗎？他這一生所有走路練習、追著足球和學習過時的足球比分，莫非都是為了這一刻？

門打開，兩張小臉探出，然後門再次關上。走廊裡面傳來爆笑聲。凱爾緊張地移動身子。「試著不要看起來像個同性戀，好不好？」他沒轉身，用氣音說。

小夏吉深吸口氣，試著打開身體，抬頭挺胸，接著像一隻不開心的烏龜，他將臉埋進外套領子，皺起眉頭。門終於敞開了。兩個女生站在那裡，開心興奮，不斷動來動去。黎安．凱利比另一個女生高了三十公分，她從那一叢燙鬈的金髮上方望向他們，露出堅定的表情，臉上沒化妝，也沒戴髮飾。從她走向前大方站到兩個男生面前的樣子，顯然從小便和許多兄弟一起長大。她開口時，嘴巴緊抿，像守護著牙齒。小夏吉覺得她的雙眼像充滿警戒的小葡萄乾。

「你怎麼會喜歡我？我甚至從來沒見過你。」她直接問。

小夏吉腦袋一片空白，凱爾用力踢他柔軟的腳踝肌腱。「嗯，就是……就是我聽說很多關於妳的好話。」

黎安皺起眉頭，一臉不信。「像什麼？」

「我聽說妳非常迷人。」

「你為什麼說話那麼奇怪？」她面無笑容說，眉頭仍深鎖。「你上哪一所學校？」

黎安走出來，進到樓梯間的陽光下，小夏吉發現，她的臉其實不是髒，只是布滿美麗的雀斑。如葡萄乾的雙眼仍四處掃射，狐疑觀察著他。「嗯，我讀路上再過去那間學校。」他說。

「那間新教垃圾場？」

「對。」

女孩嘆口氣，眉頭鬆開。「太可惜了。我讀聖芒戈中學。那是天主教徒讀的學校。」

「沒關係。我母親是天主教徒。所以我想我一半算教徒。」

她露出淡淡微笑。「這不重要。如果我哥知道我跟一個骯髒的奧蘭治狗混，他們會把我的皮剝了。」

小夏吉試圖遮掩自己鬆了口氣。但那口氣蔓延到全身，讓他好想深深大吐一口長氣。他可以跟她解釋他其實算天主教徒，也有參加聖餐禮，卻說：「喔。好吧。那就這樣。很高興見到妳。」他轉身，如紳士般有禮地揮手道別，想一溜煙跑走。

「不要跟我欲擒故縱。」黎安大聲嘆口氣，「至少讓我他媽把毛衣穿上。」

●

他們回到灰色的街道上時，天下起綿綿細雨。他們兩兩走在一塊，穿梭在一模一樣的出租公寓之間。起初小夏吉感覺得到黎安偷偷瞄著他。後來她直接注視著他，滿臉疑惑，就像他看著電視上飢餓的非洲寶寶一樣。她張大嘴巴，眼神想移開卻辦不到，因為她對自己看到的事情感到困惑。而這段時間，她同時心不在焉把玩著自己棕色長馬尾的髮梢。

「你看起來很怪。」她評估完成，終於宣告結果。

「妳說什麼？」他不知道還要多久才能回家。

「你沒有爸爸，對不對？」

小夏吉在像煙囪的外套中轉頭問：「妳為什麼這麼說？」

「我就是看得出來。」她像一個厭倦的預言家，吐著大氣說：「我就是很會猜這種事。」

「我爸死了。」他說，不知道自己是否永遠無法確定這件事。

「真的？我也是！」她臉都亮了。然後好像忘記一樣，她補了一句：「我是說很遺憾。那真是讓人難過。」

小夏吉搖搖掛著兩塊窗簾的頭。「不會。我覺得那是好事。」

黎安咯咯笑了。「你這句話好可怕。神會把你抓走。」

「沒事的，我爸是個壞人。」

他們又走一小段，她才又開口：「你真的喜歡女生嗎？」

「我不知道。」他脫口而出，幾乎像是自然放出的屁，害他馬上就後悔了。他面紅耳赤，雙眼趕緊望向她。她是他成為正常男生的好機會，結果他親手毀了。

但女孩只簡單嘆口氣，「對，我也是。當然我是指喜不喜歡男生。」她思索一會，然後灰心地補一句：「總之你想成為我男朋友嗎？你知道，只是暫時這樣。」

「好。」小夏吉說：「只是暫時這樣。」

她的手伸向他，她手指比他長，但他喜歡她手的感覺，既安全又溫暖。他們走到一塊泥濘破碎的草地，有一群白腿孩子在踢足球。凱爾和金髮女孩到場地另一頭，推開一塊鐵絲網。

黎安倔強停下，雙手插在她瘦削的胸前。她牙齒在緊抿的嘴中緊咬，讓小夏吉微微吃驚。「噁心的變態！」她罵道：「他們成天就只想幹那件事。進到裡面吸著彼此髒兮兮的臉。看到他們彼此毛手毛腳就讓我想吐。她十三歲之後就完全變成女色情狂。」

兩人看著凱爾和他馬子消失在荒地裡。小夏吉先開口：「如果我們不進去，他們就會覺得我們很怪。」

黎安思考一會。她用腳趾挖著土，噘起嘴，「那我會叫我哥殺了他們。」

凱爾轉身，他半身隱沒在雜草中，手腕揮一下，要小夏吉他媽的快點。小夏吉拉起鐵絲網，黎安嘆口氣，盡力屈起身體，小心鑽進去。

到了鐵絲網另一頭，平緩髒亂的小丘上長滿青草，下方有條通往愛丁堡的公路。不到五公尺之處，車子以駭人的速度呼嘯而過。他們沿著路肩旁的斜坡草地向前，最後來到一座人行陸橋。他們一個個爬到橋下，側身沿著水泥路堤向下走到車道邊。那裡都是尿騷味和廢氣味，但很乾燥，如果他們直接坐在橋下的結構柱後面，算得上非常隱祕。

兩對情侶坐在那，沉默又不安，看著週六早晨的旅客飛逝而過。他們將小石塊從側邊的路堤滾下，石頭滾到底，被快速的車子壓過，危險地噴向道路後方時，他們便大聲歡呼。

「你有菸嗎？」金髮女孩問。她拿豬鬃夾夾住一束翹起的頭髮。

「沒有。」凱爾回答。

「老天作證！我真不知道當你馬子幹麼。」她抱怨：「史都奇說如果我跟他在一起，他一週會給我們一包菸。對不對，黎安？」

「對。」高個子女孩心不在焉地說。

凱爾聳聳肩，他覺得她在虛張聲勢。「那妳去跟史都奇在一起。看我在不在意。」

橋下十分寒冷，沒有稀薄的陽光，黎安開始打寒顫。小夏吉脫下外套，看著她穿上，露出開心的笑容。她的手臂從太短的袖子露出一大截時，大笑出聲。她伸出長手臂摟著他。他們這樣靜靜坐了一會，看著車子開過。小夏吉觀望四周時，看到凱爾壓在金髮女孩身上。他嘴貼在她嘴上，開開合合，好像要吐了一樣。

小夏吉看著他瘦長的手滑進女生的長袖上衣。凱爾貼著她的腿，他屁股肌肉專心繃緊，小夏吉看他頭在她面前上上下下，好像在嚼著她。他一邊呻吟，一邊摩擦，女孩在他身下笨拙地扭著身體。小夏吉大飽眼福，看著男孩手臂上的血管、他背的起伏和屁股的搏動。凱爾睜開眼，看到小夏吉飢渴的目光。他的嘴巴濡溼，紅潤發腫。他瞇起棕色雙眼。「你他媽的在看我屁股嗎？」

「沒有……」小夏吉別開頭。車子變少了。

金髮女孩的眼鏡都溼了，歪歪戴在臉上，看起來像被攻擊似的。「黎安，親愛的。妳還好嗎？」她細小的聲音在水泥橋上迴盪。

黎安又冷又無聊，她沒回頭，只聳聳肩。他們默默坐在一塊，聽著身後年輕情侶的聲音。凱爾先開口，他故意大聲說：「看吧！」他對衣衫不整的女孩說：「大家都覺得我性感，就妳不覺得。」

「你這撩人的王八蛋。」女孩呻吟，但她又開始在他身下扭動。

凱爾把溼黏的口香糖吐到水泥上。小夏吉感到凱爾的雙眼盯著他後頸，然後又轉向女孩。「我可以摳妳一下嗎？」他直接問。

「不行。太冷了。」

「噢，拜託嘛。」他哀求，「我會先吹一吹，讓手暖一點。妳甚至不用脫褲子。」

「不要。」

「但我跟妳說我愛妳了，而且我還送妳肥皂。」

「肥皂是你偷的。」金髮女孩說，然後她嘆口氣補一句：「好啦，但只能一下下，而且你要先把手指弄暖。」

小夏吉臉脹得通紅，他都能感覺到熱氣了。他把凱爾咬爛的梳子從口袋拿出，慢慢將一端放到嘴裡。梳子有香菸和男孩髮膠的氣味，聞起來像凱爾。

「如果你想要的話，我可以讓你摸我胸部。」身旁的黎安對他說：「你想的話？」

他沒看她，搖搖頭。「不用，謝謝。」他抓起一把灰色小石頭丟下路堤，落到車道上。

黎安挖著一排綠苔蘚。「我不要坐在這裡等死。」

小夏吉把梳子從嘴中拿出，用褲子擦乾溼的那端，口水在褲子上留下一道黑色潮溼的痕跡。「也許我能幫妳梳頭？」

黎安沒回話，他覺得自己臉又紅了。接著她嘆口氣，緩緩拉下毛茸茸的髮帶，細軟的直馬尾從她耳邊垂下，緊繃的臉顯得柔和一點。她眉毛低垂，長滿雀斑的皮膚更加放鬆，更顯晶瑩。她現在看起來比較溫柔，也比較年輕。小夏吉拿起梳子，梳理她的頭髮，不只是棕色，她的頭髮有上百萬層次，有的是霧紅色，有的是各種風味的深栗色。頭髮像絲一樣滑過他手中，每一根頭髮都輕如蛛絲。

他們這樣坐著良久，聽著身後讓人尷尬的呻吟，看著公車轟轟開向愛丁堡。小夏吉手中的梳子輕輕滑過女孩頭髮，不久她閉上眼，頭靠到他的胸膛。「你媽媽喝酒嗎？」她突然問。

「有時候。只喝一點。」小夏吉承認。「妳怎麼知道？」

「你臉上都是擔心。」她舉起手，找到他的鼻梁，輕輕摸著。「但別擔心。我媽也一樣。」她說：「我的意思是，有時候。只喝一點。」

小夏吉專心讓梳子滑過頭髮。他看著髮絲像溪水一樣分開。「我覺得她會把自己喝死。」

「你會難過嗎？」女孩問。

他停住手，不再梳她頭髮。「我會傷心透了。妳不會嗎？」

她聳聳肩。「我不知道。我覺得所有酒鬼都想這樣。」她發抖，「我是說，他們都想死。只是有人選擇一條緩慢的路。」

他內心某個地方鬆動了，像是原先將他關節固定在一起的黏膠脫落。雙臂意外變得沉重，好像阻止肩膀張開的糾結肌肉突然解開。他情不自禁開始吐出一句句話，向她傾吐感覺很好。他不知道原來和人說話心情能輕鬆一點。「晚上很難確定自己要面對什麼。」

「對，但絕不是熱騰騰的晚餐，對不對？」

「對。」小夏吉承認。他肚子又糾結，出現新的擔憂。「妳有許多叔叔嗎？」

「有，當然有。」她說：「你知道，我是天主教徒。」

「不是！我是說，妳懂，就是叔叔。」

「他們啊。喔，有。但他們不會久留，那群寄生蟲王八蛋。他們最後都會打她，然後我哥最後總會打他們。」她打哈欠，好像已經解釋過太多次。「我的工作是偷他們口袋的錢。」

「真的？」他很驚訝她厚顏無恥的態度。

「對。我把口袋東西都拿光。每一塊錢。」她冷漠地聳聳肩。「我一定要拿。我媽把家用金全都花在酒上了。」

小夏吉挑起舊梳上斷掉的頭髮，略有所思地綁在手指上。「不知道我媽認不認識妳媽？」

「應該不認識。」

「我是說透過無名會，戒酒無名會。」他說。

「沒有。茉依菈早就不參加那鬼東西了。」她搖搖頭。「她有試著把你送去阿拉丁嗎？」

「沒有。那是什麼？」

「就是無名會家屬去的。茉依菈說那是互助團體。她說能幫助我面對她的病。」

「妳有去嗎？」

她坐起來，將頭髮拿在手中。「去過一次。但那之後，他媽的才不要！她自己都沒去無名會，我幹麼去？」她拉下袖子，蓋住蒼白的手。「總之，你真應該看看那裡光鮮亮麗的王八蛋。所有人都在抱怨媽媽喝完耶誕節的雪莉酒，在拆禮物前就睡著了。」她雙唇露出殘酷的笑容，「所以我說了個故事，說我媽拆開所有禮物，然後把我哥的耶誕節鬍後水混一瓶薑汁汽水喝了。你應該看看他們的表情。」黎安像惡魔一樣咧嘴笑，用高貴的愛丁堡口音說：「我要一杯迷戀淡香配健怡可樂，謝謝。」

「健怡可樂？」

「對，她擔心會變胖。」

小夏吉大笑，然後突然覺得內疚。「她真的喝了香水？」

「喔，真的。至少有嘗試。她全都喝了，差點死掉，吐了好幾天。」黎安搓揉冰冷的雙腿。「至少她嘔吐物聞起來很香。」

黎安表情又沉下來，鼻子因為冷而變紫。「隔年耶誕節她變聰明了。茱依菈．凱利酒癮來了，耶誕夜就拿一些禮物去公爵街另一頭，站在及膝的雪中，在路邊賣禮物，換買酒錢。錄音帶播放器賣五鎊，小型可攜式彩色電視賣二十鎊。」

「真難過。」

「最糟的是，我到現在還沒付完型錄的帳單。」

他來不及意識到，話就從嘴中脫口而出：「我母親昨晚試圖要自殺。」

黎安轉向他。「她吞藥嗎？」

「不是。」

「割腕？」

「不是。」他頓了頓，「總之這次不是。」

「把頭塞到烤爐裡？」

「沒有，她之前有這麼做過。但我想新公寓的烤爐是電子式的。」

「呃，那也沒有用。」黎安手抓著一束頭髮，看著磨損的髮梢。「我有次去校外教學，我媽也自殺。我在愛丁堡動物園看企鵝，玩得好開心，回家時，我哥全站在她旁邊大笑。她看起來像剛才去躺了日曬床。她想自殺，結果烤焦自己的臉。她一半的頭髮還因為烤箱架有一條條焦痕。」她暴力地扯著分岔的頭髮。「超瘋的。她半邊頭髮永遠燙捲了，另一邊則是半捲。」

小夏吉不禁大笑。黎安咯咯輕笑，然後馬上難過地嘆口氣。「唉，那你媽做了什麼？」

「她想跳樓。」他垂下目光，「而且全裸。」

「天啊。」黎安吹個口哨。「茉依菈從來沒這麼做。真他媽的謝天謝地我們住一樓。」

小夏吉揉揉手臂，毛衣下，他仍感受得到母親掙扎尖叫時留下的紅腫。愛格妮絲確實爬上了窗台。這是新招，而且著實嚇壞他了。她先是吐在電話上，然後不發一語。他在廚房裡找到她，愛格妮絲一腳在屋內，一腳已出了窗，赤裸的私處貼在石窗台上，沒穿衣服，大聲尖叫，他用盡全身力量才把她拉回屋內。他指甲下彷彿仍卡著她的皮膚碎片。現在疲倦和潮溼感像浪潮席捲他全身。「我覺得酒精有一天會殺死她，我覺得這好像是我的錯。」

「對。酒精可能會殺死她。」她說，彷彿只是在談論天氣。「但像我說的，那是一條緩慢的路，你無能為力。」

他們身後熱烈的激吻聲停下。黎安向前坐，她頭髮亮麗，彷彿灑了水，表情冷靜親切。公路冰冷的空氣吹到他們之間。小夏吉將她的一小團頭髮滾下路堤，突然之間，他感到好寂寞。他好想像小時候，再次坐在愛格妮絲膝頭。

黎安轉身，從頭髮後看著他。在明亮的頭燈中，他看到她雙眼其實很美，不只是棕色，還閃爍著金色、綠色和平淡憂傷的灰色。他現在知道，他無法遵守諾言。就像她說會戒酒一樣，他也對愛格妮絲說謊。她永遠不可能戒酒，而他和這美麗的女孩坐在寒冷的橋下時，發現自己永遠不可能和正常男生一樣擁有相同的感受。

30

他從學校回家訴她的第一件事是：「我餓了。」

沒人在乎她的感受，也沒過問她餓不餓。他們只會跟她說，他們想要什麼和他們打算奪走她的什麼。她坐在扶手椅上，又點了一根菸。廚房的櫥櫃打開又關上。「媽媽，沒東西吃了！」他從廚房大喊。他聲音破音，雖然不低沉，但已經是成年人的聲音。他甚至沒來看她在不在。他知道她一定在。愛格妮絲從茶杯喝一大口酒，自言自語問：「你們為什麼全都不把我當回事？」

她聽到他將書包拖過地毯。「媽媽，我餓了。媽媽，我餓了。」他哀嚎。現在聽起來簡直像首歌。通往客廳的門打開，他拖著腳步進房。他變高了，長了一大截。他總是很餓。

愛格妮絲看著他，他頭髮分邊不同了，衣服垂下細瘦的肩膀，她不喜歡他的改變。「你不問我今天過得如何嗎？」她慢條斯理地說。

小夏吉不理她，像旅館清潔工一樣有效率地在房間走來走去。他拉開窗簾，打開燈，打開電暖爐，那是他想讓她睡覺時用的。

「把那關了。」她吼他。他望著她，接著不理她，繼續讓暖爐開著。「我很好謝謝你你呢？」她諷刺冷笑道。

「我跟妳說我餓了。屋子裡沒有吃的。」他轉過去面對她，雖然他抬頭挺胸，但看起來一臉倦容。「妳要怎麼辦？」

他站在那裡，看起來就像他的外婆。她彷彿看到麗茲雙手扠腰，失望地搖著頭，感嘆只有地獄能讓她改正。她被嚇一跳，隨即怒火中燒。「你不准那樣看我。」

小夏吉受夠了。他坐在另一頭，揉著大陽穴，好像頭很痛一樣。「我說我餓了。」他故意逼她，「妳要拿什麼給我吃？」

「喔，你們全都一樣，嗯？只會拿！拿！拿！哼，讓我告訴你，我沒有東西可以給你。」

「只會喝！喝！喝！」他學她說：「哼，讓我告訴妳，我他媽要餓死了。」

「你這耍嘴皮子的爛人。」她的假牙在她緊繃的臉頰內摩擦。但雙眼茫然無神，在白天的酒精浪潮中載浮載沉。

小夏吉再次挺胸，站到火爐前。「妳一整天待在這裡多輕鬆，但我必須到外頭，和那些人打交道。」他大嘆口氣，好像單車輪胎被刺破一般，肩膀彷彿瞬間失去所有骨頭。「他們大多數人幾乎不會說英文。我甚至不懂老師在教什麼。」

「我很輕鬆？」她漸漸茫了，「學校一天讓你吃他媽熱騰騰的三餐，對不對！三餐都熱騰騰的，對吧？那比我獨自坐在這裡好多了。」

小夏吉把舌頭放在牙齒間，用力咬下，這樣他才能控制好呼吸，再次開口。

「聽著，妳就給我一點補助。我會去外面幫我們買點晚餐。」

「稱你的意，對不對？哼，沒有錢了。」

「怎麼會？」他肩膀再度挺起。「所以，週一補助、週二補助。這一整週的錢都去哪了？」

「噗。」她說著手揮一下，好像一隻振翅的鳥兒，只有翅膀末梢有顏色。「沒有了。不見了。就像我認識的所有壞蛋一樣。」

小夏吉傾身，查看她椅子的藏酒處。那裡只有三罐廉價啤酒，不足以花掉所有補給。「去哪了？」

「喔。花在賓果上。今天像滾雪球。」她說：「除了那之外，我還有買一個捲餅。不好意思。」

「愛格妮絲。」他說：「我們會餓死。」

愛格妮絲清了清喉嚨，接著聳聳肩。「對。可能吧。」

小夏吉坐在長沙發中間，看著暖爐火燙的管子。愛格妮絲拿了另一罐酒，用美甲插進拉環拉起，啤酒發出可口的嘶嘶聲。她漸漸不再想吵架了。「聽著，你每一餐午餐都要好好吃一吃。我想那會是熱騰騰的一餐。」

他靜靜開口，「他們把餐券都搶走了。我沒有免費午餐吃。」他望著她的臉。她頭向後仰，喝著酒，一臉疑惑。「這些四年級的同學，他們不喜歡我說話的方式。他們說我太娘了。他們把餐券搶走，一直在吃我的午餐。」

她眼中某個東西變得清楚。暖爐叮叮作響，線圈管線吹出橙色熱風，但她現在只感到冰冷。「我們會餓死。」她靜靜說。

「我知道。」

他們坐在電子暖爐的熱氣下好一會，接著小夏吉再次站起。暖爐讓他想睡了，啤酒的味道令他想吐。他一定要出門。他想他也許可以去主幹道，像凱爾教他的一樣，試著從報攤偷薯片當晚餐。他心想，只要四、五包，他們就不用再挨餓了。

愛格妮絲看他起身，無聲小步走向門口，雙腳壓平地毯。他長了一大截，現在跟他哥哥幾乎一樣高了。他快十五歲，長大的痛苦讓他變得易怒。對她來說，他看起來像一塊蒼白的太妃糖，被拉得太長，隨時要從中斷裂。她從里克和小夏吉身上，都能看到他們父親的弓背，和一樣沉重的肩膀。看著他，她忽然好想念另一個兒子。她想掩飾自己的感受。「喔，所以你現在也要拋下我了？」

「什麼？」

「能拿的都拿走，現在你也大功告成了。」

「什麼？」他聽不懂她在說什麼。

「你以前從來沒餓過。這麼多年來，從來沒餓過一次。」

「我知道。」他說謊。現在反駁她沒意義。

愛格妮絲費勁地撐起自己的身體，走出椅子。推著小夏吉毫無目的來回徘徊，「來啊，這裡，讓我他媽幫你一把。」然後她走出門，進到走廊，肩膀靠著門框，發出喀啦聲響。

他聽她用指甲按著電話鈕，低聲嘟囔，然後開口：「喂！對。計程車，謝謝。班恩。沒錯。亞歷山卓大道。」

她回到房裡，洋洋得意。「好啦，我從沒想過你會離開我。」

「拜託。」他哀求，雙手張開，伸向她。他內心不曾想過要傷害她。「我沒有要走。」

她坐回她喝酒的椅子。「有，你要走了。他們全都走了。每一個都一樣。」

「我要去哪裡？我沒有地方可以去。」

愛格妮絲開始陷入自己思緒，開始自言自語：「我養大一群不知感恩的臭豬。我看過你們看著那道門，看著那時鐘。哼，去你們的。」

街上計程車的喇叭按了三次。柴油引擎轟轟的聲音迴盪在一棟棟出租公寓之間。「去啊！」她啐道：「去！去找你他媽的哥哥。看他會不會餵飽你。看我在不在乎。」

「不要，我不想走。我打算跟妳待在這裡。就妳跟我，像我們彼此的承諾。」他嘴唇開始顫抖，越過房間走向她，試著抱她，試著摟住她的脖子。

計程車不耐地再按一次喇叭。她抓住他手臂，指甲刺著他手腕柔軟的肉。「他媽的承諾。我從沒見過哪個男人信守承諾。你們可以去坐一圈，吃得飽飽的，然後大笑說，愛格妮絲．班恩，哈！他媽的大笑話哈！」

「不要。」他努力掙扎，想抓住她的頭髮、毛衣或脖子，什麼都可以。

「看！」她一邊把他手掰開，一邊叨念。一瞬間，她眼神中的雲霧散去，彷彿又變回他母親。「你不准讓我變騙子，要我幫你叫計程車，結果又一直站在這。去拿你的包包。我不要你了！」

電話響起。她推開他，她毛衣領子的串珠被扯下，落了一地。電話鈴聲繼續，弄得小夏吉頭暈腦脹。他茫然接起電話，一個壞脾氣的男人問：「班恩家叫的計程車嗎，老弟？」

「嗯。」他用袖子擦臉。

「你的司機到樓下了。他可沒一整天陪你耗。」

小夏吉掛上電話，站在走廊，等待她說什麼，任何話都好。愛格妮絲那時說什麼都好，他會接受並原諒她。他會坐回她身邊，手抱住她的雙腿。只要兩人在一起，他可以挨餓。

不。愛格妮絲連看都不看他。她一個字都沒說。於是小夏吉拿起書包，走出門，沿著樓梯下樓，踏出鋪了磚的樓梯間。小夏吉走上黑色計程車時，司機將報紙摺起。

愛格妮絲走到凸窗前，向下望著狹窄的街道。她看她的寶貝走出樓梯口，向上回望，尋找她的身影。她自鳴得意地點點頭，覺得自己果然是對的，她一直都知道他會離開她，就像他們所有人一樣。她看他爬進等待的計程車，知道自己失去他了。

●

司機問小夏吉要去哪。他只是呆坐在那裡，必須好好想一陣子，一方面不確定要去哪，一方面拖延時間，等待希望。他雙眼緊張望向樓梯口，用制服毛衣袖子擦眼睛，希望每次將手拿開時，她就會出現在那。

司機透過後照鏡看他，然後轉身面露關心。「你還好嗎，小子？」他按捺著性子問。

沒人來到樓梯口。「南區，謝謝。」

計程車載著小夏吉穿過格拉斯哥忙碌的市中心，在漫長車陣中從東區來到南區，經過維多利亞火車站，他看到和他同樣歲數的男孩，穿著泡泡形狀的防風外套和緊身牛仔褲，目光茫然地在電子遊樂場和附近的娛樂場所閒晃。計程車開到一條街上，那條街都是辦公大樓，上班族下了班，在街角公車站排隊。折價雜貨店的燈一一亮起，女人拿著購物袋，裡面裝滿耶誕節禮物。他好幾次清了清喉嚨，想叫司機掉頭，但他沒這麼做。他們飛快開過寬闊的灰色克萊德河，看到廢棄的藍色吊臂和造船場。

「確切地址在哪，小子？」司機問。

小夏吉不知道確切地址。他知道是在奇瑪那克路，也很確定是在儲蓄銀行樓上，所以他便這樣告訴司機。司機嘆口氣，低下頭，緩緩沿著堵塞的主幹道開過去，尋找位於街角有藍色招牌的銀行。

這裡的維多利亞式出租公寓依然有種氣派感。建築是由昂貴的紅色砂岩砌成，不是東區多孔的金色砂岩，多年來吸附了所有城市塵土和黑黴。這條路上有學生、移民和年輕專業人才的能量流動。計程車經過紅酒吧和熟食鋪，街上還有小書店；一間間酒館將桌椅放到街上，衣飾店賣著南方最新的衣服。小夏吉看著年輕女人的腳踏車籃裡放著鮮花，差點錯過了銀行。銀行就在左手邊，老舊而破爛，有個藍色招牌，和他印象中一模一樣。

計程車俐落地原地轉個圈。司機重重按下碼錶說：「十二鎊。」

小夏吉內心驚恐。「等我一下，謝謝。」他說著手伸向門把。

「不行，小子。」司機用中控鎖上門，「十二鎊，謝謝。」

小夏吉拉了拉鎖住的門把，但門打不開。「拜託。我哥會付錢，他住在那棟建築。」

「孩子，你一定以為我昨天才出生吧。如果我開門，你肯定會像骯髒的愛爾蘭人偷了熱馬鈴薯一溜煙跑走。」

小夏吉坐回座位。「先生，我沒錢。」

司機眉頭皺也不皺，他早料到了。「那我們去警察局。」他放下手煞車，小夏吉感到計程車震動，車輪開始向前，開向晚上的車陣。

「先生！」小夏吉慌張大喊：「啊，我可以讓你碰我雞雞。」

司機透過鏡子望著男孩一會，雙眼在他紅潤的臉上顯得又小又深沉，難以判斷他的想法。他雙唇在八字鬍下動也不動。「孩子，你幾歲了？」

「十四歲。」

那人望著男孩的臉。他的頭向後仰，回到粗脖子上方，八字鬍慍怒地飄動。小夏吉試著微笑，但他雙唇都乾了，無法和牙齒分離。「我是說真的。真的。你可以碰我雞雞，也可以玩我屁股。」他語氣真摯。「你想的話。」

毫無預警，門鎖的紅色警示跳開。司機眼中露出憐憫，但小夏吉太害怕了，不覺得自己自尊受傷。「孩子，我只收現金。」

小夏吉去開門，結果差點摔到街上。疲倦的女人拿著巨大購物袋，來回快步走在寬大的人行道。小夏吉全身緊繃，笨手笨腳穿過忙碌購物的路人，好不容易站到公寓門口。他在巨大的門鈴板上找到班恩的名字，按下門鈴等待，但沒人應門。他雙腳開始抽動顫抖，驚慌不已，想要拔腿逃走。他再按一次門鈴，望向街道，尋找人群密集之處，或一條他能躲入的街道，他身後的計程車司機嘆氣。「好吧，孩子，回來計程車上。」

這時門鈴傳來沙沙的聲音：「哈囉？」

里克下樓時仍穿著工作服。厚厚的白色粉塵讓他看起來像麵包師傅的鬼魂。他經過小夏吉，走到計程車旁，給司機十二鎊。小夏吉看他數著最後的十便士和五便士的零錢，付完錢，將白臉轉向弟弟。他聳起的肩膀終於放鬆。「天啊！」他罵道：「她這麼早就趕走你了。」

里克帶他弟弟一路走上公寓樓梯。他們進了門，進到沒有窗戶的走廊。走廊有五、六道門，每道門中都有一個單人床的雅房。里克將鑰匙插入輕薄耶魯鎖，打開門。

小夏吉只來過一次。里克當時意外回家找他。那天愛格妮絲又在喝酒，公寓隔壁的鋼鐵工人很樂意提供她酒。到了中午，他們讓他覺得自己在礙事，而小夏吉內心深處，已經不想再管她了。

於是他在滂沱大雨中，沿著亞歷山卓大道去找凱爾。他從一間報攤或酒吧的門口躲到另一間。走著走著，他後頸感到一股冷意，轉頭時看到哥哥在公寓門口看著他，就這麼望著他而已。小夏吉不知道里克站在那裡多久。他將近十八個月沒見到哥哥了。小夏吉害羞地舉起手打招呼，小心越過馬路。他很害怕，因為他知道里克不喜歡受到注意，而且他怕哥哥會邁開長腿跑走。但里克沒跑，只點點頭，然後用肩膀輕撞小夏吉。

那個下雨的週六，里克帶著他到城市另一頭，過一段和平安逸的時光，給他吃一碗甜穀片，然後他們坐在沙發上，一起看《超時空奇俠》。小夏吉假裝睡著，緩緩倒到里克單薄的身側。里克沒動，小夏吉一直說不出口自己多想念他。

里克話向來不多。他從未提到他多常去看小夏吉。小夏吉也從來不知道這是第一次還是第一百次。他只是很高興他在。

總之小夏吉看過這房間一次。房間本身寬敞體面，原本是個簡單的客廳，但現在塞滿各種借來的家具。天花板高度比房間還寬，正面有道巨大的凸窗，傍晚的光線透窗照入，車聲從主幹道傳來。小夏吉環顧四周，這次房間有點不一樣，但他說不出來。

里克再次坐到嗡嗡作響的電視前，開始舀起熱騰騰的泡麵，塞進嘴裡。里克看到他的目光。「茶壺的水是剛滾的。」

小夏吉撕開泡麵上的鋁箔，將茶壺冒著白煙的水倒入。他知道他要等五分鐘，但紙碗燙手，而泡麵味刺激著他飢餓的肚子。他餓得嘴巴流出口水，抬起頭，里克把他唯一的叉子遞給他。他把放在窄床腳的衣服清開。「坐下，你讓我覺得很緊張。」

小夏吉聽話坐下來，兩人默默面對彩色電視。小夏吉努力不要像豬一樣吃得太快，想像母親耳提面命教他的當個好客人。「謝謝你準備的晚餐。」他說著，彷彿這是一頓上好的週日烤肉。

過一會，里克問：「所以她怎麼最後還是趕走了她的金童？」

「我不知道。」小夏吉說。

「她這次酗酒多久了？」

小夏吉搖搖頭。「我後來沒在算了。她在接近萬聖節時有短暫戒酒，我不知道為什麼，但沒堅持下來。」

里克失望地嘆口氣，彷彿不想再聽。「我以為你現在認清了。她永遠不會戒酒成功。」

小夏吉盯著混濁的熱湯。「有可能會，我只是要更努力幫助她。對她好一點，打理好自己。我可以讓她變好。」然後他補一句：「總之你也可以幫點忙。」

里克有個嗝打不出來，用手揉著胸口。「啊！我懂了。你就是一直嘮叨抱怨，才被趕出來。」

小夏吉不理他。他看著四周里克收集來布置家裡的東西。他有一個杯子、一個碗和一組抹布。那裡還有各種撿來、湊成一塊的東西，像床頭櫃上的煤油露營燈、用來當晾衣架的餐椅。房間破舊，東西東拼西湊，像是老房子中的儲藏室，大家把再也不用的東西堆在裡面。但在破爛不堪的家具之間，還有昂貴的電子玩具，例如望遠鏡、架在三角架上的日式相機和藍寶堅尼遙控車。看起來就像男孩的窩，一個錢都沒花在刀口上的巢穴。接著小夏吉發現什麼不同了，房間有整理過，顯得很整齊，因為里克把他的家當都裝到搬家用的棕色箱子，堆在另一邊角落，像無聲的噩耗。他要搬走了。

里克看著電視，小夏吉現在感到前所未有的孤獨。他環視出租房間，終於發覺這是什麼。這裡不再雜亂骯髒，反而看起來十分美好。這裡再也不是躲避她的藏身處，也不是祕密巢穴。這是旅程最終的木筏。里克要離開了。

他望著里克側臉。他哥哥依舊駝著背，聳著肩膀，嘴巴緊抿，但現在他雙眼不再是灰色，而是綠色，頭髮自信地從臉上撥開。他看著電視時，小夏吉觀察著他，並羨慕他眼神中新出現的平靜。「你覺得她會怎麼樣？」

「她會清醒過來，會求你回家，然後會再重蹈覆轍。」里克坦白說：「但她會嘗到把你趕走的滋味。」

「我是說長遠來看。」

「喔。她會喝到無家可歸。」里克說，他說得直截了當，過於輕描淡寫。

「無家可歸？不可能！她鞋子的刮痕沒上色修飾的話，甚至不會踏出門。」

「小夏吉，她年紀已經大了。她要淪落到那地步，只是時間的問題。」他挖著鼻孔，「你離開之後，她要怎麼辦？男人都不想要她時，她要怎麼辦？」

「那我不會離開。」小夏吉堅定地說。

里克冷笑。「所以你要變成沒出息的中年人，和媽媽住在一起？還是要讓媽媽替你買衣服，平常推著推車，來回郵局領補助？」他用衛生紙擦掉鼻屎，扔到牆角。「何況她要是能變好，現在早就變好了。」里克搔搔下巴，目光回到小電視上，「她會喝到無家可歸。你總有一天會明白。早晚的事而已。」

小夏吉現在真的覺得他們在玩「你最後碰的」遊戲，但大家都懶得告訴他規則。他不知道自己想問這個問題，但他一說出口，才發現自己有多在意，「你為什麼不曾為了我回來？」

里克目光從電視移開，和小夏吉四目相交。他摟住弟弟後頸。「這不公平，小夏吉。我要怎麼養活你？我有什麼？再說你還在欺騙自己。看看你！沒有人能幫你，你只能自求多福，小夏吉。你想想看。想想看我花了多久才清醒，而這麼長的時間裡，凱薩琳連一次也不曾為我回來過。」

鋪了地毯的走廊傳來門鈴聲。

「小夏吉！你！你該不會說出去吧？」他瞪大眼睛看著弟弟。刺耳的門鈴又響起，這次更久、更生氣。里克快步走到走廊，小夏吉聽到他朝話筒大喊，以蓋過喧囂的車聲。

「我不是故意的。」小夏吉自言自語，沒有在對誰說：「我只跟她說在奇瑪那克路。」他愈描愈黑，「喔。我可能有說在銀行樓上。」

「你這大嘴巴臭小鬼。」里克拿起放硬幣的玻璃罐，把錢都倒到單人床上。房間瀰漫骯髒的金屬味。他手指飛快，數了大概十鎊的錢幣。他把錢放進滿是粉塵的工作服，噔噔噔出了門，走下寬大的樓梯口。小夏吉聽著他口袋在遠方叮鈴噹啷的聲音。

里克回來時既困惑又生氣，因為爬樓梯和盛怒而脹紅了臉。小夏吉感到肚子裡溫暖的麵變成蠕動的蟲。里克站在門口，手裡拿著塑膠袋。袋子裡全是一罐罐鳥牌的卡士達粉。里克將他的溼劉海從臉前撥開。他額頭粉嫩，現在沒有粉塵了。他喘氣說：「那些卡士達粉花掉我在格拉斯哥的觀光費了。」

一陣緊張的笑像泡泡一樣，從小夏吉體內浮上。他想用袖子擋住嘴，但聲音還是透出來。

「不好笑。」里克罵道，但他臉上帶著笑，隨即也大笑了。「你每次都帶來壞消息，小夏吉。每次都這樣。」另一間房將晚間新聞的音量調大。里克向附近的牆敬個二指禮，關上薄薄的門。「結果媽媽打電話給計程車公司，叫他們去接她。她下樓走出樓梯口，把一袋卡士達粉放後座，叫司機把這載來這裡。司機跟她說：「不要。」但她說她兒子會從這裡付錢。甚至還會給司機兩鎊小費！」里克不笑了。他靠到搬家的箱子上。「我覺得我連上班的公車錢都不剩了。」

「可是她為什麼要送卡士達粉來？」小夏吉問。他不知道她為了有錢買食物，幹了什麼可怕的事。里克才要脫下工作鞋，電鈴再次響起。兩人不可置信地面面相覷。里克走去走廊對講機，回來時神情焦慮不安，全無笑容。他從口袋拿出一把摺疊刀，跪在地上，把瓦斯碼錶撬開，一把閃亮的銀幣落在地上。他不發一語拿起錢，走下樓。

里克這次下樓好久。小夏吉站在原地動也不動，像在不斷祈禱，一次次向自己低語：「我不該離開妳，對不起。我不該離開妳，對不起。」

門打開，里克從黑暗中走出，回到單人房。在粉塵之下是一張更蒼白的臉。里克手裡抱著某個東西，他再開口時，彷彿變回過去那安靜害羞的男孩。

「小夏吉。」他輕聲說：「計程車司機在樓下等。我給他一把錢幣，他說他會再把你載回家。反正他也要回東區。你把東西拿一拿回家。」

小夏吉乖巧緩慢地點點頭。他確實是最後一個碰的，永遠不可能自由了。「袋子裡是什麼？」

里克低頭看著懷中白色的塑膠購物袋，打開上頭的結。小夏吉看他肩膀高高聳起。不論裡面是什麼，都讓原本生氣的里克轉為擔憂，那東西肯定嚇到他了。里克從袋裡慢慢拿出一個棕色塑膠物，後頭還有一圈圈螺旋的電線。「我覺得事情不妙。」

那是母親家裡的電話。

那代表她無法和外界聯絡，代表她會傷害自己，而且這次她不會求救。不會打給里克的領班、夏格和小夏吉。卡士達粉罐不是在對不知感恩的兒子罵「他媽的」，是在確定兒子有東西吃，而現在她在道別。

31

三月了，她生日到了。小夏吉從巴基斯坦人的商店偷了兩把枯萎的水仙花。里克家下午的事件之後，他便把補助本藏起，確定他們東西夠吃，才會讓她買每週的酒。

自耶誕節開始，他把碼錶裡的錢存一點起來，不讓她看到，並在生日這天，讓她拿幾鎊去賓果場玩。她收到半個信封的錢幣時，捧在胸口，好像那是昂貴的王冠。她好快樂。

警察隔天早上帶她回家，公寓的空氣早已瀰漫著枯萎水仙花的濃重花粉。他們發現她在克萊德河亂走，鞋子和紫色大衣都不見了，甚至連賓果場都沒去。

愛格妮絲百般羞愧，不敢看小夏吉，他也不敢看她，因為他覺得自己好愚蠢。在寒冷的三月熬一夜，她潮溼的肺隱隱作痛，於是小夏吉放了熱水，加入大量鹽巴。他將乾淨的衣服燙平放好，並替她泡了奶茶，放在浴室門口。他們兩人絲毫沒交換隻字片語，他便默默離開了。

他穿上制服，和其他孩子跑過主幹道，驚訝地聽到瓦斯錶的兩枚五十便士在防風外套口袋叮鈴作響。他不禁停下腳步，將錢拿在手中翻來覆去。接著他隨便跳上第一台開來的公車，問司機自己這點錢能坐到哪。

●

塞特丘十六樓的風景讓他覺得自己好渺小。城市在下方脈動，這座城市有一半的地方他這輩子都沒見過。小夏吉雙腳伸出洗衣室的花格磚，俯瞰無止境的城市。橘色的公車穿梭在灰色砂岩建築之間，他看了好幾個小時，看著看著，鉛灰色的雨雲籠罩住養老院的哥德式尖塔，另一頭，頑固的陽光穿雲而出，照亮大學的玻璃和金屬建築。

他雙手雙腳沉重地垂在城市上方，但他再拿出外套口袋的信封，遙想第一百次。上頭沒有回信地址，郵戳蓋著巴羅因弗內斯。他不知道巴羅因弗內斯在哪，但那聽起來不像蘇格蘭。

那是晚了兩個月才寄到的耶誕卡片。里克去了別的地方找工作。當地在蓋新房子，需要願意幹各種活的年輕人，像鋪磚、粉刷和蓋屋頂。他說工錢很不錯，但不知道自己何時會回來。他之前說自己還沒存夠錢去讀藝術學校，也許要等明年或後年。不過他遇到一個不錯的女生，她在茶室工作，他們喜歡一起去一個叫「荒郊野外」的地方散步。卡片裡貼著一張二十鎊的新鈔，紙張硬挺，沒有摺痕。小夏吉琢磨那錢良久。他讓自己短暫做個白日夢，相信里克會在遙遠的公車站等著他。然後他用錢買了新鮮的肉，並給愛格妮絲一大碗蘇格蘭式燉肉作為驚喜。

耶誕節卡片裡還有別的。有一頁學校筆記本，上面畫了個小男孩。男孩盤腿坐在亂七八糟的床腳，他背對著畫家，所以你看得到他的脊椎從睡衣褲之間露了出來。不論那小男孩在看什麼，那東西就安穩地放在他身體彎起之處。男孩全神貫注，臉藏在陰影中，他看起來是在玩小玩具馬，其實也可能是木頭玩具、士兵或特洛伊木馬。但小夏吉心裡有數，那就是香水玩偶，色彩可愛亮眼，是給小女生玩的玩具。那是漂亮的小馬玩偶，里克知道。里克一直都知道。

冰冷的北風掃過水泥洗衣室，將小夏吉鼻子吹紅了。他再也受不了時，就把卡片放回大衣中，再次回家。

●

他回家時，所有燈都亮著。偷來的水仙花仍枯倒在桌面，她房中有酵母和腐敗味。小夏吉聽著接線員的警告，把扔下的話筒掛回去。她剛才很忙，紅筆放在電話簿上，過去的名字上又多畫了幾筆。

愛格妮絲睡在椅子上，看起來像是融化的蠟燭，雙腿毫無生息，頭垂向一側。小夏吉走到房間另一頭，搖搖藏在那的坦南特啤酒，看她喝多少。他也把伏特加酒瓶拿到光下看。她全都喝完了。

他聽她在昏睡中咳嗽，然後嘔一下，穢物從嘴邊流下。小夏吉伸手到她毛衣袖子中，拿出她的衛生紙，小心不要吵醒她。他熟練地伸到她嘴中，勾出氣管分泌物和嘔吐物，把她的嘴擦乾淨，將她的頭安全地放回左肩。

他腹部一陣空虛。在胃的下方，比飢餓更深沉。他坐在她腳邊，開始靜靜對她說話。「我愛妳，媽媽。對不起我昨晚無法幫妳。」

小夏吉輕輕抬起她的腳，先解開腳踝上的扣環，脫下高跟鞋，從腳趾之間小心拉著接縫，脫下黑色絲襪。他溫柔搓揉著她冰冷的前腳掌，然後把兩腳一一溫柔地放回地上，同時持續向她說話。

「我今天去了塞特丘。」他輕聲說：「我俯瞰了整座城市。」

他把高跟鞋放到椅側，再次站到她身旁，熟悉地將手伸到她柔軟鬆垂的胸部下，找到胸膛的中間，透過她薄毛衣，解開胸罩像蝴蝶的釦子。她沉重的胸部得以解脫。

「妳一定很會愛住在那裡，那裡有好多東西可以看。」他輕聲說：「想到那一切，我都覺得頭暈。」

他找到兩邊的胸罩肩帶，將肩帶沿肩線脫下，好讓她皮膚不再被尼龍繩壓迫。愛格妮絲動了動，但沒醒來。她又咳嗽，咳得深沉又潮溼，咳出一口礦工房子的溼氣和霉味，還有溫拉格啤酒和河邊冰冷的夜。小夏吉揉著她的胸骨，不知道警局牢房是否非常冰冷。她頭向後仰，靠著柔軟的椅背。小夏吉馬上直覺將手放到她太陽穴，輕輕地將頭安全扶向前。

「我要盡早離開學校。沒什麼好說的。我需要找份工作，讓我們離開這裡。」他說：「我在想也許有一天我能帶妳去愛丁堡。我們可以去法夫，甚至去亞伯丁。我也許還能存夠錢，讓我們住拖車屋。妳覺得那時候可以變得比較好嗎？」小夏吉朝她無意識的臉笑著說：「妳覺得呢？」

她聽她呼吸一會，然後手伸到她側邊，拉開裙子拉鍊。拉鍊輕鬆拉開，她柔軟的肚子自在舒展，像是麵包膨脹到鍋外。

「不可以？我想也是。」他輕聲說。

小夏吉手伸到她打呼的嘴前，在溼潤的吸吮聲中脫下她上下排假牙，用衛生紙包住，整齊放到椅子扶手上。他用柔軟的手指，一波波順著黑髮按摩她的頭，用她喜歡的方式揉她頭皮。她的髮根白得驚人。

愛格妮絲又咳一次，她乾癢的喉嚨振動，那聲音傳入肚子中，馬上變得深沉厚重。她再次嘔吐。小夏吉不再按她頭髮，手伸向衛生紙，但他忽然停下手，看著她咳嗽。「也許里克說得對。」

她又發出咕嚕聲，頭向後仰，倒在柔軟的椅背上。他看著嘔吐物在她無齒的牙齦和塗口紅的嘴唇間冒泡。小夏吉站在那裡，聽她呼吸。起初粗重沉滯，接著受到阻礙。她眉頭微微糾結，彷彿聽到不悅的消息。然後身體搖動，力量不大，就像她坐在計程車後座，而車再次開過坑坑疤疤的礦坑路。他差一點插手，差一點伸手幫忙，但這時她呼吸慢慢變緩，淡淡消失，像是走遠了一般。她臉色變了，焦慮漸漸消退，最後她看起來好平靜，深深處在醉意中，輕柔地被帶走。

現在做什麼都太遲了。

他仍用力搖她，但她沒有醒來。

他又搖她一次，然後在母親身上痛哭良久，愛格妮絲早停止了呼吸。這沒有任何幫助。

現在一切都太遲了。

小夏吉盡他所能整理好她的頭髮，試著遮住白得刺眼的髮根，整理成她喜歡的髮型。他打開衛生紙包，再次拿出她的假牙，輕輕放入她的嘴中。然後用衛生紙擦乾淨她下巴的嘔吐物，他在她嘴唇上重新塗好口紅，小心將口紅推到嘴角，並俐落地停在唇緣。他向後退，擦乾眼淚。她看起來彷彿只是在睡覺。然後他彎下身，最後一次親吻她。

第五部

一九九二

南區

32

其實沒有灰塵，但小夏吉整個早上都在擦愛格妮絲的陶瓷裝飾品。搬進巴克契太太的租房時，小鹿耳朵缺了個口，賣玫瑰色蘋果的美麗女孩斷了一整隻手（那隻手仍緊抓著旭蘋果）。接連好幾週，他光看著它們就感到難受。現在他細心溫柔擦乾淨它們，把它們各自放回正確的位置。

那天早上，他拿起長腿小鹿，小心在手中轉著它。他早知道小鹿左耳有缺口，但仔細看時，發現它睫毛的漆已褪色，側腹白色斑紋也剝落了。他好生氣。他一直如此小心，一直盡心盡力。

小夏吉用力握著裝飾，指節都泛白了。小鹿繼續露出同樣平靜的笑容。他握著小鹿優雅的前腿，起初力道很輕，接著愈握愈用力，最後陶瓷斷了，斷裂時發出可怕的「喀」一聲。他屏息站在原地好一會。在明亮的陶瓷表面下，陶土粗糙，摸起來像帶著粉。他手指順著斷裂處尖銳的邊緣摸，接著想都不想，直接將裝飾品的每一根腿都折斷。五馬分屍的小鹿在他手中，他發現時已不忍卒睹。他將破碎的小鹿扔到床頭板和牆面之間的空隙。迅速收拾好大衣和袋子，裡面裝著他從奇菲洛超市買來的魚罐頭，他將房間門鎖上，走入清新的雨中。

小夏吉茫然走向主幹道。雖然正下著雨，巴基斯坦人依舊忙著將一箱箱棕色的蔬菜拿到店前面。寶萊塢影帶出租店傳出尖銳的音樂聲。店面窗戶上亂貼著各種色彩鮮豔的海報，海報上膚色黝黑的男子會露出醉人的表情，擁抱著眼神楚楚可憐的女人。他停下腳步一會，端詳他們，然後不引人注目地繼續走。

他跳上一台橘色的民營公車，金屬片卡一聲，司機給他一張白色狹長的兒童半價票。他爬上階梯，坐在上層最後幾個乾燥的座位。公車緩緩順著車陣向前，小夏吉不在乎，在凝結的水珠中擦出一個開口，看著城市飛逝。公車轉進右手邊一座廢棄的社區。半毀的公寓三角牆暴露在雨中。在殘骸之中，粉刷乾淨的客廳和貼壁紙的走廊一覽無遺，格外尷尬。其中一個後院兩有根臨時立起的柱子，中間還掛著一排洗好的衣服。另一個後院中，快樂的孩子踢著皮球，四周的街區全都已夷平。

公車開過克萊德河。河水映著灰色巨大的菲尼斯頓起重機，顯得寂寞又無意義。小夏吉又擦了一次窗，想到凱薩琳。他看到生鏽的吊臂總會想到她。她沒有來參加愛格妮絲的葬禮。她告訴里克，里克再轉達給小夏吉：她寧可記得母親最好的樣子，來看酒精把她蹧蹋成什麼樣，對她來說沒有好處。現在看著河邊的吊臂，小夏吉發現他記不清凱薩琳的臉了。他不知道凱薩琳想到媽媽時，腦中有什麼畫面。也許她只會看到美好的事物。

他們在明亮寒冷的早晨將愛格妮絲火化。

小夏吉前兩天大部分時間都和她的屍體坐在一起。晚上他會用毛毯裹住她，隔天早上再打開。她變冷時，他打開暖爐，但並不理想，她的皮膚感受不到熱氣。他打給里克的寄宿宿舍，跟他說母親死了。里克等了好久，等到他停止哭泣，接著告訴小夏吉一步步該怎麼做，然後非常有耐心地再緩緩重複一次，讓小夏吉把事情全記到愛格妮絲的電話本中。小夏吉事後覺得里克人真的很好，沒有發脾氣。

里克搭夜車北上，一路跋涉好幾公里，最後停在愛格妮絲屍體三公尺前，似乎永遠無法再更接近。他讓小夏吉整理母親儀容，並看著弟弟在殯葬人員的地毯上彎身，砸碎便宜的寶石，再黏在一起，為她做出勉強成對的耳環。

里克辦好了火化事宜。小夏吉那一整週都跟著里克四處奔波，累到哭不出來，也嚇得無法幫忙。小夏吉跟著他，從面對檢察官、殯葬業者到教堂，一路面色蒼白，不發一語，沒半點用處。好幾次，里克會暫時放下手邊在忙的事，轉向弟弟。他沒說話，只留下空間，讓小夏吉坦承藏在他內心最沉重的真相。小夏吉努力想告訴里克發生什麼事，但不知該如何啟齒，他無法承認。他唯一能說的就是他一直好累，希望自己更努力。

因為伍立和麗茲那一小塊地沒有空間了，社會安全局會付火化的錢，但不會支付葬禮費用。里克沒在報上公布她的死訊，《晚間時報》沒有刊載訃聞。但是隔壁巷子有個女人和愛格妮絲一樣，也斷斷續續有在戒酒無名會聯絡，不久消息便在無名會傳開了，陌生人開始登門拜訪。隨後她的死訊傳到礦坑口，所有食屍鬼都跑來達爾多維火葬場。

夏格沒有來參加愛格妮絲的火化。唯一出現在達爾多維火葬場的黑色計程車是尤金的車，雖然夏格透過凱薩琳或瑞斯考一定有聽說，但他沒有露面。小夏吉打包好乾淨衣服，以防萬一，後來覺得自己很蠢。火化過程中，他曾尋找父親的面孔，但夏格沒出現。

里克皺眉望著小夏吉，好像在氣他居然還有所期待，並很失望小夏吉笨到現在仍相信那男人。里克說夏格是個自私的垃圾。小夏吉當下聽了好難過，不只是因為這是實情，也因為里克說這句話時，看起來好像他們的母親。

焚化場裡，哀悼者都靠外圍坐，而且都選擇後面的座位。只有小夏吉和里克坐在前方。尤金坐靠近門邊，兩邊坐著柯琳和布麗迪。金媞已經半醉，勾著蘭伯。小夏吉轉身，他不懂為何沒人由衷難過。他們將愛格妮絲推入儀式廳，身後有個女人嘖嘖作聲說：「火化？那臭酒鬼他媽喝那麼多，根本燒不完吧。」

在這之前，小夏吉沒好好想過火化的事。他們將棺材放到導輪上時，他腦中浮現超市傳送帶的畫面。這時他才意識過來，不禁全身緊繃，睜大雙眼，十分慌亂，不斷探頭去看她接下來會去哪裡。他望向哥哥時，里克只冷靜點點頭說：「對，她走了。」

那是他們以前看著愛格妮絲坐上計程車時里克會說的話。「她走了。」他會從漂亮的紗簾後面探出來，低下頭，咧嘴朝弟弟笑，然後打算在晚間新聞前折磨他。

她走了。那是你處理好事情時會說的話。

火葬場外，枯樹上長出白芽，解凍的青草氣味飄散在紀念花園。有的弔祭者越過草地對男孩致上哀悼之意。最勇敢的人都獨自前來。其他人就派人代表，柯琳派了布麗迪，而金媞連潮溼的草地都走得腳步蹣跚。里克說沒有報到處，沒有酒喝時，她一臉疑惑。

「什麼？連一滴都沒有？」她問。

「妳他媽開我玩笑嗎？」他罵道，緊咬假牙。

尤金這時抓住金媞的手臂，將她拉走。他轉向愛格妮絲的孩子，想說些好話。但里克直接別開身子。

小夏吉頭靠著公車窗，試著不再去想葬禮的事。他用手指挑出一些錢幣。他想晚點從巴克契太太租房外的公共電話打給里克。小夏吉知道要怎麼開口，他會先問新生兒的事，但不會提到藝術學校。接著里克問他過得如何時，小夏吉會說他過得不錯，因為他知道，他哥哥希望聽到他這麼說。他們兩人會假裝彼此過得不錯，然後會聊一下火車票和南下拜訪的事，談些微小、遙遠又值得期待的事。接著里克會安靜下來。他知道里克從來不喜歡多說話。某方面來說，這是好事。用吞人錢的公共電話打到南方非常貴，而巴克契太太不想在出租公寓裝電話。

公車轟轟駛向前。克萊德造船場已荒廢。寬敞的河流安靜空洞，只有一艘小船和一個寂寞的船夫。他雨衣的條紋映著陽光，穿過一層綿綿細雨，像是鑽石一般閃亮。每個人都認識這船夫，他總是在免費的《格拉斯哥人》報紙頭版。他像父親一樣，不斷地划過克萊德河，救起那些從格拉斯哥綠地落河的喝醉老人，有時則會撈起不想被救的男女屍體，他們會刻意地默默從石橋邊投入黑色的水中。

小夏吉在中央車站後面下公車。火車站用鉚釘固定的玻璃拱門雖然布滿髒汙，有著斑斑點點的鴿子屎，但依然壯觀雄偉。火車站上方，無數玻璃籠罩著亞吉街，讓底下寬大的街道彷彿黑暗的隧道。上方的通道有炸魚薯條店、賣半價牛仔褲的明亮商家和早上就營業的無窗酒館，到了中午，酒館便煙霧瀰漫。小夏吉會停在一間麵包店外。店裡的火爐散發明亮溫暖的光，空氣香甜，充滿廉價糖霜和白麵包的氣味。

有時他會在這裡待上一小時，假裝在等公車，但其實只是在香氣四溢的排氣孔前，讓自己暖暖身子。他來這裡時，會忍不住瞇眼看著對面的計程車隊伍。他不自覺地有所期待，身子微微前彎，雙膝發抖，朝下方看著一個個司機的面孔。當他回過神，會感到丟臉，趕快站直身子，快步離開。

小夏吉走進麵包店。身體淋溼的上班族女子排一長列，看著溫熱的酥餅櫃流口水。小夏吉眼皮略沉，耐心等待，享受舒服的熱氣。臉頰紅潤的店員搔搔後頭的髮網，他向她點了兩個草莓塔。她將草莓塔放到紙袋時，光澤晶秀的紅色果醬溢出來，黏住紙袋。「不好意思，小姐。可以幫我放到盒子裡嗎？」

「盒子要買四個塔才有，孩子。」她說，用力咬了咬嘴巴，看起來很厭倦。

小夏吉手中摺著一張五鎊鈔票。他下週才拿薪水，但還是說：「那好吧。我買四個，謝謝。這是要送人的。」

女店員吹口大氣，但她人不壞。「你早點說嘛，大情聖卡薩諾瓦。我哪知道客人是難得一見的大富豪。」

「不是。」小夏吉嘟囔，並垂下頭。

女人快速轉動手腕，把一個紙盒組好。紅色的草莓塔看起來像四個紅寶石之心。他付了女人錢，拉起披帽，走回陰沉的天氣中。錢一如往常，不花還好，一花就停不下來。五鎊鈔票找開了，他忍不住進了間小店，花了幾塊零錢，買一大瓶薑汁汽水。他包裡裝著魚罐頭，手拿著紅寶石之心，沿著長街行走。他漫步穿過商人城的老街區，最後走過特隆門和鹽市場，回到寬大的河流邊。他沿著河岸走，來到船岸巷口。聖以諾舊鐵道下，好幾個人聚在那，他們穿著長袖T恤和薄西裝外套，全身發抖，身上叮鈴作響，面前都鋪著壓平的紙箱，兜售著盜版錄影帶。女人從上頭的市場買了一袋袋二手衣，經過這條窄巷時會忽視他們。

她在那裡，正如她所說。

女孩在市場口的另一頭，坐在低矮的欄杆上，好像都等到生鏽了。在細雨中，她的長髮淋得筆直，大圈的耳環讓她看起來比實際更像個孩子。看到她如此清瘦憔悴，小夏吉好難過。他第一次跟著凱爾·維爾見到她，是在愛格妮絲過世前一年，她當時展現出一種叛逆的勇氣，很聰明，也很勇敢，但他現在知道了，那只是年少的倔強，嘴上逞強是為了掩飾受傷的內心。現在雖然她有張長雀斑的漂亮面孔，卻已習慣封閉自己以自我保護。她雙唇總是噘起，葡萄乾色的雙眼持續望著熙攘的人群，注意著騷動。她身上有種深化的僵硬感，像穿著盔甲一樣，太常忘記脫下。

「你慢慢來沒關係。我想讓皮膚滋潤一下。」黎安．凱利說著反話。她雙腿之間護著一堆購物袋。

「對不起。」小夏吉說。他爬到朋友旁邊，像她一樣坐著。他比對她的坐姿，然後換一下姿勢，調成跟她一樣。現在他和她一般高了，甚至更高了些，他伸出手，揉著她外套永遠蓋不住的手腕。

「所以妳想幹麼？散散步？」

黎安歪起嘴角笑了。「幸好我們不是真的在交往。」她將灰色口香糖彈到水窪中。「你真沒新意。」

「對不起。」

她手摸著他臉頰，然後用力推他一把。「我在開玩笑。我們當然可以散步，不然還能幹麼？」她用手撥了撥腳下的塑膠袋。「先讓我做件事，OK？」

他知道她打算幹麼。如果愛格妮絲還活著，如果他有機會，他也會想對母親做一樣的事。但是他看黎安焦慮地撥著嘴唇，情不自禁地說：「黎安，好了啦。如果我浪費時間，妳一定也會揍我一頓。這麼做沒有用。對不起，但真的沒用。」

她打斷他，「別說了。我他媽的心裡有數。」黎安瞪著細雨，好像那是她能驅散的麻煩事。「再說，我甚至不確定能見到她。」

雖然下著綿綿細雨，但派迪市場依舊熱鬧。巷弄沿著廢棄的火車道蜿蜒，每個鐵軌拱橋下都是一間間攤商，賣著兒童的衣服、明亮花朵圖案的太陽椅和象徵足球隊顏色的俗豔床頭燈。市場用盡所有空間，衣服掛在燻黑的天花板上，奇怪裝飾品和舊錶堆滿摺疊桌。擁擠的街道上，攤商亂七八糟地四處擺攤，二手家具已積了雨水，遭細雨蹧蹋。

小夏吉看到一個女孩，一頭金髮，但髮根是黑的。她蹲在似乎是她商品上方，東西都精心放置在一塊泥濘地上。他覺得愛格妮絲對這裡一定又愛又恨。

黎安給他一杯塑膠杯裝的茶，他打開蓋子，看到茶已經涼了，結了一層膜。他看著如白內障的牛奶，心下愧疚，因為她一定等他很久了。

「愛格妮絲今天五十二歲。」他說，然後馬上補了一句：「不過她一定會板著臉不承認。」

小夏吉像他在電視上看到的高傲侍酒師，將薑汁汽水斜放在黎安面前。「我想說我們可以辦個生日派對，開心一下。」他咧嘴笑著，並給她香甜的草莓塔。她打開盒子，發出輕柔的驚嘆聲，他看到蓋子壓到鮮紅的果醬，突然有點失望。「唉唷！我盡可能小心拿了。」

黎安用肩膀頂他。「別擔心，它們看起來還是很吸引人。」

草莓塔一小時前還很可口，現在在他們眼中看起來又溼又爛。小夏吉伸出手拿了一個，不想要看到它們。他手像鏟子，將整個草莓塔塞進嘴中。香甜濃稠的果醬和溫暖的奶油塞滿喉嚨，差點讓他無法呼吸。他將草莓塔吞下，肚子承受著它的重量，感覺好多了。他手伸進盒子想拿第二個，這次黎安身子轉開，尖叫：「走開！這是我的，你這貪心的乞丐。」

小夏吉大笑。他喜歡看她稍微忘記煩惱的模樣。他把最後的果醬塗到嘴上，像髒兮兮的口紅，然後朝她扮鬼臉。黎安推開他，慢條斯理、文靜優雅地吃了兩個塔，她小心分開果醬和奶油，然後把她不愛的酥餅給小夏吉吃，最後把蓋子蓋起來。

雨下下停停，他們靠在一起坐一會，喝著冷茶和汽水，東聊西扯，等著也許根本不會發生的事。黎安先開口了：「我們家卡盧姆讓一個來自斯普林伯恩的女生懷孕了。」

他抓起一把她的秀髮，用手指梳著，再用食指和拇指捏住，好像古老的軋布機，咿一聲擠下水。

「他是妳最小的哥哥嗎？」

「不是，他是我二哥，年紀是在史蒂夫和莫基之間。他長得算帥，但人不怎麼聰明，所以必須隨時注意他。他會想把老二放進任何東西裡。」

「真可愛。」

「對。上個復活節，他肯定是在週六跳舞時遇到這小姐，而根據大家所說，她在週日教堂開門之前就懷孕了。」黎安想到哥哥這麼愚蠢，不覺搖搖頭。「她父親昨晚來我們家。他在電話簿找到我們。莫基發現之後拿皮帶抽卡盧姆。不是因為他害小姐懷孕，而是他居然笨到告訴那小姐他真正的姓名。」黎安拿起自己另一撮頭髮，開始檢查分岔。「我們家卡盧姆甚至不記得那小姐的名字，更不用提她的樣子。他看到她時，你真應該看看他那表情。他若在街上看到她，根本不會看她一眼。現在他當爸爸了。真是個大笨蛋。」

在黎安看到那女人之前，小夏吉就聽到她的聲音了。那是小女生的笑聲，對一個年紀這麼大的女人來說，這聲音太過年輕，聽起來空洞又勉強，彷彿她是在為誰表演。小夏吉原本考慮忽略她，也許讓黎安目光轉向河流，不要去看發笑的女人。他轉向黎安時，看到他朋友咬著拇指旁的皮膚，擔心塑膠袋裡的東西。他把她手從嘴前拿開，那手指上已沒有一處皮膚完好。他不忍心對她說謊，於是嘆口氣，指向那女人。而黎安自己也嘆氣了。

那女人還沒看到他們。她蒼白的手勾著巷中一個年輕男子的手臂，他穿著短袖，從他閉著的嘴看得出他已沒了牙齒。從巷子另一頭，越過嘈雜的市場，小夏吉依然能清楚聽到她對那年輕流浪漢甜言蜜語，想得到他的陪伴。流浪漢溼潤的雙唇微動，淡淡對她說「不要」，小夏吉看到那人用力捏住她的手，甩開她。流浪漢搖搖晃晃走了，留她一人站在原地。

兩人看著那女人良久。她彷彿困在巷子中間，不確定接下來要去哪。比起小夏吉上次見到她，她又更慘了。老鼠色的棕鬈髮蓬亂糾結成一團，皮膚明顯泛紅，布滿青色血管。她臉上抹了一點矢車菊色的眼影，嘴唇塗著粉紅色口紅。雖然有一邊脫線，但仍穿著深褐色絲襪，而且她站姿端莊，膝蓋和腳踝莫名併攏，小夏吉看到時心裡感到好些。

黎安翻白眼。他看得出來，她用盡全身的力量逼著自己向前。她從欄杆下來，拿起腳邊的購物袋。一個塑膠袋沉重，裝滿摺好的衣服和乾淨的內衣褲，但內衣褲因為老舊，都已不再潔白。另一個塑膠袋中裝著稀軟的食物，像嬰兒吃的優格和一罐罐蘋果泥。小夏吉這時想起自己也有帶，他從口袋拿出那袋有凹痕的魚罐頭。「妳說這是她最愛吃的。」

黎安打開他的袋子，望著罐頭。

「非常感謝，小夏吉。」她將鮭魚罐頭拿在手中旋轉。「但她露宿街頭，她要去哪才有開罐器啊？」黎安聽了自己的問題搖搖頭。「對不起，這樣說太不知感恩了。」她緩緩吐口氣，用小塑膠袋甩出一道弧線，好像那是根棍棒一樣。「茉依菈會想辦法。她總是能他媽的找到辦法。」

黎安越過市場口，走向母親。小夏吉看到女人注意到她女兒走向她，翻了翻白眼。小夏吉見了忍俊不禁，覺得這家子都一個樣。

他們冷漠地向彼此問好。細雨暫時停止，凱利太太跟著黎安走出派迪市場，來到克萊德河邊。小夏吉將一個舊紙箱壓平，放到溼欄杆上。他讓她們兩人坐在一起，三人看著船夫吃力不討好地划過水面。

「他從河裡撈出的可憐女人有些我認識。」茉依菈．凱利說：「他甚至連個小東西都不拿。每一根溼掉的香菸都還在他們口袋裡，每只克拉達戒也都在。他連一毛錢都不收。你們說妙不妙？」

黎安打開草莓塔，把最後一個給她母親。女人用手指挖了一大坨黏呼呼的紅色果醬，塞進皺巴巴的嘴，小夏吉努力別開目光。她眼窩深深凹陷，好像一直沒再吃東西。草莓果醬在嘴角像塗料透出光澤，看起來很淫穢。

「我們要在這坐上一整天嗎？」她問，連聲謝謝都沒說。

「我們不如坐一會。」黎安將蛋糕盒放到母親大腿上，想用香甜的糖留住她，就像用罐頭肉吸引狗靠近一樣。女人全身搖晃想喝酒，但她仍拿起最後一塊塔，伸出舌頭去挖外露的奶油。他發現她側邊又落了幾顆牙，那些牙秋天時還在。她指節上沾了奶油時，充滿暗示地舔著整根手指。黎安很高興看到她吃東西，但對小夏吉而言太粗俗了。他看著凱利太太破洞的絲襪，腿上的雞皮疙瘩都突出來，忽然之間，他好想再見到自己的母親。

他們坐在一起好一陣子，小夏吉看著克萊德河，黎安則告訴母親平常她和五個哥哥上演的戲碼。好幾次，凱利太太聽到兒子的糗事，大笑說：「幸好我不用去收那爛攤子。」

她說這些話時，小夏吉都不得不將臉轉向河流。黎安告訴母親要成為奶奶了。女人僅是聳肩時，小夏吉感到欄杆晃動。

黎安最後話都說完了，她請母親站起來，讓小夏吉將凱利太太的舊大衣拉開。黎安要女人單腳站，接著換一腳，並脫下她的絲襪，接著脫下裙子下的髒內褲。凱利太太不喜歡她管這麼多。她對自己嘟囔，但目光轉向小夏吉。小夏吉雙眼緊盯著淫漉漉的人行道。

「我不懂你，孩子。你應該要去別處摳女生，把自己灌醉。不該在這抓著茱依菈作伴。」

「我不是來找妳的，凱利太太。」他含糊回答。拉高大衣，想擋住她濡溼的雙眼。

凱利太太毫不受影響。「哼，我現在應該在某處開心，不該跟你這種古怪的小子在這跳狗屁土風舞。」

黎安仍跪在地上，她再次扣好母親的鞋。「小夏吉幫妳帶了鮭魚，不要在那邊耍嘴皮子。」

「哼，那快點啊。今天是發補助的日子。我要趕快讓男人替我買酒，不然他們就會花完了。」凱利太太沙啞著嗓子，像沒耐心的小孩子一樣上下跳動。

小夏吉對凱利太太無話可說，但為了黎安，他希望女人留下來，和他們多待一會。「所以呢？我上次見到妳之後，妳過得如何？」

凱利太太故意嘲弄，「喔，這春天真是棒極了。對不對？」然後她嘟起嘴，對一切感到不耐煩。「你這蠢蛋愛聽八卦是吧？」一時間，那好像是她唯一想說的話。後來她嘴巴向下彎，露出賭氣的冷笑。她確實有話想說，而顯然很開心面前有聽眾。「說給你聽！我和小湯米復合一陣子。」她想起這個陌生人，直覺摸摸下巴牙齒掉了的地方。「他也沒那麼糟。他偷偷去加里東鐵路搜括，弄了點錢。對我可好了。他常去各家酒館，假裝自己是個瞎子。他會假裝沿著吧台摸才摸得到酒。」凱利大笑失聲。「他曾經喝完其他人的威士忌，他們才發現他眼睛他媽一點都沒瞎。」

她笑得樂不可支。小夏吉看得出來，黎安看到她笑很開心，緊抿的嘴巴總算稍微放鬆。某方面而言，她真心愛戴自己的母親。但那一刻稍縱即逝。黎安似乎回過神來，重新穿上她的盔甲。那感覺像是她在罵一個不乖的小孩，但小孩用魅力贏得她的心，害她無法做出最好的判斷。

凱利太太注意到了。「看吧，我很好相處。妳喜歡來找茉依菈，對不對？」凱利太太摸摸女兒肩膀。「對，我總是能逗妳開心。」

黎安不想說肯定她的話。小夏吉放下大衣，回到位子上看船夫。凱利太太又戳著疼痛的下巴，最後問道：「所以你有錢能買一瓶烈性葡萄酒嗎？」

「沒有。」小夏吉搖搖頭。

她用無牙齒的洞抽氣。「好吧。不問就沒機會。是吧？」

他將最後一瓶薑汁汽水遞給她。她瞪著那瓶汽水，好像受到冒犯一樣，後來還是一把拿去。他們剛才都小口品嘗汽水，但現在凱利太太直接把飲料灌入口中，好像渴壞了一樣。小夏吉看著她在瓶頸留下的黏稠口紅痕，試著咬緊嘴唇，但他實在忍不住。「妳為什麼非得落入這種狀態？」

黎安停下手，不再忙著把髒衣服塞進塑膠袋，一屁股坐回欄杆上。她再次抬頭望向母親，彷彿她一點也不想錯過她的回答。

「誰說我不喜歡喝酒？」凱利太太嘟嘴，並從小夏吉手臂上奪回大衣。「你們全都在嫉妒我。我玩得可開心呢！跳點舞能讓日子變得更高興，讓人忘記無聊的部分。」她從口袋拿出口紅，口紅已經用到快看不見了，她動作太大力，錯過了嘴唇。小夏吉試著忽略那古怪的粉紅色。

「她愛妳。」他說。

「小夏吉！」黎安求他別說了。

「喔，哎唷哎唷。」凱利太太發出哼聲，她搥著胸口，試著打汽水嗝。「你知道我怎麼想嗎？我覺得你愈愛一個人，他們愈不珍惜。他們做事會愈來愈不照你的意，只會更加他媽的隨心所欲。」她又搥著胸口，這次打嗝了。

黎安大略把髒衣服收一收，累得嘆口氣站起來。她站到母親和小夏吉之間。小夏吉看得出來，她雙頰脹紅，熱淚盈眶，又開始咬著嘴唇。他別開頭，走回去看船夫。

「酒吧馬上要擠滿人了。」凱利太太說，將大衣拉上。「你們看我也看夠本啦。」

「喔，真是好極了！」黎安向後退，端詳自己的成果。她對凱利太太說話時，好像她是個孩子，一心只想趁社區街燈還沒亮起，趕快去外頭玩。她知道自己留不住她。「好啦，茱依菈，妳走吧。好好照顧自己。我會再來找妳。」

「隨便啦。」

小夏吉握緊拳頭。這時他走向前，雙手伸進凱利太太大衣。他雙手繞過她腰，找到熟悉溼滑的嫘縈經編織物，使勁拉了拉襯裙，讓襯裙好好正確回到衣服底下。

凱利太太嚇得張大嘴，但她讓他幫忙整理，彷彿她不在乎他雙臂溫暖抱著她的身子。後來她伸出飽滿的舌頭，舔舔下唇，朝黎安露出邪惡的笑容。「喔，妳要小心這傢伙，親愛的。」

小夏吉放開她的腰，抓住她前臂，用力搖一下。凱利太太眨著眼，好像洋娃娃一樣。她雙眼花了點時間，才又聚焦在他的臉。「你幹麼！」她從他手中掙脫，雙眼瞪著他，繞過他身旁。「奇怪的王八蛋。」

說完凱利太太轉身走向市場，前往鐵軌下方黑暗的酒吧。他看著她沿著巷子向前，兩隻手臂掛了好幾個購物袋，搖搖晃晃離去。她在街角停步，手低低一擺，把那袋鮭魚罐頭丟給金髮黑髮根的女孩。凱利太太朝天振臂，好像進球一樣，然後蹣跚向前離開了。

「總之別說了！」黎安警告。她拉上防風外套的拉鍊，遮住下半張臉。

「我不會說了啦。」他雙眼盯著溼漉漉的人行道，試著讓自己冷靜。「妳覺得好一點了嗎？」

黎安冷笑一聲，然後聳聳肩。她將眼前的溼髮撥開，用手腕上的橡皮筋綁起。她美麗的面龐再次變得緊繃僵硬，他看了好難過。

小夏吉用褲管後面將鞋上的泥土擦掉，伸手拉掉黎安袖子上的一條脫線，相較於他的手，黎安的手腕十分冰冷。「我媽有戒過酒一年，那時很開心。」

黎安不發一語。她將傷痕累累的大拇指放回嘴中，略有所思一人坐著。小夏吉讓她靜一靜。天空已不再降雨，他看著船夫將小舟繫到河岸邊，伸展他彎曲的背。

他們那天接下來都會一起度過，雖然天氣溼冷，但他光想到心頭就暖暖的。「所以！」小夏吉努力用最開心的語氣說：「妳現在想幹麼？」

黎安擦了擦眼睛。她把牛仔褲的空口袋翻出來，像旗子一樣拍動。「不如我們散步一會怎麼樣？」

「老天。現在是誰沒新意啊？」

「我？」她放聲大笑，感覺彷彿有好一陣子沒笑了。「少來。我們都知道你是想去維吉尼亞遊樂場，盯著那些老師哥看！」

他心中一陣羞恥，搖搖頭，好像在否認，但她的眼神阻止了他。他透過門牙用力抽口氣。

黎安伸出手，使勁戳著他肋骨。「別硬撐了啦。何況我覺得戴耳環紅頭髮的男生可能有在對你拋媚眼。」

「真的？」

她露齒笑了。「也許喔。不過他有隻眼不知道怎麼了，所以他媽的誰曉得啊。」

黎安將母親那袋髒衣服一甩，假裝要丟進克萊德河，然後另一手勾住他，搖來搖去，想幫他搖去所有煩惱。他像拖船一樣輕推她肩膀，兩人轉身背對河流向前走。

小夏吉把垃圾都丟到市政府的垃圾桶。「妳知道嗎？聽到妳們家卡盧姆的事，實在讓我想去舞廳一次。」

黎安剛才還甩著手上那袋髒衣服，現在她失聲大笑，笑聲又大又響，附近賣盜版錄影帶的攤商都嚇一跳。「哈！你？去他媽的，穿那雙做作的校鞋。」她尖叫：「小夏吉．班恩才不會跳舞！」

小夏吉嘴裡嘖嘖作聲。他從她身邊離開，跑幾步到前面，就這麼一次，他點點頭，鼓起勇氣，穿著擦亮的鞋子原地轉了個圈。

誌謝

我把一切都歸功於記憶中的母親和她的苦難，以及盡其所能給予我一切的哥哥。感謝我姊姊鼓勵我寫下這些文字與各位分享。

如果沒有安娜・斯坦（Anna Stein）的信念和熱情，這本小說就不會在你的手中，她閱讀的速度很慢，但她是一位勇敢的經紀人。感謝露西・拉克（Lucy Luck）、克萊爾・諾齊爾（Claire Nozieres）、摩根・奧本海默（Morgan Oppenheimer）、ICM Partners以及Curtis Brown公司。特別感謝我的編輯彼得・布萊克斯托克（Peter Blackstock），感謝他的耐心、勇氣以及對小夏吉堅定而溫柔的態度。感謝摩根・恩特金（Morgan Entrekin）和朱迪・霍騰森（Judy Hottensen）熱情的支持，以及伊麗莎白・施密茨（Elisabeth Schmitz）、德布・西格（Deb Seager）、約翰・馬克・博林（John Mark Boling）、艾蜜莉・伯恩斯（Emily Burns），還有格魯夫大西洋出版社的所有人。感謝北方的朋友丹尼爾・桑德斯特倫（Daniel Sandstrom）、凱瑟琳・巴克・博林（Cathrine Bakke Bolin）、拉維・米爾錢達尼（Ravi Mirchandani）和英國的皮卡多出版社，將這部小說介紹給你們國家的讀者。衷心感謝蒂娜・波爾曼（Tina Pohlman）邁出第一步，以及她無比的慷慨。感謝我早期的讀者：帕特里夏・麥克納爾蒂（Patricia McNulty）、瓦倫蒂娜・卡斯特拉尼（Valentina Castellani）、海倫・韋斯頓（Helen

Weston）和雷切爾・斯金納—奧尼爾（Rachel Skinner-O'Neil），感謝你們的洞察力和鼓勵。

在本書的最後我想感謝邁克・卡里（Michael Cary），他是第一位讀者，並孕育了小說的核心，一如既往。

暢／小說
108

親愛的夏吉・班恩
Shuggie Bain

・原著書名：Shuggie Bain・作者：道格拉斯・史都華（Douglas Stuart）・翻譯：章晉唯・封面設計：Bianco Tsai・校對：呂佳真・主編：徐凡・責任編輯：李培瑜・國際版權：吳玲緯・行銷：何維民、吳宇軒、陳欣岑、林欣平・業務：李再星、陳紫晴、陳美燕、葉晉源・總編輯：巫維珍・編輯總監：劉麗真・總經理：陳逸瑛・發行人：凃玉雲・出版社：麥田出版／城邦文化事業股份有限公司／104473台北市中山區民生東路二段141號5樓／電話：(02) 25007696／傳真：(02) 25001966、發行：英屬蓋曼群島商家庭傳媒股份有限公司城邦分公司／台北市中山區民生東路二段141號11樓／書虫客戶服務專線：(02) 25007718 ; 25007719／24小時傳真服務：(02) 25001990 ; 25001991／讀者服務信箱：service@readingclub.com.tw／劃撥帳號：19863813／戶名：書虫股份有限公司・香港發行所：城邦（香港）出版集團有限公司／香港灣仔駱克道193號東超商業中心1樓／電話：(852) 25086231／傳真：(852) 25789337・馬新發行所／城邦（馬新）出版集團【Cite(M) Sdn. Bhd.】／41-3, Jalan Radin Anum, Bandar Baru Sri Petaling, 57000 Kuala Lumpur, Malaysia.／電話：+603-9056-3833／傳真：+603-9057-6622／讀者服務信箱：services@cite.my・印刷：漾格科技股份有限公司・2022年4月初版一刷・定價499元

國家圖書館出版品預行編目資料

親愛的夏吉・班恩／道格拉斯・史都華（Douglas Stuart）著；章晉唯譯. -- 初版. -- 臺北市：麥田出版：家庭傳媒城邦分公司發行, 2022.04
面；　公分. --（Hit暢小說；RQ7108）
譯自：Shuggie Bain
ISBN 978-626-310-182-1（平裝）
874.57　　111000100

城邦讀書花園
www.cite.com.tw

電子書ISBN：9786263102125 (EPUB)